Emiko Jean
The Return of Ellie Black

GOLDMANN

EMIKO JEAN

The RETURN of ELLIE BLACK

THRILLER

Aus dem Amerikanischen
von Anne Fröhlich

GOLDMANN

Die amerikanische Originalausgabe erschien 2024 unter dem Titel
»The Return of Ellie Black« bei Simon and Schuster, New York.

FSC
www.fsc.org
MIX
Papier | Fördert
gute Waldnutzung
FSC® C014496

Penguin Random House Verlagsgruppe FSC® N001967

1. Auflage
Originalausgabe August 2025

in der Penguin Random House Verlagsgruppe GmbH,
Neumarkter Str. 28, 81673 München
produktsicherheit@penguinrandomhouse.de
(Vorstehende Angaben sind zugleich
Pflichtinformationen nach GPSR)

Umschlaggestaltung: ZERO Werbeagentur, München
Umschlagmotiv: Collage unter Verwendung
von Motiven von shutterstock.com
(Undrey, Nik Merkulov, n_n Chothip, FamiDu)
Redaktion: Ann-Catherine Geuder
ES · Herstellung: ik
Satz: Uhl + Massopust, Aalen
Druck und Bindung: GGP Media GmbH, Pößneck
Printed in Germany
ISBN: 978-3-442-49598-6

www.goldmann-verlag.de

Für G & M

Danke.

Ich bin erschüttert, aber ich glaube noch.

Prolog

So fängt es an:

Mit einem Mädchen, das durch einen Wald rennt. Adrenalin rauscht durch ihre Adern, sie atmet flach und stoßweise. Sie hat Dreck unter den Fingernägeln, feuchten Schlamm an ihren Jeans, Blut auf dem Sweatshirt, ihr Atem riecht nach Erbrochenem.

Gleich.

Gleich ist sie zu Hause.

Bilder tauchen auf. Die einzige Ampel an der Main Street. Die abgesplitterten grünen Fensterläden an ihrem Elternhaus. Der verwitterte Boden im Fischkutter ihres Vaters.

In der Ferne dröhnt eine Hupe, und das Mädchen duckt sich, hält sich die Ohren zu, als das Geräusch durch ihren Schädel schneidet wie ein Angstschrei. Die Welt schrumpft zusammen und wird zu etwas Abstraktem, zu bunt und zu hell. Das Hupen verklingt, und die Bäume nehmen wieder Form an.

Sie zählt ihre Atemzüge, während ihr Herzschlag sich beruhigt. Eins. Zwei. Drei. Dann zählt sie ihre Schritte. Vier. Fünf. Sechs. Wie viele wird es brauchen, bis jemand sie findet? Sieben. Acht. Neun. Ihre Glieder sind schwer, die Füße müde. Sie hat einen weiten Weg zurückgelegt. Ihr Schatten liegt vor ihr, als würde sie ihn jagen – komm und fang mich. Zehn. Elf. Sie taumelt. Vielleicht sollte sie sich hinsetzen. Dreizehn. Vierzehn. Fünfzehn. Sie zwingt sich, weiterzulaufen. Die Sonne hinter den grauen Wolken steigt höher. Die Luft riecht nach Kiefern und Harz. Nach Wasser und Moos. Nach Leben.

»Hey! Alles in Ordnung mit Ihnen?« Zwei Wanderer – Vater und Sohn – tauchen auf dem Pfad auf, biegen um die Kurve. Sie tragen vollgestopfte Rucksäcke, obendrauf zusammengerollte Schlafsäcke, an einem hängt ein Topf, an dem anderen baumeln zwei Blechtassen. Das Mädchen wird langsamer, als sie sich ihnen nähert.

Sechzehn. Siebzehn. Achtzehn.

Der Vater streckt den Arm aus, um seinen Sohn von ihr abzuschirmen, und sie zögert, gefangen im Würgegriff ihrer Blicke. Der Sohn hat braune Augen mit winzigen goldenen Einsprengseln, sie erinnern sie an jemanden, den sie einmal gekannt hat. Ihre Gedanken wandern zurück in die Vergangenheit.

Sag mir, was würdest du für jemanden tun, den du liebst?

Alles. Ich würde alles tun.

Der Vater räuspert sich. »Miss, alles in Ordnung?« Er mustert sie aufmerksam.

Sie stellt sich vor, was er sieht. Verdreckte Haut. Verfilztes Haar. Einen knochigen Körper. Ein Sweatshirt mit roten Flecken. Ein Wesen, das die Welt zerkaut und ausgespuckt hat.

Der Sohn rümpft die Nase.

»Miss?«, wiederholt der Vater mit Nachdruck und macht einen vorsichtigen Schritt auf sie zu.

Das Mädchen leckt sich über die trockenen, aufgesprungenen Lippen und bemüht sich um eine ruhige Stimme. »Ja?«

»Geht es Ihnen gut?«, fragt der Vater erneut.

Das Mädchen blinzelt. Schüttelt den Kopf. Starrt ins Leere. »Nein, ich glaube nicht.«

»Wie ist Ihr Name?«

»Mein Name?« Wer ist sie? Was ist aus ihr geworden? Ein Gefäß. Zum Tragen. Aufbewahren. Füllen.

»Ja, wie heißen Sie?«, sagt der Vater langsam und deutlich.

Das Mädchen zögert. Der Name steckt irgendwo in ihr fest. In der tiefen, tiefen Dunkelheit, in der sie ihn versteckt hat. Um sicher zu sein. Erinnere dich nicht. Vergiss nie. Sie strafft die Schultern und greift danach.

»Elizabeth«, stößt sie in einem Atemzug hervor.

Sie hat diese vier Silben schon ewig nicht mehr ausgesprochen. Ihren Namen. Ihren *echten* Namen. Den Namen, den ihre Mutter ausgesucht hat, weil er klassisch und königlich war und alle Hoffnungen und Träume für das Leben ihrer Tochter enthielt. College, Karriere, Familie, Glück. Früher einmal hat das Mädchen diesen Namen mit Stolz getragen, wie eine Krone. Früher einmal gab es Menschen, die ihn ihr zärtlich zuflüsterten.

Mit einer letzten Anstrengung entringt sich das Mädchen ihren gesamten Namen. »Ich heiße Elizabeth Black. Ich glaube, ich werde vermisst.«

Eins

Chelsey wacht auf, weil ihr Telefon klingelt.

»Oh nein«, stöhnt Noah, ihr Mann. »Stell das ab.« Die Matratzenfedern quietschen, als er sich von ihr wegdreht.

Chelsey stützt sich auf einen Ellbogen und tastet nach dem Handy auf ihrem Nachttisch. Es ist kurz nach Mitternacht. Sie stellt den Ton aus und schaut auf das Display. »Die Arbeit.«

»Wehe, es geht nicht mindestens um Leben und Tod«, murmelt Noah.

Chelsey lächelt über Noahs trockenen Humor. Sie ist Polizistin, Kriminalbeamtin. Da ist es nicht unwahrscheinlich, dass es um Leben und Tod geht.

»Detective Calhoun«, meldet sie sich, knipst das Licht an und rutscht an den Rand der Matratze. Ein Frösteln läuft ihr über den Rücken, der Frühling in Coldwell Beach ist immer kühl. Der Sommer auch. Wenn es ein paar Tage gibt, an denen die Temperaturen über achtzehn Grad steigen, können die Einheimischen froh sein. Dieser Küstenabschnitt in Washington liegt zwischen Felsklippen und ist bekannt für sein unbeständiges Wetter. Lewis und Clark haben ihn auf ihrer Karte als »unbewohnbar« markiert.

»Chelsey.« Es ist ihr Chef, Sergeant Abbott. Inzwischen zuckt sie mit keiner Wimper mehr, wenn er sie mit ihrem Vornamen anredet. Es spielt keine Rolle, dass er ihre männlichen Kollegen mit Nachnamen und Sie anspricht. Gar keine Rolle. »Hab einen Anruf bekommen. Man hat ein Mädchen gefunden.« Sergeant

Abbott macht eine kurze Pause. »Sie hat sich selbst als Elizabeth Black zu erkennen gegeben.«

Jetzt zuckt Chelsea doch mit der Wimper. Ellie Black. Am Leben? Es ist zwei Jahre her. Sie steht abrupt auf und stellt das Telefon auf laut.

Noah macht seine Nachttischlampe an. Er trägt eine Goldkette mit zwei Anhängern um den Hals, eine Einundzwanzig, seine alte Basketball-Nummer, und ein Medaillon mit einem Heiligen, Chelsey hat vergessen, welcher es ist, irgendein spiritueller Held im Kampf gegen das Böse. »Was ist?« Noah setzt sich auf und kratzt sich am Bart.

Sie legt den Finger an die Lippen, dann fischt sie ein Stück Papier und einen Stift aus ihrer Nachttischschublade, während Abbott seine Informationen herunterspult. Wanderer im Capitol State Forest haben Ellie Black gefunden. Er gibt Telefonnummern durch. Ellie ist ins Legacy Memorial Hospital gebracht worden. Chelsey googelt den Namen. Es ist in Olympia, zwei Stunden von East Coldwell entfernt.

»Ich will, dass du ins Krankenhaus fährst.«

»Bin schon unterwegs.« Sie schlüpft in ihre Jeans.

»Ich hab Douglas zu dem Wanderweg geschickt, auf dem sie aufgetaucht ist.«

Eine unangenehme Pause. Douglas. Sergeant Abbotts Sohn. Sie kennt ihn, seit sie Kinder waren. Ihre Väter waren beide Polizisten. Der von Chelsey hatte eine höhere Position, er war Hauptkommissar. Und Dougs Vater war noch kein Sergeant, nicht Chelseys Vorgesetzter, so wie heute. Doug ist etwas älter als sie. Er hat ein paar Jahre herumgegammelt, bevor er in die Fußstapfen seines Vaters getreten ist. Abbott hat ihn vor Kurzem zum Detective befördert, wie Chelsey, die allerdings mehr Stunden dafür abgeleistet hatte. Sie hat kein Problem damit. Wirklich nicht. Doug und sie haben ohnehin nicht viel miteinander zu tun. Sie arbeitet beim Familien- und Jugenddezernat, er bei der Drogenfahndung.

Sie muss an eins der früheren Betriebsfeste auf dem Polizeirevier denken, es war ein Gartenfest. Als sie noch Kinder waren. Als Lydia, Chelseys Schwester, noch lebte. Doug machte sich mit einer Gruppe von Jungs über Chelsey lustig. Fragte sie, ob sie in einer Bento Box geliefert worden sei. Chelsey war ein Adoptivkind, ihre leiblichen Eltern Japaner. Der Rest der Familie war blond und hellhäutig. Selbst jetzt, über dreißig Jahre später, sitzt die Erinnerung noch tief: Sie spürt förmlich die Wassermelone, die in ihrem Magen gärt, sieht, wie die Sonne hinter Wolken verschwindet. Hört ihr eigenes Lachen, das erstirbt und dann unter einer Eiche stummen Tränen Platz macht. Danach lief Chelsey immer mit gesenktem Kopf herum, den Blick zu Boden gerichtet. Später hat sich einer ihrer festen Freunde einmal darüber lustig gemacht, ihren gebückten Gang imitiert. Inzwischen hat Chelsey viel erreicht, aber sie muss immer noch daran denken – an Doug, an ihren Ex-Freund, an andere Menschen wie diese beiden in ihrem Leben. Die Erinnerung ist wie ein Arm, der versucht, sie herabzuziehen.

»Chelsey, bist du noch da?«

Sie schluckt zweimal. »Ja, bin ich.«

»Wenn es Ellie Black ist, will ich, dass der Verantwortliche gefunden wird. Ich will eine Verhaftung und zwar bald.«

Der Befehlston widerstrebt Chelsey, aber sie verdrängt das Gefühl. »Verstanden.« Sie schlüpft in ihr T-Shirt, das Telefon in der Hand.

»Die Medien werden sich darauf stürzen«, fährt er fort. »Alle werden genau hinsehen. Ich auch. Keine Fehler.«

»Ich halte Sie auf dem Laufenden.«

»Tu das«, sagt er.

Chelsey beendet den Anruf, zieht sich fertig an und bindet sich das Haar zu einem tiefsitzenden Pferdeschwanz. Schuhe. Wo sind ihre Schuhe?

»Hab ich richtig gehört? Ellie Black ist gefunden worden?« Noah folgt ihr durch die Wohnung. Es ist ein hübsches Apartment. Gemietet und befristet. Die Wände sind weiß, die Decke rau verputzt. Ein Sofa, ein Esstisch. Das meiste gehört Noah, auch die beiden gerahmten Battlestar-Galactica-Poster. Das eine zeigt eine gereckte Faust mit den Worten *So say we all* darunter, auf dem anderen ist die Silhouette einer schönen Frau zu sehen, mit Robotermenschen im Hintergrund, ganz oben der Schriftzug *Never forget who the enemy is*. Chelsey und Noah sind beide Science-Fiction-Fans.

»Ist noch nicht bestätigt«, erwidert sie.

Es passiert nicht oft, aber ein- oder zweimal ist es während Chelseys Karriere schon vorgekommen, dass jemand sich gemeldet und behauptet hat, ein vermisstes Kind zu sein, mit der Absicht, die gramerfüllten Eltern um Geld zu betrügen. Ellies Eltern haben ein paar Wochen, nachdem ihre Tochter verschwunden war, ihr Haus verpfändet, um eine Belohnung von 50 000 Dollar aussetzen zu können. Aber in diesem Fall ist ein solcher Betrugsversuch unwahrscheinlich, denn Ellie ist noch nicht so lange verschwunden, dass man sie nicht wiedererkennen würde. Zwei Jahre und zwei Wochen, um genau zu sein. Chelsey hat das Datum in ihren Kalender eingetragen.

»O Gott, und wie stehen die Chancen?« Noah bleibt vor dem Kamin stehen. Auf dem Sims stehen gerahmte Fotos – Noah mit Doktorhut und Talar, bei der Feier seines Masterabschlusses in Erziehungswissenschaften. Er und seine Familie bei einem Rodeo – die Eltern und alle sechs Kinder in Jeans und mit Cowboyhüten. Ein Hochzeitsfoto aus dem Standesamt, wo er und Chelsey heimlich geheiratet haben. Und schließlich Chelsey im Teenageralter, von Kopf bis Fuß in Tarnkleidung, ein Gewehr über der Schulter, ein toter Hirsch zu ihren Füßen – ihre erste Beute. Ihre Jahre an der Coldwell High School waren geprägt von Schrotkugeln, Tiere häuten und Versuchen, mithilfe eines Kompasses nach Hause zu finden.

Chelsey durchquert den Raum und geht in die Küche, wo es noch nach dem Curry riecht, das sie zu Abend gegessen haben. Auf dem Tresen befindet sich ein Safe. Sie dreht die Wählscheibe; ihre Pistole und ihr Holster liegen darin. Noah reibt sich den Nacken. Schusswaffen sind ihm nicht geheuer. Obwohl er auf einer Farm aufgewachsen ist und an den Wochenenden Kojoten schießen musste. Obwohl er mit einer Detective verheiratet ist.

»Dann werden wir vermutlich morgen nicht nach Häusern schauen.« Er nimmt ihren Schlüsselbund vom Tresen und reicht ihn ihr.

Sie umschließt die Schlüssel mit der Faust. »Tut mir leid.« Ihre Entschuldigung ist halbherzig. Sie sind seit zwei Jahren zusammen, verheiratet seit sechs Monaten. Seitdem suchen sie ein Haus. Einen Ort, an dem sie sich niederlassen können. Chelsey hatte bisher an jedem etwas auszusetzen.

»Ist in Ordnung, ich verstehe das schon.« In seinen Augen liegt Enttäuschung. *Wenn du mit einem Cop verheiratet bist, sind Hunderte von Menschen an eurer Beziehung beteiligt. Du, er und alle Personen aus seinen Fällen samt Angehörigen*, hat Chelseys Mom immer gesagt.

»Ich weiß nicht, wann ich wieder fest planen kann«, sagt sie.

Er reibt sich die Stirn. »Mach dir keine Gedanken.« Wieder flackert sein Blick. Hat er langsam genug von diesem Tanz? Immer, wenn er einen Schritt nach vorne macht, tritt Chelsey einen zurück. Schon als sie sich kennengelernt haben, war das so. Noah lief hinter Chelsey her.

Bei Peet's war es brechend voll an dem Abend vor zwei Jahren. Es war der Abend nach Chelseys Beförderung zum Detective und vor Ellie Blacks Verschwinden. Kollegen klopften ihr auf die Schulter, gratulierten ihr, wollten ihr ein Bier ausgeben, was sie ablehnte – sie sei ohnehin schon zu lange hier. Noah näherte sich der Bar, quetschte sich neben Chelsey. *Ich bin Noah*, stellte er sich vor. *Ich hab gerade meinen Master in Erziehungswissenschaften gemacht. Zurzeit habe ich einen Vertretungsjob an der Highschool, suche aber nach einer Vollzeitstelle.*

Chelsey war immer misstrauisch gegenüber Leuten, die zu viel preisgaben.

Ich möchte Sport unterrichten, schrie er gegen den Lärm an.

Chelsey machte Tim, dem Barkeeper, ein Zeichen, ihr die Rechnung zu bringen.

Noah presste sich eine Hand auf die Brust, als wäre er schwer getroffen. *Du gehst schon? Hast du was gegen Sportlehrer?*

Nee, nichts gegen Lehrer, sagte Chelsey, während sie ihren Namen auf den Kreditkartenbeleg kritzelte. Tim stellte eine Plastikbox mit Essen zum Mitnehmen vor sie auf den Tresen.

Bestell dem Chef einen schönen Gruß, sagte er mit einem Seitenblick auf Noah.

Sie bedankte sich bei Tim und sah Noah an. *Ich muss meinem Dad das Abendessen bringen.* Ihr Vater steckte mitten in einer Chemotherapie, und es ging ihm hundsmiserabel. Er war launischer als ein Esel. Beinahe alles schmeckte für ihn metallisch, nur Chicken Wings und saure Fruchtgummis konnte er ertragen. Sie drängte sich zwischen all den Körpern hindurch, Noah auf den Fersen.

Lass mich mitkommen, sagte er draußen, die Hände in den

Hosentaschen, Atemwolken vor dem Mund in der abendlichen Frühlingsluft.

Sie schwieg einen Moment und fixierte ihn mit starrem Blick. *Ich fühle mich geehrt, aber zurzeit bin ich nicht interessiert an einem Date. Ich habe einen anstrengenden Job. Mein Vater hat Krebs …* Sie wartete darauf, dass das K-Wort Wirkung zeigte. Noah abschreckte.

Aber er lächelte sie an. *Lass mich mitkommen,* wiederholte er. *Ich helfe dir.*

Sie schnaubte. *Sehe ich aus, als wäre das nötig?*

Nee. Aber das sind oft die Leute, die am meisten Hilfe brauchen.

Sie wollte ihn nicht mögen. *Hast du irgend so ein merkwürdiges Helfersyndrom?*

Nur, wenn es um schöne Frauen geht. Und dann grinste er, und weiße Zähne blitzten in seinem bärtigen Gesicht.

Gut. Sie erlaubte ihm, mitzukommen. Bestand darauf, dass er sein Auto stehen ließ und bei ihr mitfuhr. Sorgte dafür, dass er ihre Waffe sehen konnte. Er pfiff durch die Zähne, als er das Haus sah. *Hübsch,* sagte er und blickte zu dem Satteldach hinauf.

Komm mit. Sie schloss die Tür auf. Ihr Dad lag auf der Couch, im Fernsehen lief *Homeland.*

Wer zum Teufel bist du?, krächzte ihr Vater heiser, als er Noah sah. Er hatte alle Haare verloren, seine Wangen waren eingefallen, die Haut war fahl. Eine Sauerstoffflasche stand neben ihm, die Nasenkanüle lag auf einem der rosafarbenen Sofapolster. Ihre Mutter hatte diese Couch geliebt.

Dad, sagte Chelsey tadelnd. *Du sollst die doch tragen.* Sie legte den Schlauch wieder um seinen Kopf.

Ich hab dich was gefragt, presste ihr Vater hervor.

Das ist Noah. Er ist mir nach Hause gefolgt.

Ihr Vater schüttelte Noah nicht die Hand.

Krebs also?, sagte Noah und ließ seinen ausgestreckten Arm wieder sinken. *Auf der Farm, wo ich aufgewachsen bin, hatten wir ein krebskrankes Pferd. Das mochte diese Cannabis-Pillen, die der Tierarzt ihm verschrieben hatte. Vielleicht helfen die.*

Du vergleichst mich mit einem Pferd, Junge?

Chelsey mischte sich nicht ein. Sie wartete ab, wie Noah zurechtkam. Ob er sie gleich darum bitten würde, ihn zurück zur Bar zu fahren. Sie ließ ihren Mantel gleich an.

Nein, Sir, antwortete Noah stoisch und mit unbewegter Miene. *Das Pferd war viel netter.*

Chelseys Dad lachte überrascht auf, hustete etwas Blut und bot Noah an, sich zu setzen.

Chelsey blinzelt, um die Erinnerung an jenen Abend zu verscheuchen, die Schlüssel in der Hand. »Ich muss los.«

Noah küsst sie flüchtig auf die Wange. »Pass auf dich auf.« Das sagt er immer. Es ist eine nutzlose Bitte. Als ob sie eine Pistolenkugel, einen Fausthieb oder ein Auto mit einem schwerfälligen Betrunkenen hinter dem Steuer aufhalten könnte.

Sie steigt schnell in ihre Schuhe und rennt die Stufen hinunter, hinaus in die kühle Nacht. Noah wartet oben, an den Türpfosten gelehnt. Sie hat ihn im Blick, während sie ins Auto steigt, einen Oldsmobile, den sie von ihrem Vater geerbt hat. Auf der Heckscheibe ist ein Firefly-Aufkleber. Den hat ihr Noah geschenkt, bei ihrem dritten Date. Da hat sie ihm während des Essens erklärt, was es bedeutet, Polizistin zu sein. Sie hat ihm ihr Herz ausgeschüttet.

Was von dem Essen übrig war, brachten sie ihrem Vater mit. Dann, während Dad schlief, benebelt von Schmerzmedikamenten, brachte sie Noah zu seinem Wagen. Dort küsste er sie. Die Nacht war still und ruhig, samtig schwarz. Sie öffnete ihre Bluse, er die Autotür. Sie stiegen ein, streiften ihre Kleider ab, die Hüften aneinandergepresst.

Sie hat sich schnell in ihn verliebt.

Im Grunde genommen erzählt sie Noah alles. Er weiß von Lydia, ihrer toten Schwester. Er weiß über die Scheidung ihrer Eltern Bescheid. Er weiß, dass ihre Mutter am Tag nach Chelseys achtzehntem Geburtstag nach Scottsdale abgehauen ist. Und er weiß vom Tod ihres Vaters, weil er dabei war, an ihrer Seite stand, als der Krebs ihn holte. Und Noah kennt das Haus, das sie nach Dads Tod geerbt hat und das voll ist mit altmodischen Möbeln und schlimmen Erinnerungen.

Aber er weiß nicht alles.

Als sie am Steuer sitzt, winkt sie ihm zu und schluckt gegen ihr Schuldgefühl und gegen die Angst an. Diese schleichende Furcht. Sie will Noah nicht verlieren, aber sie kann ihn nicht festhalten, ohne etwas anderes loszulassen. Sie startet den Motor, legt den Rückwärtsgang ein und setzt zurück, Noah gefangen im Lichtkegel ihrer Scheinwerfer.

Zwei

Erst nach einer halben Stunde auf dem Weg nach Olympia lockert sich Chelseys Griff um das Lenkrad. Es herrscht kaum Verkehr, abgesehen von vereinzelten Lkws. Die zweispurige Straße ist nur spärlich beleuchtet. Sie stellt das Fernlicht an und lehnt sich in ihrem Sitz zurück. Diese schmale Landzunge ist die einzige Verbindung von und nach Coldwell. Auf der einen Seite dunkle Bäume und graue Felsen, die im silbrigen Mondlicht schimmern, auf der anderen der Ozean mit weißen Wellenkronen, dazwischen nur eine dünne Metallplanke. Irgendwann wird ein Tsunami die Straße wegspülen, dann ist Coldwell abgeschnitten. Sie holt tief Luft. Den Weg kennt sie auswendig, jetzt kann sie sich erlauben, nachzudenken. Loszulassen. Sich in Erinnerungen zu verlieren.

Ellie Black.

Sie denkt an den Funkruf, mit dem vor zwei Jahren alles begann, einen Tag, nachdem sie Noah kennengelernt hatte. Das Knistern des Funkgeräts, dann die krächzende Stimme des Dispatchers, der meldete, ein siebzehnjähriges Mädchen sei nach der Übernachtung bei einer Freundin nicht nach Hause gekommen.

Chelsey machte auf der Main Street einen U-Turn und fuhr zum Haus der Blacks, schlängelte sich durch das ausgemergelte Coldwell. Sie konnte sich nicht mehr erinnern, wann die Stadt angefangen hatte, sich zu verändern. Sie wurde langsam abgetragen, wie ein Felsen, der vom Wasser ausgehöhlt wird. Zuerst hatte man das Personal an den Schulen um dreißig Prozent reduziert. Dann die Bibliothek geschlossen. Danach das Freizeitzentrum – früher, in Chelseys Kindheit, war dort viel los gewesen. Im Sommer gingen die Kinder zum Schwimmen dorthin, im Herbst zum Fußball-, im Winter zum Basketballspielen. Zum Basteln im Frühling. Jetzt war das Gebäude verrammelt und erlag nach und nach Stürmen und Salzwasser. Und die Kinder? Die mussten ins Internet gehen oder in den Wald.

Die Blacks wohnten auf der Nordseite, wo die Familien vor allem von der Fischerei lebten oder von der Arbeit in der Konservenfabrik. Die Häuser duckten sich hinter verwilderten Wacholderhecken, braunen Rasenflächen und Maschendrahtzäunen.

Die Eingangsterrasse war nass und der Boden glitschig, als Chelsey bei den Blacks klopfte. Doug öffnete ihr die Tür. Damals trug er noch Uniform, war noch nicht zum Detective befördert worden. *Hey.* Er lächelte breit, jung und dumm und übereifrig wegen des Falls. Weil er als Erster vor Ort war. *Ich hab schon angefangen, die Aussagen aufzunehmen.*

Du hättest auf mich warten sollen, sagte Chelsey.

Seine Wangen färbten sich lachsrosa. *Tut mir leid.*

Jimmy, Ellies Vater, erschien, und ging an Doug vorbei, um ihr die Hand zu schütteln und sich vorzustellen. *Jimmy Black.*

Detective Calhoun, Polizei Coldwell.

Jimmy sah sie misstrauisch an. *Wie lange arbeiten Sie schon bei der Polizei*?

Chelseys Gesicht arbeitete gegen sie. Faltenlos und ungewöhnlich asiatisch. Sie sah ihm seine Zweifel an, seine Frage, ob sie nicht zu jung sei, zu ausländisch. Sprach sie überhaupt Englisch? *Seit beinahe zehn Jahren*, antwortete sie, den Kopf gesenkt, dann erst blickte sie hoch. *Ich möchte, dass Sie sich auf Elizabeth konzentrieren. Unterhalten wir uns ein bisschen über sie?* Später beglückwünschte sie sich selbst. Sie war cool geblieben. Fokussiert.

Obwohl es ihr erster Fall als Detective war. Obwohl ihr Herz beunruhigend schnell geschlagen hatte. Manchmal wunderte sie sich darüber, wie klein sie sich fühlte. Was hatte sie so geformt, so abgenutzt?

Damit schien Jimmy sich zufriedenzugeben. Er ließ sie eintreten. *Danke, dass Sie gekommen sind, Detective.*

Nennen Sie mich Chelsey, sagte sie, während sie ins Wohnzimmer gingen. Dort saß Kat, Ellies Mutter, auf einer verblichenen blauen Couch, einen nicht angerührten Kaffeebecher in den Händen. Jimmy ließ sich neben seine Frau sinken, nahe genug, um sie zu berühren, aber ohne es zu tun. Beide saßen so steif da, als wappneten sie sich gegen einen herannahenden Sturm.

Chelsey setzte sich in einen abgewetzten karierten Sessel den beiden gegenüber. *Erzählen Sie mir, was passiert ist*, sagte sie. *Die Zentrale meldet, Ihre Tochter sei nicht nach Hause gekommen.*

Doug stellte sich neben die Tür, die Hände am Gürtel, breitbeinig und mit gereckter Brust.

Kat starrte in ihren Kaffeebecher. *Ich hab versucht, Ellie zu erreichen*, erklärte sie, und an ihrer tonlosen Stimme erkannte Chelsey, dass sie unter Schock stand. Man dachte immer, solche Dinge passierten nur anderen. *Dann habe ich India angerufen.*

Chelsey konnte in die Küche blicken, wo eine Wertstofftonne stand, die von leeren Flaschen überquoll – Wein, Whisky, Tequila. Und einer der Küchenschränke war zertrümmert, wie mit der Faust zerschlagen. Chelsey zeigte mit einem Nicken auf den Schaden. *Was ist mit Ihren Schränken passiert?*

Hab ein Loch reingehauen, sagte Jimmy ruhig. Zu ruhig? *War sauer.*

Bevor oder nachdem Ellie verschwunden ist? Die Luft im Raum schien zu erstarren und dann zu pulsieren. Kat senkte den Kopf. Vor Verlegenheit? Scham? Angst?

Davor, antwortete Jimmy leise. *Ich hab nichts zu verbergen. Wollen Sie Fingerabdrücke? Eine Hausdurchsuchung? Nur zu!*

Schon gut. Ich möchte mich mal umsehen. Vor allem in Ellies Zimmer, aber das kann noch warten, sagte Chelsey. Sie setzte Jimmy ganz weit unten auf die Liste der Verdächtigen und wandte sich wieder an Kat. *Wer ist India?*

Kat schluckte. *Ich kenne sie nicht gut. Ellie hat nicht viele Freunde. Erst vor einer Woche hab ich den Namen zum ersten Mal gehört. Zum Glück habe ich darauf bestanden, dass sie mir ihre Telefonnummer gibt. Sie wollte bei ihr übernachten. Aber India hat gesagt, sie hätte Ellie das letzte Mal in irgendeinem Motel gesehen. Bei einer Party*. Kat stellte ihre Tasse mit einem dumpfen Knall auf den Couchtisch. *Ich komme mir vor, als wäre ich in einem Paralleluniversum. Wie kann das alles sein?*

Es gab viele Dinge, die jemanden fortziehen konnten. Aber das behielt Chelsey für sich. Viel mehr Informationen hatte Kat nicht, und Jimmy war beruflich unterwegs gewesen.

Ich bin mir sicher, Ellie taucht wieder auf. Sie wissen doch, wie Mädchen sind, mischte Doug sich ein. *Haben dauernd verrückte Ideen und hauen ab.*

Chelsey spürte, dass ihre Lippen zuckten. Sie hasste die stillschweigende Annahme, als Frau geboren zu sein, mache einen automatisch schuldig.

Jimmy stand auf und ballte die Hände zu Fäusten. Er war ein großer Kerl und hatte einen Baseballschläger neben der Tür stehen. *So ist sie nicht. Nicht meine Tochter.* Er trat auf Doug zu. *Ellie würde nie einfach weglaufen.*

Chelsey ging schnell dazwischen, hielt mit ihrer geringen Körpergröße die beiden Männer auseinander. Gleichzeitig versuchte sie einzuschätzen, wie viele Schritte Jimmy brauchen würde, um zu dem Schläger zu gelangen – drei, vielleicht auch nur zwei.

Officer Abbott, sagte sie, *warum machen Sie nicht einen kleinen Spaziergang*. Es war keine Frage.

Es … tut mir leid, stammelte Doug und hob die Hände. *Wollte niemanden beleidigen*. Er ging zur Tür hinaus und lungerte dann draußen auf dem Rasen herum, den Blick auf sein Handy gerichtet. Doug machte gern Videos und postete sie in den sozialen Medien. Herr im Himmel. Ein typisches Sandwichkind, immer auf der Suche nach Aufmerksamkeit.

Stimmt das, was er gesagt hat? Hoffnung flackerte in Kats Augen. *Passiert so was wirklich andauernd?*

In solchen Situationen waren Statistiken Chelseys beste Freunde. *In Elizabeths Altersgruppe, also bei den Sechzehn- bis Einundzwanzigjährigen, kommen sie in einundachtzig Prozent der Fälle zurück*. Sie erwähnte nicht, dass die Wahrscheinlichkeit nach vierundzwanzig Stunden auf ein halbes Prozent sank, ließ es lieber so stehen. *Also, erzählen Sie mir mehr von Elizabeth*.

Kat zählte ein paar unwesentliche Fakten auf: *Ellie ist eigensinnig. Manchmal sogar dickköpfig. Sie hat keine besonders guten Noten, dabei ist sie so intelligent. Jimmy, weißt du noch, wie gut sie in der fünften Klasse bei der Schreibprüfung abgeschnitten hat? Sie hat nicht viele Freunde, aber einen festen Freund, Danny, der sie anbetet*.

Alle diese Details, die zeigen sollten, wie besonders Ellie war. Beweisen, dass sie es verdiente, dass man sie suchte und fand. Kat konnte nicht wissen, dass jedem Vermisstenfall ein Geldbetrag zugeordnet wurde, multipliziert mit dem Vermögen der Eltern, dann geteilt durch ethnische Zugehörigkeit und Religion – es war eine sorgfältige Rechnung. Je ärmer ein Mädchen war und je dunkler ihre Hautfarbe, desto weniger Mittel und Zeit standen zu ihrer Rettung zur Verfügung – schließlich ist die Öffentlichkeit immer etwas weniger empört, wenn dieser Typ Mädchen verschwindet. Vielleicht konnte Ellies Mom spüren, dass manche Töchter mehr wert waren als andere. Das war kein Standpunkt, den Chelsey teilte, aber leider die Realität.

Chelsey durchsuchte Ellies Zimmer, dann ging sie, nachdem sie versprochen hatte, sich zu melden, sobald sie mehr Informationen hätte. Es war kein Notfall. Noch nicht. Noch hatte man nicht Ellies Schuhe, ihr Handy, ihr Blut gefunden. Kat hatte noch nicht richtig geweint, nicht mit diesem Heulen und Schluchzen, das den ganzen Körper durchschüttelt. Die Existenz der Familie Black hatte sich noch nicht darauf reduziert, von einem Tag auf den anderen zu leben.

Dennoch durchlief Chelsey zügig das Standardverfahren, befragte alle, die Elizabeth zuletzt gesehen hatten. Mit India fing sie an.

Hören Sie, Ellie und ich haben nur ein paarmal zusammen abgehangen, hatten Spaß zusammen. Aber wir sind nicht eng befreundet, hatte India durch eine klapperige Fliegengittertür hindurch gesagt. Sie hatte gewöhnliches hellblondes Haar und einen winzigen silbernen Nasenring, der im Licht aufblitzte. Chelsey nahm den Geruch von Alkohol wahr, nicht frisch, aber er strömte dem Mädchen aus den Poren. India hatte einen Kater. *Das alles war sowieso Ellies Idee*, fuhr sie fort.

Was?, hakte Chelsey nach. Eine Möwe landete kreischend im Vorgarten.

Die Party. Ich bin nur gefahren, mehr nicht. Bin ja nicht ihre Aufpasserin.

Kapiert. India dachte mehr daran, dass sie selbst Ärger bekommen könnte, als an Ellie. *Die Party ist mir egal. Oder ob du was getrunken oder Drogen genommen hast*, versicherte Chelsey dem Mädchen. *Ich will nur Ellie finden.* Das reichte, um India so weit zu beruhigen, dass sie ihr Fotos von der Party schickte.

Mit Hilfe dieser Fotos konnte Chelsey den Zeitablauf zum Teil rekonstruieren. Um 23:31 Uhr war Ellie zum letzten Mal auf einem Foto im Motelzimmer zu sehen. Um 23:39 Uhr war sie verschwunden. Plötzlich nicht mehr da, wie ein fortgewehter Schmetterling.

Als Nächstes befragte Chelsey Daniel Partridge, Ellies Freund. *Ich war zu Hause und hab geschlafen*, behauptete er und wippte dabei nervös mit dem Fuß. Sie waren bei ihm im Haus und saßen auf Holzbänken mit geschnitzten Weizenähren an einem kleinen Einbautisch.

Gibt es jemanden, der das bezeugen kann? Chelsey starrte ihn an, ohne zu blinzeln. Lydia, ihre Schwester, hatte das immer ihr Fuchsgesicht genannt. Die meisten Verbrechen wurden von jemandem begangen, den das Opfer kannte. Danny wirkte nett, aber es waren immer die Netten, auf die man besonders achtgeben musste. Die fiesen Typen trugen ihre Verbrechen offen vor sich her, schleppten sie zusammen mit ihren ganzen emotionalen Problemen mit sich herum. Bei den Netten lagen die Dinge tief vergraben.

Daniels Fuß hielt still. Seine Augen wurden schmal. *Meine Leute waren bei der Arbeit, aber meine Mom hat was zum Abendessen vorbeigebracht.* Seine Eltern besaßen eine Bar mit Restaurant in der Main Street. Chelsey erinnerte sich, dass das Fishtrap vor ein paar Monaten Ziel von Vandalismus geworden war – jemand hatte *Rothaut* und *Ab ins Reservat* in Neonorange an die Fensterfront geschmiert. Die Partridges waren Chinooks. Sie hatten die Schrift entfernt, Videokameras installiert und die Flagge ihrer indigenen Gemeinschaft ins Fenster gehängt.

Ich würde deine Mutter gerne anrufen, wenn es dir nichts ausmacht, sagte Chelsey. *Um deine Geschichte zu überprüfen.*

Danny sprang auf und riss Küchenschubladen auf, bis er ein

Stück Papier und einen Stift mit dem Aufdruck eines lokalen Angelgeschäfts gefunden hatte. Er kritzelte Namen und Telefonnummer seiner Mutter auf das Papier und warf es Chelsey hin wie einen Fehdehandschuh. *Hier!*

Chelsey hatte ihn gekränkt. Aber jeder war verdächtig. Sie hatte sogar Kat und Jim beobachtet. Wie sie ihre Tassen hielten. Zu fest? Oder zu lässig? Was für Informationen gaben sie preis? Zu detailliert oder zu vage? Die Wahrheit bewegte sich stets auf einem schmalen Grat.

Wie sich herausstellte, hatte Dannys abwehrende Haltung einen Grund. Anders, als er behauptet hatte, war er nicht die ganze Nacht zu Hause gewesen. Er hatte gelogen und seine Empörung vorgetäuscht.

Danach befragte sie die Kids von der Party und die Lehrkräfte an Ellies Schule. Die Berichte über Ellie waren einer schlimmer als der andere. *Sie war so falsch, hat immer so getan, als ob sie reich wäre*, sagte ein Mitschüler. *Dieses Mädchen? Ich dachte immer, sie würde eines Tages draufgehen*, sagte ein Lehrer in einem so selbstgerechten Ton, dass Chelsey Brechreiz bekam.

Regen prasselt auf die Windschutzscheibe und holt Chelsey zurück in die Gegenwart. Sie stellt die Scheibenwischer an. Sie ist jetzt nicht mehr weit von Olympia entfernt, näher an Ellie. In einer halben Stunde wird sie das Krankenhaus erreichen. Dieses Wissen schnürt ihr die Brust zusammen wie ein Lasso. Die Autobahn teilt sich jetzt in drei Fahrspuren. Mehr Autos und Sattelschlepper sind jetzt unterwegs, und es gibt Fast Food Restaurants, Motels, Tankstellen … Sie wirft einen Blick auf ihr Handy, das sie auf den Beifahrersitz geworfen hat. Sie sollte Jimmy und Kat anrufen.

Jimmy ist mit Chelsey in Verbindung geblieben. Das letzte Mal hat sie ihn vor fünf Monaten gesehen. Er hat sich angewöhnt, ab und zu auf dem Revier vorbeizukommen. Hereinzuschlendern, wenn sie gerade aufgemacht haben, eine Kanne Kaffee und ein Dutzend Donuts aus der Cottage Bakery in den schwieligen Händen. Beim letzten Mal hatte er Suzette am Empfangstisch schon etwas angeboten und plauderte mit ihr, fragte sie nach Mann und Enkelkindern. Als Chelsey kam, richtete er sich auf und ließ sich von ihr in einen leeren Raum führen. Sie schloss die Tür, sie setzten sich einander gegenüber an einen Tisch und begannen mit ihrem Ritual.

Es fing immer mit Small Talk an.

Wie geht es Ihnen, Jim?

Ganz gut.

Und Kat?

Oh, wissen Sie, sie hat gute und schlechte Tage. Sam und ihre Familie ziehen bald hierher, das heitert sie ein wenig auf.

Ellie hatte eine ältere Schwester, Sam. Die beiden waren zehn Jahre auseinander und standen sich nicht sehr nahe. Nicht so, wie Chelsey und Lydia einander nahegestanden haben. *Ihr seid wie Zwillinge*, hatte ihre Mutter immer gesagt.

Das ist schön, sagte Chelsey.

Was ist mit Ihnen? Wie geht's Ihrem Mann? Ich hab neulich was in der Zeitung über ihn gelesen, als er sein Team zu den Landesmeisterschaften begleitet hat. Noah hatte sein erstes Jahr als Lehrer und Basketball-Coach an der Ilwaco High School abgeschlossen und sein Team bis zur Teilnahme an den Wettkämpfen trainiert. Er war untröstlich gewesen, als sie verloren, und mit seinen Brüdern zur Blockhütte seiner Eltern gefahren, um sich davon zu erholen.

Noah geht's gut. Chelsey hielt inne, denn sie wusste, welche Frage Jimmy hergeführt hatte. Warum es nicht gleich hinter sich bringen. Mit diesen Gesprächen war es, wie wenn man einen alten Hund einschläfern lassen musste. Warum es hinauszögern? *Es gibt keine neuen Hinweise, Jim*, sagte sie sanft. *Sie wissen, dass ich Sie sonst angerufen hätte.*

Jimmy seufzte und nahm seine Baseballkappe ab. Seine Haare standen in braunen und grauen Büscheln ab. *Kann ich es sehen?*

Natürlich. Chelsey stand auf und holte den Pappkarton mit den Beweismitteln. Sie stellte ihn auf den Tisch und erinnerte Jimmy daran, dass er die Plastikbeutel nicht öffnen durfte. *Es ist immer noch ein offener Fall.*

Jimmy nickte. Er kannte die Regeln. Es war immer dasselbe. Zuerst las er den Polizeibericht. Dann die Zeugenaussagen. Suchte nach irgendetwas, das Chelsey entgangen sein mochte. Jeder Informationsschnipsel konnte der Schlüssel sein, um Ellies Fall aufzuklären. Schließlich betrachtete er die Beweisgegenstände, behandelte jedes Stück wie eine zerfallende Reliquie – einen von Ellies Schuhen, ihr Handy mit dem gesprungenen Display, Kieselsteine mit Blut daran, Fotos von den Überwachungskameras aus dem Motel und der Kirche der Pfingstgemeinde daneben –, alle zeigten den Parkplatz, auf dem Ellies Sachen gefunden worden waren. Sattelschlepper und vereinzelt geparkte Autos hatten jede Sicht auf Ellie versperrt. Chelsey hatte die Fahrzeughalter von allen Nummernschildern, die sie entziffern konnte, ausfindig gemacht. Niemand hatte irgendetwas gesehen.

Sagen Sie mir nur, dass Sie immer noch glauben, dass sie irgendwo da draußen ist.

Chelsey fing an, den Karton wieder einzuräumen. Waren das die letzten Gegenstände, die Ellie berührt hatte? Was würden sie erzählen, wenn sie reden könnten? Welche Geheimnisse würden sie ihnen zuflüstern?

Der Fall ist immer noch offen. Ich werde nicht aufhören, bis Ellie gefunden ist, versprach sie, weil sie das wirklich glaubte – vielleicht war es dumm, aber sie musste es glauben. Der letzte Funken Hoffnung hielt sie aufrecht.

Jimmy nickte düster und zitterte leicht, als er sich verabschiedete. Chelsey ließ ihn ohne ein weiteres Wort gehen. Sie wusste, dass Jimmy Black, wie die meisten Männer, für sich sein musste, wenn er die Fassung verlor.

Chelsey holt tief Luft, um sich von den Erinnerungen zu befreien, während sie an einer roten Ampel hält. An der Kreuzung steht ein Wegweiser zum Legacy Memorial Hospital. Es ist an der Zeit. Sie nimmt ihr Handy und ruft die Nummer der Blacks auf. Es klingelt und klingelt.

Zwei Jahre. Zwei Wochen. Ein Tag.

Seit Ellies Verschwinden hat Chelsey sich freiwillig für jeden Fall gemeldet, der mit Gewalt gegen Frauen zu tun hatte. Sie hat immer viel zu tun. All diese verletzten, geschlagenen, verstümmelten Frauen empfängt sie mit offenen Armen. Es ist eine Art Wiedergutmachung, das ist ihr klar. Sie hat Lydia nicht retten, Ellies Fall nicht aufklären können.

Das Freizeichen verstummt, als jemand drangeht.

»Hallo«, nuschelt Jimmy. Im Hintergrund läuft ein Fernseher, aber seine Stimme klingt verschlafen.

»Hey Jim, hier ist Chelsey. Ist Kat in der Nähe? Ich habe Neuigkeiten.« Während sie wartet, bis Jim seine Frau geweckt hat, denkt sie an die Tochter der beiden. Sieht Ellie verschwommen vor ihrem inneren Auge. Da steht sie, in einer leeren, schattigen Straße, schweigend. Sie wartet darauf, zu reden.

Ja, es ist an der Zeit.

i

Ich war besessen von Geschichten über verschwundene Mädchen.

Die Schlagzeilen waren immer so provokant, man konnte ihnen nicht widerstehen. Wie ein Autounfall in Slow-Motion. Ich betrachtete diese Mädchen damals nicht als echt. Nicht als lebende, atmende Menschen, die gequält wurden, bis sie völlig am Ende waren. Niemals hätte ich an ihrer Stelle sein können. Nie. Ich schäme mich, zugeben zu müssen, wie arrogant ein kleiner, geheimer Teil von mir war. Ich habe mich für unbesiegbar gehalten.

Aber dann habe ich dazugelernt. Ich habe gelernt, dass ich keine Ketten und Handschellen brauchte, um gefangen zu sein. Alles, was dazu nötig war, waren vier Wände aus unberührtem Wald. Und Angst. Angst, die in dir gärt und schwelt und dich schüttelt. Die besten Gefängnisse sind die selbst ausgedachten.

Wenn ein Kind verschwindet, sind die ersten achtundvierzig Stunden entscheidend. Auf die Zeit kommt es an. Fakten werden gesammelt und in einem Bericht festgehalten. Wo ist das Kind hingegangen? Wer hat es gesehen? Was hat das Kind getan?

Machen wir es nicht unnötig kompliziert. Hier ist die Chronik meiner Entführung. Wahrscheinlich das, was Sie schon wissen.

Der Tag begann wie jeder andere. Gegen 7:00 Uhr morgens holte India mich zur Schule ab. Ich war in der Küche, aß Frühstücksflocken im Stehen, und eine Hupe schallte durch das Viertel. Ich schob mir einen letzten Löffel voll bunter Kringel in den Mund.

Mom kam in die Küche. Sie sah verschlafen und klein aus in einem

Sweatshirt von Dad und einer Schlafanzughose mit kleinen Weihnachtskränzen darauf. Es war Mai. Sie lehnte sich an den Küchentresen und stützte den Kopf auf die Hände. Am Tag zuvor hatte sie mich zu ihrer Arbeit mitgenommen. Nach Feierabend hatte ich noch bleiben müssen, während sie mit ihren Freundinnen etwas trank. Danach war sie beschwipst, und ich musste sie nach Hause fahren. Jetzt rieb sie sich über das Gesicht und betrachtete stirnrunzelnd meine untere Körperhälfte. »O Gott, Ellie.«

Ich hatte meine Jeans mit Filzstift vollgekritzelt - Sternschnuppen, mit einem Pfeil durchbohrte Herzen, einen menschlichen Körper mit Pferdekopf. »Was?«

»Was heißt hier was? Das sind nagelneue Jeans! Die habe ich dir gerade erst gekauft.«

Mom machte sich immer Gedanken ums Geld. Darum, was Sachen kosteten, was *ich* kostete. Manchmal fragte ich mich, ob ich sie hasste. Der Gedanke tat weh. Dann fragte ich mich, ob sie mich hasste, und der Gedanke tat noch mehr weh. »Meine nächsten Jeans besorge ich mir selber.« Außerdem hatte ich vor, mir ein neues Smartphone zu kaufen. Damit hat alles angefangen. Mit einem Handy. Das, was ich benutzte, war alt und musste ungefähr alle zwei Stunden aufgeladen werden. Ich hatte es von Mom geerbt. Ich war ein Mädchen, das alles tat, um zu bekommen, was es wollte.

Sie lehnte sich an den Tresen, direkt unter dem Hängeschrank, den mein Vater vor einer Woche zertrümmert hatte. Er war wütend auf mich gewesen. »Mit welchem Geld? Ellie ... darum geht es nicht.«

Tut. Tuut. Tuuuut.

Mom hielt sich die Ohren zu. »O Gott«, wiederholte sie. »Ist das Danny? Bitte sag ihm, er soll die Hupe in Ruhe lassen.«

Ich verdrehte die Augen und knallte Schale und Löffel in die Spüle, dass es schepperte. Mom zuckte zusammen. Das alte Porzellanspülbecken gehörte zur Originalausstattung des Hauses, und wir hatten schon mehr Geschirr darin zerbrochen als gespült. Aber die Schale zerbrach nicht, und ich weiß noch, dass ich dachte: Heute ist mein Glückstag. Jetzt fühle ich mich wie eine verdammte Idiotin.

Ich schnappte mir meinen Rucksack. »Es ist nicht Danny. Es ist India. Ich übernachte heute bei ihr.« Die Lüge ging mir leicht über die Lippen. Ich hatte etwas Größeres geplant, als bei India zu übernachten. Die Wahrheit zu verdrehen, war ein besonderes Talent von mir. Sag etwas mit genügend Überzeugung, dann glaubst du es sogar selbst. »Weißt du nicht mehr?«, forderte ich meine Mom heraus. »Ich hab's dir gestern Abend erzählt.«

»Oh, stimmt. Ich sollte sie irgendwann mal kennenlernen. Schickst du mir ihre Nummer, bitte?«

»Klar«, versprach ich, während ich die Küche verließ.

»Komm rechtzeitig nach Hause!«, rief Mom mir nach, als ich auf die Haustür zulief. »Wir gehen morgen mit Sam einkaufen, für ihre Schwangerschaft.«

India hupte wieder. »Ja!«, brüllte ich zurück. »Ich kann's kaum erwarten.« Mom versuchte ständig, uns zusammenzubringen, Sam und mich, in der Hoffnung, wir würden beste Freundinnen werden. Aber wir hatten nichts gemeinsam, vor allem das Alter nicht. Ich fand, dass Sam mich wie ein Baby behandelte, und Sam fand, dass ich mich wie eins benahm. Bei unserer letzten Begegnung hatte sie mich beschuldigt, ihren Ausweis gestohlen zu haben. *Ich kann nicht glauben, dass du an so etwas auch nur denkst*, hatte ich gesagt und mich zutiefst empört gezeigt.

Sam hatte die Arme über ihrem gewölbten Bauch verschränkt. *Als ich gestern Abend kam, war er in meiner Brieftasche, und jetzt ist er nicht mehr da. Er hat sich nicht in Luft aufgelöst, Ellie.* Dann wurde ihr Blick weicher. *Wenn du ihn mir zurückgibst, verrate ich Mom nichts, okay?*

Aber ich war dabei geblieben, dass ich ihn nicht hatte.

Draußen stand Indias Kombi mit laufendem Motor am Bordstein. Ich stieg vorne ein und schob meinen Rucksack in den Fußraum. David Bowie schallte aus den Lautsprechern. Indias hellblondes Haar leuchtete förmlich im Morgenlicht. In ihrem Auto stank es - nach Staub, Nelkenzigaretten und abgestandenem Kaffee. Ich klappte die Sonnenblende runter und trug Eyeliner auf. Wir düsten davon, lachend, sorglos und frei, ohne zu wissen, wie wenig Zeit ich noch hatte.

Um 7:24 Uhr kamen wir an der Schule an, nur eine Minute zu früh. Die Unterrichtsstunden verschwammen ineinander. Biologie. Englisch. Sport. Ich ging in alle Kurse. Jeremy Davis, Lindsay Jackson und Steven Laurier erinnern sich vielleicht sogar noch daran, dass sie mir in den Pausen Zwanziger zugesteckt haben.

Um 12:09 Uhr verdrückte ich auf der Schultreppe ein Sandwich aus dem Automaten. Auf die Stufen war in gelber Schrift *Sicherheit*, *Verantwortung* und *Respekt* gemalt. Plötzlich schreckte ich hoch und fuhr herum.

»El.«

Da war er. Dunkle Haut, ein kindliches Gesicht, zärtliche Augen von der Sorte, die Gefühle nicht sonderlich gut verbergen können. Dunkles, glänzendes Haar bis zu den Schultern. Danny. Fester Freund. Bester Freund. Liebe meines Lebens. Haben Sie schon mal so für jemanden empfunden? Als ob Sie beide die Liebe erfunden hätten?

Danny blickte grinsend auf mein halb aufgegessenes Sandwich. »Eiersalat aus dem Automaten. Tapferes Mädchen.«

Ich zuckte die Achseln. »Ich mag das Risiko.«

»Das weiß ich. Wie fühlt es sich an, wieder in Freiheit zu sein?«

Hab ich schon erwähnt, dass ich in der Woche davor suspendiert worden war? Wegen des Besitzes von illegalen Substanzen auf dem Schulgelände. Ich hatte ein winziges bisschen Gras in meinem Spind. In Washington legal, aber ich war noch minderjährig. Die Polizei wurde gerufen. Ich bekam Hausarrest, deshalb hatte ich am Tag zuvor Mom zu ihrer Arbeit begleiten müssen.

»Großartig.« Ich tat, als würde ich salutieren. »Bin völlig geläutert. Bereit, auf dem Pfad der Tugend zu wandeln.«

»Wie nervig. Ich stehe auf böse Mädchen.«

Wir küssten uns. Direkt an der Tür. Die Schulklingel ertönte, und Danny und ich lösten uns voneinander. »Du kommst doch heute Abend?«, fragte ich. Eine Rolle Zwanziger und der Ausweis meiner Schwester lagen schwer in meinem Rucksack.

Dannys Lippen zuckten. Er konnte mir nicht in die Augen sehen. »Äh, ja, das wollte ich dir noch sagen. Ich kann nicht. Ich muss morgen früh im Restaurant arbeiten und brauche etwas Schlaf. Muss früh aufstehen.«

»Ernsthaft?«, stieß ich hervor.

»Ach komm, El.«

»Ach komm, Dan. Es ist wichtig.«

Eigentlich war es das nicht. Ich wollte ein neues Smartphone. Ich hatte Sams Ausweis gestohlen, eine Motel-Party geplant und den Kids jeweils zwanzig Mäuse dafür abgeknöpft, dass sie so viel trinken konnten, wie sie wollten. Das Projekt hatte eine gute Gewinnspanne, würde genug abwerfen, um ein aufgearbeitetes Gebrauchthandy zu kaufen. Ich wollte, dass Danny in dieser Nacht bei mir war. Wieder dieses Wort. Wollte. War das das Problem? Wollte ich zu viel? Ich denke oft darüber nach, wie viel von dem, was passiert ist, mein eigener Fehler war.

»Es tut mir leid, ich kann nicht«, sagte er. Der Flur leerte sich. Klassenzimmertüren fielen zu. Danny lehnte seine Stirn an meine. »Ich liebe dich.«

Ich erwiderte seine Worte nicht. Liebesentzug war ein Machtspiel. Ich hatte wirklich einen fiesen Charakter.

Danny seufzte. »Wollen wir uns wirklich darüber streiten?«

»Kommt auf dich an, schätze ich.«

Ich sah ihn finster an. Er küsste mich auf den Mundwinkel. Es war unser letzter Kuss. Ich wünschte, ich hätte das gewusst. Dann hätte ich mich an ihn geschmiegt. Hätte seine Hand ein bisschen fester gehalten. Hätte mich von ihm verabschiedet.

Um 13:03 Uhr, 14:30 Uhr und 14:55 Uhr flogen Textnachrichten zwischen Danny und mir hin und her. Ihr Inhalt ist beschämend, es reicht wohl zu sagen, dass ich es darauf anlegte, dass sich mein Freund wie ein Stück Scheiße fühlte, weil er arbeitete und mich im Stich ließ. Es gibt viele Momente, auf die ich nicht stolz bin. Das ist einer davon. Aber ich war egoistisch. Ein Mädchen, das andere dazu überredete – insbesondere Danny –, Dinge zu tun, die sie lieber nicht tun sollten. Ich hätte ihm vielmehr sagen sollen, dass ich ihn vermissen würde. Mach dir keine Gedanken, es war eine dumme Idee. Ein Handy ist nicht so wichtig. Lass uns stattdessen lieber ins Kino gehen. Aber ich war stur. Egoistisch. Vermessen.

Gegen 15:07 Uhr war ich wieder zu spät dran, aber diesmal war es nicht mein Fehler. Unser Vertretungslehrer in Englisch hielt die ganze Klasse nach dem Klingeln der Schulglocke noch zwei Minuten auf, um ein Gedicht über einen Schneemann und eine Heide zu Ende zu bringen.

India wartete im Auto auf mich. Wir fuhren gleichzeitig mit dem letzten Bus vom Schulparkplatz, gegen 15:20 Uhr.

Um 15:45 Uhr hatten wir Coldwell hinter uns gelassen. Ich tippte eine Nachricht an meine Mom: *Nicht vergessen, übernachte heute bei India*, und hängte Indias Nummer an. Dann eine Nachricht an Danny: *Will Gunner kommt auch.* Es war ein letzter verzweifelter Versuch, Danny dazu zu bringen, zum Motel zu kommen. Mit Will war ich vor Danny zusammen gewesen. Er hatte im vorigen Jahr seinen Abschluss gemacht, ging jetzt mit einem Teilstipendium für Baseball aufs College. Er kam in den Pausen oft vorbei und versuchte, wieder was mit mir anzufangen.

»Willst du eine?« India hielt mir ihre Nelkenzigaretten hin. Ich rümpfte die Nase und schüttelte den Kopf. Sie zuckte die Achseln, schüttelte eine Zigarette aus der Packung und steckte sie sich zwischen die Lippen. Die eine Hand am Lenkrad, zündete sie mit der anderen die Zigarette an, und es sah erstaunlich graziös aus. »Hey«, sagte sie und tätschelte meinen Oberschenkel. »Kopf hoch, Süße. Danny wird schon kommen.«

Ich hatte India alles erzählt. Nur, dass Danny arbeiten musste, hatte ich ausgelassen. Dafür hatte ich ergänzt, dass er zu müde sei. Vielleicht hatte ich ihn ein Weichei genannt. Was machte es schon, wenn ich mich selbst in ein besseres Licht stellte? Jede Geschichte braucht ihren Bösewicht. Ich checkte mein Telefon. Keine Nachricht von Danny. *Sei morgen früh wieder zu Hause*, hatte meine Mom mir zurückgeschrieben. *Denk dran, es ist Sams Tag.*

India gähnte, und ich steckte ihr meinen Finger in den Mund. Das Auto schwenkte abrupt zur Seite, dann wieder in die Mitte der Spur. Hinter uns wurde gehupt. Eine Limousine zog vorbei. India hielt sich den Bauch und lachte, während sie den Wagen wieder gerade ausrichtete.

Wir fuhren eine Weile, über eine Brücke und nach Astoria hinein, während wir einen Song hörten, der davon handelte, wie einem die Nacht das Herz brechen kann. India bog auf den Parkplatz des Riverbend Motels ein und hielt direkt unter dem Werbeschild, das die Stunden- und Nachttarife anzeigte. »Gut?«

»Perfekt«, sagte ich.

India verschickte schon Nachrichten mit der Adresse. Sie drückte ihre Zigarette in den Aschenbecher. »Also dann, tun wir's.«

Die Nacht würde lang werden, es konnte viel passieren. Ich mietete mit Sams Ausweis ein Zimmer, dann fuhren India und ich zu einem Lebensmittelladen mit einer gut sortierten Spirituosenabteilung, und ich räumte die Regale leer. Die Flaschen klirrten in Plastiktüten, als ich aus dem Laden kam. India wartete im Auto hinter dem Steuer auf mich.

»Hey!«, rief mir eine Frau zu. Ich blieb stehen. Sie war hübsch, hatte dunkles, langes Haar, einen offenen Blick und große, leicht schrägstehende Augen. Ihre Wangen waren vom Wind leicht gerötet. »Könntest du mir kurz helfen?«

Sie stand an der Tür ihres ramponierten SUVs, beladen mit einer Babyschale und einer Einkaufstasche.

»Ja, klar.« Ich stellte meine Plastiktüten ab und öffnete ihr die Tür.

»Danke.« Sie lächelte strahlend, ließ den Babysitz in der Halterung einrasten und stellte ihre Einkaufstasche daneben. Das Baby gluckste, und sie schlug die Tür zu. Dann kramte sie in ihrem Portemonnaie. »Hier«, sagte sie und hielt mir einen Fünf-Dollar-Schein hin.

Ich hob abwehrend die Hände. »Nein, schon gut.« Dann fügte ich hinzu: »Meine Schwester bekommt auch ein Baby.« Ich weiß nicht, warum ich das sagte.

Sie lächelte noch breiter und steckte den Geldschein wieder ein. »Na, dann herzlichen Glückwunsch.«

Ich stammelte ein Danke, nahm meine Tüten und huschte zurück zum Auto. India lachte und nannte mich eine Streberin. Ich öffnete eine Flasche Wodka und trank gleich auf dem Beifahrersitz daraus.

Im Motel lungerte ein Mann mit kleinen Zähnen im Gang neben unserem Zimmer herum.

»Ihr Mädels schmeißt 'ne Party?« Er steckte sich seine Zigarette zwischen die Lippen und inhalierte. Seine Fingernägel waren abgenagt und blutig.

India straffte die Schultern. »Nur ein paar Freunde.«

Er pfiff leise und grinste. »Ja, ja. Wenn es zu eng wird, könnt ihr die Feier auf mein Zimmer ausdehnen.«

India streckte ihm die Hand entgegen. »India.«

»Brett.« Er nahm ihre Hand und sah mich an.

»Ellie«, sagte ich.

»Ellie und India«, wiederholte er und schnippte seine Zigarette weg. »Ihr Mädels habt es drauf.« Er ging zurück in sein Zimmer, und wir stolperten kichernd in unseres.

»Verdammter Spinner«, sagte India.

Es dauerte nicht lange, bis ein paar Kids auftauchten. Noch mehr Geld wechselte den Besitzer.

Um 23:01 Uhr war die Party in vollem Gange, mit vierzig Leuten, die sich in unser Motelzimmer quetschten. Während ich an einem Wein-Cocktail nippte, ging ich in Richtung Badezimmer. Die Tür war verschlossen. Will Gunner lehnte daneben an der Wand. »Hey«, sagte er. »Nick und Lindsay sind seit zwanzig Minuten da drinnen. Bestimmt machen sie rum. Oder sie kotzen. Soll ich dich zur Tankstelle begleiten? Dann kannst du dort auf die Toilette gehen. Und wir könnten was nachholen.« Er leckte sich die Lippen.

Ich lachte spöttisch, während ich Will eine Abfuhr erteilte. »Nein, alles cool. Ich gehe alleine.«

Ich sah keinen Grund, irgendjemandem zu sagen, wohin ich wollte, denn ich fühlte mich sicher. Unantastbar. Als ob ich alle Zeit der Welt hätte.

Ich ging hinaus. Die Luft war kalt und brannte in meiner Lunge. Brett, unser Motel-Nachbar mit den kleinen Zähnen, streckte den Kopf aus seiner Zimmertür.

»Ist das schlau?« Er kratzte sich im Gesicht. Ich eilte davon, vorbei an den Snack-Automaten mit den aufgeklebten Plakaten: *Sind Sie ein Opfer von Menschenhandel? Unter dieser kostenfreien Rufnummer finden Sie Hilfe.*

Es fällt mir schwer, mir nicht die Schuld für das zu geben, was als Nächstes geschah. Ich wünschte, ich würde es nicht. Ich wünschte, dies wäre keine Warnung für Mädchen - davor, allein im Dunkeln herumzulaufen. Damit sie lernen, dass es überall böse Menschen gibt. Und dass diese Menschen in Wahrheit keine Fremden sind, sondern die Männer, mit denen du schläfst, mit denen du arbeitest, die du großziehst. Ich wünschte, es würde etwas anderes bedeuten, eine Frau zu sein. Aber für uns lautet die Frage nicht, *ob* uns etwas Schlimmes passiert, sondern nur, *wann*.

Drei

Das Krankenhaus ist ein grauer Klotz mit Fenstern in Form von vertikalen Schlitzen. Als Chelsey ankommt, ist der Parkplatz voll von Übertragungswagen. Sie fragt sich, wer den Medien einen Tipp gegeben hat. Vielleicht die Wanderer, die Ellie gefunden haben? Oder ein Mitglied des Krankenhauspersonals, vielleicht sogar jemand von der Polizei? Sie weiß noch, wie die Medien mit dem Verschwinden ihrer Schwester umgegangen sind – als wäre die ganze Sache ein perverses Unterhaltungsformat. Chelsey hat einen schalen Geschmack im Mund und hält den Kopf gesenkt, als sie sich zwischen Schweinwerfern und perfekt frisierten Reporterinnen hindurchschiebt.

In der Notaufnahme hält sie ihre Dienstmarke zuerst dem Wachmann hin und dann der Mitarbeiterin am Empfang. Eine Frau mit herzförmigem Gesicht lehnt neben dem Zimmer des Mädchens an der Wand. Sie richtet sich auf, als Chelsey näher kommt.

»Denise«, sagt Chelsey mit einem knappen Nicken. »Ich würde gerne sagen, dass es schön ist, dich zu sehen, aber …«

»Aber wir beide sehen uns nur, wenn etwas Schlimmes passiert ist«, ergänzt Denise. »Ich dachte mir schon, dass du bald auftauchst. Hab schon auf dich gewartet und dir einen Kaffee mitgebracht.« Denise hält zwei Becher in der Hand. Ihre Ponyfransen sind gerade geschnitten, und sie hat Doc Martens an, die mit winzigen Totenköpfen verziert sind. Sie trägt eine Dienstplakette um den Hals: *Thurston County, Abteilung für Gesundheit und Soziales.*

»Danke.« Chelsey nimmt einen Schluck und wärmt sich an dem Becher die Hände. Der Kaffee ist lauwarm und stark. »Ist irgendjemand bei ihr?« Sie zeigt mit einem Kopfnicken auf die geschlossene Tür und sieht, wie dunkel es hinter dem Beobachtungsfenster ist – außerdem ist es still wie in einem Grab. An jedem Ende des Ganges sind ein paar Uniformierte postiert. Chelsey spürt ein aufgeregtes Kribbeln im Bauch.

»Nein. Elizabeth ist allein«, antwortet Denise. »Ich habe mit dem Arzt gesprochen, der sie aufgenommen hat. Sie ist ziemlich mitgenommen. Extreme Lichtempfindlichkeit, klare Anzeichen von Missbrauch. Hart ist auf dem Weg hierher.« Hart ist die für die Prüfung von sexuellen Übergriffen geschulte Krankenschwester des Bezirks. »Elizabeth hat bisher nur ihren Namen genannt und nach ihren Eltern gefragt, mehr hat sie nicht gesagt.«

»Sie kommen.« Im Hintergrund heult eine Sirene.

»Willst du auf sie warten?«, fragt Denise.

Chelsey schüttelt den Kopf. »Elizabeth ist über achtzehn.« Beinahe zwanzig, das Einverständnis der Eltern ist also nicht nötig. »Übernimmst du die Führung?« Fürs Erste wird Chelsey nur zusehen. Die meisten Leute gehen davon aus, dass sie, weil sie eine Frau ist, für die Arbeit mit Opfern geeignet ist. Aber das ist sie nicht. Sie ist schroff und distanziert. *Du bist genau wie dein Vater*, hat ihre Mutter, Marianne, immer gesagt, halb anklagend, halb mahnend. Chelsey hat das Gefühl, als würde eine unsichtbare Faust ihr Herz zusammendrücken. Sie hat mit ihrer Mutter in den letzten zwei Jahren nur zweimal gesprochen. Einmal, um ihr zu sagen, dass Chelseys Vater, Mariannes Ex-Mann, gestorben ist. Und dann noch einmal kurz danach, um ihr mitzuteilen, dass sie Noah geheiratet hat.

»Okay, ich übernehme die Führung«, erwidert Denise und wirft ihren Kaffeebecher in einen Mülleimer. Chelsey nimmt einen letzten Schluck und wirft ebenfalls ihren Becher weg. Denise zieht ihr Shirt glatt, holt tief Luft, dann klopft sie zweimal an die Tür, bevor sie sie einen Spalt aufschiebt. »Elizabeth?«, ruft sie vorsichtig in den dunklen Raum. »Ich bin Denise Little, Opferanwältin für Thurston County.« Sie stößt die Tür weiter auf. Ein Lichtkegel fällt ins Zimmer. Das Mädchen hat eingefallene Wangen, die Augen liegen tief in ihren Höhlen, und ihr Haar ist stumpf und struppig. Ein Schauder des Wiedererkennens durchfährt Chelsey. Unverkennbar. Sie ist es wirklich. Elizabeth Black lebt.

Ellies leerer Blick wandert zu Chelsey. »Wer sind Sie?«

Chelsey hat keine Worte, sie ist wie hypnotisiert. Ellie Black leibhaftig. Es ist ein Wunder, und Chelsey will weinen, unterdrückt aber den Impuls, drängt die Tränen mit Willenskraft zurück, bis nur noch ein dumpfer Schmerz in ihrem Kiefer zurückbleibt.

Denise blickt kurz zu Chelsey. »Das ist Detective Calhoun. Sie ist die Hauptzuständige in deinem Fall.«

»Hauptzuständige?« Ellies Stimme klingt heiser.

Chelsey schließt die Tür. Im Zimmer riecht es nach Lagerfeuer, Desinfektionsmittel und Erbrochenem. Chelsey hat schon schlimmere Gerüche erlebt. »Ich arbeite in Pacific County. Ich bin die leitende Ermittlerin«, sagt sie sanft.

Denise lächelt. »Darf ich mich setzen?« Sie zieht einen Stuhl heran und macht es sich darauf bequem. »Es ist schön, dich zu sehen, Elizabeth. Wir haben dich lange gesucht.«

»Ja? Wie lange?« Ellie bewegt sich vorsichtig, Arme und Beine zeichnen sich unter dem Krankenhauslaken ab wie scharfkantige Scherben. Sie ist dünn. Vielleicht ausgehungert. Ihre Finger sind so schmutzig, dass sie auf dem Bettzeug Spuren hinterlassen haben. Die Kleidung, in der man sie gefunden hat, liegt zusammengeknüllt am Fußende, verdreckt, rötlich braun und feucht von Schlamm. Altes Blut, aber neuer Schmutz. Chelsey speichert diese Information innerlich ab. Sie ist ein Puzzleteil, eins von vielen, die sie noch hin und her drehen wird bei dem Versuch, sie zusammenzusetzen.

Denise schürzt die Lippen. »Tja, also ich kenne die Einzelheiten deines Falls nicht genau. Meine Rolle ist es, die Opfer von Verbrechen zu unterstützen.« Ellie verzieht keine Miene, zuckt nicht zusammen. »Aber ich glaube, du warst ungefähr zwei Jahre weg.«

Chelsey schiebt die Hände in die Hosentaschen und lehnt sich an die Wand. Siebenhundertsechsundvierzig Tage, um genau zu sein. In so einer Zeit kann viel passieren. Zellen teilen sich millionenfach für ein Wunder, ein Baby. Eine andere Zelle teilt sich falsch und führt dazu, dass ein Körper von innen zerstört, ihm das Leben genommen wird, wie bei Chelseys Vater. In siebenhundertsechsundvierzig Tagen kreist die Erde zweimal ganz um die Sonne, und Ellie Black verschwindet und taucht wieder auf wie bei einem Zaubertrick. Plötzlich ist sie fort, dann wieder da.

Denise beugt sich ein Stück zu Ellie vor. »Wir haben viel zu besprechen, Elizabeth. Und ich bin hier, um dir Hilfe anzubieten. Aber bevor wir reden, würden wir dich gerne untersuchen lassen. Ist es in Ordnung für dich, wenn eine speziell ausgebildete Krankenschwester das tut?«

»Speziell ausgebildet?« Ellie knibbelt an ihrer Nagelhaut. Auf ihren Armen sind glänzende Narben, eine Art Verbrennung, vermutet Chelsey. Kat hat nie erwähnt, dass Ellie irgendwelche anderen Verletzungen als aufgeschlagene Knie gehabt hätte.

»Für Fälle von sexuellen Übergriffen«, präzisiert Denise.

Ellie erstarrt. »Ist das nötig?«

»Ich verstehe, dass dir das unangenehm ist, aber die Zeit drängt. Es ist wichtig für die Ermittlungen.«

Ellie wendet sich ab, die Lippen zusammengekniffen. »Ich will nur meine Eltern sehen.«

»Sie sind auf dem Weg«, sagt Chelsey. »Aber das dauert noch eine Weile.«

»Warum?«, stößt Ellie hervor.

Denise sieht sie ernst an. »Elizabeth, weißt du, wo du bist?«

»Im Krankenhaus«, antwortet Ellie.

»Nein, ich meine, weißt du, in welcher Gegend? In welcher Stadt? Du bist in Olympia, Washington. Zwei Stunden von Coldwell Beach und Astoria entfernt, wo du verschwunden bist.«

»Olympia«, sagt Ellie wie zu sich selbst, während sie ihr linkes Handgelenk berührt, eine unwillkürliche Geste. Tastet sie nach etwas, das nicht mehr da ist? Handschellen? Fesseln? Es sind keine Male zu sehen. Aber Chelsey fügt es zu ihrer mentalen Liste hinzu.

»Ja, Olympia.« Denise wartet ein bisschen, froh, dass sie Ellie noch etwas Zeit geben kann, bevor sie nachhakt. »Also, was ist mit der Untersuchung? Bist du einverstanden?«

Ellie zögert. »Hören sie auf, wenn ich darum bitte?«

Denises Nicken ist so entschieden wie ein Fausthieb. Chelsey hat schon erlebt, wie Denise Untersuchungen abgebrochen hat. *Danke, das war's, es reicht fürs Erste. Und jetzt alle raus hier.* »Ja, du kannst die Untersuchung jederzeit beenden. Ich werde dabei sein, und du kannst vorher ein Beruhigungsmittel bekommen.«

»Nein«, sagt Ellie schnell, »keine Drogen.«

»Alles klar. Keine Medikamente«, verspricht Denise. Sie wendet sich an Chelsey. »Gibt es sonst noch was?«

Chelsey schüttelt den Kopf. »Nein.« Sie spricht mit sanfter Stimme, obwohl ihr innerlich heiß ist vor lauter brennenden

Fragen. Chelsey ist immer ein bisschen ungeduldig, wenn sie etwas will, das war schon immer so. Sie ist immer die Erste, die ihren Keks aufgegessen hat, die Erste, die am Weihnachtsmorgen aufsteht, und die Erste, die sich an der Supermarktkasse aufregt, weil der Kassierer so langsam ist. Bei der Aufklärung eines Falles ist ihr die Ungeduld bisher immer zupassgekommen. Sie weiß, wie wichtig Zeit ist. Wie viel man in einer Minute verlieren kann. Und dennoch. Sie mahnt sich selbst zur Ruhe. Ellie ist keine Verdächtige. Ellie braucht einen Tag Ruhe. Zeit, um ihre psychischen Wunden zu pflegen. Chelsey tritt ein Stück näher und schlägt einen sogar noch sanfteren Ton an. »Es ist nur … Es tut mir leid, dass dir das passiert ist.«

Ellie nimmt Chelseys Worte schweigend auf. Erkennt ihren Schock, wie von jemandem, der eine Sturmflut oder einen Bombenangriff überlebt hat. Diese heilige Wahrheit, dass eine schreckliche Tat begangen worden ist. »Danke.« Wieder berührt Ellie ihr linkes Handgelenk.

Chelsey nickt, lächelt schwach und geht. Draußen vor Ellies Zimmer checkt sie ihr Handy. Zwei Anrufe von Sergeant Abbott und einer von Doug, gefolgt von einer Textnachricht: *Bin beim Wanderweg.*

Sie ruft zuerst Doug zurück.

»Ist sie es?«, fragt er sofort.

Als sie Dougs Stimmt hört, kommt Chelseys jüngeres Ich zum Vorschein, und sie fühlt sich klein. Trotzig. Sie wartet einen Moment, sammelt sich. »Sie ist es.« Sie sieht Hart, die Krankenschwester, die einen abgedeckten Metallwagen durch den Gang schiebt, und winkt ihr im Vorbeigehen zu.

»Heilige Scheiße«, sagt Doug gedehnt.

Chelsey starrt auf ihre Schuhe, abgetragene Stiefel mit ausgefransten Schnürsenkeln. Sie hat einen Kloß im Hals und schilt sich selbst dafür, dass sie so emotional ist. *Reiß dich zusammen*, hört sie die Stimme ihres Vaters. *Wenn du Polizistin werden willst, musst du besser sein als eine Frau.* Sie zwingt sich, sich wieder zu konzentrieren. »Ich bleibe während der medizinischen Untersuchung hier in der Nähe, bis Kat und Jim kommen. Wie läuft es beim Wanderweg?«

»Der Wetterbericht sagt Regen für die nächsten Stunden voraus, und die Sicht ist scheiße«, sagt Doug. »Diese Pfade sind wie ein Spinnennetz. Sie kann aus acht verschiedenen Richtungen gekommen sein, und alle Wege sind stark frequentiert – haufenweise Fußabdrücke. Ein paar Diensthunde sind unterwegs. Hoffentlich nehmen sie Witterung auf, bevor alles weggespült ist.«

Chelsey denkt an Ellies Geruch nach Holzfeuer. »Ich will, dass ihr weitersucht. Achtet auf Anzeichen von Lagerplätzen, Orte, wo jemand ein Feuer gemacht oder einen Unterschlupf gebaut haben könnte.« Durch die Jalousie vor dem Fenster in der Zimmertür sieht sie Ellie in ihrem Bett, Denise daneben. Krankenschwester Hart ist auch da. Lächelnd berührt sie Ellies Knie, sie trägt Gummihandschuhe. Dann greift sie nach der Kleidung am Fußende des Betts, steckt sie in einen Plastikbeutel mit der Aufschrift *Beweismittel* und verschließt ihn. Chelsey spürt Übelkeit in sich aufsteigen.

»In Ordnung«, sagt Doug. »Was, glaubst du, ist mit ihr passiert?«

»Ich weiß es nicht. Es gibt Anzeichen für anhaltenden Missbrauch und Vernachlässigung.« Schwester Hart schließt die Jalousie an der Tür, sodass Chelsey nichts mehr sehen kann. Sie weiß, was als Nächstes kommt. Die Krankenschwester wird Ellie die Fingernägel schneiden, ihre Zähne mit Zahnseide bearbeiten, einen Mundabstrich machen. Alle Proben werden in kleine Röhrchen gesteckt werden. Ellie Black ist jetzt ein Beweismittel.

Ihr Körper wird vor Gericht untersucht. »Sie war zu erschüttert, um viel zu reden.«

»Das war zu erwarten.«

Zuckende Blitzlichter sind durch die Jalousie zu erkennen. Ellie wird fotografiert. Chelsey dreht sich weg. Das ist eine der schwierigsten Aufgaben in ihrem Job, zu prüfen, was einer Person angetan worden ist, das Massaker zu analysieren. Die Rohheit. Aber irgendjemand muss genau hinsehen. Jemand muss alles bezeugen. »Ich glaube, sie ist von irgendwo entkommen.«

»Ergibt Sinn.«

Chelsey blinzelt, durchsucht ihre Erinnerungen an Ellie in ihrem Krankenhausbett, an ihren Körper. Keine tiefen Wunden an Händen und Füßen, nur kleine, oberflächliche Verletzungen, keine physischen Hinweise darauf, dass sie aus einem fahrenden Fahrzeug gesprungen ist. »Wahrscheinlich zu Fuß.« Darum ist sie gut in ihrem Job: Sie nimmt die Details wahr. Sie kann Menschen lesen. Hat die Kunst der Beobachtung perfektioniert während ihrer Kindheit, wenn sie die Launen ihres Vaters sorgfältig verfolgen musste.

»Verstanden. Welcher Umkreis?«

Gute Frage. Chelsey schaut hoch in das grelle Licht der Krankenhauslampen und kneift die Augen zusammen. Wie weit kommt ein Mensch, der um sein Leben rennt? Einmal hat sie gehört, wie Kollegen über einen Fall in Idaho gesprochen haben. Ein Mädchen, das im Keller ihres Elternhauses angekettet gewesen war, war entkommen und durch die ganze Nachbarschaft gelaufen, dann den Freeway entlang und bis in die nächste Stadt hinein, bevor sie stehenblieb und um Hilfe bat. »Fünfzehn Meilen.«

Sie beenden das Telefonat, und Chelseys Gedanken rasen, ein wilder Wirbelwind aus all den Fragen, die sie seit zwei Jahren umtreiben. Was ist dir passiert, Ellie Black? Wo warst du?

Vier

Kat rennt durch das Krankenhaus, ihre offenen Schuhe quietschen auf dem Linoleumboden, sie überholt Krankenhauspersonal, blaue und weiße Kittel verschwimmen zu einem Nebel. *Mein Mädchen. Mein Mädchen. Mein Mädchen.* Diese beiden Worte drehen sich in Dauerschleife in ihrem Kopf. Ein Urinstinkt ist in ihr freigesetzt worden, den sie nach Ellies Verschwinden in sich verschlossen hatte. Sie konnte mit all dieser Liebe nicht umgehen, die sie nicht mehr kanalisieren, an nichts und niemanden mehr richten konnte. Sie biegt um eine Ecke, sieht Detective Chelsey Calhoun, und bleibt stehen, auf einmal zögernd, verlegen.

»Ist sie es?« Vor ihren Augen flimmert es. Wenn es nicht Ellie ist, wird es auch gehen. In Wirklichkeit wird es nicht gehen, aber Kat wird so tun, als ob. Sie wird vorgeben, sich zu freuen, dass ein anderes vermisstes Mädchen nach Hause gekommen ist.

Jimmy holt auf und legt Kat eine Hand auf die Schulter. Sie greift nach seinen dicken Fingern. Er drückt ihre Hand. Sie beide wollen, dass es Ellie ist – brauchen es. Natürlich. Sie wollen ihr Kind zurück. Sie glauben, dass dann alles heilt, was in ihrem Inneren zerbrochen ist.

Detective Calhoun richtet sich auf. »Sie ist es.«

Kat packt Jimmys Hand fester, ihre Knie werden weich, sie dreht den Kopf zu ihm. Der Schirm seiner Baseballkappe ist ausgefranst, die aufgestickte amerikanische Flagge verblichen – rot ist rosa, blau ist grau geworden. »Sie ist es.«

Er nickt. Kat wünscht sich mehr von ihm, ein Zeichen, dass er genauso von Glück durchdrungen ist wie sie. »Gott sei Dank«, sagt sie zu Chelsey Calhoun und versucht, ihre Gefühle unter Kontrolle zu halten. »Ich will sie sehen.«

Chelsey zeigt auf die Zimmertür. »Sie ist da drin. Aber, Kat, Jim …«

»Ja?« Kat starrt auf die Tür. Dahinter ist Ellie. Es ist dumm, aber Kat denkt, sie kann ihre Tochter spüren, ihren Herzschlag, eine sanfte Anziehungskraft, die von ihr ausgeht.

»Es ist Ellie.« Die Detective hält einen Moment inne. »Aber sie ist ziemlich mitgenommen. Abgemagert. Es gibt Hinweise darauf, dass sie lange Zeit misshandelt wurde. Ich will, dass Sie vorbereitet sind. Es kann schockierend werden. Sie hat eine Aversion gegen Licht und mag es nicht, wenn sie berührt wird.«

Kat steht still, fühlt sich wie ein Insekt, das von blauem Licht angezogen wurde und dann plötzlich vernichtet wird. Sie hat Albträume gehabt in den letzten zwei Jahren, viele. Tief empfundene Bilder von Ellie, irgendwo gefangen, blutig und mitgenommen, Ellie, die nach ihr rief wie damals, als sie noch klein war. *Mommy, ich brauche dich. Mommy, kannst du mir helfen? Mommy, ich schaffe das nicht alleine.* Kat kann nur schlafen, wenn sie eine kleine blaue Pille genommen hat. Sie hat sich mit dem Gedanken getröstet, dass es nicht schlimmer sein kann als in ihrer Vorstellung. Es kann nicht schlimmer sein, als nichts zu wissen. Aber jetzt ist sie sich da nicht mehr so sicher. Das einzige Wort, das sie hervorbringt, ist: »Okay.«

»Können wir jetzt zu ihr?« Jimmys Stimme klingt heiser.

»Natürlich«, sagt Chelsey Calhoun. »Ich lasse Sie allein.«

Kat setzt sich langsam in Bewegung. Sie legt die Handfläche an die Tür, die Finger gespreizt, und drückt sie auf. Im Raum ist es düster. Ellie sitzt im Bett, hat ihnen das Profil zugewendet und blickt nach oben. Kat erinnert sich daran, wie sie immer mit dem Finger über diese winzige Himmelfahrtsnase gestrichen hat, als Ellie noch ein Baby war.

Ellie dreht sich ein bisschen, um sie und Jimmy anzusehen. Die Zeit scheint stillzustehen. Kat nimmt alles in sich auf, schluckt es herunter wie eine bittere Pille, den Anblick ihrer Tochter, was aus ihr geworden ist.

»Ellie«, sagte Kat.

»Ich hab schon die Flecken an der Decke gezählt«, sagt Ellie beiläufig.

Kat fängt an zu schluchzen. Es ist Ellie. Oder wenigstens ihr Schatten. Ein Schädel mit leeren Augenhöhlen. Jimmy schließt die Tür, er fängt sich zuerst und schlurft zum Bett, seine Schritte sind langsam und schwer, wie bei einem Bußgang.

»Du bist es wirklich«, sagt er. Als Ellie eine Woche vor ihrem Verschwinden von der Schule suspendiert wurde, hat Jimmy getobt vor Wut. Schranktüren zugeschlagen, eine sogar mit der Faust zertrümmert. *Was ist mit deiner Zukunft?*, hat er seine Tochter angeschrien, aber dann wurde er still und zog sich zurück. Am nächsten Morgen brach er zu einem einwöchigen Fischereieinsatz auf und überließ es Kat, mit Ellie fertigzuwerden.

Ellie hatte zwar Hausarrest, aber Kat sah nicht ein, deshalb selbst zu Hause festzusitzen. Also musste Ellie sie in den Salon begleiten und nach Feierabend noch mit ihren Kolleginnen und Freundinnen dort rumhängen. Ellie schmollte und drehte sich langsam in einem abgewetzten Friseurstuhl hin und her, während Kat und die anderen rauchten und tranken. Dann musste Ellie sie nach Hause fahren. Es war keine große Sache. Aber als Jimmy zurückkam, hatte Kat einen Kater, und sie bekamen Streit. Jimmy deutete an, Kat sei schuld an Ellies Benehmen. Kat warf empört die Hände in die Luft. *Natürlich, immer ist die Mutter schuld.* Und dann sagte Kat, wenn Jimmy mehr zu Hause wäre ... Wusste doch jeder, dass Mädchen mit Vaterkomplex rebellisch waren. Sie redeten kaum noch miteinander. Und als Ellie verschwand, hörten sie damit gänzlich auf. Es war nicht immer so zwischen ihnen gewesen. Früher hatte ihre Ehe auf einem festen Fundament gestanden, das harten Zeiten standhielt. Aber Ellie ... Ellie war der Vorschlaghammer gewesen, der alles zertrümmerte, was sie sich aufgebaut hatten. Wie ein unerwarteter Sturm im Sommer ihres Lebens.

»Schatz.« Jimmy streckt die Hand nach Ellie aus, aber sie zuckt zurück.

»Tut mir leid.« Ellies Lächeln ist verzerrt und schief – ein Vogel mit einem schlaffen Flügel.

Kat holt tief Luft, wischt sich über die Augen und streicht sich die Haare glatt. Sie stellt sich neben Jimmy und hakt sich bei ihm unter. Jimmy steht steif und unbeholfen da. Er weiß nicht, was er tun soll, das merkt Kat. Manchmal denkt sie, dass er ein Roboter ist. Schon am Anfang ihrer Beziehung war er stoisch, handelte manchmal geradezu mechanisch, und das hat ihr gefallen. Die Herausforderung, vor die er sie stellte. Damals war sie jung und verrückt und romantisch. Glaubte, dass er sich ihr öffnen würde. Dass sie etwas Besonderes sei. Anders. Dass alles, was Jimmy brauchte, eine gute Frau sei. Aber Jimmy war Jimmy. Sein Vater war Berufssoldat bei der Marine gewesen, hatte in Vietnam und im Zweiten Golfkrieg gedient. Er war streng zu Jimmy gewesen. Hatte ihn »kleiner Soldat« genannt. Solche Dinge. Und Kat fragte sich oft, ob Jimmy deshalb so verschlossen war.

»Jim.« Kat bemüht sich um einen leichten Tonfall. »Warum suchst du nicht nach einer Krankenschwester? Findest heraus, ob wir Ellie mit nach Hause nehmen dürfen?«

»Ja, natürlich.« Jimmy hebt eine Hand und will Ellie den Kopf tätscheln, wie er es früher immer getan hat, ihr das Haar zerzausen und »Hey, Kumpel«, zu ihr sagen. Aber dann streckt er nur seine Finger, als wäre er erstaunt über die Lücken zwischen ihnen. »Gut«, sagt er und umfasst den Rand des Krankenhausbetts, klopft auf die Stange, durchquert den Raum, geht hinaus.

Kat schiebt die Wasserflasche in die Mitte von Ellies Beistelltisch. Richtet eine Nierenschale aus Edelstahl gerade. Steckt das Leintuch unter der Matratze fest. »Hast du es bequem? Brauchst du irgendwas?« Sie knetet ihre Hände. Es gibt nichts zu tun, als Ellie anzusehen, auch wenn es wehtut.

Ellie schüttelt den Kopf. »Mir geht es gut.«

Bevor Ellie verschwunden ist, wollte Kat immer über ihre Tochter sprechen – mit Kundinnen und Kunden, Kolleginnen, Menschen in der Supermarktschlange. Sie fragen, was sie bloß mit Ellie machen solle. Hausarrest nützte nichts. Anschreien nützte nichts. Enttäuschung und Beschämung zu zeigen, nützte nichts. Kat war verzweifelt. Ihre Tochter war immer unerschütterlich. Jetzt erkennt Kat, dass sie falschlag. Ellie ist gebrochen.

Kat steht neben dem Bett und flüstert Ellie zu: »Ich habe niemals die Hoffnung aufgegeben, weißt du? Ich konnte es hier drinnen fühlen« – sie legt eine Hand auf ihre Brust –, »dass du immer noch bei uns warst.« Kat sehnt sich danach, Ellie zu erzählen, was sie alles getan hat, um sie zu finden. Dass sie in zwielichtige Bars gegangen ist, um den lokalen Motorradclub um Hilfe zu bitten; Geld für Wahrsager ausgab, das sie und Jim nicht besaßen. Dass sie auf dem Parkplatz gewartet hat, von dem Ellie entführt worden ist, und Lkw-Fahrer meilenweit verfolgte. Dass sie Brett Jones aufgespürt hat, den Kerl, der in jener Nacht das Zimmer neben dem von India und Ellie gemietet hatte. Er war kurz danach an einer Überdosis gestorben, und Kat hat sich sehr mit dem Gedanken gequält, er könnte die Wahrheit über das, was Ellie passiert ist, mit ins Grab genommen haben.

Kat lächelt angestrengt und starrt Ellie eine Weile schweigend an. Eine Fliege summt auf dem Fensterbrett. Erleichterung durchströmt sie, als Jimmy zurückkommt, Schwester Hart im Schlepptau. Die Ärzte würden Ellie gerne über Nacht zur Beobachtung dabehalten, aber Ellie ballt die Hände zu Fäusten, als sie das hört.

»Ich will nach Hause. Ich will nach Hause.« Sie schlägt auf ihr Bett.

Kat verzieht das Gesicht. »Nur zur Beobachtung?«, sagt sie zu Hart. »Bestimmt können wir sie doch auch zu Hause beobachten?«

Schwester Hart zögert, stimmt aber zu. Sie geht und kommt mit den Entlassungspapieren zurück. Sie drückt Kat ein Fläschchen mit Tabletten in die Hand. Ellie leide unter Angstattacken. Ihr Schwangerschaftstest sei negativ gewesen. Ihre Blutwerte seien normal. Sie solle eine Therapeutin aufsuchen, Dr. Fischer in Astoria.

Dann wird Ellie entlassen.

Kat geht neben Jimmy her, der ihre Tochter im Rollstuhl durch die Notaufnahme schiebt, und fühlt sich mutlos. Vielleicht war es voreilig, so schnell um Ellies Entlassung zu bitten. Es ist ein bisschen wie damals, als sie nach der Geburt von Sam, ihrer ersten Tochter, das Krankenhaus verließen. Sie waren so jung, so unsicher. Kat konnte kaum fassen, dass die Ärzte und Schwestern ihnen ein Neugeborenes mit nach Hause gaben. Vor allem, weil sie kaum ein nennenswertes Zuhause hatten, nur eine Einzimmerwohnung über einem Lebensmittelladen in der Main Street. Die Zimmerdecke war aus Asbest, die Wände mit Bleifarbe gestrichen. Sam war ein Unfall; Kat hatte nicht die Absicht gehabt, mit achtzehn schwanger zu werden. Ellie dagegen war ein Wunschkind. Sie hatten zehn Jahre gewartet, bis sie ein zweites Baby bekamen. Mit ihrer zweiten Tochter sollte alles anders sein. Einfacher.

Sie kommen an eine Flügeltür. Jimmy läuft voraus zum Parkplatz, um den Wagen zu holen. Die Menge von Reportern draußen wird immer größer, scheint vor Aufregung zu vibrieren. Kat ist flau im Magen, und ihre Abwehr wächst, sie stellt sich zwischen Ellie und die Medienleute wie ein menschlicher Schutzwall. Jimmy kommt zurück, und Ellie senkt den Kopf und bedeckt ihr Gesicht, als sie hinausgehen. Stimmen werden laut und prasseln auf sie ein:

»Elizabeth, kannst du uns sagen, wo du warst?«

»Stimmt es, dass Blut an deiner Kleidung war?«

»Elizabeth, wer hat dich entführt und warum?«

»Bist du geflüchtet?«

»Elizabeth, ich bin von National News Network. Wir möchten dir einen Exklusivvertrag anbieten. Hunderttausend Dollar für deine Geschichte!«

Im Auto der Blacks klingen die Stimmen der Pressemeute gedämpft. Ellie sinkt auf der Rückbank in sich zusammen, und Kat ist erschöpft und verwirrt. Auf der Rückfahrt herrscht unbehagliches Schweigen. Kat dreht an den Radioknöpfen und findet einen Sender, der Oldies spielt. Nach etwa einer Stunde macht der dichte Wald Felsklippen und dem dunklen Ozean Platz. Kat wirft einen Blick zurück zu Ellie, sie kann es nicht lassen, alle paar Minuten nach ihrer Tochter zu sehen. Ellie hat das Fenster einen Spalt geöffnet und atmet so tief, dass man sieht, wie ihre Brust sich hebt und senkt.

Im Rückspiegel tauchen Scheinwerfer auf. Eine Limousine nähert sich von hinten und kommt bedrohlich nahe. Was ist mit dem Fahrer los? Was denkt sich dieser Mensch? Einem wilden Instinkt folgend, ihre Tochter zu beschützen, dreht Kat sich um.

Jimmy gibt Gas und sagt: »Wahrscheinlich Teenager. Wissen nicht, wie gefährlich diese Straßen sein können.«

Der Wagen holt wieder auf, seine Scheinwerfer erhellen das Innere ihres Wagens. Ellie spannt sich an, ballt die Fäuste, umklammert ihre Knie, ihr Atem geht schnell.

»Jimmy«, sagt Kat ruhig, »lass ihn überholen.«

Jimmy seufzt. Er setzt den Blinker und fährt weiter nach rechts. Die Limousine rast laut hupend vorbei.

Es ist 3:00 Uhr morgens, als sie ihr Haus betreten. Kat wuselt um Jim und Ellie herum. Die Lichter sind an, Geschirr stapelt sich im Spülbecken, aus dem Fernseher dröhnt eine beliebte Nachrichtensendung. Ellie ist die Hauptmeldung. Ein Clip, der zeigt, wie sie das Krankenhaus verlässt, läuft in Dauerschleife. Sie hält den Kopf gesenkt, ihr Gesicht ist von ihrem verfilzten Haar verdeckt. Ein Nachrichtenband läuft über den Bildschirm: *Elizabeth Black lebend aufgefunden*.

Kat findet die Fernbedienung und schaltet den Fernseher aus, drückt fest auf die Taste. »Tut mir leid«, sagt sie zu Ellie. Jimmy läuft in der Küche hin und her und legt seine Schlüssel in eine Holzschale mit Kleingeld, diversen Schrauben und Batterien.

Ellie zuckt zusammen, Kat denkt an das Licht und beeilt sich, die Lampen herunterzudimmen. »Besser?«

Ellie nickt. »Danke.«

»Hast du Hunger? Willst du was essen?«, fragt Kat und geht in die Küche. »Ich hab noch ein bisschen Hühnchen, das könnte ich machen. Oder vielleicht Spaghetti?« Das war immer Ellies Lieblingsessen. Nudeln mit Soße und viel Parmesan.

»Ich hab keinen Hunger, danke.« Ellie kommt auch in die

Küche und lächelt schwach, als sie an Kat vorbeigeht. Sie bleibt bei der Spüle stehen und dreht den Wasserhahn auf, stellt ihn auf die höchste Temperatur. Es dauert eine Weile, bis das Wasser warm wird, aber dann steigt Dampf auf, und Ellie hält ihre Finger unter den Wasserstrahl. Sie stöhnt leise und schließt die Augen. Kat erstarrt und will etwas sagen, als sie das verzückte Gesicht ihrer Tochter sieht. Es ist, als würde Ellie zum ersten Mal warmes Wasser spüren. Kat blickt erschrocken zu Jimmy, und der schüttelt den Kopf. *Sag nichts*. Keiner von beiden weiß, was zu tun ist. Angespanntes Schweigen ist ihre einzige Option.

Ellie schließt den Wasserhahn und dreht sich zu ihnen. »Ich bin müde.«

Kat lächelt trotz ihrer Beklommenheit. »Dann bringen wir dich ins Bett.«

»Geht schon mal vor«, sagt Jimmy. »Ich schließe ab.«

Kat folgt Ellie die Treppe hoch. Fotos in Holzrahmen hängen an den Wänden, und Ellie bleibt vor einem der Bilder stehen. Das Baby auf dem Foto trägt einen lächerlichen Blumen-Haarreif und lächelt breit und zahnlos. Ellie senkt den Kopf.

»Das ist Sammys Mädchen«, sagt Kat.

»Wie heißt sie?«, fragt Ellie.

»Mia. Nach der Fußballspielerin. Du kennst ja Sam, sie liebt diesen Sport. Bestimmt wirst du die Kleine bald sehen. Valerie und Sam wohnen jetzt hier in Coldwell. Sie sind wieder hierhergezogen, als du schon eine Weile weg warst …«

Kat merkt, dass sie zu viel redet und dass ihr die Anspannung anzumerken ist. »Egal, jedenfalls sind sie in den Urlaub gefahren. Nur ein paar Tage nach Seattle. Sam liebt diese Stadt. Aber sie fahren heute Vormittag zurück nach Hause, und dann wollen sie herkommen und dich sehen. Das heißt, wenn du dich dazu in der Lage fühlst? Ich weiß nicht …« Kat hält inne, als Ellie sich umdreht und die Treppe weiter hinaufgeht.

Oben findet sie Ellie in der Mitte ihres Zimmers stehend. Es ist noch genau so, wie sie es verlassen hat. Ein schlampig gemachtes Bett, Fotocollagen an den Wänden und an dem Spiegel ihres Frisiertischs, Turnschuhe, ein Plattenspieler, ein überquellender, unaufgeräumter Kleiderschrank, eine Sammlung von kleinen Feenfiguren. Kat hat es nicht ertragen können, das Zimmer zu betreten, und außer den Ermittlern hat sie auch niemanden hineingelassen. Den leeren Raum zu sehen, hat wehgetan, aber noch schmerzlicher war die Vorstellung, dass jemand die Dinge berührte, die Kat noch von Ellie blieben, dass jemand saubermachte oder das Zimmer ausräumte.

Kat knetet ihre Hände, während Ellie durch den Raum geht und mit den Fingern über Oberflächen streicht. Sie bleibt an einem Lichtschalter stehen und knipst das Licht an und aus – dreimal kurz, dreimal lang, dreimal kurz. SOS. Eine Morsecode? Kat läuft es kalt den Rücken hinunter.

»Wir haben nichts angerührt …«, sagt Kat, und in ihrem angestrengten Tonfall schwingt Angst mit. »Alles ist noch so, wie du es verlassen hast. Wir wussten, dass du zurückkommen würdest und es dann genau so haben willst.«

Ellie hält vor dem Fenster inne, zieht die Lamellen der Jalousie auseinander und blickt hinaus. Die Aussicht auf traurig braunes Gras, dürre Bäume und Dächer mit losen Schindeln liegt jetzt im Dunkeln. Kat weiß, dass Danny immer durch dieses Fenster hineingeschlüpft ist. Sie hat immer darüber hinweggesehen. Vielleicht hat sie Ellie zu viel durchgehen lassen. Vielleicht hatte Jimmy recht und sie war eine schlechte Mutter. Ungeeignet. Sie hat gewusst, dass es gelogen war, als Ellie sagte, sie würde bei India übernachten. Mütter merken es, wenn ihre Töchter lügen. Aber sie war es so leid, immer mit Ellie zu streiten. Jedes Gespräch war nervenaufreibend, ein Drahtseilakt, deshalb hatte sie nichts dazu gesagt. *Was ist schon dabei?*, hat sie sich damals gefragt. Sie hatte sich nur einen freien Tag von Ellie gewünscht. Einen Abend ohne Türenknallen, laute Musik und Geschrei – *Ich hasse dieses Haus. Warum habt ihr mich überhaupt bekommen?* Ja, was war schon dabei.

»Morgen können wir dir die Haare schneiden«, schlägt Kat vor. »Es ist schon eine Weile her, dass ich das gemacht habe.« Nach Ellies Verschwinden hat sie ihren Job aufgegeben. Sie mochte nicht, wie die Leute sie ansahen. Als ob das, was ihrer Familie passiert war, ansteckend wäre. »Aber ich hab meine Schere noch irgendwo hier.«

»Nein«, sagt Ellie schnell. »Ich darf nicht.«

Kat wartet eine schreckliche Sekunde lang darauf, dass die Worte sich setzen. »Was meinst du damit?«

»Mom«, sagt Ellie im selben Moment.

Kat wird heiß. »Ja?« Sie erinnert sich daran, wie Ellie früher immer ihren Namen gesagt hat. Als Kleinkind, kleines Mädchen, Teenager. *Mama. Momee. Mom.* Dieses eine Wort enthielt ein ganzes Spektrum an Emotionen. Erstaunen. Sorge. Hohn. Daran, wie Ellie ihren Namen aussprach, merkte sie, was sie fühlte. Und wie klingt es jetzt? Wie ausgehöhlt. Schmerzvoll.

»Ich gehe schlafen.«

Die Hitze verfliegt. Aber Kat behält ihr angestrengtes Lächeln. »Oh, okay. Ich bleibe noch ein bisschen auf. Hol mich einfach, wenn du was brauchst.«

»Na klar«, sagt Ellie, und plötzlich steht Kat vor der Tür ihrer Tochter und starrt auf die künstliche Holzmaserung. Schließlich stolpert sie nach unten. Jimmy wartet in der Küche. Er hat zwei Gläser mit einer bernsteinfarbenen Flüssigkeit gefüllt und schiebt eins zu Kat hinüber.

»Danke«, sagt sie und nippt daran.

»Alles okay mit ihr?«

Über das Glas hinweg sieht sie Jimmy an. Drei Tage, nachdem Ellie verschwunden war, hat Jimmy plötzlich verkündet, er müsse zurück zur Arbeit. Dann hat er darauf gewartet, dass Kat etwas dazu sagte. Aber sie konnte ihn nur anstarren und »okay« murmeln. Sofort spürte sie seine Erleichterung. Innerlich war sie wütend, sie kochte vor Zorn, aber dieses Gefühl war besser als die Angst, besser als der Schmerz, deshalb pflegte sie es ein bisschen. Schließlich hat die Wut sich in innere Zerrissenheit verwandelt. Manchmal fragt sie sich, ob sie Jimmy noch liebt. Oder ob das Einzige, was sie noch zusammenhält, eine schwarze Fessel der Trauer und ein dünner roter Faden der Hoffnung ist. »Sie will schlafen.«

»Das ist gut. Das ist gut«, murmelt er.

Sie nippen schweigend an ihren Getränken, und auf einmal weint Kat. Sie stellt das Glas auf den Tresen und bedeckt das Gesicht mit den Händen, hält sich den Mund zu, um das Geräusch zu ersticken, das wilde Schluchzen. Jimmy legt die Arme um sie, hält sie von hinten fest. Sie klammert sich an den Tresen und stößt Jimmy weg. Sie kann ihn nicht ansehen, seine müden Augen. Sie macht ihm Vorwürfe, genauso wie er ihr Vorwürfe macht. »Ich räume jetzt auf.«

»Sie wird sich erholen«, sagt Jimmy.

»Natürlich«, antwortet Kat. »Sie ist jetzt zu Hause.«

Er nickt. »Ich geh ins Bett. Kommst du bald hoch?«

»Sobald ich hier fertig bin«, verspricht sie.

Jimmy geht die Treppe hinauf, und im Haus ist es schmerzlich still. Kat fuhrwerkt noch in der Küche herum und legt sich eine Stunde später neben Jimmy. Sie nimmt keine blaue Pille. Wieder ist es, als hätte sie ein Neugeborenes, diese drängende Notwendigkeit, wach zu bleiben. Das Wissen, bereit sein zu müssen. Wachsam. Sie kann nicht stillliegen, und schließlich gibt sie auf und schaut nach Ellie. Sie tapst durch den Flur und fühlt sich um siebzehn Jahre zurückversetzt … Nein, korrigiert sie sich, neunzehn, beinahe zwanzig Jahre, Ellie ist nicht mehr siebzehn. Die Zeit ist zwei Jahre lang stehengeblieben. Sie bleibt vor Ellies Tür stehen und lauscht. Alles ruhig. Sie dreht den Türknauf. Das Licht ist aus, aber Ellie ist nicht in ihrem Bett.

Panik überfällt Kat. Sie rennt durchs Haus, öffnet Türen, schaut unter Betten, möchte schon nach Jimmy schreien, aber dann hält sie nervös inne, die Augen weit aufgerissen. Dort, in Sams ehemaligem Zimmer, ist die Tür zu der kleinen Abstellkammer in der Dachschräge nur angelehnt. So, wie sie Ellie hinter der Krankenzimmertür gespürt hat, spürt sie ihre Tochter jetzt in diesem ungenutzten Raum. Langsam geht sie um Kisten mit alten Kleidern und einen verstaubten Crosstrainer herum. Sie kniet sich hin und macht die Tür weit auf. Ellie hat sich zusammengerollt wie ein Embryo, eine Decke um die Beine gewickelt. Der Körper ihrer Tochter zuckt, als wäre sie in einem Albtraum gefangen. Das ist nicht richtig. Das ist nicht meine Tochter. Es ist eine Fremde. Es sind dumme Gedanken, die eine leuchtend rote Welle von Scham in ihr auslösen. Aber Kat kann die Vorstellung nicht abschütteln, dass ihre Tochter ausgetauscht worden ist. Gegen das Kind von anderen Menschen.

Fünf

Gelächter aus einer frühen Radiosendung dringt aus den Lautsprechern. Chelseys Blick ist verschwommen vor Müdigkeit, es ist kurz vor Sonnenaufgang. Ihr ganzer Körper tut weh. Sie sollte nach Hause fahren und duschen, etwas essen, sich frisch machen. Stattdessen fährt sie die lange Serpentinenstraße nach Paradise Glen in Coldwell hinauf. Zu dem leeren Haus ihrer Eltern. Zu der einen Sache, die sie nicht mit Noah teilen kann.

Sie hält vor dem schmiedeeisernen Tor, klappt die Sonnenblende herunter und drückt den Knopf einer Fernbedienung. Das Tor öffnet sich lautlos. Sie fährt langsam an den Treppenstufen vorbei, die unter einem Laubengang hinunter zu einem Privatstrand führen, vorbei an weiteren Wohnhäusern mit verwitterten grauen Schindelfassaden, Satteldächern und zentralen Schornsteinen. Die Cape-Cod-Häuser stehen auf einer Klippe und sind um einen Park mit einem Miniatur-Leuchtturm in der Mitte gruppiert.

Chelsey und Lydia haben ihre ganze Kindheit in diesem Park verbracht, sind oft die Wendeltreppe hinauf auf den Leuchtturm gerannt, um nach Piraten Ausschau zu halten. *Die Goonies* war damals ein beliebter Film, und sie stellten ihre Lieblingsszenen nach, spielten immer dieselben Rollen – Chelsey war Mikey, der Held, und Lydia Andy, das Mädchen, in das sich alle verlieben. Wenn sie genug hatten, holten sie die Nachbarskinder aus ihren Häusern, um mit ihnen Verstecken zu spielen. Sie jagten einander durch die Straßen, schlangen dann ihr

Abendessen hinunter und bettelten ihre Eltern an, in der Nacht zusammen in einem Bett schlafen zu dürfen. *Wir bleiben nicht lange auf, versprochen. Wir gehen gleich ins Bett.* Liebe war damals etwas, das Chelsey von innen heraus wärmte, ihr Herz vor Glück seufzen ließ. Alles war so … idyllisch. Chelsey wünscht sich, man könnte den glücklichsten Moment seines Lebens erkennen, wenn er da ist.

Sie biegt um die Kurve und parkt in der Einfahrt. Für die Beleuchtung bezahlt sie immer noch, für die Gartenpflege nicht mehr. An der Eingangstür holt sie tief Luft, bevor sie aufschließt. Zuerst schlägt ihr abgestandene Luft entgegen, aber als sie das Licht einschaltet – zuerst im Flur, dann im Wohnzimmer und in der Küche –, nimmt sie auch andere Gerüche wahr: ein Potpourri aus Desinfektionsmittel und Rosenduft und dem Hauch des Parfüms ihrer Mutter, *Poison* von Dior. Verwirrend und tröstend zugleich.

Ihr Handy klingelt, schallt durch die verlassenen Räume des leeren Hauses. »Hey«, sagt sie zu Doug und bleibt im Esszimmer neben einem Acrylglastisch mit passenden Stühlen und einer muschelförmigen Vase darauf stehen. Das Haus könnte als historisches Musterbeispiel für Inneneinrichtung und Design der mittleren Neunzigerjahre gelten – helle Hartholzböden, Messingbeschläge, klobige Möbel in Pastellfarben. »Wie läuft die Suche? Habt ihr schon irgendwas gefunden?«

»Nee, absolut nichts. Die Hunde haben Ellies Spur nach zwei Meilen Richtung Westen verloren. Es ist, als wäre sie aus dem Nichts aufgetaucht. Keine Fußspuren, gar nichts. Und jetzt regnet es auch noch. Das Wetter ist scheiße. Ich weiß nicht …«

»Sucht weiter«, beharrt sie, während sie vor einem Erkerfenster stehenbleibt. Der Strand leuchtet in Rot- und Orangetönen, und der Wind peitscht den Sand auf. Wenn sie den Hals etwas reckt, kann sie von ihrem Standpunkt aus die Dächer von Ellies Wohngegend sehen, wie Spielzeughäuser. Für den Preis des Hauses, in dem Chelsey steht, könnte man dort acht Häuser kaufen.

»Es wäre einfacher, wenn wir wüssten, wonach wir suchen.«

»Aber so läuft es nun mal nicht, und das weißt du.« Sie reibt sich mit einer Hand über die Augen, Doug geht ihr auf die Nerven. Obwohl sie selbst auch schon so empfunden hat. Sich gewünscht hat, dass die Arbeit einfacher wäre. Sich nach einer Pause gesehnt hat, nach ein bisschen Schatten vor der prallen Sonne.

»Hat sie dir irgendwelche Hinweise gegeben?«

»Noch nicht. Ich werde sie in ein paar Stunden besuchen.« Chelsey hat beschlossen, Ellie erst zu Hause ankommen und ein bisschen schlafen zu lassen. Sie will sie nicht zu sehr drängen, will nicht noch mehr zerbrechen, als ohnehin schon kaputtgegangen ist. »Ruf mich an, wenn ihr was findet.«

»Erwarte nicht zu viel«, sagt Doug. Sie beenden das Gespräch, und Chelsey ruft Noah an.

»Hey«, sagt sie, als sie seine schläfrige Stimme hört. »Ich bin gleich da. Bin schon in Coldwell.«

»Bist du auf dem Revier?«

Sie zögert und starrt wieder nach unten. Einer der Nachbarn ist mit einem Metalldetektor am Strand aufgetaucht und sucht den Sand ab. Sie muss an verlorene Dinge denken. Oder nie aufgetauchte. »Nein. Ich bin im Haus.« Früher einmal war es das Haus ihrer Familie. Dann ihr Elternhaus. Schließlich das Haus ihres Vaters. Und jetzt ist es nur noch »das Haus«. Ein einsamer, verlassener Ort, der irgendwo zwischen Gegenwart und Vergangenheit feststeckt. Er lässt sie innerlich immer ein bisschen erstarren. Bei der Scheidung hat ihr Vater das Haus bekommen, ihre Mutter wollte es nicht. Sie wollte nach Arizona ziehen und von vorne anfangen.

»Ach ja?«, sagt er interessiert. »Bestimmt hast du bald alles eingepackt.«

In der Garage liegt ein Stapel gefalteter Umzugskartons. Nichts ist eingepackt. Das ist es, was Noah nicht weiß. Er glaubt, das Haus sei beinahe ausgeräumt. Aber jedes Mal, wenn Chelsey versucht hat, sich einen Karton zu nehmen oder irgendeinen Gegenstand aus einem Regal zu entfernen, hat sie sich plötzlich wie gelähmt gefühlt. Von kalter Angst überfallen, haben ihre Hände angefangen zu zittern. Als wäre ihr Körper in einen tiefen, dunklen Abgrund gestürzt. Sie hat das verstanden. Es war die Angst vor dem Loslassen. Davor, das letzte Zuhause aufzulösen, das Lydia gekannt hat. Ihr Vater hätte gesagt, sie sei zu sentimental. Sie hat sich schwach gefühlt – besiegt wie eine Hirschkuh vor dem Gewehr des Jägers. Wie könnte sie all das Noah erklären? Sie hat sich geschämt. Fühlte sich unfähig.

»Es ist ein großes Haus.« Sie geht in die Küche und berührt die Tablettenbox auf dem Tresen – Montag, Dienstag, Mittwoch, morgens, mittags, abends und so weiter. Jetzt ist die Box leer, aber vor sieben Monaten waren so viele Tabletten darin, dass man den Deckel beinahe nicht zubekam. Ihr Vater hat am Schluss einunddreißig verschiedene Medikamente genommen. Eine Pflegekraft zu Hause hat er abgelehnt, außer Chelsey und Noah durfte ihm niemand helfen. *Beim Sterben gibt es keine Würde*, hat er zu Chelsey gesagt. *Lass mich das bisschen, das ich noch habe, behalten. Zwing mich nicht, mich einer Fremden zu unterwerfen.* Sie konnte ihm den Wunsch nicht abschlagen.

»Wir könnten jemanden engagieren, oder du lässt mich helfen«, sagt Noah. Chelsey schluckt. *Ich muss es alleine machen*, hat sie ihm erklärt. Jetzt schweigt sie, und Noah sagt: »Schatz?« Seine Stimme ist leise.

»Ich versuche, hier noch ein bisschen Arbeit zu erledigen.« Sie formuliert es absichtlich vage. Mit der Hüfte lehnt sie sich an den Geschirrspüler, einen der neueren Gegenstände in diesem Haus. Ihr Vater hat auf einem amerikanischen Gerät bestanden. Das war seine Einstellung. *Diese Importgüter aus China sind nicht so, wie sie sein sollten.* Diese Haltung hat sie immer belastet. Sie hat sich immer gefragt, wie er über seine japanische Tochter dachte, aber nie etwas dazu gesagt.

»In Ordnung.« Er hält inne. »Ich liebe dich.«

»Ich dich auch«, sagt Chelsey. Danach geht sie durchs Haus. Lydias Tür steht einen Spalt offen. In ihrem Zimmer ist alles noch genau so, wie sie es verlassen hat. Ein Poster von *Into the Wild* über dem Schreibtisch, das halb herunterhängt. Lichterketten rund um das Himmelbett. Ein Tiffany-Armband mit Herzchen auf dem Nachttisch neben einem Spielzeug-VW-Käfer, dem Auto, das Lydia haben wollte, sobald sie sechzehn war. Chelsey kann sie hier immer noch spüren. In diesem kleinen Winkel des Universums, versteckt in den Falten der rosa-weiß karierten Vorhänge, in dem Beatrix-Potter-Plüschhasen mit den ausgefransten Ohren, dem klobigen weißen iPod, steckt Lydia, immer noch fünfzehn Jahre alt. Hier ist Lydia noch am Leben.

Sie geht ins Arbeitszimmer ihres Vaters am Ende des Flurs. Die Wände haben eine karierte Tapete und hängen voller Fotos, auf denen er mit entschlossen zusammengepressten Lippen zu sehen ist, umschwärmt von bekannten Persönlichkeiten der lokalen Strafverfolgung. Als Polizeichef von Pacific County hatte er mit Sheriffs und Bürgermeistern, selbst dem Gouverneur von Washington zu tun. Auch Tierköpfe hängen hier. Ein Weißwedelhirsch, ein Elch, ein Rothirsch, ein Dickhornschaf. Die Möbel sind solide. Ein großer Mahagoni-Schreibtisch, zwei Ledersessel, ein Waffenschrank aus Metall mit einer eingravierten amerikanischen Flagge.

Chelseys Vater war ein kräftiger Mann. Nicht dick, aber achtunggebietend, massiv, mit klaren Gesichtszügen und rotblondem, ergrauendem Haar. Er lächelte nicht oft, und wenn doch, dann widerstrebend, wie ein Sprung im Granit, und beinahe so, als wäre es schmerzlich.

Jetzt ist sein Schreibtisch bedeckt mit Chelseys Akten zu offenen Fällen. Die hat sie lieber hier als auf dem Revier. Chelseys Dienststelle ist voller Männer, die zu viel über sich selbst sprechen und zu wenig nach anderen fragen. Und es gibt noch andere Gründe. Die Kollegen in Uniform tragen individuelle T-Shirts unter ihren blauen Jacken. Manchmal von Sportvereinen, manchmal mit Slogans, und in letzter Zeit ist ihr Lieblingsspruch: *It's okay to be white*. Diese Shirts lassen sie sich extra bedrucken und unterhalten sich dann leise lachend darüber wie College-Kumpels. Inzwischen ist Chelsey daran gewöhnt. Sie war schon immer eine Außenseiterin. Eine Verstoßene.

Sie setzt sich in den abgewetzten Ledersessel ihres Vaters und fährt den Computer hoch. Das Zeichen der Polizei von Coldwell erscheint auf dem Bildschirm. Sie loggt sich in ihren E-Mail-Account ein. Nur eine neue Nachricht: Die Waldbrandzeit in Coldwell beginnt in ein paar Monaten. Ob Chelsey als freiwillige Helferin bei der Feuerwehr aushelfen möchte? Sie wechselt zum internen Bereich, auf den alle Kollegen zugreifen können. Ein neuer Bericht ist hochgeladen worden – über die Indizien, die sich aus Ellies Untersuchung im Krankenhaus ergeben haben.

Sie öffnet ihn und überfliegt die Notizen des Arztes. Anzeichen von fortgesetztem Missbrauch. Starkes Untergewicht. Auf keinem von Ellies Kleidungsstücken sind Fingerabdrücke gefunden worden. Das ist nicht überraschend. Ein paar Hundehaare. War Ellie zusammen mit Tieren irgendwo gefangen? Das Blut von ihrem Sweatshirt ist alt. Von einer früheren Verletzung?

Chelsey erschaudert, als sie sich durch die Fotos klickt. Verstörende Bilder von Ellies Körper, die Beine gespreizt, um Prellungen an den Oberschenkeln sichtbar zu machen, ein Metalllineal daneben an der zarten Haut. Sie betrachtet die Bilder wie eine Landkarte, die sie zu dem führen kann, der das getan hat.

Chelseys Telefon meldet den Eingang einer Nachricht von Sergeant Abbott: *Statusbericht?*

Sie antwortet mit den relevanten Informationen. Doug sei auf dem Pfad und arbeite an diesem Ansatz. Sie sichte gerade die Indizien und werde später am Vormittag bei Ellie vorbeifahren.

Chelsey geht in ihre Kontakte und findet die Nummer von Dr. Fischer, der Therapeutin, an die Ellie verwiesen worden ist. Sie haben schon mehrmals zusammen an Fällen gearbeitet – Entführung, Missbrauch. Sie stellt das Handy auf laut, lehnt sich zurück und reibt sich die Augen, während das Freizeichen ertönt.

»Detective Calhoun.« Cerise Fischers Stimme klingt klar und wach, trotz der frühen Uhrzeit.

»Dr. Fischer«, sagt Chelsey. »Es überrascht mich, dass Sie drangehen. Ich hatte vor, eine Nachricht zu hinterlassen.«

»Ich habe gestern am späten Abend eine interessante Patientenüberweisung bekommen, die mich umtreibt. Ich nehme an, Sie rufen wegen Elizabeth Black an?«

Chelsey findet einen schweren silbernen Kugelschreiber auf dem Schreibtisch ihres Vaters und greift danach. Den hat er einmal nach ihrer Mutter geworfen. Da steckte er mitten in einem großen Fall, stand morgens früh auf und arbeitete bis spät in die Nacht. Sie weiß nicht mehr genau, was ihre Mutter von ihm wollte, aber sie erinnert sich an das Geräusch des Kugelschreibers, als er an die Tür prallte, kurz bevor sie sich schloss. Dann hat ihre Mutter sie und Lydia weggelotst, *Lassen wir Daddy etwas Raum*. Chelsey hat während ihrer Kindheit viel Zeit damit verbracht, auf Zehenspitzen am Arbeitszimmer ihres Vaters vorbeizuschleichen. Als er ihr schließlich erlaubt hat, es zu betreten, nach Lydias Tod, hat sie sich geehrt gefühlt, wie auserwählt. Chelsey schiebt die Erinnerung fort. »Das ist richtig. Sie hat nicht sehr viel gesprochen.«

Dr. Fischer seufzt. »Wie Sie wissen, habe ich sie noch nicht gesehen, und selbst wenn ich das hätte, dürfte ich Ihnen nichts davon erzählen.«

»Das verlange ich auch gar nicht.« Chelsey zögert. »Im Krankenhaus wirkte sie verwirrt. Desorientiert. Sie wusste nicht, in welcher Stadt sie war und wie lange sie fortgewesen ist.«

»Das ist gut möglich«, sagt Dr. Fischer schnell. »Sie wissen ja, welchen Einfluss Traumata auf Erinnerung und Gedächtnis haben. Rein hypothetisch gesehen hat sie sich höchstwahrscheinlich distanziert von …«

Chelsey lehnt sich zurück, während Dr. Fischer ausführt, wie Ellies Psyche möglicherweise umgeformt wurde. Wie ihre Darstellung dessen, was passiert ist, beeinträchtigt sein kann. Dass sie Schwierigkeiten haben könnte, Details in die richtige Reihenfolge zu bringen. Dass ihre Erinnerungen wie Bilder sind, die in der Dunkelheit aufblitzen. »In solchen Fällen wird der Geist zu einem Labyrinth. Das ist eine Überlebensstrategie, glaube ich«, sagt Dr. Fischer. »Später, wenn beim Patienten die Heilung einsetzt, ist das Gehirn wie ein surrealistisches Gemälde.«

Chelsey denkt an zerfließende Wände, Treppenstufen, die ins Nichts führen, unberührte Gefilde, Zeit, die sich in sich zusammenzieht, verdrehte Formen der Trauer. Was ist real? Was nicht? Das Blut rauscht in ihren Ohren. Sie erneuert ihren Schwur, diese Person zu finden, diesen Mann. Chelsey sieht ihn vor sich. Eine Gestalt, die an den Grenzen von Ellies Verstand entlanggleitet. Geduldig abwartet. Bereit, zuzuschlagen.

ii

Hier ist ein Ratschlag für all die Mädchen da draußen: Lasst niemals zu, dass ein Entführer euch irgendwo hinbringt.

Und hier ein paar Ratschläge für all die Eltern der Mädchen da draußen: Sorgt dafür, dass eure Töchter wissen, dass es Wichtigeres gibt, als sich über starke Körperbehaarung zu ärgern oder sich darüber Gedanken zu machen, wer mit wem auf den Abschlussball geht, oder darüber, wer wie viele Freunde im Internet hat. Bringt ihnen bei, niemals rechts ranzufahren, wenn jemand hinter ihnen aufblendet. Oder nie in eine Gasse in der Nähe des Clubs zu gehen. Oder am helllichten Tag mit dem Fahrrad die Straße entlangzufahren. Oder ein Motelzimmer zu verlassen, um ein nicht besetztes Klo zu finden ...

Links war eine Kirche mit einem Neonkreuz. Etwas weiter entfernt leuchteten die Lichter einer Tankstelle, aber ich überquerte die Straße und ging zu einem verlassenen Parkplatz – der war näher, und mir war kalt. Kies knirschte unter meinen Füßen. Autos rasten auf der Autobahn vorbei. Ich ging an ein paar Fahrzeugen vorbei, die ich kaum wahrnahm. Ich weiß nicht mehr, welche Farben sie hatten, oder ob darin jemand hinter dem Steuer lauerte. Nach ein paar Metern kam ich zu ein paar struppigen Büschen. Ich kauerte mich hin und erledigte schnell, was zu tun war, dann stand ich wieder auf. Eine Sternschnuppe zuckte über den Himmel. Die Hände auf den Hüften, blickte ich hoch und wünschte mir was. Und dann sah ich es.

Dannys Auto parkte vor dem Motel. Niemand saß auf dem Fahrersitz. Er war gekommen. Ich hüpfte vor Freude und zog mein Handy hervor, um ihm eine Nachricht zu schreiben.

Aber dann.

Jemand packte mich an den Schultern. Alarmglocken schrillten in meinem Kopf. Ein Schrei wollte aus meiner Kehle, aber eine Hand legte sich auf meinen Mund, um jeden Laut zu ersticken. Die Finger rochen nach Dreck und irgendwie faulig. Ich musste würgen.

Da hatte ich zum ersten Mal dieses Gefühl, nicht mehr im eigenen Körper zu sein. Wissen Sie, was ich meine? Ein Teil von mir brach ab, löste sich und schwebte davon. Ich ließ ihn gehen, mir blieb nichts anderes übrig. Manchmal, wenn ich an diese Nacht zurückdenke, kann ich beinahe mein zerbrochenes Ich flüstern hören: »Geh weg. Geh weit weg. Bring dich in Sicherheit. Bleib am Leben.« Heute macht es mich traurig, daran zu denken, wie weit ich gegangen bin, wie weit fort von mir selbst. Ich weiß nicht, ob ich jemals zurückkehren kann. Wie können wir loslassen, was es nicht mehr gibt?

Aber ich habe gekämpft. Ich kämpfte, so hart ich konnte. Schwarze Punkte flimmerten vor meinen Augen, kalte Tränen strömten über meine Wangen. Meine Kräfte schwanden. Mein Handy fiel auf den Boden, das Display zersprang. Etwas stach in meinen Oberarm. Ich wehrte mich noch heftiger, aber bald fühlte sich mein Körper leicht und schwerelos an. Ich riss die Augen auf. Über mir funkelten die Sterne. Weiße Lichtpunkte im unendlichen schwarzen Raum – und dann nichts mehr.

Ich erwachte in tiefster Dunkelheit und mit Schmerzen im Nacken, der Art von starken Muskelschmerzen, die man bekommt, wenn man zu lange in derselben Position gelegen hat. Mein Mund fühlte sich an, als wäre er voller Watte. Ich hatte einen seltsamen metallischen Geschmack auf der Zunge, als hätte ich Kupfermünzen gelutscht.

Der Untergrund, auf dem ich geschlafen hatte, war kalt, und die

Kälte war durch meine Kleidung gedrungen. Ich zitterte. Meine Augen fielen wieder zu. Ich wollte weiterschlafen. Aber ich hatte Schmerzen, und ich wusste nicht, wo ich war. Die Party im Motel fiel mir wieder ein. Indias gackerndes Lachen, als ich ein Bier in einem Zug hinunterstürzte. Hatte ich zu viel getrunken und irgendwann das Bewusstsein verloren?

Ich lauschte. Um mich herum die Geräusche eines erwachenden Waldes, von Vögeln und Wind in Baumkronen. Aber immer noch kein Licht. Plötzlich lief mir ein Schauder der Angst über den Rücken. Ich hätte die Autobahn hören müssen, Möwen, das Meer. Aber da war nichts. Wo auch immer er lag - der Ort, an dem ich mich befand, war weit weg von Astoria. Weit weg von zu Hause.

Ich versuchte mich aufzusetzen, aber meine Schulter stieß an ... hartes Metall umhüllt von etwas Weichem? Die Kante eines Autositzes? Ich legte mich wieder hin, Schmerz zuckte durch meine Schulter. Mir wurde übel. Sterne tanzten vor meinen Augen. Nicht die schönen, die ich in ruhigen, klaren Nächten gerne betrachtete, sondern die von der bösen Sorte, der Sorte, die dir signalisiert, dass in deinem Gehirn etwas aus dem Gleichgewicht geraten ist. Eine Warnung blinkte vor meinem inneren Auge auf. Gefahr. Gefahr. Gefahr. Instinktiv wanderte meine Hand zu meinem Nacken, dann zu meinem Oberarm. Ein scharfer Schmerz flammte auf.

Dann stand ich schwankend da, mir war übel, und ich hatte Angst. Ich atmete tief durch und tastete um mich wie eine Blinde, klopfte auf abgerundete Sitzkanten, einen Fußboden, Wände, Fenster. Ein Schulbus? Über mir war ein feiner quadratischer Umriss aus Licht - die Notausstiegsklappe. Auf einmal spielte es keine Rolle mehr, wie ich hier reingekommen war. Was zählte, war nur, wie ich wieder rauskam.

Adrenalin strömte durch meine Adern, mein Herz raste - ich hatte die Klappe erreicht, stand unsicher auf einem der Sitze. Mit der ganzen Kraft meines geschundenen Körpers drückte ich dagegen. Die Klappe öffnete sich wenige Zentimeter, genug, um etwas Licht hereinzulassen, aber nicht genug, um zu fliehen. Ein Vorhängeschloss wurde sichtbar, und ich drückte noch fester, aber es gab nicht nach. Ich steckte die Finger durch die Öffnung. Nur kaltes Metall. Ich zog die Hand zurück, dann drückte ich wieder gegen die Klappe. Nichts. Ich versuchte es immer wieder. Schweiß stand auf meiner Stirn, meine Arme wurden schwach.

Die Fenster waren vollkommen schwarz. Aber vielleicht hatte jemand Pappe oder Papier auf die Außenseite geklebt. Vielleicht war das Ganze ein grausamer Streich. Meine Bewegungen waren ungeschickt, hektisch. Ich brauchte drei Anläufe, bis ich es schaffte, das Fenster herunterzuschieben.

Aber nicht Luft kam herein, sondern Dreck. Ich grub meine Hände in die schwere Erde und schaufelte sie ins Innere. Schmutz rieselte auf den Vinylsitz, Staub drang in meine Nase. Meine Hände stießen auf Lehm und Steine. Inzwischen schmerzten sie heftig und waren voller Schrammen.

Ich musste aufhören.

Ich hastete in den hinteren Teil des Busses, bis ganz ans Ende. Dort kauerte ich mich zusammen, die Arme um meine Beine geschlungen, und die Last der Wahrheit drückte mich nieder. Ich wusste nicht, wie das möglich war, aber mir war klar: Ich war unter der Erde. Jemand hatte mich in einen vergrabenen Schulbus gesteckt.

Trotz meiner Müdigkeit zwang ich mich dazu, wachzubleiben. Schlaf war beängstigend. Ich beugte mich vor und kratzte mit dem Daumennagel eine Kerbe in die Rückseite des Vordersitzes. Mein kleiner Finger berührte dabei eine andere Kerbe, eine, die nicht von mir stammte. Ich fuhr mit der Hand darüber, folgte den Formen. Kreise und Linien – jemand hatte eine Strichmännchen-Familie gezeichnet, mit groben Buchstaben darunter. Ich legte meine Hand darauf.

Waren noch andere hier gewesen, auch sie vergraben? Grauenhafte Angst prasselte auf mich nieder wie zerbrochenes Glas.

Ich schrie und schrie, bis meine Lunge nicht mehr konnte. Bis ich nur noch ein Wimmern hervorbrachte, ein Pfeifen. Wie ein kleiner Vogel in der Dunkelheit, der immer weiter singt, für niemanden.

Sechs

Die Presse ist vor dem Haus, als Jimmy aufwacht. Er schiebt die Jalousien auseinander und starrt hinaus, eine Tasse Kaffee in der Hand, während die Reporter draußen in der Kälte stehen und sich leise unterhalten. Er nippt und sieht einen der Reporter finster an, der seinen Rasen betreten hat. Durch das dünne Fensterglas kann er hören, wie der Mann seinen Text übt. Er rühmt Ellie für ihre Widerstandskraft. Jimmys Tochter ist die, die davongekommen ist. Die Leute lieben beherzte Heldinnen. Ellie ist die Glückliche. Das alles macht Jimmy krank – krank und wütend. Der Name seines kleinen Mädchens in aller Munde. Wie die meisten Teenager in Coldwell ist Jimmy mit der Bereitschaft aufgewachsen, jederzeit zu kämpfen. Er zittert vor Verlangen, zuzuschlagen.

Ein dunkelroter SUV parkt an der Bordsteinkante. Sams Auto. Jimmys ältere Tochter schiebt sich mit ihrer Familie durch die Menge der Reporter. Sams Frau, Valerie, hält Baby Mia im Arm und hat den anderen um Sam gelegt. Beide Frauen laufen geduckt in Richtung Haus. Mia schreit.

»Kein Kommentar, hab ich gesagt, ihr Arschlöcher!« Sam schlägt die Tür zu.

Valerie geht in die Ecke des Wohnzimmers und flüstert Banalitäten, um Mia zu beruhigen. Das Babygebrüll lässt nach und geht in ein Wimmern über.

»Dad.« Sam liegt in seinen Armen, und er drückt sie an seine Brust, während ihre Tränen sein Hemd nass machen. Einen kleinen Moment erlaubt er sich, seine Wange auf ihren Scheitel zu legen. Als Kind hat ihr Kopf genau in seine Halsbeuge gepasst, das ist jetzt vorbei, und sie schmiegt sich auch nicht mehr so eng an ihn. Tatsächlich umarmen sie sich nicht oft. Ein Gefühl von Schuld überkommt ihn; er genießt den Augenblick, während Ellie oben ist.

»Wo ist Ellie? Wo ist Mom?«, hört er Sams gedämpfte Stimme.

Sie tritt zurück und blickt zu ihm auf, und es ist, als wäre sie wieder ein kleines Mädchen, das ihn so ansieht, als könnte er das Rätsel des Universums lösen. Jimmys größtes Geheimnis ist, dass er nichts weiß. Er hat Angst, dass das irgendwann herauskommt. Dass eines Tages jemand merkt, dass er in seinem Leben meistens vor Sonnenaufgang aufgewacht ist und darüber nachgegrübelt hat, wie er über die Runden kommen soll. *Du bist der Mann im Haus, Jimmy*, hat seine Tante zu ihm gesagt, den Mund voller Kartoffelsalat, als er acht Jahre alt und sein Vater gerade gestorben war. *Du kümmerst dich um deine Familie.* »Sie schlafen beide.«

Sam nickt, dann runzelt sie die Stirn, als sie eine Schachtel Zigaretten auf dem Kaminsims sieht. »Ich dachte, Mom hätte aufgehört.« Die erwachsene Sam ist zurück. Sam war zehn, als Ellie auf die Welt kam. Sie freute sich über ihre kleine Schwester, war eine kleine Helferin, eine zweite Mutter. Und so ist es immer geblieben. Jimmy entgeht nicht, dass sie manchmal versucht, ihre eigene Mutter zu bemuttern, und ihn auch. Als Sam Mia bekommen hat, war klar, dass sie alles anders machen wollte als ihre Eltern. Das Wort »besser« stand immer im Raum. Wahrscheinlich ist es normal, dass man die Fehler seiner Eltern wiedergutmachen will. Jimmy ist Linkshänder, und sein Vater hat ihn gezwungen, die rechte Hand zu benutzen. Als Kat mit Sam schwanger war, hat Jimmy sich fest vorgenommen, sein Kind niemals ändern zu wollen.

Jimmy fährt sich mit der Hand durchs Haar und ist erstaunt, wie dünn es sich anfühlt. Er fragt sich, ob er die letzten zwei Jahre geschlafen hat und erst jetzt in einer Welt aufgewacht ist, die sich völlig verändert hat. »Sei nicht so streng mit ihr, ja? Es war eine harte Nacht.«

»Sie muss bessere Bewältigungsmechanismen erlernen«, sagt Sam. »Aber du ermutigst sie.«

Ermutigen. Etwas Ähnliches hat Sam auch darüber gesagt, wie er und Kat Ellie erzogen haben. Als Ellie Sams Ausweis geklaut hatte, wollte Sam es der Polizei melden. *Das ist Identitätsdiebstahl*, hat sie ausgerufen. *Das müsst ihr anzeigen! Wenn ihr das nicht tut, ermutigt ihr sie zu solchen Dingen. Dann lernt sie es nie.* Nach Ellies Verschwinden hat sich Sams Kontrollbedürfnis verdoppelt, und verdreifacht, als Mia auf die Welt kam. Wenn Kat auf Mia aufpasste, schrieb Sam ihr ausführliche Anweisungen auf. *Du kannst Mia sieben Minuten schreien lassen, nachdem du sie hingelegt hast, dann musst du wieder reingehen und ihr sanft signalisieren, dass du da bist, aber nimm sie nicht auf den Arm. Sie kann alles essen, was aus biologischem Anbau kommt, außer, wenn es mehr als drei Gramm Zucker enthält.* Sam ist Mia gegenüber so streng, weil sie immer fand, dass Jim und Kat gegenüber Ellie zu weich waren. Vielleicht wird es mit Strenge funktionieren. Aber wahrscheinlich nicht. Er hätte seinen Kindern beibringen sollen, dass man sich vor Kummer und Leid nicht schützen kann.

»Wie geht es ihr?«, fragt Sam.

»Ich weiß es nicht«, sagt er ehrlich. Die Dielen im Flur knarzen. Und dann steht Ellie in der Tür wie ein Gespenst.

Sam keucht auf und schlägt die Hände vor den Mund.

Valerie lächelt, während sie Mia wiegt. »Ellie, wie schön, dich wiederzusehen. Willkommen zu Hause. Das ist deine Nichte Mia.«

Ellie blinzelt, dreht sich um, geht weg. Sie hören, wie die Hintertür zufällt. Sam macht einen Schritt nach vorne, aber Jimmy hebt die Hand. »Ich gehe.«

Draußen steht die Garagentür offen. Kisten stapeln sich an den Wänden. Alte Fahrräder mit platten Reifen lehnen aneinander. Ein kaputter Staubsauer, eine zerbeulte Stoßstange. Jimmy fällt es schwer, Dinge wegzuwerfen, weil er immer denkt, dass er sie eines Tages vielleicht noch einmal brauchen könnte. Es ist immer gut, etwas zu haben, das man verkaufen kann. Jimmy hat es als seine größte Schande empfunden, als Kat während ihrer Schwangerschaften und nach den Geburten im Salon arbeitete. Und er wusste, dass Kat sich ebenfalls dafür schämte. Zu den Mädels im Laden sagte sie immer, dass sie arbeitete, weil sie beschäftigt sein wollte. Wenn sie nach Hause kam, zählte sie ihre Trinkgelder zusammen, stapelte sorgfältig die Scheine. Einen Stapel für Babymilch, einen für Windeln.

»Ellie, bist du da drin?«, ruft er, dann findet er sie ganz hinten an der Werkbank.

»Ich musste nur etwas Luft schnappen«, sagt sie. Sie hat nicht geduscht und trägt eine von Jimmys alten Jacken, die ihr zu groß ist. Die Farbe – beige – ist verblichen.

Er geht einen Schritt weiter, hebt eine Plastikröhre vom Boden auf und dreht sie in den Händen. Sie ist nur etwa fünfzehn Zentimeter lang, mit Kappen auf den Enden. Ein Überbleibsel von den Reparaturen an den Wasserleitungen im Haus, die er einmal vornehmen musste. »Wie kommt die denn hierher, weißt du das?« Er hält die Röhre hoch. Die Spitze seines linken Ringfingers fehlt. Er war allein auf dem Boot, als sein Finger sich in Angeldraht verfangen hat und die Kuppe sauber abgetrennt wurde. Blut war auf das Deck geströmt, und er hatte seine Hand grob verbunden und seine Arbeit zu Ende gebracht, bevor er auf dem Heimweg bei der Notaufnahme vorbeifuhr.

Röte zieht sich über Ellies Wangen. So ähnlich hat sie reagiert, als Jimmy sie damals vor langer Zeit fragte, ob sie Sams Ausweis gestohlen hat. »Nein«, sagt sie.

Jimmy seufzt und belässt es dabei. Er will keine Spannungen. Es ist keine große Sache. Er legt die Röhre wieder an ihren Platz und sieht Ellie an, die Arme vor der Brust verschränkt. »Draußen sind eine Menge Presseleute. Und du hast ja gesehen, Sam ist da. Ich hab noch Arbeit auf dem Boot, dachte, wir könnten zusammen zu den Docks rausfahren.« So haben sie früher immer eine Verbindung zueinander gefunden, draußen auf dem Wasser. Ellie kam auf kurze Angeltouren mit, um ihre Kenntnisse im Navigieren zu testen oder Sterne zu kartieren.

Ellie ballt die Fäuste und öffnet sie wieder. »Das klingt gut.«

Erleichterung überkommt ihn. Endlich ist da etwas, das er tun kann. »Wir können unterwegs anhalten und dir ein neues Telefon besorgen.« Schon hat er sein Handy herausgezogen, um Kat und Sam zu schreiben, dass er Ellie mitnimmt.

Ellie schüttelt den Kopf, als wollte sie etwas Unangenehmes abschütteln. Schuldbewusstsein liegt in ihrem Blick, und sie schaut zu Boden. »Ich brauche keins.«

Jimmy atmet scharf ein. Jetzt erinnert er sich. Sie hatten sich über ein neues Handy gestritten, als Ellie verschwand. Deshalb hatte sie diese Motel-Party organisiert, wie Jimmy später erfuhr. Im Nachhinein scheint ihm das eine solche Nichtigkeit zu sein. Vor allem, weil es Jimmy und Kat damals finanziell ganz gut ging. Sie hätten ihr Geld zusammenkratzen und Ellie ein neues Handy besorgen können. Ihr Leben retten. Jimmy denkt über die Bedeutung von Entscheidungen nach. Was für Folgen sie haben können. Wie ein Ereignis alles verändern kann.

»Natürlich brauchst du eins. Ich wette, wir können sogar deine alte Nummer wiederbekommen. Wir haben … deinen Vertrag nie gekündigt. Wir besorgen dir ein neues Handy«, beharrt er, und Ellie sagt nichts mehr. Aber sie folgt ihm durch die Garage und in seinen Wagen.

Jimmys Boot heißt *Turmoil.* Vierzehn Meter aus Glasfaser, Aluminium und Holz. Die Farbe blättert ab, das Deck hat Flecken von Rost und Fischblut, und manchmal raucht der Motor. Aber es ist ein gutes Boot. So zuverlässig, dass man bis nach Alaska damit kommt. Ellie steht an Deck neben der Frachtluke und schaut auf die elftausend Pfund Thunfisch auf Eis. Jimmy stellt sich hunderte schwarze Augen vor, die fragend zu ihr heraufstarren. Seit sie aufgebrochen sind, hat sie nicht viel gesagt. Nur ein widerwilliges »Danke«, als er ihr das Handy in die Hand gedrückt hat. Sie hat es im Auto gelassen.

Jimmy zieht einen Sack grobes Salz über das Deck. Er trägt dicke Handschuhe. »Geh mal weg«, sagt er, Ellie tritt zur Seite, und er schüttet das Salz in die Luke. Zusammen mit Wasser wird es zu einer Salzlake werden, die den Thunfisch konserviert, bis er ihn weiterverarbeiten und verkaufen kann. Es kann aber moderate bis schwerere Verbrennungen verursachen, wenn es auf die Haut gelangt. Jimmys Arme sind voller roter Flecken von der Salzlake.

Ellie geht zur Reling, der Wind bläst ihr die Haare ins Gesicht, und er sieht sie an. »Willst du ein bisschen rausfahren?«, ruft er gegen das Geräusch des Wassers an, das jetzt in die Frachtluke gepumpt wird. Jimmy ist ein ernster Mann, aber auf dem Meer öffnet er sich. Er findet, dass auf dem Wasser alles zehnmal schöner wird. Früher hat er geglaubt, dass der Ozean die Probleme verschluckt, aber das denkt er jetzt nicht mehr.

Er wusste, dass Kat sauer war, als er drei Tage nach Ellies Verschwinden hinausgefahren ist. Ehrlich gesagt, hat er auf den Ozean gestarrt und daran gedacht, sich über Bord zu stürzen. Er hatte es nicht geschafft, seine Tochter zu beschützen. Er verdiente es zu sterben. Er hasste sich selbst. Aber er ist nach Hause zurückgekehrt. Und hielt sich selbst für einen Feigling, weil er es nicht tun konnte. Er wollte leben. Mit Kat zusammen sein. Fischen gehen und sich an Ellie und die guten Zeiten erinnern. Sein kleines Mädchen war überall auf dem Boot. Stand an der Pinne, das Gesicht lachend erhoben in der Gischt. Hinter dem Steuerrad, die Zunge konzentriert im Mundwinkel, wenn sie nach den Sternen nach Hause navigierten. Damals waren sie glücklich.

Jetzt umklammert sie die Reling, hat die Augen zusammengekniffen, und Jimmy merkt deutlich, dass etwas ganz und gar nicht stimmt. Er sucht mühsam nach Worten. Als Kind war er still, er hatte ein leichtes Lispeln, und die Kinder in der Schule machten sich über ihn lustig, nannten ihn ein Mädchen. Also sprach er lieber gar nicht oder so wenig wie möglich. Während Jimmy schweigt, läuft Ellie weg.

»Ellie«, ruft er, aber sie klettert schon die Leiter hoch und rennt den Kai entlang. »Scheiße. Scheiße. Scheiße.« Er reißt sich die Handschuhe herunter, die Salzlake brennt an seinen Fingern, und läuft ihr nach. Eine Erinnerung blitzt auf, Ellie war vier und rannte ihm in einem Anfall von Wut davon. Sie achtete nicht darauf, wo sie hinlief, und rannte in Richtung Meer. Eine Welle kam und warf sie um, und er hob das Kind hoch, bevor der Ozean es holen konnte. Diesen Moment durchlebt er jetzt von Neuem. Die schreckliche Angst, die Angst, etwas Kostbares zu verlieren. Nachdem er Ellie damals gerettet hatte, hat er sie hoch in die Luft geworfen, lachend und weinend zugleich.

Jetzt wird er langsamer und sieht, dass sie bei seinem Truck auf ihn wartet, hinter ihr die Konservenfabrik mit dem Blechdach. Früher einmal gab es dort hunderte Jobs, heute nur noch ein paar, die meisten Arbeiten werden von Maschinen erledigt. Große Unternehmen kaufen kommerzielle Boote und Lizenzen auf. Jimmy hat schon Angebote im siebenstelligen Bereich bekommen, aber die nimmt er nicht an. Es geht hier um sein Vermächtnis. Er stammt aus einer langen Linie von Arbeitern, Männern, die schlecht bezahlt wurden und sich häufig verletzten. Ehrliche, bodenständige Männer. Jimmy glaubt, dass sein ganzer Selbstwert in diesem Boot liegt. In den blutgetränkten Planken und in den Erdnussbuttersandwiches, die er sich zur Arbeit mitnimmt. Er marschiert weiter und sieht, dass Ellie ein weißes Stück Papier von der Windschutzscheibe reißt. Sie starrt darauf, den Kopf gesenkt, dann knüllt sie es zusammen. Jimmy ist außer Atem, als er bei ihr ankommt. Er fühlt sich alt. Nicht mehr in Form. »O Gott, du kannst … du kannst doch nicht einfach so weglaufen!«, ruft er.

»Entschuldigung«, flüstert Ellie. Sie zittert. Ihre Lippen und ihr Kinn beben, und Jimmy denkt, er hat ihr mit seinem lauten Ton Angst gemacht. Heftige Wut steigt in ihm auf. Nicht auf Ellie, sondern auf den, der ihr das angetan hat. Seine Tochter hatte noch nie Angst vor ihm.

Eine Autotür schlägt zu, und beide drehen sich zu dem Geräusch um. Detective Calhoun steigt aus ihrem Wagen und winkt. »'n Morgen.« Sie lächelt strahlend und kommt auf sie zu.

Das Papier fällt Ellie aus der Hand, und Jimmy bückt sich, um es aufzuheben. Es ist eine Postkarte mit Birken, auf die Rückseite ist mit Filzstift eine Drei gekritzelt. Die anderen Autos auf dem Parkplatz haben ebenfalls bunte Flyer unter den Scheibenwischern, aber die sehen anders aus als diese Postkarte. Merkwürdig.

Andererseits … Auf dem Weg zum Olympic National Forest kommen viele Leute durch Coldwell und machen hier Halt. Der Wald zieht alle möglichen Menschen an. Menschen, die verloren sind, oder die sich verlieren wollen. Menschen, die eine Botschaft haben. Es ist nicht ungewöhnlich, dass rätselhafte Flyer auf der Türschwelle, an der Windschutzscheibe oder an Telefonmasten auftauchen, Bekehrungsversuche, die überall in Coldwell im Wind flattern. Jimmy knüllt die Postkarte wieder zusammen und wirft sie nach hinten in seinen Wagen. Sie landet neben dem Blättchen, das letzte Woche jemand unter seinen Scheibenwischer gesteckt hat. Ein einfacher zusammengefalteter weißer Zettel mit fünf Worten darauf. *Ignoriere niemals dein wachsendes Unbehagen.*

Sieben

»Ellie.« Chelsey geht mit großen Schritten zu ihr, Kies knirscht unter ihren Schuhen. Ellie trägt eine übergroße Jacke und ist blass, Jimmy sieht nicht viel besser aus. Chelsey hat sie bei irgendwas unterbrochen. »Alles okay?«, fragt sie.

Ellies Wangen röten sich, und sie schiebt die Hände in ihre Taschen. »Woher wussten Sie, dass wir hier sind?« Abwehr schwingt in ihrer Stimme mit.

»Ich war bei eurem Haus, und Kat hat es mir gesagt.« Chelsey bemüht sich um einen gelassenen Tonfall. Sie stemmt die Hände in die Seiten und blickt auf das Meer hinaus. Noah hat Angst vor Naturkatastrophen – Erdbeben, Vulkanausbrüchen, Tsunamis. Auch sie hat das Meer noch nie besonders gemocht. Jedes Mal, wenn sie auf den endlosen Horizont blickt, spürt sie Panik in sich aufsteigen. Aber Lydia … Lydia hat das Meer geliebt. Chelseys Schwester war vor Aufregung immer ganz aus dem Häuschen, wenn sie sich all das Leben unter Wasser vorstellte. Riesige Tintenfische. Blauwale. Bunte Korallen. Sie fantasierte immer von Welten jenseits ihrer eigenen. Davon, auszubrechen.

»Chelsey.« Jimmy streckt ihr die Hand hin.

Chelsey ergreift sie. »Hey, Jimmy. Wie geht es Ihnen?« Der Morgen ist feucht und kalt. Düster. Der Himmel ist grau, hat die Farbe von nassem Zeitungspapier.

»Ich könnte auf eine Meute von Reportern auf meinem Rasen und Leute, die irgendwelches Zeugs vor meiner Haustür ablegen, gut verzichten«, sagt Jimmy.

Chelsey nickt verständnisvoll. Als sie an die Tür der Blacks geklopft hat, musste sie durch ein Meer von rosa Teddybären, Kerzen und Blumensträußen waten. Von den Übertragungswagen ganz zu schweigen.

»Aber davon abgesehen geht's mir gut. Bin glücklich, dass mein Mädchen wieder zu Hause ist.«

Chelsey beobachtet Ellie. Das dunkle Haar verdeckt ihr Gesicht wie ein Vorhang. »Ja, Kat hat erzählt, dass die Medien schon in aller Frühe vor der Tür standen. Ich werde noch ein paar Polizeieinheiten vorbeischicken, vielleicht schreckt sie das ab.«

»Dafür wären wir Ihnen dankbar.« Jimmy nickt und sieht sie erwartungsvoll an.

»Ich hatte gehofft, mit Ellie reden zu können«, sagt Chelsey gelassen und deutet ein Lächeln an. Eine Möwe landet in der Nähe, ein paar zähe Stücke Fisch im Schnabel, die sie herunterschlingt.

»Ich weiß nicht, Chelsey«, sagt Jimmy und kratzt sich am Kopf. An seinen Händen ist Blut. »Aber ich denke, es ist deine Entscheidung«, sagt er zu Ellie.

Ellie presst die Lippen zusammen, und Chelsey sieht, wie sie sich zu einem Nein formen. »Wir können reden, wo immer du willst. Bei euch zu Hause, oder ich nehme euch beide mit auf einen Kaffee und Donuts. Was passt dir besser?« Sie sieht Ellie an und fühlt sich schlecht, weil sie ihr Nein nicht akzeptiert hat.

Ellie zuckt zusammen, aber dann sagt sie: »In unserem Haus.«

Siebzehn Minuten später sitzt Chelsey Ellie gegenüber im Wohnzimmer der Blacks. Sie hat erwartet, dass Ellie ihr Zuhause wählen würde, einen Ort, an dem sie sich sicher fühlt. Sie hat ein Opfer schon mal in seinem Schlafzimmer befragt, unter einem Stapel Decken. Wenn Ellie eine Verdächtige wäre, würde Chelsey sie aufs Revier bringen, sie eine Weile in einem fensterlosen Raum sitzen lassen, vielleicht die Heizung aufdrehen. Dann würde sie ihr eine Flasche Wasser bringen, sie ihr über den Tisch zuschieben und nach etwas Small Talk ihre Rechte vorlesen.

Chelsey setzt sich auf die Kante eines zerschlissenen Lehnstuhls – es ist derselbe Stuhl, auf dem sie nach Ellies Verschwinden saß, als sie Kats und Jimmys Aussagen aufnahm. Trotz des Schlafmangels hat Chelsey sich nie leichter und klarer gefühlt. Das kommt vom Adrenalin. Wie bei einem Rausch. Wenn sie einen Fall aufklärt, ist sie immer am aufmerksamsten. Kat und Jimmy sind im Garten. Zigarettenrauch dringt durch eine zersprungene Fensterscheibe und mischt sich mit dem Duft von Mandarinenkerzen. Auch die Stimmen der Reporter sind durch das dünne Glas zu hören.

Chelsey zieht einen Audiorekorder aus der Tasche. »Ich würde das Gespräch gerne aufzeichnen. Stört dich das?«

Ellie schüttelt den Kopf und fasst sich an das linke Handgelenk. Sie trägt immer noch die zu große Jacke, die sie bis zu den Knien einhüllt wie eine Decke. »Ist schon in Ordnung, denke ich.«

Chelsey schaltet das Gerät ein und stellt es auf den angeschlagenen Couchtisch. Schnell nennt sie die Basisinformationen, ihren Namen, Ellies Namen, Ort, Datum. »Also«, sagt sie dann, »erzähl mir, woran du dich erinnerst. Fangen wir mit der Nacht an, in der du verschwunden bist?«

Einen Moment lang ist es still. In der Küche tropft ein Wasserhahn. Ellies Blick huscht zu Chelsey, dann wieder weg. »Ich war so dumm«, sagt sie. Chelsey schweigt. Wartet. Ellie wischt sich über die Nase. »Ich hätte diese Party nie verlassen sollen«, fügt sie zaghaft hinzu.

Chelsey nickt. Selbstvorwürfe kommen in solchen Szenarien häufig vor. Die Menschen sind auf Gleichungen wie »Mädchen plus Fehler ergibt Böses« getrimmt. Das ist wie eine Art Impfung. Sei brav, dann wird dir nichts Schlimmes passieren. Aber niemand ist unverwundbar. Niemand bleibt unversehrt.

»Die Party?«, hakt Chelsey nach.

Ellie reckt ärgerlich das Kinn. »Ich musste pinkeln, und im Bad hat irgendjemand rumgemacht. Ich hatte getrunken.« Es klingt herausfordernd.

Chelsey winkt ab. Sie erinnert sich daran, wie sie Ellies Zimmer durchsucht und dort Gras und Alkohol gefunden hat. Jedes Mädchen im Teenageralter hat Geheimnisse. Die verbotenen Substanzen haben für Chelsey nicht viel zu bedeuten. Sie machen Ellie nicht schuldig. »Du hattest ein paar Drinks. Es ist nicht dein Fehler.«

Ellie lässt die Schultern sinken und entspannt sich ein bisschen. »Ich wollte zur Tankstelle, aber der Parkplatz war näher … Ich, äh, musste wirklich dringend.«

Chelsey nickt. Will Gunner, Ellies Ex-Freund, hat diese Geschichte bestätigt, als sie vor zwei Jahren alle Partybesucher befragt hat. Ellie musste auf die Toilette. Das war's. »Was ist als Nächstes passiert?«

»Ich weiß es nicht, wirklich. Jemand hat mich gepackt. Mit irgendwas betäubt, glaube ich. Danach erinnere ich mich an nichts mehr.« Ellie senkt den Kopf. »Ich bin im Dunkeln aufgewacht.« Als sie aufblickt, glänzen ihre Augen feucht.

»Erzähl mir von dieser Dunkelheit. Wie hat sie gerochen? Sich angefühlt?«

Ellie zittert und wischt sich die Tränen ab, feuchte Spuren bleiben an ihren Fingern zurück. »Es war kalt, und es roch nach Schimmel und Plastik. Wie meine alten Vinyl-Schallplatten. Ich konnte Vögel hören, manchmal eine Eule und Hunde.« Plötzlich hält sie inne und umfasst ihr linkes Handgelenk.

»Du greifst dir immer wieder ans Handgelenk. Gibt es dafür einen Grund?«

Ellie zuckt zusammen und schiebt ihre Hände unter die Oberschenkel. »Nein, keinen.«

Sie lügt, denkt Chelsey und wartet einen Moment – eine gefühlte Ewigkeit – darauf, dass Ellie weiterspricht. Aber Ellie bleibt stumm, zittert. »In Ordnung. Reden wir noch einmal über diese Dunkelheit. Wie hast du dich gefühlt?«

»Mir tat alles weh, und ich hatte Hunger. Und Angst.« Ihre Worte klingen abgehackt.

»Ja, natürlich.« Eine kurze Pause. »Warst du allein?«

»Nein. Ich meine, ja, eine Weile. Ein paar Tage, glaube ich.«

»Und was ist dann passiert?«, wagt Chelsey sich vor.

»Ich war so hungrig. Ich dachte, ich würde sterben. Dann kam *er*.«

Chelsey schluckt. »Erzähl mir von ihm.«

Ellis Lider flattern, und sie schließt die Augen. »Ich hab sein Gesicht nicht gesehen. Es war zu hell. Er trug ein Bandana über Mund und Nase.«

»Okay. Welche Farbe hatte das Bandana?«, fragt Chelsey. Manchmal führen Details zu anderen Details. Eine wütende Stimme zu einer gerunzelten Stirn mit einer Narbe.

»Rot. Es war rot. Es tat weh, zu ihm hochzuschauen.« Hochzuschauen. Von unten. Ellie ist irgendwo unter der Erde festgehalten worden, wird Chelsey klar.

Plötzlich reißt Ellie die Augen auf. »Ich will nicht mehr.«

Ein Stich der Enttäuschung. »Das ist okay.« Chelsey zwingt sich zu einem Lächeln. »Völlig in Ordnung. Wir können morgen weitermachen oder übermorgen. Wir nehmen uns Zeit.«

»Nein.« Ellies Nasenflügel beben. »Ich will das überhaupt nicht mehr.«

»Ich bin mir nicht sicher, ob ich dich verstehe«, sagt Chelsey, aber sie versteht es. Manchmal lehnen Opfer es ab, sich an einer Untersuchung zu beteiligen. Es ist ihr gutes Recht, nach vorne blicken zu wollen. Um die schmerzhaften Erinnerungen nicht noch einmal zu durchleben.

»Ich will nicht mehr reden. Ich meine, nie mehr.«

»Nein, Ellie, bitte«, sagt sie, atemlos und ein bisschen panisch. »Wir müssen keinen anderen Termin ausmachen für ein Gespräch. Aber lass uns die Ermittlung nicht offiziell abbrechen, bevor wir uns nicht absolut sicher sind, dass es das ist, was du willst.«

Ohne Ellies Teilnahme wird die Staatsanwaltschaft den Fall nicht übernehmen. Es wird keine Anklage geben. Dieser Gedanke ist nicht auszuhalten. Dass Chelsey demjenigen, der das hier getan hat, so nahegekommen ist, und er ihr dann einfach entgleitet.

»Nimm dir alle Zeit, die du brauchst, Ellie«, sagt sie, und es ist ein defensiver Schachzug. Auf einmal blickt sie wie durch einen Tunnel in die Vergangenheit, fünfzehn Jahre zurück.

Chelsey hat in jener Nacht gehört, wie Lydias Tür aufging, und sofort ihre eigene weit aufgerissen. *Wohin gehst du?*, fragte sie ihre Schwester und rieb sich mit ihrem nackten rechten Fuß über das linke Schienbein. Ihre Zehennägel hatte sie in einem dunklen Violett lackiert, das Boris & Natascha hieß.

Nirgendwohin. Lydias Haare waren frisch gelockt und sorgfältig gestylt, ihre Lippen dunkelrot geschminkt, und sie trug einen bauchfreien Cardigan über einem Spitzenmieder. Die Kleidung wirkte erwachsen, und doch sah sie jung aus, frisch und mit großen Augen, wie eine Meerjungfrau, die an die Wasseroberfläche taucht und zum ersten Mal Land sieht. Ein herbstlicher Vollmond erfüllte das Haus mit einem orangefarbenen Schimmer. Chelsey rührte sich nicht. Lydia verdrehte die Augen, und ein aufgeregtes Lächeln erhellte ihr Gesicht. *Ich gehe zu einer Party bei Oscar.*

Oscar Swann war in der Abschlussklasse, ein Senior, Lydia ging als Sophomore in die zehnte, Chelsey in die neunte Klasse, war also noch ein Freshman. Die beiden Schwestern durften sich noch nicht mit Jungs treffen. Ihr Vater war der Typ, der sich mit der Schrotflinte auf die Terrasse setzte, um Verehrer zu verjagen.

Kann ich mitkommen?, fragte Chelsey. Sie betete Lydia an. Folgte ihr auf Schritt und Tritt wie ein Hündchen. Machte ihre Eigenheiten nach. Trug ihre Kleider. Schenkte ihr ihren letzten Schokoriegel.

Nein, antwortete Lydia scharf und süffisant. *Du solltest mal Oscar sehen. Er ist geradezu besessen von mir.* Dann wurde sie ernst. *Sag Mom und Dad nichts.*

Damals war Chelsey fragil, bedürftig. Sie wollte unbedingt die Anerkennung ihrer Schwester. Wollte gemocht werden, deshalb antwortete sie: *Natürlich nicht.*

Lydia lächelte. *Gut, denn sonst würde ich dich für immer hassen.* Sie hob die Hand, und Chelsey tat es auch. Dann verhakten sie ihre kleinen Finger miteinander. *Kleine-Finger-Schwur,* sagten sie beide.

Lydia huschte davon, blieb auf dem Treppenabsatz noch einmal stehen, drehte sich um und legte den Zeigefinger auf die Lippen. Schsch. Sag nichts. Und dann war sie weg, heftig verliebt.

Hätte Chelsey Lydia nur zurückgehalten. Sie angefleht, nicht zu gehen. Oder darum gebettelt, mitkommen zu dürfen. Vielleicht wäre Lydia dann noch hier. Chelsey hat damals gezögert, es ihren Eltern zu erzählen. Zwei volle Tage lang hat sie zugesehen, wie ihre Mutter weinte. Zwei volle Tage trampelte die Polizei in ihrem Haus herum. Zwei volle Tage hat es gedauert, bis die

Familie erfuhr, was wirklich passiert war – und dass Oscar und Lydia tot waren.

Schließlich senkt Chelsey die Stimme und fügt hinzu: »Wenn du Angst hast, können wir dich beschützen. Es gibt Schutzmaßnahmen für deine Sicherheit.« Es ist ein gewagtes Versprechen: *Niemand kann dir wehtun, solange du bei mir bist.*

Ellie lacht freudlos auf, und Chelsey spürt die Schwere in diesem Lachen, das Gefühl von Bedrohung und lauernder Gefahr. *Niemand kann mir helfen. Niemand kann mich beschützen.*

iii

Die Sache ist die: Ich hatte keine großartigen Träume. Keine College-Pläne, keine Pläne, aus Coldwell wegzuziehen. Nicht wie Sam, die wuchs wie ein Baum, sich immer höher und höher streckte, in der Hoffnung, die Sonne zu erreichen. Ich hätte wahrscheinlich Danny geheiratet. Ein paar Kinder in die Welt gesetzt. Es wäre ein einfaches Leben gewesen. Aber wichtig. Ich bin immer noch wichtig, oder?

Im Bus bin ich jeden Tag geschrumpft. Stück für Stück, bis es nicht mehr zu ertragen war. Die Verzweiflung. Das Verlangen. Ich glaube, das war die Absicht dahinter. Eigentlich bin ich mir da fast sicher. Denn in dem Moment, in dem ich mich wie ein Nichts fühlte, geschah etwas.

Am zweiten Tag lag ich zusammengerollt auf einem der Sitze. »Alles wird gut«, sagte ich mir immer wieder. Mir war kalt und ich zitterte, meine Zähne klapperten schmerzhaft. »Mom wird merken, dass du nicht bist, wo du sein wolltest. Dann sucht sie nach dir. Sie wird eine Stunde brauchen, vielleicht zwei, höchstens.« Ich vergrub die Hände in meinen Taschen. Normalerweise hatte ich dort mein Handy, aber das war nicht mehr da. Regen trommelte auf das Dach. In der Ferne heulten Hunde.

»Mom wird dich anrufen«, sagte ich mir. »Wenn du nicht drangehst, schlägt sie Alarm. Die Polizei wird eingeschaltet. Dad kommt zurück an Land. Danny wird sich um alles kümmern.

Hab Vertrauen.

Bleib zuversichtlich.

Sie werden dich finden. Du musst nur horchen, dann wirst du bald hören, wie sie deinen Namen rufen, und kannst antworten.«

Also wartete ich. Ich wartete, bis das Licht um die Ausstiegklappe verschwand und der Schweiß auf meiner Stirn trocken und kalt wurde. Ich betastete meine Fingernägel, unter denen kleine Hautfetzen hingen. Beweise. Hatte ich meinen Angreifer gekratzt? Ich sammelte die Hautfetzen und steckte sie in meine Tasche. Ich würde sie der Polizei geben, wenn sie mich gefunden hätte.

Ich fiel in Schlummer und erwachte mit einem Ruck. *Klick. Klick. Klick.* Etwas war auf dem Bus. Ein Tier. Ein ganzer Haufen Tiere. Aber für alle Fälle rappelte ich mich hoch und ging zur Ausstiegsklappe. Meine Arme waren steif und schwerfällig, als ich die quadratische Metallklappe anhob. Wieder streckte ich die Finger hinaus und tastete vorsichtig.

»Hallo?«, rief ich leise. Eine feuchte Schnauze berührte meinen Daumen, und dann spürte ich Zähne. Unwillkürlich zog ich den Arm zurück, aber ich war nicht schnell genug. Die Klappe fiel auf meine Fingerknöchel. Ich schrie vor Schmerz auf. Das, was auf dem Dach war, ergriff die Flucht und rannte davon. Ich kehrte in meine Ecke zurück, schniefte und saugte an meinen verletzten Fingerknöcheln.

Ich schlief wieder ein und erwachte, weil meine Blase wehtat. Es war immer noch Nacht. Ich stand auf und lief im Bus auf und ab. »Kommt schon, ich muss pinkeln.« Schließlich konnte ich es nicht länger zurückhalten. Ich kauerte mich über die Stufen und ließ mich gehen. Tränen der Erniedrigung brannten in meinen Augen.

Danach ging ich zurück auf die Hinterseite des Busses, weit weg von den Stufen und meinem Dreck. Diesmal blieb ich wach und behielt die Klappe im Auge. Ich blinzelte, als wieder Licht durch die Ritzen drang. Ein neuer Tag hatte begonnen. Und ich steckte immer noch in der Dunkelheit fest.

Am dritten Tag, als das Licht um die Ausstiegsklappe wieder verblasste, hörte ich einen Schlag. Und dann noch einen. Den langsamen Rhythmus von schweren menschlichen Schritten.

Im nächsten Moment hatte ich meinen Winkel verlassen und schob mich durch den Gang des Busses. Ich stieg auf den Sitz unter der Klappe und schrie. Die Schritte verstummten. Es wurde still. Ich auch. Metall klapperte, und dann hörte ich ein Klicken. Die Klappe ging auf. Ein Mensch starrte zu mir herunter, das Gesicht verdeckt von einem roten Bandana, die Gestalt von Licht umgeben. Der Mensch hatte eine Taschenlampe und leuchtete mir ins Gesicht. Es tat weh. Ich hielt mir schützend die Hände vor die Augen.

»Wie heißt du?« Seine Stimme war tief und seine Haut weiß, die Farbe von Schafwolle. Hunde strichen um seine Beine. Deutsche Schäferhunde, die ihre Schnauzen durch die Klappe steckten und winselten.

»El... Ellie.« Ich zitterte.

Er gab einen Laut von sich, und etwas fiel in den Gang. Er schloss die Klappe, bevor ich auch nur blinzeln konnte. »Nein«, stöhnte ich. Ich hämmerte gegen die Klappe, und meine Arme schmerzten. »Ich heiße Elizabeth Black.« Ich wusste, dass er noch da oben war und zuhörte. An der Stelle, wo seine Stiefel waren, fiel kein Licht herein. Ich konnte die Krallen der Hunde auf dem Blechdach hören. »Ich heiße Elizabeth Black. Bitte, meine Eltern geben Ihnen alles.« Ich wurde still, wartete ab. Nichts. »Was wollen Sie? Mistkerl!«, schimpfte ich. Er trat von der Klappe fort. »Nein, das habe ich nicht so gemeint. Bitte, ich tue, was immer Sie wollen.« Das Geräusch seiner Schritte wurde leiser, als er sich entfernte. Die Hunde gingen mit ihm. »Bitte«, sagte ich wieder und wieder.

Ich ließ mich wieder nach unten sinken, rollte mich in der Dunkelheit zusammen. Unter mir spürte ich etwas, etwas Weiches. Ich nahm es, roch daran. Sauber, süßlich. Brot. Ich riss große Stücke ab, stopfte sie mir in den Mund.

Dann fiel mir ein, dass noch etwas heruntergefallen war. Ich tastete den Boden unter den Sitzen ab und fand eine Plastikflasche mit Wasser. Ich nahm einen langen, tiefen Schluck. Mein Bauch tat weh. Ich hatte zu schnell gegessen, und jetzt lag mir das Brot wie ein Stein im Magen. Als ich fertig war, kam mir der Gedanke, dass das Brot und das Wasser vergiftet sein könnten. Der Mann konnte dieselbe Droge, die er mir bei der Entführung gespritzt hatte, ins Essen gemischt haben. Vielleicht sollte ich mich übergeben. Aber es war schon zu spät. Und die Vorstellung, in den dunklen Schlummer zurückzugleiten, in dem alles vergessen war, schien mir nicht so schlecht. Vergessen, das wollte ich.

Ich nahm das restliche Brot und das Wasser mit nach hinten und wappnete mich für eine weitere Nacht. Mein Kopf sank auf das Vinyl, ich ballte die Fäuste. Ich dachte an meine Familie, vor allem an meine Mom. Daran, wie ich mich auf ihrem Schoß zusammengerollt hatte, als ich noch klein genug dafür war, und wie die Sonne dabei durch das Fenster schien. Jetzt tut es weh, mich daran zu erinnern. An damals, als Liebe sich noch gut anfühlte.

Alle paar Tage kam der Mann, und immer trug er sein rotes Bandana. Er öffnete die Klappe und starrte zu mir herunter. Er stellte immer dieselbe Frage: »Wie heißt du?«

Ich hatte immer dieselbe Antwort: »Ich heiße Elizabeth Black.« Und dann bettelte ich voller Panik. Bitte. Lassen Sie mich raus. Ich gebe Ihnen, was Sie wollen. Alles.

Er warf mir wieder Brot und Wasser hinunter, und ich rannte hin, um es zu holen, wie ein Hund, der unter dem Tisch nach Brocken vom Abendessen sucht. Das Brot und das Wasser sparte ich mir auf, rationierte es, verstaute es unter dem Sitz hinten im Bus, auf dem ich schlief. Ich erlaubte mir jeden Tag ein paar Schlucke, und wenn es regnete, sammelte ich unter der Ausstiegsklappe Wasser in meinen hohlen Händen und trank, so viel ich konnte. Manchmal wurde das Brot schimmelig, das konnte ich riechen, aber ich aß es trotzdem. Und die Einsamkeit ... Ich dachte, ich würde daran sterben. Sie steckte unter meiner Haut und ernährte sich von meinem Blut und meinen Knochen wie ein Parasit.

Als der Mann zurückkam, verweigerte ich ihm die Antwort. »Wie heißt du?«, fragte er.

Ich blieb still, zog das Kinn an die Brust und bewegte mich nicht vom Fahrersitz weg. Er schlug die Klappe zu und schloss ab. Er ließ kein Brot und kein Wasser für mich da, als Strafe für mein Schweigen.

Fünf Tage lang blieb der Mann fort. Es war die längste Zeit, die ich ihn nicht sah. Ich hatte kein Brot und kein Wasser mehr. Es regnete nicht. Hunger und Durst nagten an mir, und ich schob das Busfenster herunter, saugte durch die Zähne an der Erde, um einen Tropfen Wasser zu bekommen, so lange, bis ich würgen musste. Ich aß auch Würmer. Sie krümmten und streckten sich noch, wenn meine Schneidezähne sie zerteilten.

Das war nicht das Schlimmste, was ich in dem Bus tat.

Was ich über den menschlichen Körper gelernt habe: Er ist darauf programmiert, zu leben. So sehr du dein Herz auch beschwörst, sein sanftes Schlagen aufzugeben, macht es dennoch weiter. Der Instinkt setzt ein, bringt dich zum Äußersten – wie zum Beispiel dazu, deine Beine und Arme abzutasten und zu überlegen, wie du deine Glieder zum Bluten bringen kannst, damit du Feuchtigkeit auf der Zunge spüren kannst.

Aber dann ... dann hörte ich auf, an meine Familie zu denken. Ich hörte auf, mich nach Essen zu sehnen. Ich hörte auf zu träumen. Ich glaube nicht, dass ich es noch kann. Weitere Tage vergingen.

Ich lag auf der hintersten Bankreihe und dachte, dass ich nie wieder aufstehen würde. Es war an der Zeit, aufzugeben. Sich zu ergeben. Ich hatte meinen tiefsten Punkt erreicht. Meine Augen fielen zu, ich war bereit. Bereit für den Tod, grausam, herrlich und süß.

Schritte. Die Klappe ging auf. Ich konnte mich nicht bewegen, war zu schwach. Licht strömte in den höhlenartigen Raum. Der Schatten des Mannes fiel in den Bus, so lang, dass er mich beinahe erreichte.

»Wie heißt du?«, rief er zu mir herunter, eine Endgültigkeit in seinen Worten. Wenn ich nicht antwortete, würde er nie wiederkommen. Die Hunde schnüffelten an der Öffnung.

Ich machte den Mund auf, um zu sprechen, aber die Worte blieben mir im Hals stecken. Wie heiße ich? Wie heiße ich? Ich konnte mich nicht erinnern. Existierte ich überhaupt noch? Ich ballte meine Hand zu einer zitternden Faust. Meine verletzten Fingerknöchel jagten eine Welle des Schmerzes durch meinen Körper. Ja, ich war immer noch da. Noch am Leben. Gerade noch.

»Wie heißt du, Mädchen?«, fragte er. Mädchen? Ja, ich war ein Mädchen. Ich war ein Mädchen, das einen Jungen liebte. Wie hieß der Junge? Meine Finger fuhren über die Kratzer im Vinyl. Einst hatte ich meinen Namen hier eingeritzt. Aber alles war verdreht. Name, Name, Name. Das Wort hämmerte in meinem Kopf wie eine Trommel. Aber dann kam nichts. Ich drehte mich im Dunkeln im Kreis.

Der Mann bewegte sich, und die Klappe schloss sich halb. Er hatte mir kein Essen hinuntergeworfen. Ich versuchte zu schreien, brachte aber nur ein Röcheln zustande, mehr schaffte ich nicht. Die Klappe öffnete sich wieder, das schönste Geschenk.

»Sag mir deinen Namen, Mädchen.« Er kauerte sich an den Rand der Öffnung. Von seinen Stiefeln rieselten Staubkörner herunter, glitzerten im Sonnenlicht. Einer der Hunde legte sich neben ihn und seufzte.

Ich schaffte es, mich von der Rückbank gleiten zu lassen, und kroch durch den Gang. Das Metallgitter auf dem Fußboden schnitt in meine Hände. Der Mann wartete geduldig. Ich hielt an, als ich unter ihm angelangt war, und hob das Gesicht ins Licht. »Ich weiß es nicht.«

»Was weißt du nicht?« Neue Worte. Er hatte noch nie so viel gesprochen.

Bitte geh nicht weg. Meine Glieder zitterten und auch meine Stimme. »Meinen Namen. Ich weiß ihn nicht mehr.«

Der Mann stand auf. Ich dachte, er würde die Klappe schließen und fand mich damit ab, dass ich in diesem Bus langsam sterben würde. Auf diesem Boden, denn ich war zu schwach, um zurück zu meinem Platz zu kriechen. Ich war bereit, meine Seele aus meinem Körper zu lassen. In der Ferne hörte ich die geisterhafte Stimme meiner Mutter, und in Gedanken antwortete ich. Ich komme. Es dauert nicht mehr lang, dann bin ich zu Hause.

Aber ich ging nicht.

Er legte sich hin und schob seinen Oberkörper in den Bus. Streckte die Hände nach mir aus. »Nimm meine Hand.«

Meine Augen waren nass von Tränen. Ich griff nach ihm. Meine Hand schloss sich um sein Handgelenk. Er zog mich hoch ans Tageslicht, riss mir dabei beinahe den Arm aus. Die Sonne blendete mich. Obwohl ich mich nicht mehr an meinen Namen erinnern konnte, oder an den Namen des Jungen, den ich liebte, fiel mir ein, wie das Gefühl hieß, das mich durchflutete. Freude. Endlich.

Acht

Unter der Erde. Dunkelheit. Ein rotes Bandana. Kälte. Der Geruch von Vinyl.

Im Schein einer Lampe mit grünem Schirm sitzt Chelsey im Arbeitszimmer ihres Vaters und spielt ihr Gespräch mit Ellie ab, wobei sie die Fakten auf einem Blatt Papier notiert – eine lose, unzusammenhängende Aufzählung. Sie stellt die Aufnahme ab und presst sich die Handflächen auf die Augen, bis sie Sterne sieht. Sie ist ratlos. Frustriert, weil Ellie nicht kooperieren will.

Aber sie ist nicht zum ersten Mal an diesem Punkt, am Boden eines Abgrunds. Wo sie auf eine Steinwand vor sich starrt, anstatt nach oben zu blicken. Nach einem neuen Ausweg sucht. Sie öffnet den Ordner von Ellies Fall, klickt die Fotos an. Die Bilder sind immer noch erschütternd. Ellie mit ausgestreckten Gliedern. Jeder blaue Fleck ausgemessen und katalogisiert. Es gibt Fotos von ihrer Kleidung. Die Sachen sind auf einem Edelstahltisch ausgebreitet. Ein schmuddeliger weißer BH und eine alte, fadenscheinige Unterhose. Ein Paar Schuhe ohne Schnürsenkel. Jeans. Ein Sweatshirt mit der Aufschrift eines Volleyballteams der University of Washington. Ein verschmierter Blutfleck. Könnte das Sweatshirt benutzt worden sein, um Blut von etwas oder jemandem abzuwischen?

Ein kleines, quadratisches Stück Stoff ist aus der Mitte herausgeschnitten worden für die Laboranalyse. Das Ergebnis wird mit den in der DNA-Datenbank CODIS gespeicherten DNA-Profilen abgeglichen. Wenn das Blut nicht von Ellie stammt –

und wenn Ellies Entführer vorbestraft ist –, wird es sich zeigen. Blut lügt nicht.

Chelsey beugt sich vor und starrt auf den Bildschirm, bis die Buchstaben vor ihren Augen verschwimmen. Was hat Ellie angehabt, als sie entführt wurde? Ihre Gedanken wandern in die Vergangenheit, zu ihrem ersten Gespräch mit Kat, einen Tag, nachdem Ellie verschwunden war.

Es war Vormittag, und Ellie wurde noch keine zehn Stunden vermisst. Kat starrte zur Zimmerdecke. *Was sie getragen hat? Ich weiß es nicht.* Ihr Gesicht war bleich und ausdruckslos, sie sah aus wie der personifizierte Schock. *Wissen Sie, als Ellie ein Kleinkind war, habe ich sie einmal verloren, im Kindermuseum in Seattle. Gerade war sie noch da und im nächsten Augenblick verschwunden. Man sieht nur einen Moment lang weg, und schon … Jedenfalls haben wir sie dann im nächsten Ausstellungsraum wiedergefunden. Und eine meiner Freundinnen riet mir, von nun an immer ein Foto von Ellie bei mir zu haben, für alle Fälle. Bis gerade eben hatte ich das ganz vergessen.* Kat knetete ihre Hände, zu verstört, um weiterzusprechen. Dann schloss sie einen Moment die Augen und zwang sich, fortzufahren. *Wir hatten gestern einen Streit wegen ihrer Jeans. Sie hatte sie mit Filzstift vollgekritzelt. Haben Sie sich je mit Ihrer Mutter gestritten?*

Nein, antwortete Chelsey und dachte an ihre Teenagerjahre nach Lydias Tod, daran, wie ihre Mutter und sie einander umkreist hatten wie Doppelsterne, ohne sich je zu begegnen. Man konnte sich nicht streiten, wenn man nicht miteinander redete.

Das ist gut, sagte Kat mit einem flüchtigen Lächeln. Dann schüttelte sie den Kopf. *An ihr Oberteil kann ich mich nicht erinnern. Ich hätte ihr verbieten müssen, am Abend auszugehen, aber ich wollte keinen neuen Streit. Es war nicht leicht mit Ellie. Viel schwieriger als bei meiner ersten Tochter. Mit Sam wurde ich schwanger, als ich achtzehn war. Mit Ellie habe ich gewartet, bis ich älter war. Diesmal wollte ich es richtig machen, wissen Sie? Alles, was bei Sam falsch gelaufen ist. Aber Ellie … sie ist so anders, als ich es mir vorgestellt hatte. So viel tougher. Ich kann nicht aufhören, mir vorzustellen, dass sie irgendwo ist und meine Hilfe braucht. Ellie braucht mich, Ellie braucht mich – diese Worte gehen mir ständig durch den Kopf.*

Chelsey atmete scharf ein, fühlte sich mit Kat irgendwie verbunden. Sie kannte diese Stimme, die auch sie verfolgte, ohne dass sie sie hören konnte. Sie fragte sich oft, wie Lydias letzte Momente gewesen waren. Wie viel Blut sie verloren hatte. Was sie gesehen, was sie gesagt hatte. Ob sie gefleht, nach ihrer Mutter oder nach Chelsey gefragt hatte. Genug. Chelsey schüttelte den Gedanken ab. *Es ist kein Problem, dass Sie sich nicht daran erinnern, was Ellie anhatte*, sagte sie zu Kat und klappte ihr Notizbuch zu. *Ich fahre gleich zu India und frage sie. Vielleicht hat sie Fotos.*

India hatte tatsächlich ein Foto von sich und Ellie, darauf tranken sie in einem billigen Motelzimmer Wein-Cocktails und machten Peace-Zeichen. Dieses Foto öffnet Chelsey jetzt. Es dauert einen Moment, bis der alte Dell-Computer ihres Vaters es geladen hat. Das Bild erscheint langsam, Pixel für Pixel. Jetzt. Ellie hat ein dunkelrotes bauchfreies Oberteil getragen, mit einem Flanellhemd darüber.

Das sind nicht die Kleider, die Ellie im Wald anhatte, nicht die, die sie im Krankenhaus ausgezogen hat und die auf dem Edelstahltisch ausgebreitet waren. Diese Kleider – das Sweatshirt von der University of Washington, die Jeans, die Turnschuhe – sind neu. Das ist nicht weiter überraschend, schließlich sind mehr als zwei Jahre vergangen. Ihr Entführer könnte sie gekauft haben. Aber vielleicht kann Chelsey die Kleidungsstücke zurückverfolgen. Auf einmal wird ihr etwas leichter zumute. Sie hat eine Spur.

Sie sieht sich das Sweatshirt genauer an. Es ist von einer bekannten Universität – hat der Entführer dort studiert? Sie zoomt ins Bild. Das Logo besteht aus den Buchstaben UW mit dem Wort *Volleyball* darunter. Sie klickt auf das nächste Foto, das die Rückseite des Sweatshirts zeigt, eine 55. Sie öffnet den Browser und sucht »UW Volleyball«. Die Spielerlisten reichen zurück bis ins Jahr 2011. Es gibt keine Spieler mit der Nummer 55. Hm. Sie klickt auf das Foto des Markenetiketts und zoomt hinein: *One of a Kind – individuelle College-Bekleidung*. Sie sucht die Webseite der Firma und ruft den Kundenservice an, rutscht auf der Stuhlkante nach vorne, während das Freizeichen ertönt.

Ein Anrufbeantworter geht ran. »Danke für Ihren Anruf bei One-of-a-Kind College-Bekleidung. Sie rufen außerhalb unserer Geschäftszeiten an …«

Sie hinterlässt eine Nachricht mit ihren Kontaktdaten. »Hier ist Chelsey Calhoun, Detective bei der Polizei von Coldwell. Ich habe eine Frage bezüglich eines Sweatshirts Ihrer Firma. Bitte rufen Sie mich so bald wie möglich zurück.«

Sie beendet die Verbindung und reibt sich müde die Augen. Ihr ganzer Körper tut weh. Wann hat sie zuletzt geschlafen? Sie kann sich nicht daran erinnern. Kein gutes Zeichen. Sie stolpert zur Couch und sackt darauf zusammen.

Dann träumt sie vom Strand.

Von Coldwells Klippen. Und es ist kein Traum mehr, sondern eine Schleife, in der sie lebt, eine Flut von unendlichen Erinnerungen im Schlaf. Von einem verformten und zerdrückten Auto, das gefährlich auf einem Keil aus Basalt balanciert und im Wind schaukelt. Sie sind in Coldwell herumgefahren, auf der Suche nach Lydia, als sie den Anruf bekamen. Ihre Eltern befahlen ihr, auf der Rückbank sitzenzubleiben, aber Chelsey folgte ihnen, in ihrer rosafarbenen Daunenjacke, vorbei an dem Polizisten in Uniform, der sich ins Dünengras übergab, den Pfad hinunter. Weiter unten erkannte sie das blaue Auto als das von Oscar. Die Fahrertür stand offen, Oscars Körper ragte halb daraus hervor. Aus einem Spalt in seiner Stirn rann wässriges Blut in seine offenen Augen. Einer seiner K-Swiss-Schuhe lag dreißig Zentimeter entfernt auf einem spitzen Felsen. Seine Faust war voll von Lydias Haaren. Gelbe Strähnen, aufgequollen von Meeresschaum, daran ein Stück Kopfhaut. Chelseys Mutter schrie und schien sich über die Klippe stürzen zu wollen, aber einer der Polizisten hielt sie fest. Chelseys Vater war erstarrt, sein Gesicht ohne jede Farbe. Ein Mitnahmesuizid, stellte die Polizei später fest. Oscar hatte Lydia getötet und dann sich selbst.

Ein schrilles Klingen zerreißt die Erinnerung, und Chelsey fährt hoch. Ihr Handy liegt auf dem Teppich. »Detective Calhoun«, meldet sie sich. Es ist jetzt hell, und sie fühlt sich, als hätte sie einen Kater, ihre Augen sind trocken, ihr Mund wie mit Watte gefüllt.

»Hallo, hier ist Gino von One-Of-A-Kind College-Bekleidung. Haben Sie uns angerufen?« Seine tiefe Stimme klingt fragend.

»Ja.« Chelsey stolpert zum Schreibtisch und holt den Computer aus dem Schlafmodus. Die Fotos von dem Sweatshirt sind noch auf dem Bildschirm. »Ich bin Kriminalpolizistin und arbeite an einem Vermisstenfall, und ich habe ein bei Ihnen gekauftes Kleidungsstück als Beweismittel. Ich würde gerne zurückverfolgen, wer es bestellt hat.«

»In Ordnung, aber ich bin mir nicht sicher, ob ich Ihnen da helfen kann. Wir liefern jede Woche um die fünfhundert Teile aus. Aber lassen Sie mich nachsehen. Moment.« Er zögert. »Vielleicht sollte ich das lieber mit meinem Chef absprechen. Brauchen Sie dafür nicht einen Durchsuchungsbefehl?«

»Nein, brauche ich nicht«, sagt Chelsey nur, und es wird still am anderen Ende der Leitung. »Sie können helfen, den Entführer eines Mädchens zu finden.« Sie hält inne. Wartet darauf, dass diese Vorstellung Wurzeln schlägt und Blüten treibt. Gino als Held.

Ein Augenblick vergeht. »Haben Sie die Artikelnummer? Ich brauche die acht Ziffern und das, was hinter dem Schrägstrich steht. Damit kann ich das Jahr herausfinden.«

»Wo steht diese Nummer?« Sie zoomt in das Etikett. Keine Ziffern, nur der Name der Firma und die Größe – S.

»Auf dem Etikett, das links an der Innenseite eingenäht ist.«

»Das habe ich nicht.« Chelsey reibt sich den Nasenrücken.

»Ohne diese Nummer ...«

»Das Sweatshirt ist grau mit einem Logo vom Volleyballteam der University of Washington und einer 55 auf der Rückseite«, sagt sie in scharfem Ton, ruhig, aber beharrlich. »Können Sie damit etwas anfangen?«

»Warten Sie. Ich checke alle Bestellungen mit Nachfrage nach dieser Nummer. Das dauert einen Moment. Aber wissen Sie, unser System speichert nur die Daten der letzten fünf Jahre. Alles, was älter ist, ist nicht mehr verfügbar.«

»Versuchen Sie es«, drängt Chelsey.

Im Hintergrund hört sie das Klappern der Tastatur. »Ich hab was«, sagt er dann. »Die Bestellung einer Spezialanfertigung von 2018, University of Washington Volleyball, Nummer 55.« Er pfeift durch die Zähne. »Mann, was für ein Glück. Hab ich schon gesagt, dass wir pro Woche fünfhundert Stück ...«

»Name? Den Namen auf der Bestellung, bitte.« Ihre Handflächen sind feucht. Das hier könnte zu etwas führen, muss es aber nicht. Aber die Aussicht auf eine Chance ist aufregend. Hier kann etwas passieren, ein Kampf gewonnen werden.

Er seufzt. »Althea Barlowe.« Chelsey notiert die Adresse und beendet abrupt den Anruf.

Dann gibt sie den Namen in ihren Computer ein. Eine Schlagzeile erscheint: *Vermisstes Mädchen tot aufgefunden.* Althea ist markiert als Name der Großmutter von Gabrielle Barlow – einem sechzehnjährigen Mädchen, das zuletzt vor fünf Jahren in einem University-of-Washington-Volleyball-Sweatshirt gesehen worden ist. Und gefunden wurde … gefunden vor anderthalb Jahren, tot. Eine Geschichte nimmt in Chelseys Kopf Gestalt an. Gabrielles Leiche wurde auf Spencer Island gefunden, einem sumpfigen Parkgelände nordöstlich von Coldwell. Sie ist erwürgt worden. Außer dem Datum gibt es keine weiteren Informationen. Aber es gibt ein Foto von Gabrielle. Sie ist ungefähr in Ellies Alter. Hat die gleichen dunklen Haare. Weiß. Große Augen. Sie macht einen Kussmund für die Kamera.

Chelsey lehnt sich zurück, fühlt sich hilflos und ohne Halt und doch froh, dass die Flut sie mitreißt. Auf welcher unbekannten Insel wird sie angespült werden? Sie nagt nervös an ihrer Unterlippe, während sie nachrechnet. Gabrielle Barlowe ist Jahre vor Ellie verschwunden, aber sechs Monate *nach* Ellies Entführung gefunden worden. Ihre Zeitachsen überschneiden sich. Was bedeutet das? Können Sie zur selben Zeit am selben Ort gewesen sein? Zusammen irgendwo gefangen? Adrenalin pumpt durch Chelseys Körper, und sie springt auf.

Sie holt ihre Jacke, ihre Schlüssel, geht zu ihrem Auto und steigt ein. Ihre Hände umklammern das Lenkrad. Sie ist immer noch tief im Abgrund, aber anstatt auf die Felswand vor sich zu starren, gräbt sie jetzt. Warum hat Ellie die Kleider eines toten Mädchens getragen?

Neun

Ein Baby weint auf der anderen Seite der Tür. Chelsey sieht auf ihrem Handy nach, ob die Adresse stimmt. Die leitende Detective von Tacoma hat ihr vor einer Stunde eine Nachricht geschickt. *Natürlich können wir über den Barlowe-Fall sprechen. Bin im Mutterschaftsurlaub, macht es Ihnen was aus, zu mir nach Hause zu kommen?*

Nachdem sie Gabrielle Barlowe im Fallregister der Polizei gefunden hat, hat Chelsey den Labortechniker angerufen. *Ich brauche eine Eilbearbeitung der Blutproben von Ellie Blacks Sweatshirt. Bitte prüfen Sie, ob es eine Übereinstimmung mit denen von Gabrielle Barlowe gibt. Die Fallnummer lautet …* Dann hat sie sich an den Kollegen in Tacoma gewandt, der für Gabrielles Fall zuständig war, nur um zu erfahren, dass er inzwischen im Ruhestand ist, eine Junior-Beamtin habe Gabrielles Fall übernommen. Jetzt ist Chelsey hier, vor ihrer Haustür.

Sie hebt die Hand und klopft kräftig und laut. Ein Hund bellt. Die Tür wird von einer Frau in Tank Top, offenem Flanellhemd und Jogginghose geöffnet. Um die Schultern trägt sie ein Spucktuch. Ein lebhafter Golden Retriever drängt sich an ihr vorbei, läuft einmal um Chelseys Beine und geht dann wieder hinein.

»Hi.« Die Frau lächelt. Sie wirkt natürlich, ihr Gesicht ist ungeschminkt, die Haut gerötet. »Sie müssen Detective Calhoun sein. Ich bin Detective Ross.«

»Nenn mich Chelsey.« Sie schütteln sich die Hände.

»Brielle.« Die Frau reißt die Tür auf. »Komm rein. Danke,

dass du mich zu Hause besuchst. Ich bin theoretisch im Mutterschaftsurlaub, aber du weißt ja, wie das ist in unserem Job …« Sie verstummt und blickt zu Boden. »Würde es dir was ausmachen, deine Schuhe …?«

Chelsey streift ihre Stiefel ab. Sie trägt Noahs Socken, die ihr zu groß sind, mit grauen Kappen und Spitzen. Brielle führt sie ins Wohnzimmer. Eine seltsame Vorrichtung bewegt sich dort langsam auf und ab, und darin liegt ein in Decken gewickeltes Baby, das wie ein Greis aussieht. »Süß«, sagt Chelsey.

»Ja, ich glaube, ich behalte sie.« Brielle lächelt so, wie alle Mütter lächeln, wenn sie über ihre Kinder sprechen. »Hast du Kinder?« Brielle lässt sich in einen großen Sessel fallen und fordert Chelsey mit einer Geste auf, sich ebenfalls zu setzen. Der Golden Retriever lässt sich zu ihren Füßen nieder und legt den Kopf auf die Pfoten.

»Nein.« Chelsey setzt sich auf die Kante eines schäbigen Sofas. Auf dem Couchtisch liegt eine Milchpumpe, gelb, mit Schläuchen und Saugnäpfen aus Gummi, ein Gerät wie von Außerirdischen.

»Tja, ich rate nur, erst eins zu kriegen, wenn du bereit dazu bist. Und selbst, wenn man denkt, man wäre bereit, ist man es nicht. Oh, und man muss dafür sorgen, dass man irgendwelche Hilfe bekommt. Ich weiß nicht, was ich ohne meine Mom und meine Schwestern tun würde.«

Chelsey lächelt unbehaglich. Vom Kinderkriegen hält sie nicht viel. Sie hat mit Noah darüber gesprochen, aber nur so, also ob es um eine weit entfernte Zukunft ginge. Sie hat keine Pläne gemacht. Keine Versprechungen. Lydia war immer diejenige, die Kinder wollte.

Die Zeit zieht sich zusammen, und Chelsey liegt mit Lydia im Bett. Lydia ist acht, Chelsey sieben. Ihre Eltern sind unten, sie haben Gäste über Silvester. Die Stimmung ist ausgelassen, aber es liegt eine unterschwellige Bedrohung darin. Das Jahr-2000-Problem. Chelseys Vater glaubt nicht daran, aber ihre Mutter hat ihn dazu gebracht, ein Survival-Kit anzuschaffen. Für alle Fälle. Chelsey und Lydia ahnen nichts von alldem. Sie kuscheln sich unter Lydias Barbie-Bettwäsche zusammen. Es hat nie eine Rolle gespielt, dass Chelsey das adoptierte und Lydia das leibliche Kind der Calhouns war. Sie waren wie Zwillinge, restlos verzaubert voneinander. Abgesehen von ein paar Augenblicken in den Armen ihrer Mutter sind das die einzigen Momente, in denen Chelsey sich je absolut geliebt gefühlt hat. In der Dunkelheit, im Himmelbett, erzählten sie sich flüsternd von ihren Träumen. Lydias Traum war es, zu heiraten und früh Kinder zu bekommen. *Wie Mom und Dad*, sagte sie mit einem weichen, erwartungsvollen Lächeln, voller Vertrauen, dass das Leben es gut mit ihr meinte. Später hat sich ihr Traum geändert. *Ich hasse Coldwell*, verkündete sie mit dreizehn. *Ich kann es nicht abwarten, hier rauszukommen.*

»Polizeidienststelle Coldwell also?«, unterbricht Brielle Chelseys Gedanken.

»Ich bin dort seit zwei Jahren als Detective.« Wegen des schlafenden Babys spricht sie leise.

»Du musst nicht flüstern«, sagt Brielle. »Wenn sie einmal schläft, kann nichts sie stören. Staubsauger, Hundegebell, was auch immer.« Sie seufzt. »Als ich bei der Polizei anfing, dachte ich, ich würde eines Tages Sergeant werden, aber jetzt bin ich nicht mehr so sicher. Ich habe ein Baby und bin eine von nur vier Frauen in unserem Bezirk. Und zwei davon sind Bürokräfte.«

Jetzt sieht Chelsey sie in einem milderen Licht, denn sie weiß, wie das ist: eine Frau zu sein und als unzureichend betrachtet zu werden. Wie oft schon hat ein Kollege ihr erklärt, dass die Leute sich lieber von einem 100-Kilo-Mann beschützen lassen als von einer zierlichen Frau? Es hat nie eine Rolle gespielt, dass Chelsey besser schießen kann als die meisten anderen. Oder dass sie klug ist. Sie wurde immer als Schwachstelle betrachtet. »In meinem Bezirk bin ich die einzige Frau. Ich bleibe meistens für mich.« Sie mag ihren Vorgesetzten recht gern, in mancher Hinsicht erinnert Abbott sie an ihren Vater. Er ist stoisch, unbeugsam.

»Ich weiß manchmal nicht, warum ich bleibe.«

»Mein Dad war Polizist«, sagt Chelsey, ohne genau zu wissen warum.

»Dann hast du es im Blut.«

Chelsey korrigiert Brielle nicht, sondern nickt nur höflich. Es ist etwas, das dicker ist als Blut, denkt sie aber. Ihr Vater war immer skeptisch, was seine Kinder und den Polizeidienst anging. Aber nachdem Lydia getötet wurde, hat sich alles geändert. Ihr Vater hat ihr den Staffelstab übergeben. *Sorg dafür, dass das, was Lydia passiert ist, nicht dir passiert und auch keinem anderen Mädchen.* Bei ihrer Abschlussfeier an der Polizeiakademie lag Stolz in seinen Augen. Er hat ihr auf die Schulter geklopft. Manchmal kann sie es immer noch fühlen, dieses kräftige Tap-tap-tap. Es ist eine helle, glückliche Erinnerung.

Eine Weile herrscht Stille. Dann sagt Brielle: »Also, du möchtest etwas über Gabrielle Barlowe wissen?«

Chelsey nickt. »Ein Sweatshirt, das ihr vermutlich gehört hat, wurde gestern an einem Opfer gefunden.«

Brielles Mund zuckt. »Ich hab die Nachrichten gesehen. Elizabeth Black, richtig?«

»Ich glaube, das Sweatshirt, das sie trug, ist von Gabrielle. Was kannst du mir über den Fall sagen?« Chelsey schlägt einen Notizblock auf.

Brielle reibt sich über die Knie. »Ich weiß nicht, ob ich hier helfen kann. Als der Detective, der ursprünglich damit befasst war, vor zwei Jahren in Rente gegangen ist, habe ich den Fall zusammen mit ungefähr vierzig anderen übernommen.«

Ärger steigt in Chelsey auf. All diese Mädchen sind doppelte Verliererinnen. Zuerst als Opfer von unbekannten Umständen und dann von beruflichen Hierarchien – Kollegen, die in Rente gehen, sich verändernden politischen Strukturen, Budgetkürzungen.

»Alles kann helfen«, sagt sie und versucht, ihre Frustration zu verbergen.

»Gabrielle lebte nicht bei ihren Eltern, sondern bei ihrer Großmutter mütterlicherseits.« Brielle zögert. »Die Oma hat fast sechsunddreißig Stunden gewartet, bis sie Gabrielle als vermisst gemeldet hat. Der frühere Detective dachte, die alte Frau könnte etwas mit der Sache zu tun haben. Die Nachbarn sagten, sie hätten Gabby und ihre Großmutter die ganze Zeit streiten gehört – Geschrei, Türenknallen und so weiter.«

»Aber keine körperliche Gewalt?«

»Es ist nie etwas gemeldet worden. Keine Anrufe bei der Polizei. Die Lehrer sagten, Gabby wirkte immer gepflegt und gut versorgt. Deshalb wurde die Großmutter-Spur fallengelassen. Dann hat man Gabbys Auto am Straßenrand gefunden. Es gab Anzeichen für einen Kampf. Das Fenster auf der Fahrerseite war eingeschlagen, und auf einigen Scherben wurde Gabbys Blut gefunden. Außerdem waren Spuren auf der Erde, als wäre sie zu einem anderen Fahrzeug geschleift worden.« Das Baby macht einen unzufriedenen Laut, und Brielle dreht sich um und verändert etwas an den Einstellungen der Schaukelvorrichtung. Jetzt bewegt sie sich im Zickzack, und das Baby beruhigt sich wieder. »Dieses Ding hat dreihundert Dollar gekostet, aber es ist die beste Investition, die ich je getätigt habe.« Sie klopft sich auf den Oberschenkel. »Was noch, was noch ...« Sie schnippt mit den

Fingern. »Ein Rotlichtblitzer hat einen Kombi aufgezeichnet, der Gabby gefolgt ist, aber ohne Nummernschild.«

Chelsey hält die Luft an. »Einen Kombi.« Ein Bild aus der Überwachungskamera der Pfingstkirche kommt ihr in den Sinn. Ein Kombi zwischen zwei Sattelschleppern.

»Genau«, sagt Brielle. »Der Kombi ist ihr über eine rote Ampel gefolgt. Aber wie gesagt, kein Nummernschild. Der ehemalige Detective hat versucht, den Wagen ausfindig zu machen, hatte aber nicht genügend Mitarbeiter, um alle Fahrzeugzulassungen zu checken. Du weißt ja, wie das läuft ...« Sie verstummt und überlässt es Chelsey, die Lücke zu füllen. Unglücklicherweise weiß Chelsey tatsächlich, wie es läuft. Zu viele lose Fäden und nicht genug Leute, um sie miteinander zu verknüpfen. »Wie auch immer, das war es im Wesentlichen. Alle Bemühungen, Gabrielle zu finden, liefen ins Leere. Der Fall war erledigt.«

»Und dann wurde die Leiche gefunden?«

Brielle nickt. »In der Nähe eines beliebten Reitpfads. Ein Pferd ging durch, und als der Reiter ihm nachlief, fand er das tote Mädchen. Sie war nackt. Erwürgt, mit bloßen Händen. Keine Materialspuren.«

Chelsey denkt an Ellie. Sie hatte blaue Flecken, aber nicht am Hals. Aber vielleicht ist sie ihrem Entführer entkommen ... oder zum Sterben irgendwo zurückgelassen worden und dann geflüchtet. Das würde passen. Ist Ellie deshalb so verängstigt? Weil sie eigentlich nicht mehr am Leben sein sollte? Kann es sein, dass sie Angst davor hat, dass ihr Entführer die Sache zu Ende bringen will?

»Irgendwelche Fingerabdrücke, DNA?«, fragt Chelsey, obwohl sie die Antwort kennt.

Brielle presst die Lippen zusammen. »Nein. Der Gerichtsmediziner sagte, dass sie ungefähr einen Monat dort gelegen hat.

Aber sie ist nicht an der Stelle getötet worden. Es war eindeutig, dass ihre Leiche dort hingebracht worden ist. Wir hatten Glück, dass wir die Todesursache feststellen konnten. Der Kerl war schlau und hat sich genau überlegt, wie er die Leiche am besten loswird. Und er hat sie tief vergraben, weit weg von dem Pfad. Nur, weil eine Sturzflut kam, die einen Erdrutsch verursachte, wurde Gabbys Leiche freigelegt. Reiner Zufall, dass sie überhaupt gefunden wurde.«

»Was noch?«

»In Gabbys Magen war Wildfleisch. Hirsch. Und Wilde Möhre wurde in ihrem Blut gefunden.«

»Wilde Möhre?«

»Ein Unkraut. Ich reiße es in meinem Garten immer raus. Gabrielle hat es wahrscheinlich gegessen. Ihre Zähne waren schlecht, beinahe verfault.« Brielle hält inne und verzieht das Gesicht.

»Ist das alles?«

Brielle schüttelt den Kopf. »Ihre Knochen wiesen Bissspuren auf, an den Beinen.«

Chelsey erstarrt. »Weiß man, von welcher Tierart?« Sie erinnert sich daran, dass Ellie erwähnt hat, sie habe ein Heulen gehört. Denkt an die Hundehaare, die auf ihrer Kleidung gefunden worden sind.

»Fangzahnspuren, also von Hunden«, bestätigt Brielle. »Laut Laboruntersuchung sind ihr die Bisse höchstwahrscheinlich zugefügt worden, bevor sie gestorben ist.« Chelsey erschaudert, und Brielle schüttelt den Kopf. »Es ist hart, sich das vorzustellen, vor allem, wenn man selbst Kinder hat. Ich lasse dir alle Daten zukommen, dann kannst du es dir selbst ansehen.« Sie steht auf. »Wenn du wegen des Sweatshirts eine Bestätigung brauchst, müsstest du mit Gabrielles Großmutter sprechen.«

»Ist es in Ordnung, wenn ich Kontakt zu ihr aufnehme?« Kriminalbeamte sind manchmal empfindlich, wenn es um ihre Fälle geht. Besitzergreifend. Chelsey steht ebenfalls auf.

Brielle zückt ihr Handy, und kurz darauf zeigt ein Signalton von Chelseys Telefon eine eingehende Nachricht an. »Das ist ihre Adresse. Ich habe schon mit ihr gesprochen. Sie erwartet dich.«

Zehn

Dr. Cerise Fischer blickt auf den gelben Notizblock auf ihrem Schoß. Auf dem oberen Blatt steht eine einzige Zeile. *Elizabeth Black. 24. Mai 2022.*

Sie blickt hoch. Elizabeth verharrt so regungslos auf der hellgrünen Couch, als säße sie Modell für ein Porträt. Regen trommelt gegen das dünne Fensterglas. Das Rauschen des aufgepeitschten Meeres ist deutlich zu hören.

Cerises Praxis liegt im obersten Stock einer umgebauten viktorianischen Villa. Die massiven Holztüren verziehen sich im Sommer und sind schwer zu schließen. Ihr gefällt, dass ihre Patienten hier an einen Ort kommen, der wie ein Zuhause wirkt. Dass sie eine schmale Wendeltreppe hinaufsteigen müssen, um die Praxis zu erreichen, die in einem kleinen Turm liegt. Es hat etwas Skurriles, und auch das hat Cerise angesprochen, als sie die Räumlichkeiten gemietet hat. Die märchenhafte Vorstellung von einer Prinzessin in einem Schloss.

»Elizabeth?«, sagt Cerise. Sie hat eine klare und tiefe, freundliche Stimme. Die Stimme ihrer Urgroßmutter, hat man ihr gesagt, einer Migrantin aus Jamaika, die als Nanny arbeitete und es liebte, ihren Schützlingen etwas vorzusingen. »Swing Low, Sweet Chariot« war ihr Lieblingslied.

Ellie blinzelt. »Alle nennen mich Ellie.«

»Okay, Ellie.« Cerise lächelt. Sie ist ein Sandwichkind, eine Frau, die es jedem recht machen, allen helfen will. Manchmal treffen Klischees zu. »Weil das unsere erste Sitzung ist, dachte ich, wir sollten uns erst einmal kennenlernen. Ein bisschen plaudern. Was meinst du dazu?«

Ellie antwortet nicht. Ihr Blick ist auf irgendetwas hinter Cerises Rücken gerichtet. Cerise dreht sich um. »Hast du so eins schon mal gesehen?«, fragt sie, als sie sieht, was dort auf dem Regal Ellies Aufmerksamkeit erregt hat.

Ellie schüttelt den Kopf.

»Das ist ein Newton-Pendel – es demonstriert die Impulserhaltung.« Cerise zieht eine der Kugeln zurück und lässt sie dann los. Sie prallt auf die nächste, und die Kugel am anderen Ende schwingt aus. So geht es weiter, in gleichmäßigem Rhythmus wie ein Metronom. Das leise Klackern der Kugeln erfüllt den Raum. Cerise dreht sich wieder zu Ellie um. »Und das ist auch schon alles, was ich über Physik weiß.«

Die Andeutung eines Lächelns huscht über Ellies Lippen, verschwindet aber schnell wieder. »Es gefällt mir. Es ist irgendwie tröstlich.« Ihr Blick ist immer noch auf das Pendel gerichtet.

Cerise holt Luft, neigt den Kopf und sieht Ellie an. »Wie geht es dir jetzt, in diesem Moment?«

Ellie ballt die Fäuste und beißt sich auf die Unterlippe.

»Bist du nervös?«

»Nein.« Die Antwort kommt schnell, und Ellies Blick huscht dabei unruhig durchs Zimmer.

Das Gehirn ist immer wachsam, schätzt immer die Gefahr ab, die Bedrohungslage. Aber wenn jemandem etwas zugestoßen ist, etwas Traumatisches, dann wird das Gehirn hyperaufmerksam. Denken wird dann unmöglich. Cerise fragt sich, ob genau das gerade mit Ellie passiert. Ob sie in eine Art Urzustand zurückversetzt ist.

»Ja, doch. Ein bisschen«, gibt Ellie zu.

»Okay. Lass uns damit anfangen. Was macht dich so nervös?

Bist du nervös, hier zu sein?« Cerise rutscht auf ihrem Stuhl nach vorne, bereit, unvoreingenommen zuzuhören.

Ellie zuckt mit den Schultern. »Hier. Überall. Am Leben.« Sie lacht, aber es ist ein freudloses Lachen.

»Solltest du eigentlich nicht am Leben sein?«

Ellie presst die Lippen zusammen. Cerise spürt, dass sie ihr wieder entglitten ist, ins Leere gerutscht.

»Du bist jetzt seit ein paar Tagen zu Hause. Im Krankenhausbericht steht, dass du akute Angstattacken hast, die von Licht und Geräuschen ausgelöst werden. Wie ist es damit?« Cerise tut so, als würde sie in dem Ordner blättern, der unter ihrem Notizblock liegt. Sie hat die meisten Details des Falles im Kopf, aber sie will Ellie einen Moment Zeit geben.

»Gut. Mit den Kopfschmerzen ist es besser. Ich fühle ...« Ellies Stimme erstirbt.

»Du fühlst ...?«

»Nichts«, sagt sie, und ihre Stimme klingt plötzlich rau. »Ich fühle nichts. Es ist, als wäre ich in Zellophan verpackt.«

Cerises Herzschlag wird ruhiger. »Das ist verständlich.«

»Wirklich?«

»Ja.« Cerise nickt. »Ich weiß nicht, was dir passiert ist.« Sie winkt ab, als Ellie den Mund öffnet. »Und du musst es mir nicht gleich erzählen. Das sind alles nur Mutmaßungen meinerseits, aber wenn eine Person ... überlastet wird, kann es sein, dass sie sich von sich selbst distanziert. Das ist eine Überlebensstrategie. Und die kann sich auf verschiedene Weise manifestieren – Amnesie, Identitätsverwirrung oder -wandel, Entpersönlichung ...«

»Was bedeutet das?«

Cerise greift nach ihren Notizen und denkt nach. »Mal sehen. Wie kann ich das erklären? Entpersönlichung ist eine Art Ablösung. Wenn du sagst, dass du dich fühlst, wie in Zellophan verpackt, wäre das eine Entpersönlichung. In diesem Zustand kommt einem die Welt irreal vor, wie ein Traum.«

Tränen sammeln sich in Ellies Augen. Cerise hat ins Schwarze getroffen.

»Identitätsverwirrung ist der Verlust dessen, was dich ausmacht. Eine Art Kampf. Und ein Identitätswandel liegt vor, wenn du dich verändert hast. Wenn etwas an deinem Verhalten fundamental anders ist.« Wie zum Beispiel nicht mehr zu duschen, in der Abstellkammer unter der Dachschräge zu schlafen, die Schlafzimmertür immer wieder neu abzuschließen oder Lebensmittel zu horten, anstatt sie zu essen. Während der letzten Tage hat Cerise lange Gespräche mit Kat geführt. *Sie hat merkwürdig reagiert, als ich ihr die Haare schneiden wollte. Sagte, dass sie das nicht darf.* Cerise weiß, wie Ellie jetzt ist, oder hat wenigstens eine recht genaue Vorstellung davon. Aber sie möchte auch die Ellie von früher kennenlernen. So beginnt die Heilung der alten Wunden. Wenn man analysiert, was man durchgemacht hat, was einem passiert ist, verliert es seine Macht, und dann hat man die Wahl: verharren oder einen Schritt nach vorne machen.

Ellie umklammert ihre Knie. »Das ergibt Sinn.«

Draußen flackern rote und blaue Lichter. Letzte Woche ist per E-Mail über den zu erwartenden Verkehr informiert worden. »Die Gouverneurin ist in der Stadt«, erklärt Cerise, in der Hoffnung, Ellie damit zu beruhigen. Schweiß steht auf Ellies Stirn, und sie schaukelt obsessiv vor und zurück. Cerise springt auf und schließt die Vorhänge mit einem Ruck. Sie sind dünn und beinahe durchsichtig, schirmen das Licht aber ein wenig ab. Sie setzt sich wieder hin. »Tut mir leid. Besser so?«

Ellie atmet tief ein und aus. Dann noch einmal, während sie ihre Finger spreizt und die Fäuste ballt. Als sie die Augen wieder öffnet, sind sie gerötet und voller Angst. »Helles Licht erschreckt mich immer noch.« Ihre Stimme ist rau wie Sandpapier.

»Soll ich das Licht dimmen? Oder sollen wir Plätze tauschen, damit du mit dem Rücken zum Fenster sitzt?« Ellie tut ihr leid. Was ist diesem Mädchen zugestoßen?

»Nein. Entschuldigung, dass ich so schreckhaft bin.« Ellie bringt ein Lächeln zustande, weicht Cerises Blick aus. Die Zeiger der Uhr hinter Ellie sind schon weit vorgerückt. Sie haben noch fünfzehn Minuten. »Ist in Ordnung so.«

Einen Moment ist es still. Regen trommelt ans Fenster. »An was denkst du, Ellie?«

Ellie knibbelt an ihren Fingernägeln. »Wie ist das noch mal mit der Schweigepflicht von Ärzten?«

»Oh.« Cerise schürzt die Lippen. Die Frage ist nicht ungewöhnlich. Die Menschen haben immer Angst, Fremden ihre Geheimnisse zu erzählen. »Als deine Ärztin ist es mir gesetzlich und ethisch untersagt, den Inhalt unserer Gespräche weiterzugeben.«

»Also dürfen Sie niemandem etwas davon sagen, egal, worüber wir sprechen?«

»Ja, aber natürlich mit ein paar Ausnahmen.«

»Was für Ausnahmen?«

»Nun, wenn du eine Bedrohung für dich selbst oder jemand anderen darstellen würdest, müsste ich es verraten. Oder wenn jemand dir etwas antäte – deine Eltern, dein Freund und so weiter –, dann wäre ich gesetzlich verpflichtet, die Behörden davon zu unterrichten.«

»Hm.«

»Das hier ist ein Safe Space, Ellie«, versichert Cerise ihr. »Also, willst du mir erzählen, woran du denkst?«

»Ich denke an Vergebung.« Ellie flüstert beinahe.

Cerise lässt sich zurücksinken. Sie ist nicht mehr religiös, aber als Kind ist sie in die Kirche gegangen. »An Vergebung?«

»Daran, dass Menschen manchmal Dinge tun, die es der Welt unmöglich machen, ihnen zu verzeihen.«

Cerises Neugier erwacht, und sie spürt einen leichten Schauder. Hat Ellie etwas Schlimmes getan? Sie verwirft diese Idee sofort wieder. Opfer machen sich oft selbst verantwortlich. »Das ist interessant.« Die Uhr tickt. Noch eine Minute. Cerise wünscht, sie könnte sich weiter mit Ellie unterhalten, und macht sich eine Notiz, dass die nächste Sitzung länger sein sollte. Neunzig Minuten. Aber sie hat einen anderen Patienten draußen in der Lobby. Ein gelbes Licht, diskret in der Ecke angebracht, leuchtet, wenn jemand im Wartezimmer sitzt. »Lass uns hier unterbrechen und unser Gespräch in der nächsten Stunde fortführen, ja?«

Ellie geht, und Cerise macht sich schnell ein paar Notizen zu der Sitzung. *Patientin scheint an einer dissoziativen Störung zu leiden. Sie ist sichtlich verängstigt und hypervigilant.* Cerise atmet tief durch, nimmt sich ein paar Sekunden, um sich zu sammeln, an Ellie Black zu denken, vielleicht spricht sie sogar innerlich ein kleines Gebet – nicht unbedingt zu Gott, eher an die Welt –, dass Ellie von nun an nur noch Freundlichkeit erfahren möge.

Dann steht sie auf. Macht sich für den nächsten Patienten bereit. Sie öffnet die Vorhänge. Das Sicherheitsteam der Gouverneurin fährt davon – schwarze Limousinen und Polizeiautos mit blau und rot blinkenden Lichtern. Die Farben spiegeln sich in der nassen Fensterscheibe, sodass die Wassertropfen aussehen wie Blutspritzer.

Elf

Althea Barlowe, Gabrielles Großmutter, ist eine kleine, kräftige Frau mit aufgestecktem grauem Haar. Sie fuhrwerkt in der Küche herum, stellt eine Tasse Kaffee und eine Schale Erdnüsse vor Chelsey. An ihrem rechten Mittelfinger trägt sie einen stumpfen Rubin.

»Danke.« Chelsey nippt an dem Kaffee und muss sich zusammenreißen, um nicht das Gesicht zu verziehen. Er schmeckt scheußlich. Ist viel zu stark.

»Natürlich, natürlich«, sagt Althea. Sie hat eine Narbe über der Oberlippe. Vor ihr liegt ein Album, blau, mit einem aufgeprägten Paar Babyschuhe. »Ich war überrascht, als Sie heute anriefen.« Sie wirkt nervös und besorgt. Hinter ihr, im Esszimmer, hängt ein Wandteppich mit dem *Abendmahl*, darunter ein Arrangement von Seidenblumen. »Ich hatte wirklich nicht erwartet, noch einmal irgendetwas zu hören. Nachdem sie Gabby gefunden hatten, hat Detective Ross den Fall neu aufgerollt, aber es gab nicht genügend Beweismittel …« Sie krallt ihre knorrigen Finger um das Album. »Sie hat gesagt, man hätte alle Hinweise bis zum Ende verfolgt. Nie hätte ich gedacht, dass ich diesen Satz zweimal in meinem Leben hören würde. Einmal, als Gabby verschwunden war, und dann noch einmal, als ihre Leiche gefunden wurde. Egal, ich habe damit abgeschlossen. Sie ist jetzt begraben. In Frieden.«

Althea zeigt mit einer schnellen Handbewegung hinter sich, wo zwei Kinder im Flur herumlungern und sie ungeniert beobachten. »Kayden« – sie meint das kleinere, einen Jungen mit dunklen Augen – »war vier, als Gabrielle verschwunden ist, und Courtney« – das größere Kind, ein Mädchen im Teenageralter mit mürrischem Gesichtsausdruck – »war erst zehn. Jetzt sind sie neun und fünfzehn. Kayden hat mehr Jahre seines Lebens ohne Gabrielle verbracht als mit ihr.« Althea hält mitten in ihrer Erklärung inne, als wäre sie erschöpft.

»Darf ich Sie nach den Eltern der Kinder fragen?«, sagt Chelsey in die Stille hinein. »Ich meine, wie ist es dazu gekommen, dass Sie Ihre Enkelkinder großziehen?« Chelsey stellt die Kaffeetasse ab und schiebt sie mit dem Zeigefinger weg.

»Ihre Mutter, meine Tochter Crystal, hat … Schwierigkeiten. Ich möchte vor den Kindern nicht darüber sprechen.« Althea senkt die Stimme zu einem Flüstern. »Alkohol. Ich habe das Sorgerecht bekommen, als Gabby zwölf war. Ihr Vater wollte sie nicht. Können Sie sich das vorstellen? Seine eigenen Kinder nicht zu wollen? Nie hätte ich gedacht, dass ich in meinem Alter noch mal Kinder großziehen würde.« Chelsey hört die Erschöpfung in Altheas Stimme, und nickt.

»Ich verstehe. Und was ist mit Gabby? Können Sie mir ein bisschen von ihr erzählen?« Chelsey öffnet ihren Notizblock, den Kugelschreiber gezückt.

Althea seufzt leise. »Gabby mochte die Verantwortung nicht, die es mit sich brachte, die Älteste zu sein. Ich habe immer zu ihr gesagt, dass sie es später als Erwachsene schätzen würde, Geschwister zu haben. Als Kind habe ich mich immer mit meiner Schwester gestritten, aber heute sind wir beste Freundinnen.« Althea zuckt die Achseln. »Vielleicht habe ich zu viel von ihr verlangt. Die Polizeiermittler dachten, wir hätten Streit gehabt und sie wäre fortgelaufen. Aber so war es nicht. Gabby war glücklich. Sie hat ihr Leben geliebt.« Sie blättert durch das Album bis ganz nach hinten. »Hier ist es.« Sie zieht ein Foto von der Klebefolie und schiebt es Chelsey hin. »Meine Gabby. Ein paar Tage, bevor sie verschwunden ist. War sie nicht hinreißend?«

Auf dem Foto steht Gabby zwischen ihren Geschwistern, hat die Arme um sie gelegt. Der Bruder lutscht am Daumen, und sie beugt sich zwischen den beiden dunklen Köpfen nach vorne. »Sie hat Stunden damit verbracht, diese Freundschaftsarmbänder zu knüpfen. Das war damals eine große Sache.«

Chelsey nickt. Als sie die Highschool besucht hat, waren Haarfedern, Fischgrätenzöpfe und Silly-Bandz-Armbänder angesagt. Laut Noah sind es heute weißer Eyeliner und Flanellhemden. Die Neunziger sind zurück. »Gabby hatte immer neue Ideen, was sie machen, wohin sie gehen wollte. Sie war der Typ, den die Mädchen mögen und die Jungs lieben … vielleicht ein bisschen zu sehr. Sie war eine Nervensäge, aber ich habe dieses Kind geliebt.«

Der Typ, den die Mädchen mögen und die Jungs lieben. Chelsey bemerkt Altheas liebevollen Tonfall. Lydia war auch so. Chelsey denkt wieder an dieses Gartenfest. Die Jungs hatten auch Lydia aufgezogen, aber auf eine andere Art. Freundlich, flirtend.

»Detective Ross hat mir erzählt, dass Sie gewartet haben, bis Sie zur Polizei gingen«, sagt Chelsey, um das Gespräch wieder auf Gabbys Verschwinden zu lenken.

Althea erstarrt, und Courtney tritt zu ihrer Großmutter und legt ihr eine Hand auf die Schulter. »Das stimmt«, sagt Althea. »Ihr Großvater wollte noch abwarten. Ich hätte nicht auf ihn hören sollen. Aber ich habe alle ihre Freunde angerufen. Die Nachbarn. Ich bin sogar draußen herumgelaufen und habe nach ihr gerufen – so, wie ich es immer gemacht habe, wenn ich sie zum Abendessen holen wollte.«

»Warum wollte Ihr Mann noch warten?«

»Er dachte, sie würde von alleine zurückkommen. Gabby kam immer zu spät. Ich habe oft Witze gemacht, dass sie noch zu ihrer eigenen Beerdigung zu spät kommen würde.« Ihr Lachen ist kläglich, und Wut und Reue schwingen darin mit. »Er hatte Angst, er müsste vielleicht für die Polizeigebühren aufkommen.«

»Ist er hier? Kann ich mit ihm reden?«

»Nein.« Althea nimmt einen Schluck Kaffee. »Er lebt jetzt in Texas. Nachdem Gabrielle verschwunden war, hatten wir ... Wir konnten nicht zusammenbleiben. Er ist aber zur Beerdigung gekommen.«

Chelsey versteht das. Lydias Verschwinden war wie ein Messer, das ihr Familienleben aushöhlte, bis nur noch eine dünne Schale davon übrigblieb. Ist es da ein Wunder, dass es zerbrochen ist? Chelseys Eltern haben sich kurz nach der Beerdigung scheiden lassen. Ihre Mutter wollte weiterleben, nach vorne blicken. Ihr Vater konnte das nicht. Und Chelsey, wenn sie ehrlich ist, auch nicht. Sie blieben zurück und lebten am Abgrund des Nicht-Wissens. Chelsey hatte zwar einen Ort, an den sie sich mit ihrem Kummer zurückziehen konnte, aber die letzten Tage ihrer Schwester sind bis heute ein Geheimnis für sie.

Althea macht eine wegwerfende Handbewegung, und Chelsey schiebt ihre Erinnerungen fort. »Egal, Schnee von gestern, wie es so schön heißt«, sagt die alte Frau. »Ich hätte nicht auf ihn hören sollen. Ich hätte die Polizei rufen sollen. Damals dachte ich, es würde alles gut gehen. Ich habe Gabby vertraut. Ich habe darauf vertraut, dass die Welt sie nach Hause bringt.« Sie starrt in ihre Kaffeetasse. »In Wahrheit wollte ich die Polizei auch nicht rufen, schätze ich.«

»Warum nicht?«

»Ich weiß es nicht«, sagt sie. »Vielleicht hatte ich Angst, dass es dadurch *wahr* wird.«

Eine Weile sitzen sie schweigend da. Bei Besuchen wie diesem, bei den Verwandten von Vermissten, fühlt Chelsey sich immer etwas weniger einsam. Ihre Leben sind durch Tragödien miteinander verknüpft. Der Knoten ist fest, beinahe nicht zu lösen. Chelsey räuspert sich. »Ich weiß nicht, ob Detective Ross Ihnen die aktuelle Situation erklärt hat …«

»Sie sagte, es gebe neue Hinweise«, sagt Althea.

»Vor zwei Tagen wurde ein Mädchen gefunden, das zwei Jahre verschwunden war. Sie hat ein Kleidungsstück getragen, dass Gabby gehört haben könnte.«

Althea richtet sich auf. »Sie hat ein Sweatshirt der University of Washington getragen, als sie verschwunden ist.«

»Deshalb bin ich auf diese Spur gekommen. Über One-of-a-Kind College-Bekleidung. Es war eine Nummer auf dem Rücken …«

»Die Fünfundfünfzig«, sagt Althea. »Ihre Glückszahl. Sie wollte an der University of Washington Volleyball spielen. Das war ihr Traum.«

»Ich habe es mitgebracht, und ich möchte, dass Sie es identifizieren, wenn Sie können.« Chelsey hat das Sweatshirt aus dem Asservatenschrank geholt, bevor sie nach Tacoma gefahren ist.

Althea nickt düster. »Ich sehe es mir an.«

Draußen vor dem Haus öffnet Chelsey den Kofferraum, schließt ihn wieder und legt den Plastikbeutel mit dem Sweatshirt auf das Heck. Es ist so zusammengefaltet, dass die Nummer zu sehen ist. Altheas Blick flackert, und sie wird blass.

»Gabby«, sagt sie und greift nach dem Sweatshirt, will es auspacken.

»Tut mir leid«, sagt Chelsey und fängt ihre Hand ab. »Das ist ein Beweismittel. Sie können es durch die Plastikfolie berühren, aber nicht den Stoff anfassen.«

»Ist es ihres?« Courtney steht draußen auf der Türschwelle, die Arme um Kayden geschlungen. Ein paar Krähen landen im Garten und picken im braunen Gras.

»Nimm deinen Bruder und geh rein!«, schreit Althea.

Courtney sieht aus, als wollte sie widersprechen.

»Sofort!«, zischt die alte Frau, und Courtney nimmt ihren Bruder an der Hand und zieht ihn ins Haus.

»Althea?« Chelsey tritt einen Schritt auf sie zu.

Altheas Blick, geradezu ihr ganzer Körper klebt an dem Sweatshirt. »Wir haben es ihr zu Weihnachten geschenkt. Sie hatte es sich so gewünscht. An dem Abend gab es Truthahn zum Abendessen und einen Salat mit einem Öldressing.« Sie greift nach dem Ärmel, wo ein feiner, dunkler Fleck ist. »Das Sweatshirt hat einen Fleck bekommen, und ich habe versucht, ihn herauszubekommen.« Eine Träne rollt über Altheas Wange. »Es ist ihres.«

Adrenalin durchströmt Chelsey, ihre Arme kribbeln. Sie muss geduldig sein, ermahnt sie sich. Ruhig bleiben. Kontrolliert. »Sind Sie sich sicher?«

»Ganz sicher.« Althea sieht zu Chelsey auf. Im hellen Nachmittagslicht sehen die Falten in ihrem Gesicht aus wie gemeißelt, Make-up sammelt sich in den Rillen.

Chelsey nimmt ihr das Sweatshirt ab.

»Warten Sie.« Althea hält sie zurück. »Das Blut. Ist das von Gabby?«

Chelsey drückt das Sweatshirt zusammen, sodass die Plastikfolie Falten schlägt. Ein quadratisches Stück Stoff fehlt direkt unter dem W im Logo, das Labor hat es herausgeschnitten. »Wir wissen es nicht. Das Labor untersucht es noch. Ich habe ein Eilverfahren beantragt, und dass es mit den DNA-Proben aus Gabbys Fall verglichen wird. Es wird auch mit der DNA von Elizabeth

Black abgeglichen – das ist das Mädchen, das in dem Sweatshirt gefunden wurde.«

Althea blickt nach oben. Der kalte Himmel ist von grauen Wolken durchzogen wie Marmor. »Hören Sie, wenn Sie etwas herausfinden, ich will es nicht wissen. Ich will nicht wissen, was Gabby passiert ist. Ich glaube nicht, dass ich damit umgehen könnte. Sie war noch jahrelang am Leben, wo auch immer sie war. Gott weiß, was sie durchgemacht hat. Ich kann nicht …« Sie bricht schaudernd ab. Dann fügt sie entschlossen hinzu: »Inzwischen habe ich sie begraben.«

»Ich verstehe«, sagt Chelsey. Das ist Altheas Recht. »Aber ich glaube, dass die beiden Fälle miteinander verbunden sind, und diese Ermittlung beginnt gerade erst.« Chelsey zögert einen Moment. »Es ist eine vielversprechende Spur.«

Althea starrt sie an. »Ich will, dass er geschnappt wird.« Sie zupft an ihrem Ohr. »Aber ich will nicht wissen, was er ihr angetan hat. Ich will Gabby so in Erinnerung behalten, wie sie vorher war. Ist das schlecht von mir?«

»Nein«, sagt Chelsey. »Es ist nur menschlich.«

iv

Den Bus sah ich nie wieder.

Später dachte ich manchmal an ihn, sehnte mich danach - nach der stillen Dunkelheit, dem Geruch nach Erde, Vinyl und Metall. Wenn ich die Wahl gehabt hätte zwischen dem Bus und dem Ort, an den ich danach kam, hätte ich mich für den Bus entschieden.

Aber das wusste ich in diesem Moment noch nicht. Da wusste ich nur, dass ich aus einem dunklen Gefängnis befreit worden, dass ich entkommen war. Aber das stimmte nicht, es war bestenfalls eine Atempause. Der Ort, an den ich jetzt kam, war die Hölle auf Erden. Aber er nannte ihn das »Paradies«.

Feuchte Hitze schlug mir entgegen, und helles Tageslicht stach mir in die Augen. Meine Kehle war trocken, und ich hustete so, dass es mich schüttelte. Ich taumelte, stützte die Hände auf die Knie und versuchte, gleichmäßig zu atmen. Konnte ich überhaupt noch sprechen? Konsonanten und Vokale kamen mir in den Sinn, aber meine Zunge schaffte es nicht, sie zu formen. Ich spürte einen scharfen, intensiven Schmerz, wie tausend winzige Wunden überall an meinem Körper. Ein Stein schnitt in mein nacktes Fußgewölbe.

Der Mann stieß eine Plastikflasche in meine Richtung. Ich umfing sie mit beiden Händen und trank gierig. Dann musste ich husten, und mein Magen krampfte sich zusammen. Das Wasser brannte in meiner Kehle, als es wieder hochkam. Der Mann trat zurück und wich gerade noch aus. Dann riss er mir die Flasche aus der Hand. Einer der Hunde schoss nach vorne und leckte mir die Füße.

»Trink in kleinen Schlucken«, sagte der Mann und hielt mir die Flasche hin. Ich griff danach, aber er zog sie weg. »In kleinen Schlucken«, befahl er noch einmal, bevor er sie mir endlich zurückgab.

Ich tat, wie geheißen, und betrachtete ihn über die Plastikflasche hinweg. Er war mir so groß erschienen, als er von der Ausstiegsklappe zu mir heruntergeblickt hatte, aber jetzt merkte ich, dass er nur wenige Zentimeter größer war als ich. Ein rotes Bandana bedeckte die untere Hälfte seines Gesichts. Es erinnerte mich an Fotos von Demonstranten am Ersten Mai in Seattle. Sie wollten den Kapitalismus abschaffen. Was wollte dieser Mann?

»Komm mit«, sagte er und ging los, und die hechelnden Hunde umringten ihn, darunter eine Hündin mit gewölbtem Bauch, trächtig.

Aber ich rührte mich nicht.

Riesige Douglasien ragten um mich auf. Der Wald war dicht, so dicht, dass man nicht viel mehr als einen Meter weit sah. Hier war kein Weg. Hohes Gras, Gestrüpp und dornige Büsche streiften meine Waden. Die Luft war drückend und still, abgesehen von den Insekten. Es war Sommer. Die Zeit, in der alles verdorrt. Verwest.

Der Mann blieb stehen, als er sah, dass ich ihm nicht folgte. Meine Beine machten nicht mit. Meine Muskeln zuckten und schmerzten.

Er stampfte zurück zu mir und beugte sich herunter, bis er mir ins Gesicht sehen konnte. »Es gibt nur eine Regel. Hör gut zu, denn ich nenne sie dir nur einmal: Ich sage dir, was du tun sollst, und du tust es oder gehst zurück ins Loch.« Bei der Erwähnung meines Gefängnisses fing ich am ganzen Körper an zu zittern. »Verstanden?«

»Ich glaube ... Ich kann mich nicht bewegen«, sagte ich und blickte zu Boden. Ein glänzender Käfer krabbelte unter einem Blatt hervor und dann um meinen kleinen Zeh herum. Mein Magen schrie danach. Ich wollte ihn essen.

»Sieh mich an«, sagte er, und ich hob den Kopf. Seine Augen waren blau und leer, wie ein See ohne Licht. Ich hielt seinem Blick nicht stand und sah weg. Hinter ihm hämmerte ein Specht gegen einen Baum. »Du würdest dich wundern, was der Körper unter der richtigen Menge Druck alles kann. Lass es uns noch mal versuchen. Folg mir, oder es geht zurück ins Loch.« Er trug einen Armeeanzug, Tarnhosen und ein beiges Hemd. Er schnalzte mit der Zunge und schüttelte den Kopf. »Lächle. Du solltest glücklich sein. Das ist das Problem mit Frauen heutzutage. Sie sind nie zufrieden.«

Er setzte sich wieder in Bewegung, trampelte mit schweren Schritten das Unterholz nieder. Eine glänzend schwarze Pistole steckte in einem Holster an seiner Hüfte.

Ich konnte meine Beine nicht spüren, ich hyperventilierte, aber mein Körper bewegte sich. Einen Augenblick lang war ich dankbar. Die frische Luft in meiner Lunge war heiß, aber süß, und die Erde unter meinen Füßen fühlte sich fest an. Um mich herum war Leben. Es störte mich nicht, dass die Moskitos mir das Gesicht zerstachen.

Ich wette, Sie fragen sich, ob ich versuchte zu fliehen. Alle wollen das wissen, oder? Warum versuchte ich nicht zu entkommen? Ich dachte daran. Mein Blick irrte wild durch den Wald, ich überlegte, in welche Richtung ich laufen sollte. Wie weit würde ich es schaffen? Aber ich war körperlich unterlegen. Der Mann war stärker, ausgeruht, wohlgenährt. In der Ferne hörte ich Wasser rauschen. Ich erinnerte mich an eine Survival-Show, die ich einmal im Fernsehen gesehen hatte. Was hatten sie noch über Wasser gesagt? Finde die Quelle und folge ihrem Lauf. Irgendwann führt sie dich zu einer Straße.

Der Mann seufzte. »Ich kenne in diesem Wald jeden Zentimeter - jeden Baum, jeden Stein, jeden Fluss«, sagte er. »Du kannst dich nirgendwo verstecken.« Er drehte sich weg, sprach aber weiter, seine Stimme so kräftig wie seine Schritte. »Wenn du wegrennst, hetze ich die Hunde auf dich.« Es waren insgesamt fünf. Schlanke Deutsche Schäferhunde mit schwarzen Ohren und scharfen Zähnen. Er schnippte mit den Fingern, und die Hunde stellten die Ohren auf. »Wenn ich auf bestimmte Weise pfeife, greifen sie an.« Er blieb stehen, wurde still, und ich konnte vor Angst nicht sprechen. Der Gedanke an Flucht hatte sich erledigt.

Stundenlang folgte er einem markierten Pfad, Bäumen, die mit orangefarbenem Band umwickelt waren. Meine Jeans blieb an dornigen Büschen hängen, meine nackten Fußgelenke streiften Giftefeu. Am nächsten Tag würde ich einen Ausschlag bekommen und meine Haut blutig kratzen. Einmal blieb der Mann stehen und ließ mich noch etwas Wasser trinken.

»Wer sind Sie?« Ich leckte mir über die Lippen und gab ihm die Flasche zurück.

Er senkte den Kopf. »Michael. Du kannst mich Michael nennen.« In Gedanken zählte ich die berühmten Michaels auf, die ich kannte. Sankt Michael. Michael Jordan. Michael Jackson. Michelangelo ...

»Warum ... warum tun Sie das?« Ich starrte auf einen Farn, der auf einem verrottenden Baumstamm wuchs.

»Ich?« Er sah mich überrascht und gekränkt an. »Ich bin nicht das Problem.« Er setzte sich wieder in Bewegung. »Nichts von alldem ist meine Schuld.« Er redete weiter, aber ich erinnere mich nur an Bruchstücke. Einzelne Worte, die durch Schmerz und Taubheit zu mir durchdrangen. Über Männer, die verlassen wurden, vergessen. Er habe keine Wahl.

Danach schwiegen wir. Ich schwor mir, ihm keine Fragen mehr zu stellen. Nie wieder. Ich schlang die Arme um mich und tat, als ob das alles nur ein böser Traum wäre. Aber als ich mir in die Oberarme kniff, wachte ich nicht auf. Es gab kein Entkommen. Zu leben bedeutete, ihm zu folgen.

Blasen bildeten sich an meinen Fersen. Die Haut an meinen Fußsohlen löste sich ab. Meine Waden schmerzten. Zweimal wäre ich beinahe gefallen, aber ich hielt mich aufrecht, meine Beine bewegten sich, als folgten sie einem Ruf. Die Hunde schlängelten sich durch den Wald, und über uns glitt ein Flugzeug durch einen Streifen weißer Wolken. Ich blickte hoch und war verblüfft, dass sich etwas so Gewöhnliches so außergewöhnlich anfühlen konnte. Mit den Armen zu winken und um Hilfe zu rufen, war sinnlos - das Flugzeug war nur ein Staubkorn am Himmel. Ich sah zu, wie es verschwand.

Wir wateten durch einen Bach, in dem das Wasser glitzerte wie ein silbernes Band. Die Bäume wurden dünner und öffneten sich zu einer Lichtung. Eine Wiese wurde sichtbar. Ich erkannte Gebäude, alle dringend reparaturbedürftig - verrostet, verwittert, kurz davor zusammenzufallen. Später bekam ich Albträume von Erdbeben - einstürzende Wände, die mir den Schädel zerschmetterten. Wer würde meine Leiche finden? Unkraut wuchs an den Wänden der Bauten hoch. Überall gab es Anzeichen von menschlichen Bewohnern. Haufen von Müll, aufgespannte blaue Plastikplanen, von nassen und schmutzigen Blättern bedeckt, sodass sie durchhingen, ein verrostetes Auto ohne Räder, eine Reihe von Hundezwingern, verkrustet von Kot.

Michael führte mich in die Mitte des Geländes. Wir kamen an einem Silo vorbei, dessen Tür mit einem Vorhängeschloss verschlossen war, dann an einer Art Bunker, mit halb unterirdischen Räumen. Durch die vergitterten Fenster erkannte ich schmutzige Matratzen und zerknautschte Schlafsäcke. Schließlich blieben wir an einem Gebäude stehen, dessen Fenster und Tür mit dicken Plastikplanen verhängt waren.

Michael schob die Plane zur Seite und bedeutete mir einzutreten.

Ich hielt den Kopf gesenkt und bewegte mich nicht. Michael trat mir von hinten in die Kniekehlen, und ich stürzte hinein. Die Hunde jaulten und heulten. Die Plastikplane fiel mit einem Knattern hinter mir zu, und ich landete hart. Der gestampfte Lehmboden fühlte sich wie Beton an. Eine Staubwolke wirbelte auf, sodass ich fast keine Luft mehr bekam. Es roch nach Atemdunst und ungewaschenen Körpern.

Ich war nicht allein.

Zwölf

Ein paar Stunden später ist Chelsey zurück und fährt durch Coldwells vertraute Straßen. Sie parkt neben einer Mülltonne, an der sich schwarze Säcke stapeln, schlägt die Autotür zu und schüttelt ihre klammen Hände. Ihr ist schwindlig vor Aufregung und wegen der vielen Fragen. Dass Ellie Gabrielles Sweatshirt getragen hat, ist bestätigt. Und noch mehr. Ein Kombi. Hundebisse. Sie klopft an Ellies Haustür, wippt leicht auf den Zehen. Es ist kalt geworden.

Kat macht auf, und Chelsey schlägt der Duft von Zwiebeln, Knoblauch und Gewürzen entgehen. Sie hat Noah versprochen, heute zum Abendessen zu Hause zu sein. Er kocht, hat er ihr am Telefon erzählt, aber sie hat vergessen, was. Sie war zu sehr mit der Frage beschäftigt, was Gabrielle Barlowe passiert ist, und ob Ellie sie kannte.

»Chelsey«, sagt Kat überrascht.

»Hey, Kat.« Ellie taucht hinter ihrer Mutter auf wie ein Geist. Da ist eine Leere in ihrem Gesicht, die Chelsey erschreckt. »Hey, Ellie. Ich weiß, ich habe gesagt, dass wir uns von dem Fall ein bisschen freinehmen, aber es gibt eine neue Entwicklung, und ich habe ein paar kurze Fragen.«

»Wir essen gleich.« Kat runzelt die Stirn. Es ist das erste Mal, dass sich Chelsey bei den Blacks als ungebetener Gast fühlt.

»Es dauert nicht lange, versprochen.« Sie beendet ihren Satz mit einem strahlenden, entwaffnenden Lächeln.

Kat sieht Ellie an, und die reckt das Kinn. »Ist okay«, sagt sie.

»Ich mache das Abendessen fertig«, sagt Kat, geht wieder in die Küche, und Ellie sinkt auf einen Stuhl. Er knarrt, als sie sich darauf vor- und zurückwiegt. Chelsey setzt sich auf die Couch und lässt ihre Jacke an. »Wie geht es dir, Ellie?«

»Was für eine neue Entwicklung?« Ellies Stimme klingt rau.

Chelseys Blick fällt auf ihren Hals, die weiße, narbenlose Haut. Sie hat jetzt Gabrielles Autopsiebericht, Brielle hat ihn ihr geschickt. Als sie beim Fahren auf die Fotos geschaut hat, wäre sie beinahe mit einem Sattelschlepper zusammengestoßen. Nicht gerade ihre Sternstunde. Gabrielle hatte Male überall am Hals. Sie ist erwürgt worden. Sie hatte auch eine kahle Stelle am Kopf. Hat ihr jemand das Haar ausgerissen? Blut in den Ohren. Abgebrochene Fingernägel, als ob sie gekämpft hätte. Das Übliche. Und dann die Bissspuren. Herausgerissenes Fleisch. Chelsey ist übel geworden, und sie musste rechts ranfahren, das Fenster herunterlassen und einmal tief durchatmen, bevor sie ihre Fahrt fortsetzen konnte.

Chelsey betrachtet Ellies verschränkte Hände. Ihre Fingernägel sind intakt. Sorgfältig gefeilt. Sie macht sich innerlich eine Notiz, sich die Fotos von Ellie noch einmal anzusehen und zu überprüfen, ob ihre Nägel bei der Untersuchung abgebrochen waren. Vielleicht ist Ellie doch nicht zum Sterben zurückgelassen worden. Vielleicht ist sie entkommen, bevor der Täter die Gelegenheit hatte, irgendetwas zu tun? Als würde sie ihre Gedanken erraten, schiebt Ellie die Finger unter ihre Oberschenkel.

Chelsey räuspert sich. »Ich habe mir die Beweismittel aus deinem Fall noch einmal angesehen. Auf die Ergebnisse aus der Gerichtsmedizin warte ich noch, DNA-Spuren und solche Sachen, aber mir ist etwas an der Kleidung aufgefallen, die du getragen hast.« Sie sieht Ellie aufmerksam an, sucht nach irgendwelchen Anzeichen – von Unbehagen, Angst, Ärger.

Ellie hört auf, sich auf dem Stuhl vor und zurück zu wiegen, zieht die Beine an die Brust und umschlingt sie mit beiden Armen. »Ja?«

»Das Sweatshirt von der University of Washington hatte eine aufgedruckte Nummer, die Fünfundfünfzig.« Chelsey spürt, dass noch jemand im Raum ist, und blickt auf. Kat lehnt in der Tür, ein Küchentuch in der Hand. Chelsey wendet sich wieder Ellie zu und sieht sie zusammenzucken. Nein, nicht nur zusammenzucken, sie krümmt sich richtiggehend. »Es war eine Spezialanfertigung, bestellt von Althea Barlowe für ihre Enkeltochter.« Chelsey sieht Ellie lange an. Ellie legt sich die Hände auf die Ohren und beginnt erneut, sich vor und zurück zu wiegen.

»Ellie?«, sagt Kat, dann wendet sie sich mit warnendem Blick an Chelsey. »Detective Calhoun.«

Chelsey ignoriert Kat und konzentriert sich auf Ellie. Graben. Graben. Graben. »Sagt dir der Name Gabrielle Barlowe etwas?«

Ellie steht abrupt auf, schiebt sich an ihrer Mutter vorbei und läuft in die Küche. Chelsey folgt ihr und findet Ellie über das Spülbecken gebeugt, wo sie sich übergibt, während Kat ihr über den Rücken streicht. Ellie würgt noch einmal, ihr ganzer Körper wird heftig geschüttelt. Kat hält ihr ein Geschirrtuch an den Mund. Sie wendet den Blick von ihrer zitternden Tochter ab und sieht Chelsey feindselig an. »Ich glaube, Sie sollten jetzt gehen.«

Chelsey schüttelt den Kopf, sie will nicht aufgeben. »Hast du Gabrielle gekannt?« Sie steckt in einer Lawine fest und kann sich nicht daraus befreien. »Bitte, sag es mir. Alles.« Draußen fängt es heftig an zu regnen, der Wind wird stärker, und die Fenster klappern wie Knochen, die aneinanderschlagen.

Ellie nimmt ihrer Mutter das Küchentuch ab und wischt sich über den Mund, dabei klammert sie sich an der Spüle fest. »Ich will nicht mehr mit Ihnen reden«, sagt sie übertrieben deutlich.

Jedes einzelne Wort sticht Chelsey wie Stacheldraht. »Ich bin fertig mit Ihnen. Mit der ganzen Sache.«

Chelsey erstarrt, merkt, dass sie für einen Moment die Kontrolle verloren hat. Und jetzt hat sie Ellie verloren. Sie versucht, ihre Fassung zurückzugewinnen. »Du lehnst es ab, an den Ermittlungen teilzunehmen?«

»Ja. Nennen Sie es, wie Sie wollen.« Ellie würgt. Tränen strömen über ihr Gesicht. »Aufhören, ja? Einfach aufhören.«

Chelsey senkt den Kopf.

Kat geht zum Tresen, nimmt eine Pillendose und schüttelt eine Tablette heraus. Sie schiebt sie Ellie zwischen die Lippen, reicht ihr ein Glas Wasser und raunt ihr etwas zu. Dann blickt sie über ihre Schulter zurück zu Chelsey. »Sie finden selbst hinaus.«

Chelsey hebt die Hände. »Natürlich«, krächzt sie.

Dann sitzt sie in ihrem Auto und reibt sich die Brust, die sich eng anfühlt. Ellie will nicht reden. Ellie will bei den Ermittlungen nicht helfen.

Chelsey seufzt, sie weiß nicht, was jetzt zu tun ist. Wie sie weiter vorgehen soll. Als sie den Motor startet, fällt ihr Blick auf eine Gestalt am Fenster der Blacks. Ellie steht dort, hat den Vorhang zurückgezogen und starrt Chelsey an. Beobachtet sie.

Dreizehn

»Dann war's das also.« Mit der flachen Seite des Küchenmessers zerdrückt Noah Knoblauchzehen und fängt dann an, sie kleinzuhacken. Er hat die Ärmel bis zu den Ellbogen aufgerollt, und Chelsey sieht seine Adern, die sich über seine Arme ziehen wie Efeuranken. Im Hintergrund spielt Musik, Pearl Jam. Noah ist besessen von dieser Band und schon dreimal nach Seattle gefahren, um sie im Konzert zu erleben.

Chelsey lehnt am Tresen, ein Glas Rotwein in der Hand und den Flyer eines Maklers in der anderen. Sie begutachtet das Reihenhaus halbherzig, dann legt sie den Flyer weg, stellt den Rotwein ab und holt ein Glas Essiggurken aus einem Schrank. »Ich will nicht Wand an Wand mit jemandem leben.« Sie zögert. »Was meinst du mit ›das war's‹?«

Er gibt den Knoblauch in eine Pfanne, das Öl zischt. »Das Opf...«

»Ellie«, korrigiert ihn Chelsey.

»... will nicht kooperieren.«

»Hat ihre Mitwirkung abgelehnt«, korrigiert sie wieder. Sie will das Gurkenglas öffnen, aber der Deckel lässt sich nicht bewegen. Sie stöhnt frustriert. »Warum schließt du die Gläser immer so, als müsstest du irgendjemandem etwas beweisen?«

Noah hört auf, in der Pfanne zu rühren, und geht hinüber zu Chelsey. Sanft nimmt er ihr das Glas ab, öffnet den Deckel, und der Geruch von sauren Gurken breitet sich aus. »Ich koche gerade.« Er gibt ihr das Glas zurück.

»Nur ein Appetithappen.« Sie beißt in eine Gurke.

Noah nimmt wieder seinen Platz am Herd ein. »In Ordnung. Also, Ellie verweigert ihre Mitwirkung an den Ermittlungen. Ich bin vielleicht kein Polizist, aber ich weiß, dass man für eine Untersuchung einen Kläger braucht.«

Er hat recht. Die Staatsanwaltschaft wird sich den Fall noch nicht einmal ansehen. Die Beweislage ist zu schwach. Es gibt keine Anklage. Aber … »Ich habe darüber nachgedacht. Ich brauche Ellie gar nicht. Ich habe ein anderes Opfer. Gabrielle Barlowe.« Chelsey hat sich in diese Sache verbissen, und sie wird nicht aufgeben. Es spielt keine Rolle, dass Gabrielle Barlowes Fall nicht in Chelseys Zuständigkeitsbereich fällt. Sie verfolgt ihn weiter.

Noah schüttelt in liebevoller Verzweiflung den Kopf. Als er sich streckt, um Gewürze aus dem Schrank zu holen, betrachtet Chelsey bewundernd seinen muskulösen Rücken. Er ist vier Jahre jünger als sie und auf eine Schule im nahegelegenen Ilwaco gegangen. Als sie sechs Monate zusammen waren, hat er ihr gestanden, dass er sie damals mit ihrem Vater bei Footballspielen gesehen hat, hoch oben auf der Tribüne und beleuchtet von den Stadionscheinwerfern. Deshalb war er in der Bar zu ihr gekommen. *Ich fand dich immer so heiß*, sagte er.

Sie sieht schweigend zu, wie Noah den Rest der Mahlzeit zubereitet – Nudeln kocht und die Soße anrührt. Sie füllen die Teller und setzen sich an den Tisch. Die Beleuchtung ist warm, und auf dem Fernsehbildschirm läuft ein Baseballspiel ohne Ton.

»Vor was genau hat Ellie solche Angst?«, sagt Chelsey zwischen zwei Bissen. »Was hat er ihr angetan?«

Noah reibt sich den Kopf. »Chels«, setzt er an, und sie weiß, dass er versucht, das Gespräch in eine andere Richtung zu lenken. Weg von der Arbeit. Weg von vermissten Mädchen.

»Ach komm«, bettelt sie. »Spiel Detektiv mit mir.« Es ist schon eine Weile her, dass sie das getan haben. Noah als Resonanzboden für ihre Überlegungen zu einem Fall.

Er knüllt seine Serviette zusammen und sieht Chelsey an, wägt in Ruhe ab, bevor er zu einer Entscheidung kommt. »Willst du ein Profil von ihm erstellen?«

»Ja!« Chelsey schlägt aufgeregt mit beiden Fäusten auf den Tisch.

Noah grinst, und auf einmal ist es wie früher. Als Noah fasziniert von Chelseys Beruf war. Damals wollte er alles ganz genau von ihr wissen. Hörte ihr stundenlang zu und äußerte seine Gedanken dazu. Er füllt Chelseys Glas auf und dann sein eigenes, fährt mit dem Daumen über den Flaschenrand und leckt einen Tropfen des dunkelroten Weins auf. »Gut. Also, er hat zwei Mädchen geschnappt.«

»Gabrielle Barlowe und Elizabeth Black.« Chelsey nickt. »Zuerst dachte ich, er hätte Ellie irgendwo zum Sterben zurückgelassen, aber sie hat nicht die gleichen Verletzungen wie Gabrielle. Es gibt keinerlei Anzeichen für einen Kampf. Keine Blutergüsse am Hals. Vielleicht ist sie entkommen, bevor er ihr solche Schäden zufügen konnte? Trotzdem frage ich mich, ob dieser Kerl Nationalparks als Abladeplatz benutzt. Das Absuchen der Gegend und des Wanderwegs, auf dem Ellie gefunden worden ist, hat nichts ergeben. Keine Lagerplätze, keine provisorischen Behausungen. Wobei sie nicht nach Leichen gesucht haben …«

»Das ist eine gute Theorie.« Er kaut langsam. »Aber bist du dir sicher, dass es sich um denselben Mann handelt?«

Sie hebt fragend die Augenbrauen. »Wie meinst du das?«

»Es könnten zwei Täter sein. Einer bringt Gabrielle um und entsorgt ihre Kleider, der andere hat die Mädchen entführt.«

Chelsey schüttelt den Kopf. »Zu viel Zufall.« Und außerdem ist da noch der Kombi. Und die Hunde.

Noah seufzt. »Okay, also ist es höchstwahrscheinlich derselbe. Was weißt du über ihn?«

Chelsey runzelt die Stirn und denkt nach. Sie hat nicht viele Anhaltspunkte. Unzusammenhängende Fakten schwirren in ihrem Kopf herum. »Also«, fängt sie an. »Er hat Gabrielle Barlowe erwürgt. Das zeugt von Wut und Intimität. Andererseits deutet die Art, wie er ihre Leiche weggeschafft hat, darauf hin, dass er vorsichtig war und alles gut geplant hat. Die Kollegin, die den Fall übernommen hat, sagte, es sei ›reiner Zufall‹, dass Gabrielles Leiche überhaupt gefunden wurde. Wenn es sein muss, ist er also schlau und kontrolliert.«

Noah dreht den Stiel seines Weinglases zwischen den Fingern. Einen winzigen Augenblick stellt Chelsey sich Noahs Hand an ihrem Hals vor, wie sein Griff fester wird und Wut in seinen Augen aufblitzt. Wie dumm. Sie schiebt das Bild weg. Das macht dieser Job mit einem. Dass man an den Menschen, die man liebt, zweifelt, sich fragt, ob man sie wirklich kennt und ihnen vertrauen kann. Aber natürlich kann sie Noah vertrauen. Er ist ein guter Mann. Sie führen eine gute Ehe.

»Jemanden zu erwürgen … man muss das Opfer dabei ansehen, ihm in die Augen schauen«, fährt Chelsey fort. Hat Gabbys Mörder sie während der Tat angesehen? Und warum hat er sie nackt zurückgelassen? Um sie zu demütigen? Weil er selbst gedemütigt wurde? »Es gab sowohl bei Gabby als auch bei Ellie Hinweise auf sexuellen Missbrauch«, fügt sie hinzu.

»Vielleicht denkt er, er hätte eine Beziehung mit ihnen …«

Chelsey nickt. »Er hat Gabby jahrelang bei sich gehabt.« Glaubt er, dass er sie liebt? Hat er Angst, verlassen zu werden? Das ergibt Sinn. Männer wie er, Frauenhasser, entmachten Frauen. Rauben ihnen ihr Selbstvertrauen. Ihre Sicherheit. Bis die Frauen abhängig sind. Zu schwach, um zu gehen.

Noah reibt sich mit einer Hand übers Gesicht. »Er hat sie jahrelang bei sich behalten … und *dann* hat er sie ermordet? Was ist passiert? Wurde sie ihm zu alt?«

»Daran habe ich auch schon gedacht. Vielleicht holt er sich eine neue, wenn die andere nicht mehr seinen Vorlieben entspricht.«

»Was sind seine Vorlieben?« Er schiebt seinen Teller weg, die Nudeln sind vergessen. Auch Chelsey hat aufgehört zu essen. Das Gespräch ist jetzt ihre Nahrung.

»Das ist schwer zu sagen bei nur zwei Mädchen. Jung. Ellie war siebzehn und Gabrielle fünfzehn.« Chelsey zögert. »In Gabrielles Magen war Wildfleisch. Ellie hat eine Aversion gegen elektrisches Licht. Das bedeutet wahrscheinlich, dass sie irgendwo in der Wildnis, ohne Elektrizität, gefangen gehalten wurden, vielleicht außerhalb der Zivilisation.«

Eine Art Feldlager? Eine Farm?

»Er ist ein Einzelgänger.«

»Ja.«

»Ein Narzisst.«

»Ein Frauenfeind«, schließt Chelsey. Jetzt lächeln sie nicht mehr. Bei sexuellen Übergriffen geht es vor allem um Dominanz. Chelsey denkt an Ellie und Gabrielle. An Würgemale an der zarten Haut eines Halses. An Schakale, die durch die Straßen streifen. Sich im Wald Nester bauen. »Was macht einen Mann zu einem Monster?«, flüstert sie.

»Dass er als Kind nicht genug geweint hat«, sagt Noah trocken. Es ist ein Scherz und doch nicht. Forschungsergebnisse bringen die Unfähigkeit von Männern, Gefühle zu zeigen, mit aggressivem Verhalten in Verbindung. Wieder schweigen sie.

»Vielleicht Mutterkomplexe«, sagt Noah schließlich.

»Oder Vaterkomplexe.« Chelsey grinst Noah grimmig an. Wie

oft hat sie schon von Männern, die ihre Frauen schlugen, gehört, ihr Vater habe dasselbe mit ihrer Mutter getan? Warum werden Frauen so oft zur Zielscheibe verbitterter Männer?

»Tja, jetzt ist mir wirklich der Appetit vergangen.« Noah steht auf, kippt seine Nudeln ins Spülbecken, schaltet den Abfallzerkleinerer ein und dreht den Wasserhahn auf.

Chelsey geht zu ihm und umarmt ihn von hinten. Er hält einen Augenblick ganz still, legt seine nassen Hände auf ihre. »Danke. Es tut mir leid, dass ich in letzter Zeit so distanziert war«, sagt sie und legt ihr Kinn zwischen seine Schulterblätter.

Er dreht sich um und sieht ihr in die Augen. Umfasst ihr Gesicht. »Ich weiß, dass es schwierig ist, die Arbeit nicht mit nach Hause zu bringen, aber du musst es versuchen. Es ist nur ein Job, Schatz.«

Aber nicht für sie. Und genau da liegt das Problem. Das hier ist Chelseys *Leben*. Die Dunkelheit, die Lydia verschlungen hat, hat auch Chelsey erfasst. Und jetzt lebt sie darin. Sie wird hineingezogen in die Schattenwelt. Jeder Fall ist persönlich. Chelsey schweigt, faltet diesen schwarzgrauen Teil ihres Ichs zusammen und schiebt ihn weg. Sie sieht Noah an, mit all der Liebe, die sie spürt, aber nicht ausdrücken kann. Sie lächelt.

Er hebt eine Augenbraue, dann lehnt er seine Stirn an ihre. Sie presst sich an seinen Körper. Seine Augen werden dunkel, und sie führt ihn ins Schlafzimmer.

Sie lieben sich lange und langsam und lassen das Licht an. Danach liegen sie mit feuchten, klebrigen Körpern nebeneinander. »Hey, wir können uns dieses Reihenhaus anschauen.« Chelsey zieht das Laken über ihre Brust und schaut zur Decke.

Noah dreht sich herum und beugt sich über sie. Sie nimmt das Medaillon, das er immer trägt, zwischen ihre Finger, das Metall fühlt sich kalt an. Sie berührt sein Gesicht, seinen Bart. Chelsey macht immer Witze, sie würde Noah in einer Gegenüberstellung nicht erkennen, wenn er rasiert wäre. Lachfältchen bilden sich in seinen Augenwinkeln. »Ja? Gefällt es dir? Es hat einen schönen Garten. Wir könnten uns einen Hund halten«, sagt er. Alles, was Noah will, sind die einfachen Dinge. Eine Ehefrau. Ein Zuhause. Ab und zu Tickets für ein Baseballspiel.

Sie brummt zustimmend und beschließt, es noch einmal zu versuchen. Einen Karton aus der Garage ins Wohnzimmer zu tragen, eine Vase oder einen Bilderrahmen hineinzulegen. Es kann nicht so schwer sein. Auf einmal spürt sie, dass ihre Hände feucht sind.

Er streicht ihr die Haare aus dem Gesicht. Seine Augen glänzen vor Begeisterung. Er küsst sie. Noch einmal. Sie schmiegt sich an ihn und atmet tief ein. Noah riecht nach Sommer, nach frisch gemähtem Gras, nach Zeit, die unaufhaltsam verrinnt. »Ich kümmere mich darum. Passt es morgen? Wir können sofort hin, wenn ich nach Hause komme.«

»Ja, morgen ist gut. Ich nehme mir frei«, verspricht sie, spürt aber einen winzigen Stich, weil die Vorstellung, das Haus ihres Vaters auszuräumen, so unerträglich für sie ist. Die Tatsache, dass sie das Geld aus dem Verkauf brauchen werden, wenn sie ein neues Haus kaufen, macht es nicht leichter.

Noah sinkt zurück und schläft ein. Chelsey dreht sich vorsichtig zur Seite und nimmt ihr Handy, um sich ein paar Gedanken aus dem Gespräch mit Noah darauf zu notieren. Noah bewegt sich, legt sich einen Arm über die Stirn. Aber er atmet gleichmäßig. Seine Brust hebt und senkt sich, und das Heiligenmedaillon glänzt im schwachen Mondlicht.

Sie wendet sich wieder ihrem Handy zu und öffnet die Fotos von Ellies Untersuchung, findet die Aufnahmen von ihren Händen. Da. Ellies gespreizte Finger liegen auf einem Stück weißem

Stoff. Unter ihren Fingernägeln ist Schmutz, aber die Nägel selbst sind ordentlich geschnitten. Nicht wie die von Gabby, deren Nägel gezackt und abgebrochen waren. Wie von einem Kampf.

V

Um Ihre Frage zu beantworten: Ja, ich kannte Gabby. Und ja, ich erinnere mich an sie.

In meiner Erinnerung sehe ich sie im Wald. Im Sommer, lächelnd. Im warmen Licht hat ihre Haut die Farbe von Honig. Ich sehe sie am Lagerfeuer, zitternd in der unbarmherzigen Kälte. Ich erinnere mich daran, wie sie in der Dunkelheit schrie und um ihr Leben kämpfte. Ich erinnere mich.

Die Welt nannte sie Gabby. Aber für mich ... für uns war sie Hope – Hoffnung.

Ich war in dem Raum mit den Plastikplanen. Auf allen vieren hustete ich den Staub aus. Ich hörte Schritte, dann stand jemand vor mir. Jemand Neues. Mit weißen Schuhen, unnatürlich sauber. Meine Finger krallten sich in den Schmutz. Ich erspähte einen Stein und dachte daran, ihn aufzuheben.

»Ich bin David«, sagte die neue Person. Die Stimme war angenehm, beinahe freundlich.

Ich hob den Kopf.

Später, als die Tage vergingen, betrachtete ich immer wieder sein Profil, versuchte, es in meiner Erinnerung zu finden. Kannte ich diesen Mann? War er mir schon einmal auf der Straße begegnet? Konnte er mit meinem Vater am Hafen gearbeitet haben? Aber mir fiel nichts ein. Er war dünn, aber stark, hatte den schlanken Körper eines Läufers. Sein Gesicht war unscheinbar und leicht zu vergessen. Hatte ich ihn schon mal gesehen? Nein, ich kannte ihn nicht.

»Möchtest du etwas essen?«, fragte David. Musik spielte aus einer batteriebetriebenen Stereoanlage. Der Song »You Are My Sunshine« in Dauerschleife.

»Bitte«, sagte ich. Ein einziges Wort kann so viele verschiedene Bedeutungen haben. Bitte tu das nicht. Bitte hilf mir. Bitte lass mich gehen. »Ich will einfach nach Hause.«

David lächelte breit. Sonderbar. »Du bist zu Hause.«

»Ich will zu meiner Mom.« Ich würde sterben, dessen war ich mir sicher.

Er senkte den Kopf. »Das verstehe ich.«

Bleiche Hände berührten meine Schultern - nicht die von David, sondern von einer weiteren Person, einer Frau mit wirrem Haar. David nannte sie Serendipity - Glücksfall. Sie griff nach mir, und trotz ihres abgekämpften, ungepflegten Aussehens war ihr Blick zärtlich. Sie nahm meine Hand. Zu verblüfft, um mich zu bewegen, ließ ich zu, dass sie mir aufhalf und mich umarmte, als ich stand. Ihre Arme waren sehnig und stark. Ich war so lange alleine gewesen, dass ich mich an sie lehnte, mich dem natürlichen Bedürfnis nach Schutz und Zuneigung hingab. Ein Klavier stand in einer Ecke des Raumes, lächerlich glänzend inmitten von alldem Schmutz.

Sie trat zurück und nahm mein Gesicht in ihre trockenen, rissigen Hände. Dann kam sie wieder näher. Diesmal nicht, um mich zu umarmen, sondern um zu sagen: »Heute ist ein aufregender Tag.« Einer ihrer unteren Schneidezähne fehlte. Ihr Atem roch modrig, faulig. Ich starrte auf die dunkle Stelle in ihrem Mund, während sie mich auf einen neuen Namen taufte. Einen geheimen Namen. Ein Schicksal musste erfüllt werden.

Als sie schließlich zur Seite trat, sah ich die anderen. Sie drängten sich aneinander. Eine war schlank, weiß und groß, mit einem kräftigen Körper und einem Grübchen im Kinn. Wunderschön. Die andere war ebenfalls weiß, aber kleiner, mit breiteren Hüften. Ich dachte, dass unsere Gesichter alle den gleichen Ausdruck hatten - verletzt, hungrig und verängstigt.

David lächelte, und es war das Lächeln eines Mannes, der zu sehr an seine eigene Bedeutung glaubt. Er stellte mich meinen Schwestern vor. Hope und Charity - Barmherzigkeit. »Du wirst sie genauso sehr lieben wie ich«, versprach er. Aber David liebte die Dinge nicht. Er besaß sie. Er war eine Art Sammler. Ein Mann, der die eine Frau jagte, die ihn nicht so liebte, wie er es wollte.

Serendipity sagte meinen neuen Namen, und ihre Augen wurden dunkel wie ein Stück Stoff, das in Wasser getaucht wird. »Du bist ein glückliches Mädchen.« Sie umarmte mich noch einmal, drückte mein Gesicht an ihre knochige Schulter. Ich atmete ein. Nasse Wolle. Mein Körper erschlaffte.

»Lasst uns feiern.« David klatschte in die Hände.

Ein Plastikbecher mit einer Flüssigkeit wurde mir in die Hand gedrückt. Hinter David und Serendipity machte Hope eine winzige Bewegung. Ein schnelles, angespanntes Kopfschütteln. Ich war zu verängstigt, um etwas zu sagen.

»Keinen Durst?«, sagte David. »Du musst lernen wertzuschätzen, was dir gegeben wird. Nichts auf der Welt ist umsonst. Das hat mein Dad immer gesagt.« Er berührte meine Wange. Der Becher fiel mir aus der Hand, und rote Flüssigkeit versickerte in der Erde. »Wie ungeschickt«, sagte er. »Das fängt nicht besonders gut an. Heute ist mein Geburtstag, weißt du. Du hast mir noch nicht mal gratuliert.«

»Entschuldigung«, stammelte ich. »Herzlichen Glückwunsch.«

David grinste. Er küsste mich auf die Wange, legte die Hand auf meine Taille und flüsterte: »Du bist eine Verführerin. Tanzt du mit mir?«

Mein ganzer Körper bebte vor Widerstreben. Aber ich spürte Hopes und Charitys auffordernde Blicke.

Seine Hände an meinen Hüften fühlten sich weich und feucht an. Wir bewegten uns zur Musik. Ich war innerlich erstarrt, sah mich selbst von außen, als würde ich aus großer Höhe herunterblicken, von einem mächtigen, von Wind umtosten Felsen.

»Erzähl mir von deinem alten Leben. Von dem, das du hinter dir gelassen hast«, sagte er.

Ich antwortete nicht. Seine Finger gruben sich in meine Haut. »Ich komme aus Coldwell. Ich habe eine Schwester«, presste ich hervor. Warum ich in diesem Moment an Sam dachte, weiß ich nicht. »Sie ist älter als ich.«

Er hielt inne. »Wie viel älter?«

»Zehn Jahre.«

»Autsch.« Er verzog das Gesicht. »Klingt, als wärst du ein Unfall gewesen.« David fand stets unsere Unsicherheiten und nagte dann an ihnen wie eine Ratte. »Hope und Charity sind jetzt deine Schwestern. Du wirst nie wieder über deine alte Schwester sprechen.«

Ich senkte den Kopf und fing an zu weinen.

»Armes Ding«, sagte David. Er summte die Worte des Songs. *You are my sunshine, my only sunshine. You make me happy when skies are gray.* Danach verschwimmt meine Erinnerung. Ich weiß nicht mehr, wie ich den Raum mit den Plastikplanen verlassen habe. Ich weiß noch, dass David einen Schlüssel von einem Haken nahm. Dass er ihn in ein verrostetes Schloss steckte. Ich erinnere mich an weitere Türen in einem Flur mit ähnlichen Schlössern – die Zimmer von Charity und Hope. Ich weiß noch, wie er mir in einen Raum folgte.

Danach sind da nur noch aufblitzende Bilder, wie Fotos in einer Slideshow. Ein metallenes Bettgestell mit einer dünnen, fleckigen Matratze und einem zerknautschten Schlafsack. Ein kleines Fenster im oberen Teil der Wand, gerade groß genug, um hindurchzuspähen. Silbernes Mondlicht fiel in den Raum. Die Luft war still und roch ekelerregend süß, Insekten summten.

Ich blickte auf meine Hände hinunter und spreizte die Finger. Die Nägel waren bis aufs Fleisch abgekaut; ich hatte sie im Bus gegessen. Die Nagelhaut war dreckverkrustet. Auf dem Nagelrest des kleinen Fingers meiner linken Hand war noch ein winziger Streifen roten Nagellacks, ein letzter Farbtupfer von Davor.

David berührte meine Schultern. Streifte mir das Shirt ab, zog mir die Hose aus.

Was mich am meisten quält ... Ich habe noch nicht einmal Nein gesagt. Ich konnte nicht. Ich lag einfach nur da und murmelte immer wieder: »Ich glaube nicht, dass das richtig ist. Ich glaube nicht, dass das richtig ist.«

Als er fertig war, streichelte er meine Wange und stand auf. Ich lag da und starrte auf einen Riss in der Wand, folgte ihm mit dem Blick. »Hattest du eine glückliche Kindheit?«, fragte er.

»J...ja«, stammelte ich, schloss die Augen und zehrte vom Kern meiner Erinnerungen. Ich in meinem Bett, unter eine warme Decke gekuschelt. Der Geruch im Haus, wenn meine Mom sich die Haare färbte. Geburtstagskerzen auspusten und sich was wünschen. Ich zitterte vor Angst und Kummer.

»Ich auch. Ich hatte eine perfekte Kindheit.« Es raschelte hinter mir, als er sich anzog. »Schlaf gut.« Er küsste mich auf die Schläfe, dann zog er an einer Haarsträhne. »Deine Haare sind zu kurz. Das mag ich nicht.«

Als er gegangen war, setzte ich mich auf und starrte aus dem Fenster. Der Himmel war verhangen, aber durch eine Lücke zwischen den Wolken erhaschte ich einen Blick auf Sirius, den Hundsstern. Am Abend meiner Entführung war er nicht sichtbar gewesen, es war zu früh gewesen im Jahr. Nach seinem Stand und seiner Helligkeit zu urteilen, war ich beinahe zwei Monate in der Dunkelheit gefangen gewesen.

Hope, Charity und ich scharten uns ums Feuer. Die Sommerluft war warm und feucht. David ließ sich neben Hope plumpsen und berührte dabei ihren Oberschenkel. Sie rückte weg. Meine Augen tränten, das U und das W auf Hopes Sweatshirt verschwammen.

David lächelte charmant. »Was für ein schöner Tag.«

Keine von uns sprach.

Serendipity brachte uns irgendeine Art von Fleisch, Hirsch oder Elch. Vor einem Wachtturm war ein Tierkadaver an den Hufen aufgehängt. Der Bauch war aufgeschlitzt, die roten Eingeweide hingen auf den Boden. Die Hunde fraßen die Abfälle, hatten blutige Schnauzen. Mir wurde übel. Mein Fleischstück war außen verkohlt, beinahe schwarz, aber innen war es noch rot.

David seufzte. »Ihr habt heute alle schlechte Laune.«

»Sie haben alle schlechte Laune!«, rief er Serendipity zu.

Ein blauer Kombi mit Holzverkleidung an den Seiten fuhr auf das Gelände. Das Gesicht von einem roten Bandana bedeckt, öffnete Michael die Tür und stieg aus. Dann umrundete er den Wagen und öffnete die Heckklappe. Er war oft längere Zeit fort und kehrte dann mit Lebensmitteln zurück. David kannte ich nicht, aber vielleicht kannte ich Michael. Warum verbarg er immer sein Gesicht? Würde ich ihn sonst erkennen? Waren mir die tieferen Töne seiner Stimme nicht irgendwie vertraut?

»David«, rief Serendipity und ging auf den Kombi zu. Ich betrachtete sie eine Weile. Machte mir Gedanken über sie, die Leichtigkeit, mit der sie sich bewegte. Wieso war sie hier? War sie entführt worden wie wir? Oder war sie freiwillig hier?

David legte seine Hand auf Hopes Knie und stand auf. »Die Pflicht ruft.« Die trächtige Hündin kam zu ihm getrottet und legte sich hin, hechelnd.

Ich sah zu, wie David zu Serendipity ging. Dann wanderte mein Blick zehn Meter weiter, zu der Lücke zwischen den Bäumen, durch die Michael gefahren war, und deren Zweige jetzt still in der flirrenden Hitze standen. Vielleicht war eine Straße auf der anderen Seite. Vielleicht war ich nur wenige Meter von der Freiheit entfernt. Ich spannte mich an, bereit, davonzurennen. Wenn ich ein Versteck fand, könnte ich dort warten, bis es Nacht wurde und die Dunkelheit mich schützte. Die Sterne würden mir den Weg zeigen.

»Tu's nicht«, flüsterte Hope.

Ich fuhr zu ihr herum.

»Du würdest nicht weit kommen«, sagte sie. Dann wandte sie sich an Charity. »Wie viele Mädchen waren es, seit du hier bist?«

Charitys Finger fuhren am Rand ihres Tellers entlang. Einer ihrer Daumen war ein wenig krumm. Das kam daher, dass er mehrmals gebrochen gewesen war, erzählte sie mir später.

»Zwei.«

»Und vor ihr waren es drei«, ergänzte Hope. »Also insgesamt fünf. Und wer weiß, wie viele andere noch. Nur wenige schaffen es aus dem Bus raus.«

Mir drehte sich der Magen um, als ich an den Bus dachte. An die ständige Dunkelheit. Die zermürbende Einsamkeit. »Fünf Mädchen sind fortgelaufen und kamen nicht zurück.«

»Sie könnten entkommen sein.« Die Worte waren unvorstellbar, hatten einen bitteren Beigeschmack. »Jemand könnte uns finden.«

Charity und Hope wechselten einen Blick. Sie bedauerten mich, mit meinem Optimismus, meiner Naivität. »Mädchen wie wir werden nicht gefunden«, sagte Hope. Damals wusste ich noch nicht, was das bedeutete, aber ich würde es in den folgenden Monaten herausfinden. David hatte uns wegen alldem entführt, was wir *nicht* waren. Wir waren nicht reich. Wir waren nichts Besonderes. Außer unseren Familien würde uns niemand vermissen.

»Was ist mit ihr?« Ich zeigte mit dem Kinn in Serendipitys Richtung.

Hope schnaubte.

Charity beugte sich vor. »Bitte Serendipity nicht um Hilfe. Lauf nicht weg. Widersprich nicht. Und iss dieses Fleisch nicht.« Sie spähte kurz über ihre Schulter, sah, dass David und Serendipity abgelenkt waren, und kippte schnell den Inhalt ihres Tellers ins Feuer. Das Fleisch zischte und das Fett spritzte. Hope tat dasselbe, und beide sahen mich erwartungsvoll an. Ich folgte ihrem Beispiel.

Schweigen machte sich breit. »Ich habe Angst«, flüsterte ich in meinen Blechteller.

»David wird dich eine Weile nicht besuchen«, sagte Hope. »Er wechselt zwischen uns ab. Nun, da du hier bist, wird er nur jede vierte Nacht kommen.«

Ich fing an zu weinen, hatte das Gefühl, keine Luft mehr zu bekommen.

Hope rutschte näher zu mir heran und drückte mir eine alte Getränkedose in die Hand. Ich dachte an das Gebräu von gestern Abend. »Wasser«, sagte sie. »Es ist Wasser.«

Ich trank einen Schluck, und die Flüssigkeit rann kühl durch meine Kehle.

Charity legte ihre Hand auf meine, und ich ergriff sie. »Ist schon okay«, sagte Charity. Okay. Das sagte ich mir immer wieder. Es ist okay. Drei Worte, die ich in einer Stunde tausend Mal flüstern konnte.

»Nimm die.« Hope streckte mir ihre Hand entgegen, darin ein kleiner Haufen haariger brauner Samen.

»Was ist das?«

»Schsch, leise«, zischte Hope. Sie machte Charity ein Zeichen, und Charity drehte sich um, um aufzupassen. Das Feuer knisterte. Rauch stieg in den blauen Himmel auf. Die kleinen braunen Samen steckten in den Falten ihrer Handinnenfläche. »Das ist Wilde Möhre«, sagte sie. »Die Samen werden dich davor bewahren, ein Baby zu bekommen. Denn das ist es, was er will.«

Meine Sicht verschwamm, und ich schloss die Augen. »Ich will nicht …«

»Es ist in Ordnung«, sagte sie ein bisschen verärgert. »Ich habe nicht sehr viel davon. David weiß, wofür man diese Pflanzen benutzt, und hat im Umkreis von einer Meile alle vernichtet.« Sie wollte ihre Faust wieder schließen.

»Warte«, stieß ich hervor, nur dieses eine Wort. Ich nahm die Samen und steckte sie in den Mund.

»Du musst kauen«, sagte sie. »Morgen gebe ich dir mehr. Du wirst leichte Bauchkrämpfe bekommen. Vielleicht blutest du ein bisschen, aber das ist immer noch besser als …«

»Danke.« Es schmeckte bitter. Ich unterdrückte ein Würgen.

Das war der Augenblick, vermute ich. Der Wendepunkt. Diese Samen. Wer konnte das ahnen? Sie würden unser Untergang sein.

Vierzehn

Im Fishtrap ist viel los. Der Abendansturm hat um 18:00 Uhr begonnen und noch nicht nachgelassen. Das Restaurant summt von Gesprächen, dem Klappern von Besteck und dem Klirren von Gläsern. Es riecht nach Meer: frischer Fisch, Muscheln, Meeresfrüchte. Danny steht hinter dem Tresen, lehnt sich an das Regal mit den Spirituosen. Er starrt auf sein Handy. Eine Nachricht ist geöffnet, ganz oben steht Ellies Nummer. Er hat das schon öfter gemacht. Nachdem Ellie verschwunden ist, hat er ihre Nachrichten wieder und wieder gelesen. Auf ihre Nummer gestarrt, sogar angerufen, um ihre Stimme in der Ansage zu hören.

Aus dem Augenwinkel sieht er, wie ein Stammgast in einer Members-Only-Jacke sein Glas hebt und mit einer Geste signalisiert, dass er ein neues will. Danny ignoriert ihn. Seine Daumen schweben über der Tastatur. Er weiß, dass Ellie wieder da ist. Er hat sie in den Nachrichten gesehen und ist durch ihre Wohngegend gefahren, war aber bisher zu feige, um sie anzurufen. Bis jetzt, nachdem er ihren Vater getroffen hat, heute Morgen in Ray's Supermarkt. Sie haben sich umarmt und Small Talk gemacht. Dann hat Jim erwähnt, dass Danny vorbeikommen soll. Um Kat zu sehen. Ellie. *Sie hat noch dieselbe Telefonnummer*, hat Jim beiläufig gesagt.

Den ganzen Tag hat Danny darüber nachgedacht, was er sagen soll. Und wie er es sagen soll. Scheiß drauf, denkt er, und tippt: *Hi. Ich denke an dich.* Sofort fühlt er sich wie ein Arschloch. Ich denke an dich. Das klingt schwach. Klischeehaft. Weit weg von der Vertrautheit, die sie einmal hatten. Er wischt den Tresen ab und füllt ein paar Gläser. Das Handy leuchtet auf und zeigt einen Anruf an. Ellies Name erscheint auf dem Display. Sein Herz klopft. O Gott, ist er nervös.

»Ich mache eine Pause«, ruft er nach hinten, stößt die Küchentür auf und geht nach draußen. »Hallo? Ellie?«, fragt er hektisch, hat Angst, dass er sie schon wieder verpasst hat.

Er ist in jener Nacht zum Motel hinausgefahren. Auf dem ganzen Weg nach Astoria hat er auf sich selbst geschimpft, sich einen Feigling genannt, weil er nicht wegbleiben konnte. Die ganze Party fand nur statt, weil Ellie ein neues Handy haben wollte. Es war eine idiotische Idee. Dort im Auto hat er sie ein dummes Mädchen genannt, leise vor sich hinmurmelnd. Er hatte genug von ihr. Davon, dass sie das Leben nicht so ernst nahm wie er. Es war das erste Mal, dass er schlecht von Ellie dachte. Sie als eine schlechte Person betrachtete, die ihm nicht guttat. Nachdem sie verschwunden war, hatte er sich selbst gehasst, als hätte er die Ereignisse heraufbeschworen. Seit zwei Jahren und zwei Wochen fuhr Danny auf einer Autobahn der Reue.

»Ellie, bist du da?« Auf Dannys Armen bildet sich eine Gänsehaut. Der Müllcontainer, neben dem er steht, stinkt nach Fisch.

»Ich bin hier.«

Er lehnt sich an die Wand der angrenzenden Methadonklinik. »Du bist es wirklich«, sagt er seufzend und spürt, wie wieder Luft in seine Lunge strömt. Es ist das erste Mal seit zwei Jahren, dass er sich mit sich selbst im Reinen fühlt.

»Das sagen alle.« Ein kleines, selbstironisches Lachen. Ihre Stimme klingt heiser, tiefer, als er sie in Erinnerung hat, aber es ist Ellie.

»Ich kann nicht fassen, dass ich deine Stimme höre.« Danny

wünscht sich, er wäre Raucher. Dann könnte er sich jetzt eine Zigarette anzünden. Irgendwas mit den Händen machen. Das Schweigen zwischen ihnen zieht sich. Das einzige Geräusch sind Ellies Atemzüge.

»Ich wollte gerade ins Bett gehen«, platzt sie heraus.

»Oh.« Enttäuschung schwingt in seiner Stimme mit, und ein dumpfer Schmerz breitet sich in seiner Brust aus. »Dann will ich dich nicht stören.«

»Nein, ich meine, es ist okay. Ich wollte mit dir reden.«

Ihm wird heiß, die Worte treffen ihn bis ins Mark. »Ich will auch mit dir reden.«

»Willst du … Hast du gerade was vor? Ich meine, willst du vorbeikommen?«

»Bist du dir sicher?« Er ist schon auf dem Weg zurück zur Bar, um die Schlüssel für sein mieses Auto zu holen.

»Ja«, sagt sie, und er kann sie im Trubel des Restaurants kaum verstehen. »Parke am Ende der Straße und pass auf, dass dich niemand sieht. Es sind dauernd Leute von der Presse da. Weißt du den Weg noch?«

Durch den Garten von Mrs Johnson, über den Zaun, auf den Baum und durch Ellies Fenster. Er hat sich ständig zu ihr hineingeschlichen. Sie haben in ihrem Bett miteinander geschlafen. Konnten nicht genug voneinander bekommen. »Niemand wird mich sehen«, verspricht er. »Bin schon unterwegs.«

Ellies Zimmerfenster steht einen Spalt offen, und Danny schiebt es ganz auf. Er klettert über den Sims und schließt das Fenster hinter sich, um die Windböen abzuhalten. Im Zimmer brennt kein Licht, aber er erkennt an den Umrissen der Möbel, dass alles noch so ist wie früher. Ellie sitzt mitten auf dem Teppich. Ihre Kleider hängen lose an ihr herab, wie um ein Drahtgestell gewickelter Stoff. Sie hält ihr Handy in der Hand, und auf dem Display ist das Bild von einem Mädchen. Einem, das er nicht kennt. Sie hat dunkles Haar, eine Reihe von Freundschaftsarmbändern am Handgelenk und macht einen Kussmund, die typische Selfie-Pose. Ellie legt das Handy weg und knipst ihre Nachttischlampe an.

Sie sehen einander an. Sie sieht … nicht gut aus. Er fragt sich, ob sie dasselbe von ihm denkt. Manchmal ist er überrascht, wenn er in den Spiegel schaut. Sein Gesicht verrät alles, der Kummer eines ganzen Lebens liegt darin, verteilt auf ein paar Jahre.

»Danny«, sagt Ellie, und ihre Beziehung, die ganze Vergangenheit, holt ihn ein, umgibt ihn und reißt ihn mit sich wie eine Welle.

Bevor sie zusammenkamen, hat Danny Ellie immer in den Schulfluren gesehen. Coldwell ist eine kleine Stadt, mit einer noch kleineren Highschool. Jeder wusste, dass Ellie im ersten Highschool-Jahr mit Will Gunner schlief, und alle wussten, dass sie manchmal log. Besonders krass war die Geschichte, dass ihre Familie reich sei und nur so lange in Coldwell wohnte, bis ihre Villa in Seattle fertiggebaut war. Sie hatten keinen Kurs zusammen bis zu dem Chemiekurs in der Oberstufe, in dem sie nebeneinandersaßen. Sie trug einen Plastikreif um den Hals und grinste ihn verschmitzt an, als sie ihm während der Stunde einen Zettel auf den Tisch legte. Es war eine Zeichnung von ihrem Chemielehrer mit einem Penis als Kopf. Danny hustete hinter vorgehaltener Hand, um sein Lachen zu verbergen.

Nach der Schule kam Ellie bei seinem Spind zu ihm und legte eine Hand auf seine Brust. *Lagerfeuer am Strand*, sagte sie. *Du solltest kommen.*

Danny dachte an alles, was dagegensprach, an den Strand zu gehen. Er wusste, was dort nachts los war. Welche Art von

Jugendlichen dort abhing – Drogensüchtige und Schulabbrecher. Aber er arbeitete schon seine gesamte Teenagerzeit abends und am Wochenende im Restaurant seiner Familie, hatte den Großteil seiner Kindheit verpasst. Danny wollte auch mal Spaß haben, ein Teenager sein, und Ellie war unterhaltsam. Sie war faszinierend und frustrierend und verdammt launisch. Und als sie ihn am Lagerfeuer küsste, war es um ihn geschehen. Er bestand darauf, sie nach Hause zu bringen, aber sie sagte ihm, er solle sich verpissen.

Ich brauche niemanden, der mich nach Hause bringt, lallte sie stockbesoffen und versetzte ihm einen Stoß gegen die Brust. Nach dieser Nacht waren sie ein Paar. Sie riefen einander an, schrieben sich Textnachrichten. Und dann war er in sie verliebt. Und alles das, wirklich alles, ist einfach weggeweht worden wie Rauch.

Danny hebt seine leeren Hände. »Ich glaube, ich hätte dir etwas mitbringen sollen.« Er lächelt, aber sein Gesicht ist düster.

»Ist schon okay.«

»Ich glaube nicht, dass mich irgendwelche Reporter gesehen haben.« Er streckt die Hand nach ihr aus. »Ellie«, sagt er.

Sie weicht in die Ecke zurück. Ein Schatten huscht über ihr Gesicht. »Ich mag nicht … Ich mag nicht angefasst werden.« Sie macht sich ganz klein.

Dannys Magen zieht sich zusammen. »In Ordnung.« Er tritt von einem Bein aufs andere, schiebt die Hände in die Hosentaschen. »Ist es okay, wenn ich hier stehen bleibe? Oder soll ich ein Stück weiter weg gehen?«

Ihr Kinn zittert. Und irgendwie hasst Danny sich selbst. »Du kannst da bleiben«, sagt sie mit rauer Stimme. »Fass mich nur einfach nicht an.«

»Geht klar.«

Ellie entspannt sich ein wenig. Danny bleibt auf Distanz.

»Es ist meine Schuld. Wenn ich zu der Motelparty gekommen wäre …« Er strafft die Schultern, als würde er sich auf ein Erschießungskommando gefasst machen. Er will, dass Ellie ihn beschimpft, ihm die Schuld gibt. Aber das tut sie nicht, sie bleibt stumm. Also schweigt auch er. Schließlich fasst er sich ein Herz und sagt: »Gibt es irgendwas, das ich tun kann? Kann ich dir irgendwie helfen?«

Danny ist sich im Klaren, dass er schon immer eine Art Heldenkomplex hatte. Welcher Mann hat den nicht?, denkt er. Vielleicht hat er sich vor allem deshalb zu Ellie hingezogen gefühlt. Wegen seiner Vorstellung, dass sie gerettet werden musste. Dann, als sie ihn eines Besseren belehrte – *Ich brauche niemanden, der mich nach Hause bringt* –, hatte er sich bloßgestellt gefühlt, nackt.

»Ich will über nichts reden«, sagt Ellie jetzt.

»Okay.«

Sie lächelt ihm erleichtert zu, und Danny will sterben. Sich selbst auspeitschen. Er will ihr sagen, dass sie mehr von ihm verlangen soll. Geld. Blut. Sein Leben. »Kann ich mich setzen?«

»Klar.«

Er setzt sich hin, wo er ist, ohne Ellie aus den Augen zu lassen. Zwischen ihnen ist ein Meter Abstand, so, dass man sich nicht berührt, aber noch flüstern kann. Vor zwei Jahren hätten sie sich vielleicht auf Ellies schmaler Matratze zusammengekuschelt. Vielleicht hätte sie ihre Arme um seinen Hals geschlungen.

»Was für Regeln hast du noch?«, fragt er, als Ellie sich auf den Boden sinken lässt. Er merkt, dass sie genau darauf achtet, genug Raum um sich herum zu haben. Dass ihr Blick zu den Fenstern und Türen, den möglichen Ausgängen, huscht.

Sie schluckt. »Nur das mit dem Berühren und dem Reden.

Und dass du mir keine Fragen stellst wie ›Alles in Ordnung mit dir?‹ oder ›Wie fühlst du dich?‹«

»Kapiert«, sagt er ruhig. Er entspannt sich. »Also, über was willst du reden?«

Sie zieht die Beine hoch, legt ihr Kinn auf die Knie und starrt auf ihre Füße. »Sam war vor ein paar Tagen da. Sie hat Valerie und das Baby mitgebracht.«

»Ja?« Danny lehnt sich zurück, stützt sich mit den Händen auf.

»Sie hat die Reporter draußen als Arschlöcher beschimpft«, sagt sie, ein Lächeln in der Stimme.

Daniel schmunzelt. »Das klingt gut. Was ist sonst noch passiert?«

Ellies Plattenspieler steht in einer dunklen Ecke. Sie wirft einen Blick darauf. »Willst du Musik hören?«, fragt sie, ohne auf seine Frage zu achten. Vor langer, langer Zeit hat sie ihm erzählt, sie könnte in der sich drehenden Vinylplatte und zwischen den Zeilen der Songtexte die Zukunft lesen.

»So lange es nicht David Bowie ist.«

»Immer noch kein Fan?« Erinnert sie sich noch daran, dass Danny früher insgeheim auf Stirnbänder stand? Weiß sie noch, wie sie sich über Musik gestritten haben, und dass das eigentlich eine kaum versteckte Art zu Flirten war?

»Ich bleibe dabei, dass an seiner Musik rein gar nichts dran ist.«

»Also sind wir uns einig, dass wir uns uneinig sind.« Wieder ein Lächeln, und Danny wird leichter zumute. Seine Welt dreht sich träge und langsam. Perfekt. »Also keinen Bowie. Such du was aus.«

Danny rutscht zum Plattenspieler. Er zieht ein Album von Johnny Cash heraus und legt es auf. Die Vinylscheibe dreht sich, und Johnnys tiefe, melodische Stimme ertönt. Er singt von einem Mann, der wie ein Vogel auf einem Drahtseil lebt. Danny lehnt seinen Kopf an die Wand und schließt die Augen. Ein anderer Song beginnt. »You are my sunshine«, singt Johnny Cash.

Die Musik endet abrupt, und Danny öffnet die Augen. Ellie kauert beim Plattenspieler und umklammert die Platte so fest, dass sie beinahe zerbricht.

»Ich mag diesen Song nicht«, behauptet sie, und die Art, wie sie das sagt, erschreckt ihn.

Er weiß nicht, was er sagen soll, ob er nach dem Grund fragen kann, deshalb sagt er nur: »Okay.«

»Such was anderes aus.« Zitternd schiebt sie die Platte zurück in die Hülle.

Danny wartet einen Moment, bis Ellie wieder ihren Platz an der Wand eingenommen hat. Dann geht er erneut die Platten durch. »Ist Dylan okay?«

Sie nickt. Er legt Dylans Greatest Hits auf, und Ellies Augen fallen zu. Auch er schließt die Augen und denkt an den Johnny-Cash-Song, »You Are My Sunshine.« Früher hat sie ihn nicht gehasst. Auf einmal kommt ihm der zutiefst verstörende Gedanke, dass er Ellie vielleicht nicht mehr kennt. Zwei Jahre lang war sie wie eingefroren, in Bernstein gefangen, für immer siebzehn. Aber das ist nicht die Realität. Die Realität ist, dass Ellie etwas passiert ist.

Er spürt einen Luftzug und öffnet die Augen. Ellie steht vor ihm. Er wartet. Bewegt sich nicht. Hält den Atem an. Sie lässt sich zu Boden sinken und setzt sich neben ihn. Ihre Beine sind nebeneinander ausgestreckt, ohne sich zu berühren, aber immerhin.

»Tut mir leid, dass ich ausgeflippt bin. Und es tut mir auch leid, wenn ich stinke«, sagt sie leise und sanft, und ihre Stimme ist kaum mehr als ein Schatten in der Dunkelheit, eine Träne, die fortgewischt wird. »Ich musste mich vorhin übergeben.«

»Alles in Ordnung«, sagt er. Der Geruch erinnert ihn daran, dass sie da ist. Dass sie lebt. Was auch immer ihr in den zwei Jahren zugestoßen ist, es ändert nichts daran, sagt er sich. Daran, dass sie immer noch die Person ist, in die er sich verliebt hat. Das einzige Mädchen, der einzige Mensch auf der Welt, der in der Lage ist, ihn zu zerstören.

Fünfzehn

»Du willst, dass ich alle verfügbaren Einheiten mobilisiere und auch die Countys Thurston und Lewis dazu aufrufe, nach einem blauen Kombi zu suchen?«

Sergeant Abbott lehnt sich in seinem Stuhl zurück. Er macht eine elegante Figur, trägt Anzug und Krawatte, sein Abzeichen um den Hals. Seine Haut ist blass, wirkt beinahe durchscheinend, und seine Wangen sind leicht gerötet. Sein Büro ist karg eingerichtet. Nur eine Uhr an der nackten Wand, die tickt und fünf Minuten nach acht anzeigt. Ein Aktenschrank mit einem gerahmten Foto darauf. Der Sergeant, als junger Mann, auf seinem Boot – in Coldwell hat jeder ein Boot –, der *Good Fortune*. Den Namen hat sich seine damalige Frau überlegt. *Glück*. Später, nachdem sie gegangen ist, hat sie auch ihren eigenen geändert – Vor- und Familiennamen –, um Coldwell abzustreifen wie eine alte Haut.

Chelsey steht vor dem Schreibtisch und hat die Arme auf die Tischplatte gestützt, die Finger gespreizt. »Thurston, Lewis *und* Grays Harbor«, präzisiert sie. Vor Abbott liegen zwei Schwarz-Weiß-Aufnahmen aus den Vermisstenakten von Ellie Black und Gabrielle Barlowe – eine zeigt den vollen Parkplatz, von dem Ellie entführt worden ist, darauf einen Kombi, der rot eingekringelt ist. Die andere Aufnahme stammt von einem Rotlichtblitzer und zeigt denselben Kombi, der Gabrielles Auto folgt.

Sie richtet sich auf, und Abbotts verzieht das Gesicht wegen irgendetwas, das sich hinter ihrem Rücken abspielt. Als sie sich umdreht, sieht sie durch die Fensterscheibe zum Großraumbüro einen Fernsehbildschirm. Den Ton kann sie nicht hören, da Abbotts Tür geschlossen ist. Es sind Nachrichten über Gouverneurin Pike. Die ehemalige Mrs Abbott. Sie hat einen kometenhaften Aufstieg hingelegt, von der Stadträtin zur Bürgermeisterin zur Gouverneurin, und sich immer sehr offen zu ihrem Privatleben geäußert. Wenn sie über ihre schreckliche Ehe spricht, spielt sie auf häusliche Gewalt an und sagt, dass ihr schließlich nichts anderes übriggeblieben sei, als zu flüchten, ohne irgendetwas mitzunehmen. Sogar ihre Kinder habe sie zurückgelassen, die auf der Seite des Vaters standen.

»Sir?«, hakt Chelsey nach.

Abbott richtet seine Aufmerksamkeit wieder auf Chelsey. Seine lachsfarbenen Wangen sind noch einen Farbton dunkler geworden. Sie denkt wieder an das Gartenfest auf dem Polizeirevier. Sie hat dort Abbott mit seiner Frau und ihren gemeinsamen Kindern gesehen. Bevor Doug Chelsey gefragt hat, ob sie in einer Bento-Box geliefert worden sei. Bevor die Wassermelone aufgeschnitten wurde. Bevor die Russischen Eier verzehrt waren. Abbott nippte damals an einem Gatorade, und sein Atem roch nach Zimt.

Zu der Zeit, als Lydia ermordet wurde, hat er aufgehört zu trinken. Ihr Tod hat die ganze Stadt mit einem Schlag nüchtern werden lassen. Die Tochter des Polizeichefs, ermordet von dem Goldjungen Coldwells. Wie konnte das passieren? Abbotts Frau hatte ihn damals gerade verlassen, und zwei Tage, nachdem man Lydia gefunden hatte, stand er plötzlich mit einem Tiefkühl-Auflauf von Ray's Supermarkt bei den Calhouns vor der Tür.

Es tut mir so leid, Kleine, sagte er zu Chelsey, die starr und stumm auf der Schwelle stand. Ihre Eltern kamen nicht zur Tür, konnten den steten Besucherstrom nicht ertragen. Es war die vierzehnjährige Chelsey, die die Anrufe entgegennehmen, die

Beerdigung organisieren, auf Pfingstrosen, Lydias Lieblingsblumen, bestehen musste. Die sich von Fremden umarmen ließ. *Das hätte nicht passieren dürfen. Sagst du deinen Eltern, dass ich vorbeigekommen bin? Dass ich ihnen mein Beileid ausspreche?*

Seitdem hat Abbott sein Leben umgekrempelt. Es war ein langsamer Aufstieg mit gelegentlichen Rückfällen. Vor ein paar Jahren, als Chelsey einmal bis spät arbeitete, hat sie ihn in seinem Büro angetroffen, er roch wieder nach Zimt und es stellte sich heraus, dass er *Goldschläger* mochte, einen Zimtlikör. Das war um die Zeit, als seine Ex-Frau verkündete, sie wolle für das Amt der Gouverneurin kandidieren. *Sie war die Liebe meines Lebens*, heulte er Chelsey vor.

Ich bringe Sie nach Hause, Sir, bot sie an.

Er winkte ab. Und am nächsten Tag war er nüchtern und erzählte Chelsey, dass er früher gehen werde, um an einem Meeting teilzunehmen. Sie sprachen nie wieder darüber. Aber Chelsey respektierte Abbott, denn er gab sich Mühe. Er ist ein Trinker gewesen, das ja. Aber ein Missbrauchstäter?

Jetzt sieht er sie stirnrunzelnd an. »Thurston, Lewis und Grays Harbor. Das sind eine Menge Einsatzkräfte.«

Sie bemüht sich um einen ruhigen Tonfall, auch wenn sie innerlich bebt. »Das stimmt.«

Ein Muskel zuckt in seiner rechten Wange. »Wie weit sind wir mit dem anderen Hinweis, dem Blut auf dem Sweatshirt? Gibt es eine Übereinstimmung mit dem Blut von Barlowe?« Selbst wenn das Blut von Gabby stammt, würde sie das nicht viel weiterbringen, was eine mögliche Spur angeht, denkt Chelsey. Es würde nur den Verdacht erhärten, dass Gabby und Ellie von derselben Person entführt worden sind, die Verbindung zwischen den beiden Mädchen bestätigen. Chelsey braucht den Kombi. »Die Ergebnisse sind noch nicht da. Der Kombi …«

Er steht auf und schneidet ihr das Wort ab. »Es reicht, Chelsey. Das ist zu vage. Bring mir was Handfestes, dann hast du mich im Boot.« Er klingt nicht wütend, eher sachlich.

Chelsey presst die Lippen zusammen. »Da bin ich absolut anderer Meinung. Der Kombi ist unsere beste Spur.« In Wirklichkeit wäre Ellie ihre beste Spur, aber die ist keine Option mehr. Chelsey denkt an Kats Gesichtsausdruck, als Ellie sich bei der Erwähnung von Gabbys Namen übergeben musste. Eine Löwin, die ihr Junges verteidigt.

»Versprochen«, sagt Abbott, geht um den Tisch herum und nimmt seinen Schlüsselbund. Er bleibt vor Chelsey stehen und lächelt herablassend. Manchmal fühlt sie sich in seiner Gegenwart wie ein kleines Kind. Als würden sie immer noch vor der Tür ihres Elternhauses stehen, nachdem er ihnen den Auflauf gebracht und sie »Kleine« genannt hat. Noch mehr wurmt sie, dass sie seine Anerkennung will. Dass sie das Glitzern in seinen Augen sehen möchte, wenn sie einen guten Job gemacht hat. »Ich stehe hier auf deiner Seite.«

Chelsey zwingt sich zu einem Lächeln. »Das weiß ich«, sagt sie.

»Sag mir Bescheid, wenn die Laborergebnisse da sind«, sagt er, bevor die Tür hinter ihm zufällt.

Es ist merkwürdig still im Haus der Blacks, als Chelsey am Straßenrand parkt. Die Reporter sind weg, auf der Jagd nach einer neuen Story. Zurückgeblieben sind nur verdreckte Teddybären, welke Blumen und durchweichte Postkarten auf der Eingangsveranda. Chelsey denkt an das Mädchen im Haus. Vor was hast du Angst, Ellie Black? Was verbirgst du? Chelsey runzelt die Stirn bei dieser Frage, wegen der Schlussfolgerung, die sie daraus zieht: dass Ellie absichtlich etwas verschleiern könnte. Sie schüttelt den Gedanken ab. Und dennoch …

Die Haustür geht auf, und Kat erscheint mit ihrer Handtasche unter dem Arm.

Chelsey stößt die Autotür auf. »Kat«, ruft sie, winkt und läuft über die Straße.

»Ich bin auf dem Weg zum Supermarkt«, sagt Kat, geht um ihr Auto herum und öffnet die Fahrertür. Kat hat Chelsey noch nie eine Abfuhr erteilt, ist nie kühl gewesen.

»Wie geht es Ellie?«, fragt Chelsey besorgt. »Alles okay?«

Kats Blick huscht zum Haus. Chelsey sieht, dass einer der Vorhänge sich bewegt. Ellie. Sie beobachtet sie wieder.

Eine Sirene heult. Jeden ersten Montag im Monat findet ein Tsunami-Training statt. Chelsey blickt in den Himmel, während sie darauf wartet, dass es aufhört. »Was neulich passiert ist, tut mir leid«, sagt sie, als es vorbei ist. »Ich habe Ellie zu sehr gedrängt, das ist mir jetzt klar.« Chelsey tritt etwas näher zu Kat. Sie will nur helfen. Warum versteht Kat nicht, dass sie zum selben Team gehören? »Aber Sie wissen ja, wie das ist«, fährt sie fort. »Nachdem wir alle uns zwei Jahre lang gefragt haben, was mit Ellie passiert ist. Erinnern Sie sich daran, wie Jim immer zu mir ins Büro kam?«

Kat erstarrt. »Jimmy war bei Ihnen im Büro?«

Chelsey runzelt die Stirn. Jimmy hat Kat nie etwas erzählt? Warum nicht? »Äh, ja. Er hat uns allen Donuts mitgebracht und darum gebeten, die Beweismittel ansehen zu dürfen.«

Die Schlüssel klirren in Kats Hand. »Das wusste ich nicht.«

»Es gibt noch eine andere Familie«, sagt Chelsey eilig, weil sie ihre Chance spürt. »Die von Gabrielle Barlowe.« Ihre Großmutter Althea möchte vielleicht keine Details erfahren, aber Gerechtigkeit will sie, genau wie Chelsey. Es gibt nichts, was sie sich mehr wünscht. Sie wird ihr ganzes restliches Leben mit dem Streben nach Wiedergutmachung verbringen. »Gabrielle ist tot, und Ellie ist unsere beste Spur, um herauszufinden, was mit ihr passiert ist, und um diesen Kerl zu schnappen. Alles, was Sie mir über Ellie erzählen können, alles, was Sie Ihnen sagt ...« Sie hält inne, plötzlich von ihren Gefühlen überwältigt.

Kat seufzt tief. »Sie spricht kaum, aber ich lasse es Sie wissen, wenn sie irgendetwas sagt, das wichtig sein könnte.« Kat greift nach der Autotür, bereit einzusteigen, aber dann hält sie inne, sieht Chelsey an und denkt einen Augenblick nach. »Danny war gestern Abend hier. Ist zum Fenster hereingeschlüpft.« Ihr Blick wird wehmütig. »Ich habe seine Stimme erkannt. Vielleicht hat Ellie ihm etwas erzählt.«

Chelsey nickt dankbar und tritt zurück. Vom Bürgersteig aus sieht sie Kat nach, als sie davonfährt.

Am späten Nachmittag spaziert Chelsey ins Fishtrap und steuert den Tresen an. Ein paar Stammkunden sitzen herum, die eingefleischten Dauertrinker. An der hinteren Wand ist eine Reihe von Glücksspielautomaten. Chelsey erkennt Charlie, einen Stammgast in der Ausnüchterungszelle, der gerade eine der Maschinen mit Dollars füttert. Danny steht an der Bar, hat sich ein weißes Geschirrtuch über die Schulter gelegt. Chelsey spannt sich an, als würde sie sich für einen Kampf bereitmachten. Sie setzt sich, und Danny presst die Lippen zusammen, als er sie ansieht.

»Einen Kaffee, bitte«, sagt sie.

Danny knurrt und füllt einen Becher für sie. »Das macht zwölf Mäuse«, sagt er, als er ihn ihr hinschiebt.

Chelsey schnalzt mit der Zunge. »Das muss ein guter Kaffee sein.«

»Er ist ungefähr acht Stunden alt«, sagt er mit ausdruckslosem Blick. Hinter ihm hängt ein Schild, auf dem steht: *Keine Arschlöcher*, daneben ein anderes mit dem Angebot des Tages: *Ribeye-Steak, 2 für 1.*

Dannys frostiges Auftreten überrascht Chelsey nicht. Sie denkt an ihre erste Begegnung, als Ellie vermisst wurde und Chelsey alles daransetzte, jede mögliche Spur zu verfolgen. Die Überwachungskamera des Motels zeigte, wie Dannys Auto auf den Parkplatz fuhr. Danny hatte gelogen, als er behauptet hatte, er sei zu Hause gewesen, als Ellie verschwand. Chelsey hat ihn aufs Revier verfrachtet, mit allem Drum und Dran im Polizeiauto, und ihn dort eine Stunde schmoren lassen, bevor sie ihn befragte.

Bist du ein bisschen aufbrausend, Danny?, hat sie ihn dann gefragt und ihn nicht aus den Augen gelassen, während er nervös herumzappelte. *Ellie war eine Bitch an dem Tag, oder? Ich verstehe das total. Sie wollte, dass du dich scheiße fühlst, weil du arbeiten musstest.* Sie setzte ihm zu, bis er anfing, unkontrolliert zu zittern, und mit den Fäusten auf den Tisch schlug.

Ja, ich war da, stieß er schließlich hervor. *Ich bin zum Motel gefahren. Und Sie haben recht, sie hat an dem Tag Streit mit mir angefangen. Ich saß auf dem Parkplatz im Auto, dann bin ich ausgestiegen, dann wieder eingestiegen und nach Hause gefahren. Und ich dachte, scheiß drauf, scheiß auf das alles, scheiß auf sie.* Er fing an zu weinen und wischte sich wütend die Tränen ab. *O Gott, o Gott, vergib mir.* Er hyperventilierte, zitterte am ganzen Körper. *Wenn ich bei ihr gewesen wäre, wäre das alles nicht passiert.*

Chelsey hat ihn an diesem Tag gebrochen. Ihm den Rest seiner Kindheit genommen. Denn das war er, ein Kind, ein verwirrter, trauriger Teenager, der sich Vorwürfe machte. Dennoch hat sie es nie über sich gebracht, sich bei ihm zu entschuldigen. In ruhigeren Momenten hat sie schon oft darüber nachgedacht, was sie damals so zur Verzweiflung gebracht hatte, und die Antwort ist ihr schnell klar geworden: Oscar Swann, Lydias Mörder. Alle dachten, Oscar sei so ein netter Kerl, der keiner Fliege etwas zuleide tun könnte und niemals zu einer so schrecklichen Tat in der Lage wäre.

Während sie Kaffeeweißer in ihren Becher gibt, huscht ihr Blick zu Danny. Ja, vor zwei Jahren hat sie ihn verändert. Sie verdient seinen Zorn. Seine Vorwürfe.

»Hab gehört, du warst gestern Abend bei Ellie.«

»Und?«

»Und ...«, wiederholt Chelsey langsam, während sie mit ihrem Löffel an den Becher klopft. »Ich frage mich, ob sie irgendwas zu dir gesagt hat.« Sie zögert. »Und ich frage mich, ob du sie vielleicht ein bisschen im Auge behalten könntest.«

»Sie wollen, dass ich sie ausspioniere?« Danny schnaubt. »Sie sind ganz schön hartnäckig, was?« Er stützt die Ellbogen auf den Tresen, sodass er mit Chelsey auf Augenhöhe ist. »Ich weiß alles über Sie.« Er starrt sie eine Weile an. »Ihre Schwester ist verschwunden, als sie auf der Highschool war.« Wenn die Leute von Lydia sprechen, glitzern ihre Augen normalerweise vor Mitgefühl, aber Dannys Blick ist voller Wut. »Ihre Eltern haben damals eine halbe Million Dollar als Belohnung ausgesetzt. Wie war es, so viel Geld zu haben? All diese Möglichkeiten? Die Polizei zu Ihrer vollen Verfügung?« Er richtet sich wieder auf und nimmt sein Geschirrtuch, um ein paar Gläser abzutrocknen. »Eine landesweite Suche? Hubschrauber über den Wäldern? Eine nationale Pressekonferenz?«

Wieder durchzuckt sie das Schuldgefühl. Es stimmt. Für Lydia ist all das getan worden, was Ellie und den anderen Mädchen verwehrt bleibt. Lydia war jung und weiß *und* wohlhabend. Ihr Vater richtete in seinem Büro eine Kommandozentrale ein und ließ all seine politischen Verbindungen spielen, um Lydia zu finden. Es gab anonyme Geldspenden. Reporter erstellten bewegende Bildstrecken über Lydias Leben. Achtundvierzig Stunden anhaltende Berichterstattung, die mit einem Helikopter endete, der über der Unfallstelle schwebte. Danach konzentrierten sich die Medien auf Oscar Swann. Der Junge von nebenan, der zum Mörder wurde. Wieso hatte niemand das kommen sehen? Ellies Fall hat kaum ein Zehntel der Aufmerksamkeit von Lydias bekommen. Keine Spender. Keine politischen Gefälligkeiten.

Chelsey sieht Danny in die Augen und versucht, ein möglichst neutrales Gesicht zu machen. Gerade in diesem Augenblick leuchtet auf ihrem Handy eine Nachricht auf. Sie ist von Noah: *Bin beim Reihenhaus. Bist du unterwegs?*

Mist. Ihr Versprechen an Noah. Sie hat es vergessen. Schnell tippt sie eine Antwort: *Tut mir leid. Komme gleich.*

»Weißt du, dieser Kaffee ist widerlich.« Chelsey schiebt die Tasse zu Danny, sodass sie überschwappt.

»Sie müssen ihn trotzdem bezahlen«, sagt Danny und schüttet den Kaffee in das Spülbecken hinter dem Tresen.

Chelseys Handy summt erneut. Diesmal ist es nicht Noah, sondern das Labor. »Ich muss gehen.« Chelsey zieht einen Zwanziger hervor und legt ihn auf den Tresen.

»Auf Nimmerwiedersehen!«, ruft Danny ihr nach.

»Detective Calhoun«, nimmt sie den Anruf an, als die Holztür des Fishtrap hinter ihr zufällt.

»Detective Calhoun. Hier Kinsley von der Kriminaltechnik.«

Der beginnende Abend ist kühl, die Luft feucht. Die Main Street ist ruhig. Eine Plastiktüte flattert den Gehweg entlang. »Haben Sie die DNA von dem Sweatshirt?« Chelsey bleibt an einer dunkelroten Limousine stehen. Auf der Windschutzscheibe klebt ein alter *Wählt-Pike*-Sticker.

»Jaa«, sagt der Kriminaltechniker gedehnt. »Weibliche und männliche. Keine davon stimmt mit der von Gabrielle Barlowe überein.«

»Nein?« Chelseys Gedanken wirbeln durcheinander. Nicht Gabbys Blut. Sie war sich so sicher. Aber wenn es nicht das von Gabby ist, dann von wem? Einem weiteren Opfer? Ihrem Entführer?

»Nein«, sagt Kinsley. »Aber wir haben eine Übereinstimmung mit einem Insassen der Justizvollzugsanstalt Riverbank in Philadelphia. Er sitzt seit fünfzehn Jahren und ist zu zwanzig verurteilt. Sein Name ist Timothy Salt.«

»Er sitzt seit fünfzehn Jahren?« Sie ist nicht in der Lage, ihre Bestürzung zu verbergen. Ihre Verwirrung. Dass sie das Gefühl hat, als würde der Boden unter ihren Füßen nachgeben wie bei einem winzigen Erdbeben. Sie denkt an Geisterhände, die sie schütteln wie eine Stoffpuppe. Wenn Timothy Salt seit fünfzehn Jahren im Gefängnis sitzt, kann er nicht für Gabbys Tod oder Ellies Entführung verantwortlich sein.

»Jepp, aber es ist nur eine partielle Übereinstimmung«, fügt Kinsley hinzu.

Dann also jemand, der mit ihm verwandt ist. »Schicken Sie mir den vollständigen Bericht«, sagt Chelsey und legt auf. Familie also, schlussfolgert sie. Sie muss sich Salts Familie genauer ansehen.

Sie schließt einen Moment die Augen, entspannt ihren Körper, lässt sich von der kalten Luft erfrischen. Vor ihrem geistigen Auge nimmt die Ermittlung eine andere Form an, ein anderer Tunnel muss gegraben werden, eine andere Höhe erforscht. Noah wird warten müssen.

vi

Die Zeit, wie ich sie kannte, existierte nicht mehr. Tagsüber orientierten wir uns an der Sonne, die langsam über den Himmel zog, nachts an den wechselnden Mondphasen. Die Stunden bestimmte David. Er mochte es, wenn »seine Mädchen« einen Zeitplan einhielten. Jeden Morgen badeten wir im Bach und cremten uns mit einer Pfirsichlotion aus einer glitzernden Flasche ein. Die Toilette durften wir dreimal am Tag benutzen. David ließ nicht zu, dass wir uns die Haare schnitten. Wir mussten unsere Fingernägel mit einer Feile bearbeiten. Er befahl uns zu lächeln, danke zu sagen, glücklich zu sein. Fröhlich. Zufrieden. Er hatte uns vor einer Welt gerettet, die uns nicht wollte. Waren wir nicht wahre Glückskinder? War er nicht ein glücklicher Mann?

»Ich bin bald mit David dran«, sagte ich zu Hope. Wir knieten nebeneinander und schrubbten die Hundezwinger. Ich wischte mir mit dem Unterarm über die Stirn. Selbst im Schatten war die Hitze drückend. In jeder vierten Nacht kam David zu mir. Er mochte es, wenn ich sanft seinen Rücken kratzte und dabei bestimmte Wörter sagte. Geflüster in der Dunkelheit. Nein, ich würde ihn nie verlassen. Ja, ich würde für immer bleiben. Ich lernte, innerlich abzuschalten. Jede von uns hatte ihren eigenen Weg, damit fertigzuwerden. Hope aß nicht oder erbrach das Essen wieder. Charity schrie mitten in der Nacht auf und hielt uns wach. »Ich brauche mehr Samenkörner.«

»Sie gehen uns langsam aus«, sagte Hope, während sie sich vorbeugte und die Seiten des Zwingers mit einer Bürste reinigte. »Wir werden nicht bis zum Ende des Sommers damit hinkommen.«

Ich senkte den Kopf und legte eine Hand auf meinen Bauch, stellte mir ein Baby darin vor. Hope sagte, dass ein anderes Mädchen, vor meiner Zeit, schwanger geworden sei, aber das Baby sei steckengeblieben, und beide hätten es nicht geschafft. Ich holte tief Luft und ließ den Blick über das Gelände schweifen. Betrachtete das Silo, in dem David seine Waffen verwahrte. Den Garten, den wir vor ein paar Monaten bepflanzt hatten. Nicht viel war gewachsen. Ein paar dünne Karotten. Salatköpfe, die sofort von irgendwelchen Tieren gefressen wurden. Ein Feld mit Erdbeeren war von einem Schwarm Insekten vernichtet worden. David hielt sich selbst für einen Outdoor-Experten, aber in Wahrheit war er ein miserabler Überlebenskünstler. Oft gingen uns die Lebensmittel aus. Niemand von uns konnte ohne Streichhölzer ein Feuer machen. Und alle Behausungen waren undicht, wenn es regnete. Michael kam und ging. Manchmal sahen wir ihn tagelang nicht, deshalb fragten wir uns, ob er noch ein anderes Leben hatte. Einen Job. Eine Frau und Kinder irgendwo, die er zum Abschied küsste, wenn er, eine Lunchbox in der Hand, zur Arbeit ging, zu uns, um uns zu quälen. Er brachte uns Essen in Konservendosen und Benzin für den Generator, einmal auch einen toten Hirsch. David sagte, er habe das Tier mit Pfeil und Bogen erlegt.

»Wir könnten versuchen, sie zu züchten«, schlug ich vor. Eine Hündin lag mit ihren Welpen unter einem Ahornbaum. Sie hatte vor ein paar Wochen geworfen. Einmal hatte sie nach David geschnappt, und ich hatte schon gedacht, jetzt würde er sie erschießen. Aber er hatte gelächelt. *Sie macht nur ihren Job*, hatte er gesagt. *Mütter müssen ihre Kleinen beschützen.*

Hope wischte sich über die Stirn. Sie trug immer ihr University-of-Washington-Volleyball-Sweatshirt, obwohl wir auch andere Kleider hatten. Es war nass unter den Achseln, aber es schützte ihre Haut davor, in der Sonne zu brutzeln wie ein Spiegelei in der Pfanne. »Zu gefährlich.«

Ich schüttete einen Eimer mit Wasser aus dem Bach in meinem Zwinger aus. »Wir könnten es so aussehen lassen, als ob es wild wächst.«

»Zu riskant.«

Ich hielt inne. »Aber hör mal ...«

»Nein.« Sie ging weiter zum nächsten Zwinger. Die Minuten verrannen. »Wie sollten wir das anstellen?«, fragte sie ruhig.

»Wir züchten sie so, dass es aussieht, als würden sie wild wachsen«, wiederholte ich. »Wenn wir gut zusammenarbeiten, schaffen wir das, und dann haben wir genug Samen für den Winter.«

»Ja.« Hope verstummte, senkte den Kopf. »Ja, okay. Versuchen wir es.«

Ich nickte ernst und Hope auch. Als wir mit den Zwingern fertig waren, hatten wir einen Plan.

Als Charity und ich am nächsten Tag Feuerholz sammelten, hielten wir nach Stellen Ausschau, an denen wir die Samen aussähen konnten. Auf einer Wiese. In der Mitte einer Baumgruppe. Weiter unten am Bach konnten wir die Samen zwischen Felsen stecken, über die etwas Wasser rann, das die Wurzeln feuchthalten würde.

Am nächsten Tag begannen wir mit dem geheimen Anpflanzen. Eine von uns hielt Wache, während die andere den Boden lockerte und die kostbaren Samen in die Erde steckte.

Dann warteten wir. Wir sahen so oft nach den Pflanzen, wie wir konnten. Nichts wuchs inmitten der Baumgruppe. Auch nicht auf der Wiese. Aber eines Tages ... eines Tages kam Charity vom Bach zurück und grinste über das ganze Gesicht. »Dort wachsen sie«, flüsterte sie uns aufgeregt zu. An diesem Abend lächelten wir uns beim Essen verstohlen zu. Es war leicht. Beinahe mühelos. Wie der Sprung von einer Klippe in einen freien Fall.

Gegen Ende des Sommers standen sie in voller Blüte.

Sobald eine geblüht hatte, pflückten wir sie und ernteten die Samen. Als die Bäume bunt wurden und ihre Blätter verloren, hatten wir genügend Samen für den Winter und eine neue Aussaat. An diesem Abend machten wir ein großes Feuer, um die Kälte abzuwehren.

Charity rieb sich über die Arme und beugte sich näher ans Feuer. »Ich würde alles für die Heizung geben, die dieser Generator betreibt.« David schlief auf der anderen Seite des Grundstücks, in einer Art Wachtturm, von dem er alles überblicken konnte. Ich konnte ihn nachts von meinem Gefängnis aus sehen. Er und Serendipity hatten dort oben Elektrizität. Eine Heizung und einen Fernseher. David mochte Western. Cowboys und Indianer, solche Sachen. Durch das Dunkel der Nacht drangen die Geräusche von Schüssen und wiehernden Pferden und mischten sich in unser Weinen.

»Ich würde alles für richtiges Essen geben«, gab ich zurück. Dort drüben aßen David und Serendipity getrennt von uns. Manchmal brachte Michael Essen aus einem Delikatessengeschäft mit. Serendipity bediente David, sprang um ihn herum, achtete darauf, dass sein Teller voll war, eine Serviette in Reichweite. An diesem Abend lief mir das Wasser im Mund zusammen, als ich die beiden essen sah. Wie ihre Zähne in kaltes Hähnchenfleisch schlugen, Nudelsalat zwischen ihren Lippen verschwand, die fettig glänzten von buttrigen, fluffigen Brötchen.

Charity rührte in ihrem grauen Porridge. Sie hielt den Blick gesenkt und flüsterte: »Wir haben es geschafft. Wir haben es wirklich geschafft.«

Ein Schauder der Aufregung durchfuhr mich.

Hope lächelte. »Ich habe etwas für uns gemacht. Um zu feiern.« Sie zog den Ärmel ihres Sweatshirts hoch und zeigte uns drei Bänder aus geflochtener Schnur an ihrem Handgelenk. Sie löste zwei davon und reichte jeder von uns eins. »Freundschaftsarmbänder.«

Freundschaft. Bei diesem Wort schnürte sich mir die Kehle zu, und ich blinzelte die Tränen weg. In Coldwell hatte ich nicht viele Freunde gehabt.

»Ich hatte immer ungefähr fünfzig Stück davon, bis hoch zum Ellbogen«, erzählte Hope, während wir die Bänder an unseren Handgelenken befestigten. Ihre Stimme war voller Wärme. »Meine Schwester und ich machten uns gegenseitig welche.«

»Ich hatte auch eine Schwester«, erklärte ich feierlich. »Sie war schwanger.« Wahrscheinlich hatte Sam inzwischen ihr Baby bekommen. Ich fragte mich, ob meine Familie noch an mich dachte, oder ob ich schon vergessen war. Das konnte ich mir gut vorstellen, denn ich war so weit weg von der Welt. David hatte behauptet, ich sei ein Unfall gewesen. *Deine Eltern müssten dich doch inzwischen gefunden haben, wenn sie dich haben wollten, meinst du nicht?*, hatte er eines Abends gesagt.

»Ich bin ein Einzelkind«, erzählte Charity. »Aber ich habe mir immer eine Schwester oder einen Bruder gewünscht.«

Hope saß zwischen uns und legte ihre Hände auf den Baumstamm vor uns, die Handinnenflächen nach oben. »Schwestern«, sagte sie und wackelte mit den Fingern. Charity und ich legten unsere Hände in ihre. Wir hielten uns eine Weile fest, die Finger ineinander verflochten, und hatten das Gefühl, dass wir durchaus überleben konnten, wenn wir nur einander hatten. Wir verharrten aber nicht zu lange so. Das war unmöglich, denn David und Serendipity mochten es nicht, wenn wir uns zu nahe waren. Dann ging immer einer von ihnen dazwischen und trennte uns. Also ließen wir einander los, aber das Gefühl blieb, als hätte sich eine warme Decke um uns gelegt.

So fing es an. Zehn ganze Minuten lang teilten wir unsere Vergangenheit miteinander. Charitys Vater war Musiker, ihre Mutter Kellnerin in einer Cocktailbar, aber sie konnten sich nicht um Charity kümmern, deshalb hatte sie lange Zeit im Heim gelebt. Weil sie groß und sportlich war, dachten die Leute, sie könnte Basketball spielen oder Leichtathletik machen. »Aber ich wollte tanzen«, erzählte sie. Sie hatte sich Online-Tutorials angesehen und die Tanzschritte geübt, war in dem Gemeinschaftszimmer ihrer Wohngruppe herumgewirbelt. Manchmal sah sie sich Reaktionsvideos an, sie mochte das mit dem Jungen, der weinen muss, als er zum ersten Mal Bruce Springsteen hört. Oder das von dem Polizisten, der rappt, während er auf der Autobahn Streife fährt. Dieses Video hatten Hope und ich auch gesehen. Es tat mir gut, mich an das Mädchen zu erinnern, das ich einmal gewesen war. Ich bin mir nicht sicher, was für ein Mädchen ich jetzt bin.

Hope hatte bei ihrer Großmutter gelebt, die als Putzkraft arbeitete. »Ich hab meine Großmutter gehasst, weil wir arm waren. Ich meine, warum nimmt sie uns auf, wenn sie es sich nicht leisten kann?«, sagte sie. Und so ging es weiter. Die Ereignisse des Tages hatten uns mutig gemacht, sodass wir uns mit beiden Händen an unsere Vergangenheit klammerten, die Traurigkeit in unserem Inneren vergaßen. Triumphierend wateten wir in tiefe Gewässer. Und schließlich flüsterten wir einander unsere wirklichen Namen zu, richteten sie zwischen uns auf wie Denkmäler.

Gabrielle.

Elizabeth.

Hannah.

»Solange sich jemand an deinen Namen erinnert und ihn laut ausspricht, bist du nicht wirklich fort. Das ist das wahre Leben nach dem Tod«, sagte Gabby. Dann zählten wir uns alles auf, was wir tun würden, wenn wir frei wären. Unsere Familien umarmen. Essen, was wir wollten. Reisen. Wir würden unsere Fühler in alle Richtungen ausstrecken, Freunde finden, Liebhaber, vielleicht sogar Kinder haben. All das würden wir in unserem Leben haben, wenn wir nur eine neue Chance bekämen. Klingt das wie ein schlechter Country-Song? Wir summten ihn am Feuer, pressten ihn hervor wie kleine Vögel mit zarten Lungen, die in verlassenen Minen gefangen sind.

Gabrielle. Hannah. Elizabeth. Wenn ich alleine bin, wiederhole ich noch manchmal die Namen. Ich dachte, es wäre gefährlich, ihnen zu vertrauen. Aber da habe ich mich getäuscht. Sie hätten niemals mir vertrauen dürfen.

Sechzehn

Chelsey ist in Lacey, einem ländlichen Vorort von Olympia, sitzt auf dem Beifahrersitz eines Polizeiwagens, der sich durch die ruhigen, von Bäumen beschatteten Straßen schlängelt, und wackelt in ihren Polizeistiefeln mit den Zehen. Es ist ein selten frühlingshafter Tag, kalt, aber klar.

»Wir sind gleich da«, sagt Montoya, und Chelsey reißt ihren Blick von dem ausgebrannten Bus am Straßenrand los und konzentriert sich wieder auf ihren Kollegen. Er ist Detective wie sie und hat viele Auszeichnungen bekommen, einen beeindruckenden Teil davon in der Antiterroreinheit der Hauptstadt. Aber vor allem ist er bekannt für seine Arbeit in dem Fall um den Serienkiller von White Mountain. Er ist klug. Clever. Und attraktiv auf die Art »Junge von nebenan«. Er steht auch auf Creedence Clearwater Revival. Sein Lieblingssong ist »Born to the Bayou«, dicht gefolgt von »Have You Ever Seen the Rain?«. Jetzt schaltet er die Musik aus. Seine Finger sind schlank, mit sauberen, runden Nägeln. Er hat ihr gestanden, dass er einmal im Monat zur Maniküre geht. Nichts Übertriebenes, nur schneiden, feilen und polieren.

Das alles hat Chelsey in den letzten vierundzwanzig Stunden erfahren, in denen sie eng mit Montoya zusammengearbeitet hat; sie haben Genehmigungen beantragt, das Team instruiert, den Einsatz geplant. Chelsey hat Fotos in der Hand – ein Bild von Lewis Salt und eine Drohnenaufnahme seines Grundstücks.

Lewis Salt ist ein arbeitsloser Bauarbeiter. Er ist der Sohn von

Timothy Salt, der in Riverbank für Vergewaltigung und Raubüberfall einsitzt, und dessen DNA teilweise mit der aus dem Blut von Gabrielle Barlowes Sweatshirt übereinstimmt. Lewis Salt hatte drei Begegnungen mit der Polizei, in denen es jedes Mal um Streitereien mit seiner Freundin ging. Aber keiner dieser Verstöße hat zu einer Festnahme oder Verurteilung geführt. Seine DNA ist nicht im System. Lewis hat eine Erlaubnis zum verdeckten Tragen einer Schusswaffe. Er wohnt in einem zweistöckigen Haus auf einem sechzigtausend Quadratmeter großen Grundstück, inmitten von Wäldern. Auf dem Gelände befindet sich auch eine halb verfallene Scheune. Das Dach ist stellenweise abgesackt, die Holzwände sind morsch und rissig. Das ist ein Ort, an dem er Ellie und Gabby versteckt haben könnte, denkt Chelsey. Und was sein Schicksal besiegelt: Lewis Salt fährt einen blauen Kombi.

Chelsey reibt sich die Hände und konzentriert sich auf den Wagen vor ihnen. Insgesamt sind zehn Polizeieinheiten und ein gepanzerter Einsatzwagen unterwegs. Sie hätte es gerne ein wenig zurückhaltender gehabt, aber Abbott war für die protzige Variante. Eine gemeinsame Task Force der Polizeidienststellen Coldwell, Tacoma und Olympia, geleitet von Calhoun und Montoya. Chelsey hofft, dass Ellie nicht mehr solche Angst haben wird, wenn der Entführer erst einmal geschnappt ist. Und dass sie dann nach Olympia zu einer Gegenüberstellung kommt und es schafft, den Arm zu heben und durch die Fensterscheibe auf Lewis Salt zu zeigen. Der. Das ist er. Vielleicht verschwindet dann der gehetzte Ausdruck aus ihren Augen.

»Was ist seine Vorgehensweise?« Eine Hand am Steuer, zeigt Montoya mit einem Kopfnicken auf das Foto von Lewis Salt. »Ich frage mich immer, wie solche Typen ticken.«

Chelsey wischt mit dem Daumen über den zotteligen Bart auf dem Foto. »Wir werden es herausfinden.«

»Klar.« Sie fahren an einem verwitterten Holzschild mit Smokey Bear vorbei, *Heute geringe Waldbrandgefahr* steht darauf. »Manchmal hat der Wahnsinn keine Methode.«

So scheint es oft. Aber Chelsey weiß, dass Gewalttätigkeit bei Männern nicht unausweichlich ist. Sie ist keine Selbstverständlichkeit, kein Naturgesetz und auch keine Frage der Herkunft. Gewalttäter werden gemacht. All das … ist vermeidbar.

Die Autos fahren an den Straßenrand, walzen das Gestrüpp platt, um dort zu parken. Autotüren schlagen zu, und die Einsatzkräfte legen schusssichere Westen, Helme und Headsets an.

»Nördliche Straße gesichert«, hört Chelsey über Funk. Dann eine andere Stimme. »Südeingang gesichert.«

Montoya spricht in sein Headset. »Verstanden.« Er sieht Chelsey an. »Sie haben das Kommando. Wir schlagen zu, wenn Sie das Signal geben.« Alle im Team ziehen sich schwarze Masken über Mund und Nase, rücken ihre Helme zurecht, bringen ihre Schutzschilde in Position, kontrollieren ihre Schusswaffen.

Chelsey holt tief Luft, ihre Haut kribbelt. Sie schließt die Augen und sammelt sich. Für einen Moment ist sie wieder fünfzehn Jahre alt, ein Jahr nach Lydias Beerdigung. Sie ist mit ihrem Vater in einem GI Joes, einem Fachgeschäft für Outdoor-Ausrüstung, das es inzwischen nicht mehr gibt. Sie kaufen einen Tarnanzug für Chelsey, Pfeil und Bogen, ein Gewehr.

Nach Lydia gab es an den Wochenenden keine Ballettaufführungen und Barbiepuppen mehr. Stattdessen brachte Polizeichef Calhoun seine verbleibende Tochter von Freitag bis Sonntag in den Wald, an einen Ort, an dem sie lernen konnte, Problemen auszuweichen und sich richtig zu verhalten, wenn sie dennoch in Schwierigkeiten geriet. Als er Chelsey das erste Mal belehrte, kam in jedem Satz ein »Hätte« oder »Könnte« vor.

Lydia hätte in dieser Nacht nicht rausgehen sollen. Lydia hätte sich nicht mit diesem Jungen treffen dürfen. Lydia hätte wissen müssen, wie sie sich selbst verteidigt. Lydia könnte noch hier sein. Ich habe euch Mädchen zu viele Freiheiten gelassen, schloss er schließlich mit einer wegwerfenden Handbewegung. *Genug jetzt.*

Es war eine Erleichterung, von allem wegzukommen, mit einer Pistole in die Wälder zu fliehen. Ihre Mom war nur noch ein Wrack. Die Kinder in der Schule starrten sie an. Sie fühlte sich so fremd. Lydia war ihr Heimatplanet gewesen; ohne ihre Schwester war Chelsey hilflos. Aber oft fragte sie sich, ob es nicht besser wäre, wenn ihr Vater – und überhaupt alle – weniger Zeit damit verbrächten, ihre Töchter zu beschützen, und sich stattdessen mehr Gedanken über Söhne machten. Über die gefährlichen Dinge, die Jungs taten. Darüber, wie man sie anders erziehen könnte. Einmal hatte sie ihrem Vater gegenüber etwas in dieser Art erwähnt, und er hatte sie mit hartem Blick angesehen. *Ich habe keine Söhne.*

Jetzt öffnet sie die Augen wieder und lässt den Blick über die Straße und das Team schweifen, registriert den beginnenden perfekten Tag. »Ich bin bereit«, sagt sie zu Montoya.

Er grinst und berührt sein Headset. »Alle Teams startklar.«

In gespannter Erwartung drängen sich Chelsey und ihr Team in und um den BearCat, ein schwarzes Panzerfahrzeug, und die draußen halten sich an den Griffen an den Außenseiten fest. Der BearCat fährt in hohem Tempo auf Salts Grundstück, schlingert und hält abrupt in der Nähe der Eingangstür. Zwei Fünferteams springen vom Wagen und laufen nach links und rechts, um das Haus zu umzingeln. Chelsey und Montoya folgen ihnen bis zu den Stufen der verfallenen Eingangsterrasse.

Ein Polizist klopft mit der Faust an Salts Tür. *Bumm, bumm, bumm.* »Lewis Salt! Hier ist die Polizei von Olympia. Wir haben einen Haftbefehl und DNA-Spuren.« Auf der anderen Seite der

Tür geschieht nichts. Kein Laut ertönt. Eine einzelne Lampe flackert über ihnen. Sie ist voller Spinnweben und toter Motten. Auf dem Vorgartenrasen steht eine durchweichte Couch, nachlässig mit einer blauen Plane bedeckt – Moskitos schwirren über den Wasserpfützen, die sich in dem durchhängenden Plastik gesammelt haben. Die Hälfte des Daches steht kurz vor dem Einsturz, und Farbe blättert von den Wänden. Brombeerranken wuchern um das Fundament. Es ist absolut still. Zu still. Chelseys Nervosität steigt.

Das Team benutzt einen Rammbock, und die Tür zersplittert und springt auf. Lewis Salt steht in der Mitte eines Wohnzimmers. Er ist genauso schmutzig wie das Haus. Ein fleckiges Grateful-Dead-T-Shirt. Fadenscheinige, löcherige Jeans. Fettige Haare und gelbe Zähne. Chelsey verzieht das Gesicht. »Hände hoch«, schreit der Polizist, der vorne steht, mit erhobener Waffe.

»Ich hab nichts getan«, stößt Salt mit einem leichten Südstaaten-Akzent hervor. Er hebt die Arme und verschränkt sie hinter dem Kopf, dann schielt er hinunter auf seine Taille, auf die ein Dutzend Polizisten ihre Maschinenpistolen gerichtet haben. »Ich hab nichts getan!«, wiederholt er.

Ein weiteres Team kommt von der Hinterseite des Hauses dazu. Salt ist jetzt komplett umzingelt.

»Auf die Knie«, sagt Chelsey. Sie tritt vor, und unter ihrem Fuß knirschen Fast-Food-Verpackungen und Zigarettenkippen.

»Ich kann nicht …« Lewis Salt schwankt und wird sichtlich blass. »Ich hab nichts getan … Das schwöre ich. O mein Gott, mir wird schlecht.« Dann übergibt er sich auf den schäbigen Teppich, und Erbrochenes spritzt auf Chelseys Stiefel.

»Ah, scheiße. Wollen Sie ihn festnehmen?«, fragt Montoya Chelsey, die Waffe auf Salt gerichtet.

Chelsey nickt. »Ich hab ihn.« Sie senkt ihre Waffe, belehrt

Salt über seine Rechte und legt ihm Handschellen an. Im Raum stinkt es nach Kotze. Die Einsatzkräfte ziehen sich zurück, und Montoya weist sie an, das Haus zu durchsuchen.

Chelsey kauert sich neben Lewis nieder, wischt sich mit dem Unterarm über die Stirn und betrachtet ihn. Das ist er? Das ist der Typ, den sie suchen? Chelsey ist … enttäuscht.

»Ich will meinen Anwalt«, stößt Salt hervor, und Tränen laufen ihm über das Gesicht. Chelsey hat kein Mitleid. Sie fragt sich, wie oft Ellie während ihrer Gefangenschaft geweint hat. Ob Gabby geweint hat, als er ihr die Hände um den Hals legte. Wie viele Tränen hat Lydia vor ihrem Tod vergossen?

»Sie kriegen einen, sobald wir auf der Wache sind«, sagt Chelsey. »Aber zuerst müssen wir eine DNA-Probe von Ihnen nehmen. Los, seien Sie ein guter Junge und machen Sie den Mund auf.« Sie winkt einen Labortechniker herbei.

Salt strafft die Schultern und spitzt die Lippen, bereit, Chelsey vor die Füße zu spucken. Schnell drückt sie seine Wangen zusammen. Gut, dass sie Handschuhe trägt. »Machen Sie schon«, sagt sie zu dem Labortechniker. Der Mann beugt sich herunter und rührt mit einem sterilen Wattestäbchen in Salts Mund herum.

Chelsey richtet sich auf und geht durch das Haus. Nicht viel zu sehen. Eine braune Couch mit einem Riss in einem der Kissen, aus dem das Füllmaterial quillt. Ein klobiger Couchtisch aus den Siebzigern. Die Wände sind kahl und voller gelber Flecken. Sie geht in Salts Schlafzimmer. Dort liegt eine Matratze auf dem Boden mit einem schäbigen weißen Laken, das am Fußende zusammengeknüllt ist. Sie öffnet eine Schranktür. Ein Gürtel hängt an einem Haken, daneben ein rotes Bandana. Chelsey bekommt eine Gänsehaut. Das Gespräch mit Ellie im Wohnzimmer ihrer Familie fällt ihr ein. *Ich habe sein Gesicht nicht gesehen. Es war zu hell. Er trug ein Bandana über Mund und Nase,* hat Ellie gesagt und dann hinzugefügt: *Rot. Es war rot.*

Chelsey ruft nach einem Techniker, und ihr wird heiß vor Aufregung und Erleichterung. Sie hat ihn. Es ist fast vorbei. Der Techniker kommt in seinem weißen Schutzanzug. »Tüten Sie das ein«, sagt sie und zeigt auf das Bandana.

Siebzehn

»Wie geht es dir heute, Ellie?« Dr. Cerise Fischer kritzelt eine Überschrift an den oberen Rand ihres Notizblocks. *Ellie Black, 2. Sitzung*. Es ist ein heller Tag, und Cerise hat die Vorhänge zugezogen, wegen Ellies Lichtempfindlichkeit. Eine einzige Lampe brennt in der Ecke, die Glühbirne verbreitet einen warmen gelben Schein.

Ellie rutscht hin und her und zuckt mit den Schultern. Ihre Haare sind schmutzig, ungewaschen. Sie hat nicht geduscht, stellt Cerise fest. »Wie letztes Mal.«

Cerise lächelt Ellie an, als wäre sie eine alte Freundin. »Fühlst du dich immer noch wie in Zellophan verpackt?«

Wieder ein Schulterzucken. »Manchmal.«

Sie macht sich eine Notiz auf ihrem Block. *Patientin sagt, sie fühlt sich immer noch körperlich ausgebrannt und von sich selbst entfernt.* »Und wenn nicht?«

Ellie verhakt ihre Finger ineinander, umklammert sie so fest, dass ihre Knöchel weiß werden. »Gefangen. Ängstlich«, sagt sie. »Und das andere«, entfährt es ihr dann.

»Identitätsverlust?« Chelsey macht sich eine weitere Notiz und unterstreicht sie. *Unfähig, eigene Identität zu empfinden.*

»Ja, ich weiß nicht mehr, wer ich bin.« Ellie bedeckt ihre Augen mit den Händen. Cerise hat diese Geste schon bei anderen Patienten, anderen Opfern gesehen, sie drückt Demut aus, Scham, pure Verzweiflung. »Ich … ich hab neulich versucht, mir die Haare zu schneiden.«

»Und?«

»Ich weiß nicht … Ich hatte die Schere in der Hand und konnte es nicht tun. Es ging einfach nicht. Ich bin in der Position geblieben, bis mir die Hand wehtat.«

»Du hast deiner Mutter gegenüber erwähnt, dass es dir verboten war, dir die Haare zu schneiden«, wagt Chelsey sich vor. »Warum?« Ellie kneift die Lippen zusammen, und sie bleibt stumm. Cerise entscheidet sich, es anders anzugehen. »Deine Eltern haben mir erzählt, dass du ein paar Leute gesehen hast.«

»Nur Danny«, sagt Ellie. Wieder wird es still.

»Wie war das?« Cerise achtet genau auf ihre Mimik und wartet geduldig, dass Ellie fortfährt.

»Er wollte mich umarmen, glaube ich. Sonst nichts. Aber ich bin völlig ausgetickt.« Sie hält inne.

»Sprich weiter.«

»Ich weiß nicht.« Ein Kopfschütteln. »Ich will berührt werden, aber ich kann es nicht ertragen.«

»Das wird sich mit der Zeit geben. Vielleicht bist du noch nicht bereit für körperliche Zuneigung.« Bei den letzten beiden Wörtern zuckt Ellie zusammen. »Hab Geduld mit dir selbst.« Cerise macht eine Pause und beobachtet, wie Ellie reagiert.

Ellie kneift die Augen zu. »Anderes Thema, bitte.«

Cerise atmet ein. »Natürlich. Andere Freunde hast du nicht gesehen, seit du wieder zu Hause bist? Warum nicht?«

Ellie schüttelt den Kopf und starrt ins Leere. »Ähm, ich habe nicht viele Freunde. Von davor«, präzisiert sie.

»Verstehe«, sagt Cerise. Sie legt ihren Notizblock weg. »Ich dachte, vielleicht gefällt es dir, wenn wir heute ein wenig Kunsttherapie machen. Da muss man nicht reden. Würdest du dich darauf einlassen?« Cerise hofft, dass zeichnen einfacher ist als reden. Dass Ellie etwas zeigen kann, anstatt es mit Worten auszudrücken.

Ellie streicht sich das Haar aus dem Gesicht. »Klar. Ich glaube schon.«

Cerise strahlt. »Toll.«

»Sie sind aber leicht zufriedenzustellen«, platzt Ellie heraus, dann schlägt sie sich erschrocken die Hand vor den Mund. »Das hätte ich nicht sagen dürfen. Entschuldigung, Entschuldigung, Entschuldigung«, sagt sie schnell und versteift sich, als erwarte sie, gleich geschlagen zu werden.

»Hey, hey«, sagt Cerise. »Ist schon in Ordnung. Das war doch witzig.«

Ellie beruhigt sich. »Es ist nur, dass ich das Gefühl habe, alle zu enttäuschen, seit ich wieder zu Hause bin.«

»Es gibt nicht den einen, richtigen Weg zur Heilung«, sagt Cerise, während sie die Malutensilien hervorholt und auf dem Couchtisch ausbreitet. Kleine Kohlestifte, gespitzte Buntstifte, ein paar Ölkreiden, ein großer Zeichenblock.

»Ich mag das Gefühl, etwas richtig zu machen.«

»Du machst alles richtig. Ich lege Musik auf, okay? Während wir zuhören, möchte ich, dass du etwas zeichnest.«

Ellie nimmt den dicken Block und hält ihn in beiden Händen. »Was soll ich zeichnen?«

Cerise überlegt einen Moment. Dann denkt sie an das, was Ellie gesagt hat, und folgt ihrem Instinkt. »Wie wäre es mit Freundschaft? Wie sieht sie aus?« Ellie hat gesagt, dass sie davor nicht viele Freunde hatte. Aber was ist mit danach? Was ist mit diesen zwei Jahren, in denen sie vermisst wurde?

»Gut, okay, das kann ich machen.« Ellie holt zitternd Luft, nimmt ein Stück Kohle und fängt an zu zeichnen.

Die Stunde vergeht wie in einem Nebel. Cerise tut so, als würde sie am Computer arbeiten, aber sie beobachtet Ellie genau, wie sie in der Erinnerung zu versinken scheint, beinahe in

Trance gerät. Fünf Minuten, bevor die Stunde um ist, macht Cerise die Musik aus, und Ellie fährt hoch, ein Stück Ölkreide zwischen Daumen und Zeigefinger.

»Also gut, Ellie. Unsere Zeit ist um. Lass uns schauen, was du gemalt hast.« Cerise streckt die Hände aus und fordert Ellie damit auf, ihr ihre Arbeit zu zeigen. Ellie reißt zwei Blätter von dem Block und legt sie auf den Couchtisch.

Cerise dreht das Kunstwerk mit einem Finger zu sich, vorsichtig, um nichts zu verwischen. Ellie reibt sich die Hände und verteilt die violetten, schwarzen, grünen und gelben Flecken der Ölkreiden auf beiden Händen. Es sind die Farben von Blutergüssen und Wald.

Cerise nimmt vorsichtig beide Blätter hoch und schürzt die Lippen. »Ein Feld?« Sie konzentriert sich auf das Bild in ihrer rechten Hand. Ellie hat eine Reihe von Birken skizziert, dahinter einen blutroten Sonnenuntergang. »Und das hier …?« Hinter den Birken ist schwarze Leere.

»Ein Loch.« Ellie reibt ihre Fingerspitzen. Partikel von Ölkreide lösen sich von der Haut und rieseln auf die hellgrüne Couch.

Cerise verspürt einen Schauer des Unbehagens. »Und das repräsentiert Freundschaft für dich?«, fragt sie. Dieses Bild, das aussieht wie ein Bild von einem Grab?

»Ähm, ich glaube, eher Liebe als Freundschaft.« Ellie starrt auf ihre Knie, dann zu Cerise, und das Wort Liebe hängt zwischen ihnen in der Luft.

»Ich verstehe«, sagt Cerise. Sie legt das Bild zur Seite und wappnet sich für das nächste. Hier hat Ellie nur Kohle benutzt. Und sie hat vier Mädchen gezeichnet. Drei sind groß, eins klein. Jünger? Den größeren Mädchen hat Ellie jeweils einen Kringel ums Handgelenk gemalt. Ketten? Ein Seil? Die Handgelenke des kleineren Mädchens sind nackt. Das Fehlen des Kringels ist auffällig. Alle Mädchen haben zwei X als Augen und ein erschrockenes Oval als Mund. Weil sie tot sind? »Bist du eine davon?«, fragt sie leise.

Ellie reibt sich ihre feuchten Handflächen an den Knien ihrer Jeans ab. »Ich bin da.«

Cerise stößt den Atem aus. Vielleicht nicht tot, aber verletzt? »Und die anderen, sind das auch reale Personen?« Cerises Stimme klingt ein wenig brüchig, verrät ihre Angst.

Ellie nickt ruckartig. »Ja.«

»Sagst du mir ihre Namen?« Cerise zeigt auf die größeren Mädchen.

Ellies Augenlider zucken. Sie bewegt ihre Hände. »Ich bin … Irgendwas passiert hier«, stößt sie hervor und greift sich an die Brust. Der Beginn einer Panikattacke.

Die Medizinerin in Cerise übernimmt die Führung. »Atme, Ellie. Du bist in Sicherheit. Du bist hier, bei mir, in diesem Raum. Komm zurück zu mir. Ellie?«

Es nützt nichts. Ellie schüttelt den Kopf, will die Augen nicht öffnen. Sie ist in einer schrecklichen Erinnerung versunken.

»Lass es uns mit einer Grounding-Übung versuchen. Kannst du meinen Anweisungen folgen?«

Cerise spricht langsam und leise, versucht Ellie mit ihrer Stimme aus der schwarzen Tiefe zu ziehen. »Drück deine Füße fest auf den Boden.« Cerise sieht, wie Ellies Zehen sich in den dünnen Stoffschuhen bewegen. »Gut. Spüre die Couch unter dir.« Ellies Hände klammern sich um den Rand der Couch, und das Zittern ihres Körpers lässt nach. »So ist es gut. Spüre deine Wirbelsäule und wie sie dich trägt. Akzeptiere, dass du kämpfst. Vielleicht bist du ängstlich, traurig oder durchlebst eine schmerzliche Erinnerung … Aber auch, wenn du Angst hast, ist da ein stabiler Körper um deine Angst, die du kontrollieren kannst. Jetzt öffne die Augen.« Ellie tut es. »Nenn mir fünf Dinge, die du in dieser Praxis siehst.«

»Stuhl, gelbe Haftnotizen, eine Lampe mit goldenem Fuß, ein silberner Kugelschreiber …« Ellie bricht ab und schaut auf die Zeichnung. Ihre Lippen bewegen sich stumm.

»Was ist, Ellie? Was möchtest du sagen?«

»Meine Freundinnen, ich sehe meine Freundinnen.« Sie fährt mit dem Daumen über die Gesichter der Mädchen, und ihr Gesicht ist unendlich traurig. Es ist eine Traurigkeit, die Geliebtem und Verlorenem gilt – Menschen, die fort sind.

»Das sind deine Freundinnen?«, fragt Cerise.

»Nein, besser als Freundinnen.« Ellie berührt die Kringel an den Handgelenken der Mädchen, und ihre Finger gleiten voller Ehrfurcht zu dem vierten Mädchen, dem kleineren. »Schwestern. Sie sind meine Schwestern.«

Achtzehn

Chelsey schiebt Lewis Salt auf die Rückbank des Streifenwagens, dann setzt sie sich nach vorne zu Montoya. Der Motor springt an, die Lichter leuchten auf. Montoya wirft einen Blick zurück zu Salt und fragt: »Mögen Sie CCR?«

Salt antwortet nicht. »Creedence Clearwater Revival? Die beste Band aller Zeiten«, erklärt er. »Sind Sie ein Fan?«

»Nicht meine erste Wahl«, schnaubt Salt. Rotz läuft ihm aus der Nase, die Haare hängen ihm ins Gesicht.

»Das ist schade. Da, wo Sie hingehen, gibt es nämlich nicht viel Auswahl. Am besten, Sie gewöhnen sich gleich daran.« Er macht »Have You Ever Seen the Rain« an und stellte die hinteren Lautsprecher auf Laut. Als sie losfahren, lächelt Chelsey vor sich hin, freut sich über ihren erfolgreich ausgeführten Plan.

Auf der Polizeiwache in Olympia betrachtet Chelsey Lewis Salt durch den Spionspiegel.

»Redet er immer noch nicht?« Montoya steht neben ihr, einen Pappbecher mit einer gelben Flüssigkeit in der Hand – er mag lieber Mountain Dew Limonade als Kaffee. Inzwischen hat er seine Polizeiausrüstung abgelegt und trägt wieder T-Shirt und Jeans, sein Abzeichen hängt an einer Kette um seinen Hals. Chelsey ist ebenfalls in Zivilkleidung – ein Flanellhemd und Jeans, ihr Abzeichen hat sie an ihrem Hosenbund befestigt.

»Hat nichts gesagt, außer dass er nichts getan hat.« Chelsey verschränkt die Arme. Ihre Geduld lässt langsam nach. Es sind jetzt fünf Stunden. Sie will ein vollständiges Geständnis. Mit weniger gibt sie sich nicht zufrieden.

»Tja, ich hab noch mehr schlechte Nachrichten«, sagt Montoya.

Chelsey wirft ihm einen finsteren Blick zu. Unter ihrem Auge zuckt ein Muskel. Sie ist müde, das ist alles. »Welche?«

Er stellt seinen Becher ab und hält Chelsey sein Handy hin. »Sie haben bei der Durchsuchung von Salts Grundstück nichts gefunden.« Auf dem Display erscheint die körnige Videoaufzeichnung einer Bodycam. Die Polizisten durchsuchen die heruntergekommene Scheune. Der Lichtkegel einer Taschenlampe streift über einen halb verfallenen Heuboden, dann einen Lehmboden, und landet schließlich bei einer Falltür.

»Hier!«, schreit der Polizist. Ein anderer kommt in Sicht und reißt die Tür auf. Mit gezückter Waffe laufen die Männer die staubigen Stufen hinunter in den Raum.

»Leer«, verkündet der Officer, und die Kamera zieht einen Kreis. »Hier unten ist nichts außer ein paar Regalen und einem alten Glas mit …« Er hebt es hoch. »Sauren Gurken. Keinerlei Anzeichen von menschlichen Bewohnern.« Eine Pause. »Hey, Bo! Fünfzig Mäuse, wenn du eine von diesen Gurken isst …« Montoya schaltet das Handy aus.

»Er könnte die Spuren verwischt haben«, sagt Chelsey. Das ist möglich. Ellie flieht, Salt bekommt kalte Füße und bringt sein Grundstück in Ordnung.

»Das könnte er«, sagt Montoya gleichmütig. »Hunde sind unterwegs. Sie werden Witterung aufnehmen, wenn deine Mädchen dort waren.«

In Gedanken geht sie die Hinweise durch. Der blaue Kombi. Das rote Bandana. Das Haus mitten im Nirgendwo. »Salt könnte noch ein zweites Grundstück haben. Einen anderen Ort, an dem er sie festgehalten hat«, denkt Chelsey laut.

»Ich werde sehen, ob ich irgendwas herausfinde.«

Chelsey senkt den Kopf. Ihr Instinkt schreit, dass Salt etwas damit zu tun hat. Es ist eine Ahnung. Ein Polizist in einem anderen County ist einmal einem solchen Impuls gefolgt, als ein dreijähriges Kind aus dem Haus seiner Mutter verschwunden war. Die Eltern lebten in einem Sorgerechtsstreit. Man durchsuchte die Wohnung des Vaters – nichts. Aber dann … bemerkte der Polizist zwei Dielenbretter, die nicht ganz zu den anderen zu passen schienen. Darunter fanden sie das kleine Mädchen, zusammengerollt, mit einem iPad und Kopfhörern.

»Die DNA-Ergebnisse sind noch nicht da«, sagt Chelsey. Es gibt keinen Grund, jetzt aufzugeben, nicht, solange es noch Optionen gibt.

»Na ja.« Montoya wirft einen Blick auf die Wanduhr. »Das dauert ein paar Tage. Deine beste Chance ist jetzt, ihn zum Reden zu bringen. Wir haben genug, um ihn achtundvierzig … nein, dreiundvierzig Stunden lang festzuhalten.«

»Gut.« Mit einem Kopfnicken zeigt Chelsey durch die Glasscheibe auf Salt. »Ich bin noch nicht fertig mit ihm.«

Salts Anwältin taucht erst um 17:00 Uhr auf. »Tut mir leid«, sagt sie, als sie hereingestürmt kommt, sich Chelsey vorstellt und ihr im Eiltempo ihre Karte gibt. »Ein ganzer Tag im Gericht«, fügt sie hinzu. Sie trägt Perlenohrringe, einen schlichten braunen Blazer zu einem passenden Rock und hautfarbene Pumps. Sie bleibt vor dem Spionspiegel stehen und betrachtet Lewis Salt. »War er die ganze Zeit da drin?« Sie sieht auf die Uhr. »Die Festnahme war um 10:00 Uhr. Sieben Stunden in Handschellen?«

»Er hat etwas zu Essen und Wasser und eine Toilettenpause bekommen«, verteidigt sich Chelsey.

Stirnrunzeln. »Was wird ihm vorgeworfen?«

»Verdacht auf Entführung, Vergewaltigung, Mord …«

Die Anwältin hebt eine sorgfältig gezupfte Augenbraue. »Und?«

Chelsey seufzt und reibt sich die Stirn. Sie muss ihr alles sagen. »Auf seinem Grundstück ist nichts gefunden worden, aber wir haben ein rotes Bandana, das zu der Beschreibung eines Opfers passt. Und sein Auto, gleiche Marke und Modell. Es wurde von einer Überwachungskamera am Tatort aufgenommen.«

»Zufall«, zischt sie.

»Vielleicht.« Chelsey zuckt mit den Schultern. »Im Moment wird das Gelände mit Hunden abgesucht. Und«, fügt sie mit Betonung hinzu, »wir haben DNA-Spuren an dem Sweatshirt gefunden, das das Opfer trug, die mit einer Leiche in Verbindung stehen, die vor einem Jahr gefunden wurde. Die DNA hatte eine partielle Übereinstimmung mit der von Salts Vater, der im Moment im Gefängnis sitzt. Wir haben eine Probe von Salt genommen. Sie wird jetzt im Labor geprüft. Wenn es ein Treffer ist …« Chelsey versucht zuversichtlicher zu klingen, als sie sich fühlt.

Die Anwältin rümpft die Nase. Sie wissen beide, wie es weitergeht, wenn die DNA an dem Sweatshirt die von Salt ist – mit einem Prozess samt Schuldspruch und einer langen Haftstrafe.

»Sie bringen ihn zum Reden, und ich rede mit der Staatsanwaltschaft«, sagt Chelsey. Sie braucht Salts Aussage, das ist ein Fakt. Und wenn er aussagt, wird sie mit der Staatsanwaltschaft sprechen, das ist ebenfalls ein Fakt. Aber nicht wegen Salt, sondern für Ellie. Für Gabbys Großmutter. Wenn die DNA von Salt ist, wenn der Fall eindeutig ist. Chelsey wird nicht für ein Gerichtsverfahren plädieren, sondern für einen Vergleich, um Ellie und Gabbys Großmutter zu schonen, die das alles nicht noch einmal durchleben wollen. *Deine Mädchen*, hat Montoya vorhin gesagt, doch da liegt er falsch. Ellie und Gabby gehören nicht zu Chelsey. Aber Chelsey gehört zu ihnen.

vii

Regen prasselte gegen die Plastikplanen, die Außenwelt war verschwommen, aber noch sichtbar. Am Himmel flog ein Vogel. Ein Weißkopfseeadler, wie ich an seinem Flugbild erkannte, an seiner mächtigen Flügelspanne. Von dort oben konnte der Adler alles sehen. Die Betonbauten, die wir bewohnten, verteilt auf zweitausend Quadratmeter. Den Bunker, in dem wir schliefen. Eine Waffenkammer, die aussah wie ein Silo. Die Offiziersräume, die David besetzt hatte. Das Lager stammte aus dem Zweiten Weltkrieg und war für den Fall eingerichtet worden, dass japanische U-Boote an die Küste gelangten.

David hielt eine aufgeschlagene Bibel in der Hand und las Psalmen vor. »›Auch mein Freund, dem ich mich vertraute, der mein Brot aß, tritt mich unter die Füße.‹« Er schlug das Buch mit einem Knall zu. Im Raum war es warm und stickig. »Wir haben eine Verräterin in unserer Mitte.«

Charity, Hope und ich knieten stumm nebeneinander. Serendipity stand mit verschränkten Armen an der Seite, ein schwacher Ausdruck von Angst im Gesicht. Ich hatte noch nie gesehen, dass Serendipity Angst hatte. Mein Magen flatterte.

Die Plastikplane teilte sich, Michael trat hindurch und ging langsam zu David. Ich hielt den Blick gesenkt und erinnere mich nur an die Spitzen seiner dreckverkrusteten Stiefel und die Samenkörner, die neben meinem Knie auf die harte Erde fielen. Ich spürte, wie Hope neben mir erschauderte. Unsere kostbaren Samen.

»Habt ihr gedacht, ich merke das nicht?«, stieß David hervor. »Seht mich an!«

Michael zwang mich, den Kopf zu heben, indem er meine Wangen zusammendrückte. Ich schmeckte Blut. »Wessen Idee war das?«, fragte David, und sein Blick wanderte zwischen uns hin und her.

Niemand sprach. Ein erstickter Laut entfuhr mir. Michael ließ meine Wangen los.

David blickte zu mir herunter. »Rede.«

Ich ließ den Kopf hängen.

Auf einmal lachte David, es war ein krankes Lachen. »Ich verstehe«, sagte er, dann wies er auf die Samenkörner. »Sammelt sie auf«, befahl er. Ich sah Hope an, und das hätte ich nicht tun sollen. Michaels Hand schoss vor und traf sie hart an der Wange. »Ich hab gesagt, sammelt sie auf«, wiederholte David.

Hope hielt sich die Wange, während wir die Samen aufsammelten. Als wir sie endlich in den Händen hatten, führte David uns nach draußen zum Feuer. »Werft sie rein«, befahl er, und die Samenkörner verbrannten zu schwarzer Asche. »Dumme, dumme Mädchen.«

Ich kniff die Augen zusammen und wünschte mich weit weg. Wünschte mir, ein Vogel zu sein oder ein Käfer, und einfach davonfliegen zu können. Ich spürte etwas Warmes an meinem Handgelenk. David hatte den Finger unter das Armband geschoben, das Hope für mich gemacht hatte. »Hübsch«, sagte er. »Und sie passen so gut zusammen.« Sein Blick wanderte zu den Handgelenken von Hope und Charity. »Die kommen auch ins Feuer.«

Tränen strömten mir über das Gesicht, als ich den Knoten löste und das Freundschaftsarmband ins Feuer warf. Hope und Charity taten das Gleiche. Noch mehr Tränen flossen, als alle Armbänder brannten.

Es ist schwer, sich an die Zwischenräume zu erinnern. In allem, was ab diesem Moment geschah, klaffen manchmal Lücken. Nur eine Sekunde fehlt.

Ein Wimpernschlag.

Ich lag zusammengerollt auf meinem Bett, als sich die Metalltür quietschend öffnete und David hereinkam. Michael war bei ihm. Der Raum schien zu schrumpfen, und mein Körper spannte sich an.

David setzte sich auf meine Bettkante und klopfte neben sich auf die Matratze. Seine Fingerknöchel waren zerschrammt und blutig. Ich rutschte nach vorne, bis meine Beine über die Kante hingen. Michael bewachte die Tür, hechelnde Hunde zu seinen Füßen. Ein Welpe war auch dabei. Einer, den ich Stern getauft hatte wegen einem weißen Fleck auf seiner Stirn. Die anderen aus dem Wurf hatte Michael eines Tages mitgenommen und nicht wieder zurückgebracht.

»Wessen Idee war das mit den Samen?«, fragte David ruhig, sanft – es klang wie das Zischeln einer Schlange. »Und bevor du antwortest: Ich weiß es schon. Sag mir die Wahrheit, und dann sehen wir weiter.«

Ich krallte meine Nägel in die Handinnenflächen, bis es beinahe blutete. Was hatten Charity und Hope gesagt? Dass es meine Idee war? Ich senkte den Kopf, wusste nicht, was ich tun sollte. Was für ein Spiel spielte er? War es ein gemeiner Trick oder sagte er die Wahrheit? Ich war so durcheinander. David mochte es, uns Fallen zu stellen, und wenn wir hineinfielen, war er zur Stelle und rettete uns.

»Das verletzt mich. Ich habe euch alles gegeben. Essen. Schutz. Und wie dankt ihr es mir?« Er drückte mein Knie. Fest. »Michael hat die Samen in deinem Zimmer gefunden. Überrascht dich das? Hast du gedacht, wir behalten dich nicht im Auge?« Seine Worte wanden sich um meinen Hals, die Schlinge wurde immer enger. »Mein Vater hat immer mein Zimmer durchsucht, und das war gut so. Ich passe auf dich auf. Meine Aufgabe ist es, dafür zu sorgen, dass du nicht vom rechten Weg abweichst.« Er seufzte. Ich schlang die Arme um meine Körpermitte, konnte nicht aufhören zu zittern. »Ich habe gesehen, wie ihr einander zugelächelt habt. Du magst Charity und Hope.« Er lockerte seinen Griff. »Du kannst nichts dafür, dass du dich verzweifelt danach sehnst, geliebt zu werden, nicht wahr? Aber sie lieben dich nicht so, wie du sie liebst. Und sie sind nicht deine Freundinnen. Freundinnen hätten mir nicht erzählt, dass das alles deine Idee war ...«

»Nein«, stieß ich hervor und wollte ihm nicht glauben. Meine Finger tasteten unwillkürlich nach dem Freundschaftsarmband, aber es war fort, verbrannt im Feuer. Der größte Trick des Teufels war es nicht, die Menschen davon zu überzeugen, dass es ihn nicht gibt, sondern davon, dass ihre Freunde in Wahrheit Feinde sind.

»Ich bin mir noch nicht mal sicher, dass sie dich mögen«, schloss er. »Lass es uns noch einmal versuchen. Wessen Idee war das mit den Samenkörnern?«

Ich krümmte mich, kniff die Augen einen Moment fest zu. Überlegte, was ich tun sollte. »Es war alles meine Idee. Sie auszusäen und beim Bach zu züchten.«

»Wo hattest du die Samen?« Seine Augen wurden dunkler, sein Blick war der eines Mannes, der weiß, dass er die Macht hat, die Kontrolle, dass er gewonnen hat.

Ich hätte an dieser Stelle aufhören sollen. Ich hätte mich opfern sollen. Kämpfen. Das ist es doch, was wir tun sollen, oder? Niemals aufgeben.

Denken Sie manchmal an die winzigen Momente? An die, die nur Sekunden andauern? Die, für die Sie zurückgehen und alles tun würden, um sie zu ändern? Dies war mein Moment, der, den ich am meisten bereue, noch mehr als die Idee, auf einem verlassenen Parkplatz pinkeln zu gehen, mehr als meinen Streit mit Danny. Er ist wie ein schwarzer Knäuel, der für immer in meinem Bauch steckt.

Ich öffnete den Mund, bereit, die Wahrheit zu sagen, meinen Kopf hinzuhalten. »Gabby hat die Samen gefunden, aber es war meine Idee, sie zu züchten. Bitte, du darfst keine von beiden bestrafen ...« Ich hielt abrupt inne, als ich das Wort bemerkte, den Namen, der mir herausgerutscht war. Der Name, den niemals laut auszusprechen ich geschworen hatte. Ich hatte Hopes wirklichen Namen genannt, Gabby. Das Flehen blieb mir im Hals stecken, als meine Tür zufiel.

Wimpernschlag.

Ich schrak hoch, als ich hörte, wie eine weitere Tür aufging und wieder zuknallte. Dann erklang ein Schrei. Ein schmerzvoller Schrei.

»Bitte, David.« Das war Hopes Stimme auf der anderen Seite der Wand. Ich rannte zur Tür und trommelte dagegen.

»Hope!« Ich rief und hämmerte. »Hope.«

»Du warst immer mein Goldmädchen«, sagte er.

»David«, erklang Serendipitys zaghafte Stimme. »Sie hat gesagt, es tut ihr leid …«

»Halt's Maul!«, schrie David. *Bumm.* Das gedämpfte Geräusch eines Fausthiebs.

Dann wurde es still. Ich schob mein Bett unter das Fenster und stellte mich darauf, um durch das schmale Fenster zu spähen. Sie kamen um die Ecke. Michael umklammerte Hopes Arm und zerrte sie mit sich. Sie wehrte sich, aber es war so vergeblich wie gegen eine Flutwelle anzukämpfen. David folgte ihnen mit den Hunden, die Schaum vor den Mäulern hatten und immer wütender wurden. Serendipity kniete auf der Erde, wiegte sich vor und zurück und hatte die Hände vors Gesicht geschlagen. Ich glaube, sie war irgendwo anders, so wie ich manchmal. Mein Welpe Stern kam in meine Richtung getrottet und legte sich vor meinem Fenster auf den Boden. Ich umfasste die kühlen Gitterstäbe, und Stern leckte das Salz von meinen Fingerknöcheln. »Hope«, sagte ich, wieder und wieder, bis sie fort waren.

Dann war es still.

Ich schlug meinen Kopf gegen die Gitterstäbe. Stern winselte und lief davon. Ich schrie, bis meine Schreie erstarben. Dann baute ich eine Höhle in meinem Inneren, kroch hinein und betete um Vergebung.

Wimpernschlag.

Neunzehn

Der Verhörraum ist eine fensterlose Box mit weißen Wänden und einem Spionspiegel. Chelsey lässt sich Zeit, als sie sich gegenüber von Salt und seiner Anwältin an den Metalltisch setzt.

»Mr Salt«, beginnt sie. »Reden wir über Ellie Black.«

Salt wendet sich an seine Anwältin, die ihm mit einem leichten Kopfnicken ihr Okay gibt. Sie haben sich zwanzig Minuten lang unterhalten, bevor sie Chelsey hereingelassen haben.

Lewis Salt rutscht auf seinem Stuhl hin und her. »Nie gehört.«

Chelsey beobachtet Salts gleichmütiges Gesicht. »Was ist mit Gabrielle Barlowe?«

Salt trommelt mit den Fingern auf den Tisch, seine Fingernägel haben schwarze Ränder. »Sagt mir nichts.«

Sie öffnet eine Aktenmappe und zieht ein Foto von dem University-of-Washington-Sweatshirt hervor. »Vor einer Woche ist Ellie Black aufgetaucht und trug dabei dieses Sweatshirt. Das Blut daran wies eine familiäre Übereinstimmung mit dem Ihres Vaters auf. Wir werden nun eine Probe Ihrer DNA …«

Salt schnaubt, beugt sich nach vorne und nähert sich Chelseys Gesicht, so weit es geht. »Es wird keine Übereinstimmung geben. Sie haben nichts gegen mich in der Hand.«

Es klopft an der Tür. Montoya kommt herein, legt ein Stück Papier mit der Vorderseite nach unten vor Chelsey und geht wieder. Chelsey zieht den Zettel an die Tischkante und dreht ihn um wie ein Pokerblatt. *Hunde haben nichts gefunden*, steht da. Sie faltet den Zettel zusammen. Keine Spuren von Ellie auf Salts

Grundstück. Er könnte ein zweites besitzen, denkt sie, ist jetzt aber weit weniger überzeugt. Wenn nicht Lewis Salt, wer dann?

»Schlechte Nachrichten?« Ein Lächeln gleitet über sein Gesicht.

»Ich überlege nur«, sagt Chelsey und sammelt sich. Ein Heizlüfter an der Wand springt an und bläst warme Luft in den winzigen Raum. »Ich glaube …«, sagt sie laut, während die »Schuldig«-Fäden, in die sie Salt in ihren Gedanken versponnen hat, sich lösen und sie in eine andere Richtung ziehen.

Das erste Mal, als Chelseys Vater sie mit in den Wald genommen hat, haben sie überhaupt nichts gejagt. Sie hatten ihr Zeltlager aufgeschlagen und fuhren tagelang auf Forststraßen herum, hielten an Kahlschlägen, um mit dem Fernglas zwischen den gefällten Baumstämmen nach Hirschen oder Elchen zu suchen – wie in einer verdrehten Version eines »Wo ist Walter?«-Wimmelbuchs. Einmal entdeckte sie einen halb verhungerten Puma im Unterholz. Was übersieht sie hier? Sie konzentriert sich auf Salts Hände – seine Finger sind gelb von Nikotin –, dann auf seine Handgelenke, seine Unterarme mit einigen Tätowierungen: Musiknoten, ein Paar Baby-Fußabdrücke mit einem Datum – 1. Februar 2013.

Chelsey spürt, wie sich ihr die Nackenhaare aufstellen. »Sie haben ein Kind, Salt? Das stand nicht in Ihren persönlichen Daten.« Sie blättert noch einmal durch seine Akte, um sicherzugehen.

Salt schnaubt verächtlich und rollt demonstrativ den Ärmel herunter. »Ihre Ma wollte nicht, dass mein Name auf der Geburtsurkunde steht.«

»*Ihre* Mutter?«, keucht sie. »Sie haben also eine Tochter?« All das, dessen Chelsey sich sicher war, zerbricht, und die Scherben setzen sich zusammen zu einem neuen Bild. Was, wenn …

Was, wenn das Blut auf dem Sweatshirt von einem anderen Opfer stammt? Kinsley hat gesagt, es sei sowohl weibliche als auch männliche DNA auf dem Sweatshirt gefunden worden. Vor dem Fishtrap hat sie kurz über diese Möglichkeit nachgedacht, aber dann ist sie bei Lewis Salt gelandet. Bei seinem Haus auf dem Land, seiner unterkellerten Scheune, seinem blauen Kombi.

Salts Blick flackert. »Ich sage nichts, bevor Sie mir nicht sagen, was das alles soll.«

Chelsey sammelt sich und denkt einen Augenblick nach. Was ist hier die beste Vorgehensweise? Wie viel soll sie preisgeben? Eine Befragung ist immer ein sorgsam choreografierter Tanz zwischen Enthüllen und Verbergen. »Ich ermittle in einem Entführungsfall. DNA aus Blut, das sich auf dem Sweatshirt des Opfers befand, weist eine partielle Übereinstimmung mit der Ihres Vaters auf. Ich dachte …«

»Sie dachten ›Wie der Vater, so der Sohn‹«, unterbricht er sie. »Weil mein Daddy ein Vergewaltiger ist, muss ich auch einer sein.«

Chelsey blinzelt und bemüht sich um einen gleichmütigen Tonfall. »Ihr Profil passt. Und es gibt noch ein paar andere Schlüsselindizien, die passen.« Salt kneift die Augen zusammen und sieht Chelsey stirnrunzelnd an. Chelsey denkt an all die verschiedenen Arten, auf die man sich täuschen kann. Wie leicht man sich von Vorurteilen leiten lässt. Lewis Salt ist unschuldig. »Wann haben Sie Ihre Tochter das letzte Mal gesehen?«, fährt Chelsey fort.

Salt dreht den Kopf zur Seite und verschränkt die Arme. »Ich hab sie seit sechs Jahren nicht mehr gesehen. Einmal hab ich sie im Auto gelassen und bin ins Casino gegangen«, er hebt den Zeigefinger. »Ein einziges Mal. Und ich war nur eine Stunde drin. Danach hat ihre Ma mir verboten, die Kleine zu sehen. Sie hat mich vor Gericht gebracht, und mir wurde das Sorgerecht entzogen.« Er wackelt mit dem Finger, dann trommelt er damit auf die Tischplatte. »Und vor anderthalb Jahren … vor anderthalb Jahren stand die Polizei vor meiner Tür, stellte mir alle möglichen Fragen über Willa. Ob ich sie gesehen hätte. Ob ich wüsste, wo sie ist. Ihre Ma hatte sie als vermisst gemeldet, schätze ich. Also entschuldigen Sie bitte, dass ich nicht mehr mit Polizisten reden will. Die sind alle gleich. Jagen Unschuldige, während die wirklichen Verbrecher frei herumlaufen.«

Vermisst. Das Wort brennt sich in Chelseys Gedanken. Sie bleibt äußerlich ruhig, aber innerlich ist sie kurz davor zu explodieren. »Wie alt ist Ihre Tochter?«

»Willa«, sagt er, »war sieben, als sie verschwunden ist. Inzwischen müsste sie neun sein.«

So jung. Chelsey schluckt. Das ist das erste Puzzlestück, das nicht passt. Warum sollte Ellies Entführer eine Siebenjährige nehmen? Sie konzentriert sich lieber auf die Fragen, die sie beantworten kann. »Wenn sie vermisst wird, warum ist dann ihre DNA nicht in der Datenbank?«

Salt sieht Chelsey eine Weile an. »Sagen Sie mir, warum. Meine Ex hat DNA-Proben von ihr abgegeben. Die Polizei hat auch Proben von mir genommen.« Wut schwingt in seiner Stimme mit.

Chelsey nickt, sie weiß es nur zu gut. Ohne einen Verdächtigen kann es Ewigkeiten dauern, bis die DNA-Analysen durchgeführt werden. Sie stellt sich Regalreihen voller Untersuchungssets von Sexualstraftaten vor, sogenannte »Rape Kits«, die auf unzähligen Polizeirevieren herumliegen, ohne bearbeitet zu werden. Wegen der Kosten. Wegen fehlenden Personals. Weil die Institution, für die Chelsey arbeitet, nicht für Frauen und im Interesse von Frauen geschaffen worden ist. Wie viel ist das Leben eines Mädchens wert?

»Darum kümmern wir uns.« Chelsey blättert durch Salts Akte. »Angesichts dieser neuen Informationen glaube ich jetzt, dass Ihre Tochter ebenfalls ein Opfer dieses Mannes sein könnte.«

»Endlich kapieren Sie mal was.« Er verschränkt wieder die Arme und blickt über Chelseys Schulter zur Wand. »Ich bin so unschuldig wie ein Säugling.«

»Verstanden«, sagt Chelsey. »Und jetzt, bitte, erzählen Sie mir von Ihrer Tochter. Alles.«

Einen Augenblick ist es totenstill im Raum. »Da gibt es nicht viel zu erzählen. Wie ich schon sagte, ich habe sie nicht mehr gesehen, seit sie zwei war. Sie heißt Willa. Sie war ein süßes Baby. Hatte ein rotes Muttermal auf der Wange.« Er zeigt auf eine Stelle unter seinem Auge.

»Was wissen Sie über die Ermittlungen? Was ist ihr passiert?«

Salt trommelt mit den Fingern auf den Tisch. »Sie ist mit ihrem Fahrrad herumgefahren und wurde von der Straße entführt. Jedenfalls hat das meine Ex gesagt. Wenn Sie mich fragen, hat der Lover ihrer Ma was damit zu tun.«

Chelsey hat genug gehört. Sie braucht Salt nicht mehr. Sie steht auf, dankt der Verteidigerin, würdigt Salt aber keines Blickes mehr. Montoya ist im Nebenraum. Er hat alles durch den Spionspiegel mit angesehen.

»Ich brauche ein Foto von Willa«, sagt sie.

»Bin schon dran«, sagt er, das Telefon in der Hand.

Chelseys Herz rast. »Und ihre DNA, was auch immer sie gefunden haben, als sie verschwunden ist. Wir müssen es aus dem Labor holen, um es mit dem Blut auf Ellies Sweatshirt abzugleichen.«

»Ich schicke die Fallakte per E-Mail, sobald ich sie habe.«

Chelsey geht in die Zimmerecke und presst sich die Handflächen auf die Augen, bis sie Sterne sieht. Sie ist wütend. Verwirrt.

Ein drittes Mädchen. Warum hat Ellie ihr nichts von Willa erzählt? Warum schweigt sie?

Aufgewühlt fährt sie zurück nach Coldwell. Als sie fast da ist, schickt Montoya zwei Fotos von Willa. Chelsey fährt auf einen Rastplatz und starrt sie an. Das erste ist ein Schulfoto. Willa lächelt für die Kamera, das rote Muttermal auf ihrer Wange sieht aus wie eine Rosenknospe. Das nächste Foto zeigt Willa auf einem Spielplatz, sie hängt an einer Reckstange und sieht glücklich aus – gesund, schön, unversehrt. Ein Kind, das darauf wartet, nach Hause gebracht zu werden.

viii

Vermutlich machen Sie sich Gedanken über das nächste Mädchen. Denn es gibt immer ein nächstes Mädchen, oder? Ein Mädchen, das nur darauf wartet, geschnappt zu werden, einfach weggefegt. Ich werde Ihnen von ihr erzählen. Wie strahlend sie war. Hell. Die neue Hope. Ein Grund zu leben. Mein Weg zur Erlösung.

Nachdem David Hope getötet hatte, wurde ich den ganzen Tag in meinem Zimmer eingesperrt. Genau bei Sonnenuntergang klapperten Schlüssel, und die Tür ging auf. Serendipity stand im Eingang. Ihre rechte Wange war geschwollen und beinahe schwarz von Blutergüssen. Sie trug ein löchriges Sweatshirt, aus dem linken Ärmel hingen Fäden.

»Ich hab dir was zu essen gebracht.« Sie trat ein, ein Stück Brot in der Hand. Der Duft nach Hefe vermischte sich mit dem Geruch von Benzin – ein paar Stunden zuvor hatte David ein Stück Land verbrannt, dort, wo unsere Wilde Möhre gewachsen war. Serendipity trug einen Stapel Kleider unter dem Arm. Ein University-of-Washington-Sweatshirt, Jeans, Socken und Turnschuhe, die mir eine halbe Nummer zu groß waren. Hopes Sachen. »Hier«, sagte sie und legte alles aufs Bett. »Ich dachte, du willst sie vielleicht haben.«

Ich kroch über das Bett und blickte zu Serendipity auf. »Hilf mir.«

»Das Brot ist frisch aus einer Bäckerei in der Nähe«, sagte sie steif. »Michael hat es mitgebracht.«

Ich setzte mich auf den Knien auf, flehend. »Schau, was er dir angetan hat.«

Sie hob eine Hand zu ihrer Wange und legte sie dann nervös auf ihren Hinterkopf, wo ihr Haar dünner wurde, ausfiel. Sie lächelte unsicher. »David ist in letzter Zeit nicht er selbst. Du kannst dir nicht vorstellen, unter welchem Stress er steht.«

»Er wird dich eines Tages umbringen. Uns alle.« Mir wurde übel, und mir kamen die Tränen. »Mach einfach kurz die Augen zu, und ich gehe hier raus. Du könntest auch mitkommen.«

Ein Flackern in ihrem Blick. »Oh, ich kann nicht gehen.« Sie senkte die Stimme. »Du hast keine Ahnung, wie viel David für mich geopfert hat, und wie sehr er mich braucht.« Sie hielt nachdenklich inne und runzelte die Stirn. »Manchmal übe ich vorher ein, was ich zu ihm sage«, gestand sie ruhig. »Das könntest du auch mal probieren.« Dann schnalzte sie mit der Zunge und schüttelte den Kopf. »Sieh dir mal deine Fingernägel an.« Sie waren abgebrochen, weil ich damit über die Wände gekratzt hatte. »Das wird David nicht gefallen.«

Wenn ich jetzt zurückblicke, verstehe ich. Letztlich ging es um das Gefangensein, um Käfige. Meiner waren der Wald, die Hunde, die wütenden Männer. Der von Serendipity war die Abhängigkeit. Aber damals war mir das nicht klar. »Scheiß auf dich.« Wut stieg in mir auf. »Du bist genau wie er.«

Serendipitys Mundwinkel sanken herab. »Das stimmt nicht.«

Die Atmosphäre im Raum hatte sich verändert, eine dritte Person war hinzugekommen. »Störe ich?«, fragte David.

Serendipity schrak auf. »Ich habe ihr nur etwas Essen und Kleider gebracht ...«

David winkte sie zu sich und flüsterte ihr etwas ins Ohr. Sie brach schluchzend zusammen, und er hielt sie fest, küsste sie auf die Schläfe, strich ihr über das dünne, fettige Haar. Er umfasste ihre Wangen, und sie zuckte bei der Berührung zusammen. »Ich hasse, was ich dir angetan habe.« Er ließ sie los. »Lässt du uns kurz alleine?«

Serendipity nickte und eilte hinaus. Ich beobachtete David aus meiner Ecke. Er starrte an die Decke und stieß einen langen Seufzer aus. Schließlich ging er vor mir in die Hocke und umfasste mein Kinn. Ein Wimmern entfuhr mir. Hatte er gehört, wie ich Serendipity gebeten hatte, mir bei der Flucht zu helfen? »Das ist ein schwerer Tag für uns alle.« Seine Augen waren kalt und dunkel wie das Weltall. Ich konnte noch Hopes lautes Weinen hören. *Bitte, David.* »Hope war ... nun ...« Er ließ die Hand sinken und setzte ein Lächeln auf. Jetzt wirkte er wie ein gescholtener Schuljunge. »Ich hab eine Schwäche für Mädchen wie sie. Eigentlich für euch alle, mit eurem Lächeln, das ihr wie eine Waffe benutzt, wenn ihr Versprechungen macht, die ihr dann nicht haltet ...« Seine Stimme erstarb. »Es spielt keine Rolle. Es gibt viel, was ich wiedergutmachen muss. Ich übernehme die volle Verantwortung. Ich muss besser aufpassen. Ihr alle habt mich um den Finger gewickelt, nicht wahr? Was soll ich sagen? Ich bin schließlich nur ein Junge.« Er brach ab, ernüchtert. »Ich habe meine Lektion gelernt. Und ich hoffe, ihr habt auch eure gelernt. Meine Liebe hat Grenzen. Vergiss das nicht.« Er rückte näher und drückte meine Oberschenkel. Meine Haut kribbelte, als wären Käfer darauf. »Du darfst dich niemals zu sehr auf andere verlassen. Hope war eine Krücke. Ich habe uns beide befreit. Eines Tages wirst du es mir danken.«

Nachdem er gegangen war, hielt ich Hopes Sweatshirt an meine Wange. Ich konnte sie noch riechen, vor mir sehen. Ich zog die Kleider an – die Jeans, die Schuhe, das Sweatshirt. Mein Körper zitterte, aber innerlich war ich erstarrt. Das war es, was David mit uns machte. Er brach uns, bis wir nichts mehr waren, bis wir leer waren wie Gefäße, die darauf warteten, von ihm gefüllt zu werden. Ich zwang mich, ein paar Stücke von dem Brot zu essen. Die Jeans hatten Schlammflecken an den Knien. Davon abgesehen waren die Kleidungsstücke in gutem Zustand. Sauber und warm.

Die Blutflecken kamen später.

Ich erwachte in den frühen Morgenstunden von einem Schrei. Mein Körper fühlte sich steif und schwach an. Ich lauschte. Nichts, nur die Geräusche der Nacht - Blätterrascheln im Wind, das Zirpen der Grillen, ab und zu eine Eule.

Wieder ein Schrei. Hoch, unnatürlich. Menschlich. Automatisch wandte ich mich in die Richtung, aus der die dünnen Klagelaute kamen. Ich spreizte die Finger und ballte die Fäuste, immer wieder. Meine Handflächen wurden feucht. Die Stimme war weiblich. Jung. Einer der Hunde bellte. In weiter Ferne weinte das Mädchen, und ich weinte mit. Tränen strömten mir über die Wangen. Ich ließ sie in die Falten meiner alten Matratze rinnen.

David hatte wieder jemanden entführt.

Zwei Wochen waren vergangen und die Schreie verstummt. Über den Grund versuchte ich nicht nachzudenken. Als die Stahltür aufging, schlief ich schon fast. Ich wich in die Ecke zurück und zog die Beine an meine Brust.

Michael sagte nichts, als er das neue Mädchen hereinstieß. Sie kauerte sich auf dem Boden zusammen, ein Haufen Knochen und ein Bausch rostroter Haare, bekleidet mit einem lila T-Shirt und rosa Cordhosen.

»Hey«, flüsterte ich, nachdem die Tür ins Schloss gefallen war. Auf dem T-Shirt der Kleinen waren kleine Kätzchen gedruckt. Ich tippte ihr auf die Schulter, und sie wandte den Kopf. Das Haar hing ihr über die Augen, große, weiche, braune Augen. Sie schloss sie schnell. Ihre Nase war angeschwollen und blutete. Unter Hopes Sweatshirt trug ich nur einen BH, aber ich zog es dennoch aus und gab es der Kleinen, drückte es sanft auf ihre Nase. Die Vorderseite des Sweatshirts färbte sich rot. »Wie heißt du?« Sie antwortete nicht. Sie war so winzig, so viel jünger als ich.

Ich nannte ihr meinen neuen Namen.

Eine Weile blieb es still. Das Bluten ließ nach, und ich zog das Sweatshirt wieder an. Sie fing an zu zittern, ihr ganzer Körper wurde davon erschüttert. »Du musst dich beruhigen«, sagte ich. Sie tat das Gegenteil davon. Das Beben wurde schlimmer, und sie fing an zu summen. Das Geräusch erinnerte mich an den Bienenstock, den Hope mir einmal gezeigt hatte. Sie hatte auf die weiblichen Arbeitsbienen gedeutet und erklärt, dass sie unfruchtbar seien, dass es ihre einzige Bestimmung sei, Nektar zu sammeln und den Bienenstock zu bewachen. Wenn eine Arbeitsbiene jemanden stach, starb sie. Die Selbstmordattentäter der Natur.

»Hör mal, du musst atmen, sonst wird dir schlecht. Bitte.« Ich schaute auf meine Hände, klein und machtlos. »Willst du eine Geschichte hören?« Was für Geschichten hatte ich gemocht, als ich in ihrem Alter war? Mir fiel keine ein. Aber ich wollte unbedingt, dass sie sich beruhigte. Wahrscheinlich dachte ich irgendwie, mit vielen Worten könnte ich ihre Angst und Traurigkeit verdrängen.

Ich hatte Sternenkonstellationen an die Wand gekratzt, in der Hoffnung, dass ich die Sterne kartieren und die Entfernung nach Hause berechnen könnte. Verrückte Idee. Ich erzählte ihr von Ursa Major, der großen Bärin, deren Sternbild am Himmel tausende von hellen Galaxien enthält. »Dazwischen sind wir nur ein Staubkorn«, sagte ich.

Ich erklärte, wie die Große Bärin den Nordpol umwandert. Dass sie eine Beobachterin sei und eine Wächterin und das einzige Tier, von dem die alten Griechen glaubten, dass es Einsamkeit und Kälte aushalten könne. Die Atemzüge des Mädchens verlangsamten sich. Sie wurde ruhig. Ich machte mit Ursa Minor weiter, dem kleineren Sternbild, auch bekannt als Kleine Bärin. Dieses Mal berührte ich das Mädchen am Ohr, und sie zuckte nicht zusammen und rückte nicht von mir ab. »Polaris, der Nordstern, bildet die Schwanzspitze der Kleinen Bärin«, sagte ich. Sie blickte hoch und sah mich an.

Sie hatte ein kleines rotes Muttermal auf der Wange, wie eine Erdbeere. Ich lächelte ihr beruhigend zu. »Hey, da bist du ja. Wie alt bist du?«

Sie hielt sieben Finger hoch. Charity und Hope hatten nichts davon gesagt, dass David schon einmal ein so kleines Kind entführt hätte.

Dicke Tränen strömten über ihre schmutzigen Wangen, und sie stürzte sich in meine Arme. Sie roch nach Urin und ungewaschenen Haaren. Ich umarmte sie fest und spürte, wie meine Welt kleiner wurde, meine Ziele sich änderten. Sie legte den Kopf an meine Brust, genau zwischen meine Brüste, als wäre ich ihre Mutter. Ich fragte sie, ob sie müde sei, und sie sagte Ja. Ich half ihr dabei, sich auf meinem Bett auszustrecken.

Ich zog ihr die Socken aus und rieb ihr die Füße, hielt sie an meinen Bauch, um sie zu wärmen. Dann zog ich ihr die Socken vorsichtig wieder an und massierte dabei sanft ihre Zehen. Ich legte den Arm um ihren Kopf und nannte sie »Kleine Bärin«.

Bis zu diesem Augenblick hatte ich oft an Flucht gedacht. Nach dieser Nacht tat ich es nicht mehr. Ich machte mir eine mentale Liste von Dingen, die ich tun würde, um dieses Mädchen zu beschützen. Die Liste war kurz, denn sie enthielt nur ein Wort: alles. Ich kannte noch nicht einmal ihren Namen, aber ich wusste, dass sie mich brauchte. Und Gebrauchtwerden ist etwas Mächtiges.

Rückblickend verstehe ich, dass sie ein Teil von Davids Plan war – mich an das Lager zu binden, mit einem Band, das so fest war, dass es meine Verbindung zur Außenwelt abschnitt. Es funktionierte.

Die Sonne ging auf, als sie endlich redete. Ihre Stimme klang dünn und heiser, wie eine Rasierklinge an meiner Haut. »Ich bin Fahrrad gefahren«, sagte sie. »Hier haben sie mich Grace genannt. Aber das ist nicht mein Name. Ich heiße Willa.«

Ich drückte ihre schmalen Schultern, dann holte ich eine Nagelfeile vom Fensterbrett und fing an, ihre Nägel in Ordnung zu bringen. Ich erklärte ihr, wie wir unsere Fingernägel halten sollten, lang, aber rund. Ich sagte ihr, dass Grace ein schöner Name sei, und auch, dass sie vergessen sollte, wie sie zuvor geheißen hatte. Wir würden ihren alten Namen nie wieder aussprechen. Wir waren jetzt eine Familie. Es gab so viel, worauf wir uns zusammen freuen konnten.

Zwanzig

Es nieselt, als Chelsey vor dem Haus der Blacks parkt. Kats Auto steht nicht in der Einfahrt. Das von Jimmy auch nicht.

Willa Adams.

Der Name zerreißt Chelsey innerlich. Ein kleines Mädchen. Erst sieben Jahre alt, als sie entführt wurde, inzwischen neun, wenn sie noch lebt. Willa wird vermisst, könnte aber noch irgendwo da draußen sein. Das Wort »Dringlichkeit« ist nicht stark genug für das, was Chelsey empfindet. Sie ist durcheinander, verzweifelt. Aufgeladen von Angst.

Chelsey schluckt den metallischen Geschmack der Furcht hinunter. Sie bewegt sich auf völlig unbekanntem Terrain. Ellie ist ein Opfer, aber sie könnte auch eine Zeugin von Verbrechen an anderen Mädchen sein. Die Warnung *Vorsicht!* blinkt vor Chelseys innerem Auge auf. Gabby ist tot, aber Willa könnte noch leben. Sie könnte noch eine Chance haben. Das ändert alles. Willa sitzt jetzt auf dem Vordersitz, und Ellie hinten.

In Ellies Elternhaus brennt ein Licht, und verräterischer Fernsehschimmer dringt durch den Spalt zwischen den Vorhängen im Wohnzimmer. Chelsey schreibt an Ellie: *Ich muss mit dir reden. Bin vor dem Haus. Bist du da?*

Das Licht geht aus, der Fernseher auch. Also gut. Chelseys Telefon signalisiert eine Nachricht. Ellie schreibt: *Sorry, nicht zuhause, mit meiner Mom unterwegs.*

Warum lügen Menschen? Die Gründe sind vielfältig. Um jemanden zu schützen. Um sich selbst emotional oder physisch abzuschirmen. Um etwas zu bekommen, eine Belohnung in irgendeiner Form. Um Demütigung oder Scham zu vermeiden. Um Macht oder Kontrolle auszuüben. Um Bewunderung zu erlangen. Oder um einer Strafe zu entgehen.

Sie startet den Wagen. Vielleicht hält Ellie mit Absicht etwas zurück, und das macht Chelsey misstrauisch. Jetzt will sie noch schneller nach der Wahrheit graben. Immer schneller. So lange, bis alles freigelegt ist, bis die Erde aus den Augen dieser Mädchen entfernt ist, aus ihren Mündern gespült.

Im Laufe der Jahre hat Chelsey die Geheimnisse vieler Menschen aufgedeckt. Sie hat Wohnungen, Villen und Wohnwagen durchsucht, Fahrzeuge aller Art ausgeräumt, die vollgemüllt waren oder mit Kaschmirtüchern poliert. All diese Details verraten ihr etwas, aber wie erfährt sie am meisten? Durch Menschen.

Die Sonne ist ein blasser Lichtschein, der sich durch Sturmwolken kämpft, als sie Dr. Cerise Fischers Praxis betritt. Sie drückt auf einen Knopf, der die Therapeutin darauf aufmerksam macht, dass jemand im Wartezimmer sitzt. Volle fünf Minuten verstreichen, und Chelsey geht in dem kleinen Raum auf und ab. Sie reibt gerade das Blatt einer Plastikpflanze zwischen den Fingern, als die Tür endlich aufgeht.

»Detective Calhoun«, sagt Dr. Fischer, überrascht, aber auch erfreut.

»Tut mir leid, dass ich so reinplatze«, sagt Chelsey.

»Das ist in Ordnung. Kommen Sie.«

Chelsey folgt ihr in die Praxis. Der Raum wirkt behaglich. Ein weiches Sofa. Luftige Vorhänge. Dezente Dekoration.

»Macht es Ihnen etwas aus, wenn ich esse, während wir uns unterhalten?« Dr. Fischer holt eine Plastikdose mit Salat aus einem kleinen Kühlschrank.

»Natürlich nicht.«

»Also dann.« Dr. Fischer setzt sich hinter ihren Schreibtisch und träufelt Salatdressing auf das Grünzeug. Chelsey kann sich nicht mehr daran erinnern, wann sie zum letzten Mal irgendetwas aus Blättern gegessen hat. »Also, was führt Sie hierher?«

»Elizabeth Black.« Chelsey setzt sich auf den Rand von Dr. Fischers Couch.

Dr. Fischer presst einen Moment die Lippen zusammen. »Chelsey.«

»Cerise«, gibt Chelsey zurück.

»Ich darf Ihnen nichts sagen, weil …«

»Ja, ich weiß, die Schweigepflicht.« Chelsey winkt ab.

Dr. Fischer hebt eine Augenbraue, spießt ein Salatblatt auf die Gabel, schiebt es in den Mund und kaut behutsam. »Es tut mir leid, dass Sie den ganzen Weg umsonst gekommen sind. Ich kann Ihnen nicht helfen.«

Chelsey überlegt sich ihren nächsten Schachzug. Welche Strategie soll sie anwenden? Sie entscheidet sich für die Wahrheit, wirft sie aus wie einen Köder an der Angel. Wird Cerise anbeißen? »Ich war zuhause bei Ellie, bevor ich hierherkam, habe ihr eine Nachricht geschrieben, ob wir uns sprechen könnten, aber Ellie tat so, als wäre sie nicht zu Hause.«

Dr. Fischer hält inne. »Ach ja?«

Chelsey nickt langsam. Jetzt hat sie Dr. Fischers volle Aufmerksamkeit und bemerkt Beunruhigung in ihrem Blick. »Sie will nicht mehr an den Ermittlungen beteiligt sein.«

»Das ist schade.« Dr. Fischer sticht in ein Stück Karotte. »Aber auch verständlich, denke ich.«

Chelsey nickt. Viele Opfer verweigern der Polizei ihre Mithilfe. Das Justizsystem ist ein Berg, den jeder alleine erklimmen muss. Von tausend angezeigten Vergewaltigungsfällen führen nur sieben zu einer Verurteilung. Sie versteht es, wirklich, aber … »Ellie ist ziemlich rätselhaft, oder?« Wieder beschleicht Chelsey dieses Gefühl, dass ihr irgendetwas Wichtiges entgeht. Sie blickt auf und sieht Cerise an. »Ich kann den Finger nicht darauflegen, was es ist. Aber irgendetwas stimmt nicht mit ihr.«

Hinter Dr. Fischer springt die Heizung an, und warme Luft strömt in den Raum. »Das würde ich nicht sagen. Ich würde sagen, sie ist jetzt ein anderer Mensch. Sie können von Ellie nicht verlangen, dass sie noch so ist wie vorher.« Dr. Fischers Blick ist mitfühlend. »Traumata verändern Menschen.«

Chelsey schaut auf ihre Stiefel. Sie haben kleine Dreckkrümel auf dem Teppich hinterlassen. Als sie sich wieder an Dr. Fischer wendet, setzt sie ein betroffenes Gesicht auf. Sie muss jetzt wieder den Tanz vollführen. »Es gibt im Zusammenhang mit Ellies Fall eine neue Entwicklung.« Von draußen ist das gleichmäßige Raunen des Meeres zu hören, die Geräusche der Möwen, der Brandung, anschwellend und abschwellend. »Die Situation hat jetzt mehr Dringlichkeit. Das Sweatshirt, in dem Ellie gefunden wurde, hat einem Mädchen gehört, das vor fünf Jahren verschwunden ist, Gabrielle Barlowe. Ihre Leiche wurde vor ungefähr anderthalb Jahren entdeckt, sie wurde erwürgt.« Dr. Fischer zuckt zusammen. »An dem Sweatshirt war Blut. Ich dachte, es stamme von Gabrielle, aber so war es nicht.«

»Nein?« Dr. Fischers Blick ist angespannt. Chelsey bemerkt auch Müdigkeit im Gesicht der Therapeutin. Chelsey ist nicht die Einzige, die der Job aufreibt. Warum tun Frauen das? Warum sind sie darauf konditioniert, dauernd nur zu geben? Sie denkt an diese sieben aufgeklärten von tausend Fällen. Vielleicht werden es eines Tages acht sein, dann neun, dann zehn. Sie wird immer nur kleine Schritte machen können, und das muss genügen. Sie wird nie alles erreichen.

Chelsey schüttelt den Kopf und sagt mit klarer Stimme: »Nein. Das Ergebnis der DNA-Probe ist noch nicht da, aber ich bin davon überzeugt, dass das Blut von einem anderen Mädchen stammt. Von einem Mädchen, das noch vermisst wird. Ihr Name ist Willa Adams. Sie wäre inzwischen neun Jahre alt.«

Dr. Fischer legt sich die Hand auf den Bauch, wie um sich selbst zu beruhigen.

»Ich glaube, dass Ellie mit Willa zu tun hatte. Dass sie etwas über Willa weiß und es verbirgt, entweder aus Angst oder mit einer bestimmten Absicht. Hat Ellie Ihnen gegenüber andere Mädchen erwähnt?«

Dr. Fischer schaut auf den Ordner auf ihrem Schreibtisch, auf dem *Elizabeth Black* steht. Die Ecke eines Blatts ragt daraus hervor, auf dem mit schwarzer Kohle etwas gezeichnet ist. Ein Bild?

»Eigentlich möchte ich nichts sagen, aber in Anbetracht dieser Neuigkeiten … Ellie hat in der letzten Sitzung etwas gezeichnet …«

»Zeigen Sie es mir.« Chelsey beugt sich vor.

Dr. Fischer öffnet den Ordner und legt den Inhalt vor Chelsey. Es sind zwei Zeichnungen. Eine zeigt ein Feld mit Löchern im Boden. Die andere vier Personen. Mädchen, denkt Chelsey. Ein Mädchen ist kleiner als die anderen. Wahrscheinlich Willa. »Es tut mir leid, ich hätte Sie anrufen sollen, aber ich wollte in der nächsten Sitzung mit Ellie über diese Zeichnung sprechen und sie dazu bringen, danach mit Ihnen darüber zu reden. Wenn ich gewusst hätte …« Dr. Fischer bricht ab.

»Es ist okay«, sagt Chelsey, aber sie kann den Blick nicht von den Mädchen wenden. Von ihren offenen Mündern, wie eingefroren in einem unendlichen Schrei.

Einundzwanzig

Danny lehnt am Türpfosten und betrachtet Ellies Schlafzimmer. Haufen von Kleidern. Zusammengeknülltes Papier. Auf dem Bett kein Bettzeug. Ellie sitzt im Schneidersitz auf der nackten Matratze und betrachtet stirnrunzelnd das Chaos. Sie trägt eine ausgebeulte Jogginghose und ein dünnes T-Shirt. Nicht ihre eigenen Sachen, eher die von Jimmy.

Danny räuspert sich, und Ellie erstarrt. »Entschuldigung«, sagt er. Eigentlich sollte er zu einer Doppelschicht im Fishtrap sein, aber Ellie hat angerufen und ihn gebeten, vorbeizukommen. In diesem Moment hat er das Gefühl gehabt, als würde sich alles wiederholen, und überlegt, was passieren könnte, wenn er wieder die Arbeit über Ellie stellt. Er wird den Rest seines Lebens mit dem Versuch verbringen, seinen Fehler nicht zu wiederholen, deshalb hat er seine Mutter angerufen und gesagt, er sei krank und könne nicht kommen.

»Dekorierst du um?«, sagt er zu Ellie, um die Stimmung aufzulockern, und zeigt auf das Durcheinander.

Sie dreht sich zu ihm und schwingt die Beine über die Bettkante. Ihre Füße sind nackt, die Zehen unlackiert. »Ich habe heute Nachmittag alle meine Kleider anprobiert. Nichts scheint mehr zu passen. Das ganze Zimmer ist falsch.« Ihre Lippen zucken zwischen Lachen und Weinen. »Seit wann ist die Welt so ein finsterer Ort?«

Danny legt seinen Schlüsselbund auf ihre Kommode neben eine Postkarte mit Birken. Sein Blick bleibt an dem Cover einer

David-Bowie-Platte hängen, ein Mann mit Katzenaugen, der eine Hand auf seine Brust gelegt hat und die andere in die Luft hält. Als er dieses Album zum ersten Mal mit Ellie gehört hat, haben sie Gras geraucht. Benebelt und breit grinsend haben sie das schwarz-weiße Cover betrachtet und immer wieder das Zitat am unteren Rand gelesen. *Die Zukunft gehört denen, die sie kommen hören.*

»Schlechter Tag?«, fragt er.

Sie hebt die Augenbrauen. »Gibt es auch andere?«

»Das würde ich nicht ausschließen. Aber ich hatte mehr schlechte als gute.«

Ellie starrt aus dem Fenster in den Regen hinaus. »Glaubst du, es wird irgendwann besser?«

»Die Zeit heilt alle Wunden.«

»Schwachsinn.« Endlich, ein Lächeln.

Auch er hebt einen Mundwinkel. Er umrundet einen Kleiderhaufen und kauert sich vor Ellie, wobei er tunlichst darauf achtet, sie nicht zu berühren. »Totaler Schwachsinn. Die Wunden bleiben für immer, oder? Sie sind wie ein Felsbrocken auf deinem Rücken. Ein Gewicht, das sich anfühlt, als könntest du es unmöglich tragen. Aber irgendwann verändert es seine Form, und dann sind es nur noch Kieselsteine. Die kannst du in deine Taschen stecken, und dann sind sie nicht mehr so übermächtig.«

»Hast du das irgendwo gelesen?«

»Wir müssen in der Bar jeden Nachmittag mit meiner Mom *Dr Phil* schauen.«

»Aber du glaubst das nicht, oder?«

Er senkt den Kopf. »Doch, das muss ich.« Sein Fuß hat sich in einem himmelblauen Hoodie verfangen, und plötzlich ist Danny mitten in einer Erinnerung. Ellie trug dieses Sweatshirt, und sie liefen die Main Street entlang. Sie hatte gerade einen Plüschelefanten an einem Greifautomaten gewonnen, es fing an zu regnen, und sie flüchteten sich in das Meerglas-Museum. Niemand stand am Schalter, und sie gingen Hand in Hand durch die Ausstellung. Vor einer Vitrine mit blauen Flaschen legte er ihr eine Hand auf die Hüfte und drehte sie zu sich. Mit einem flüchtigen Kuss fing es an, aber dann nahm er ihr Gesicht in seine Hände, und sie küssten sich heftiger. Sie drückte sich an ihn, was ihn erregte. Sie stießen an die Vitrine, Glas schepperte, und sie wurden von dem Besitzer hinausgeworfen, einem Mann, der eher auf ein Schiff gepasst hätte als in ein Museum.

Plötzlich liegt Ellies Hand auf seinem Knie. Er verharrt in seiner uneleganten hockenden Position. »Okay?«

»Okay«, sagt sie.

Er setzt sich hin und entzieht sich Ellie für einen Moment, aber dann kommt sie wieder näher, rutscht vom Bett herunter und setzt sich neben ihn. Sie legt ihre Hand auf seine. Zögernd. Unsicher. Langsam dreht er seine Handfläche nach oben. Ihre Finger gleiten zwischen seine, und sie verschränken sie ineinander. »Bist du dir sicher, dass das okay ist?«, fragt er. Wie das Verlangen sich verändern kann. Das Einzige, was er im Moment will, ist Ellie nicht zu verletzen. Weil man jemanden, den man liebt, nicht verletzt. Oder man versucht wenigstens, es nicht zu tun.

Ellie legt den Kopf an seine Schulter. »Erzähl mir was Schönes.«

Danny erstarrt, hat Angst, sich zu bewegen. »Was Schönes?« Er spürt ihren harten Wangenknochen, als sie nickt. Er schaut aus dem Fenster und beginnt zu sprechen. Nennt ihr flüsternd alle schönen Dinge, die er je gesehen hat. Sonnenschein. Die Flut. Einen Elch am Strand. Eine Buckelwalherde. Der Himmel kurz vor dem Regen. Das Hier und Jetzt. Du und ich.

»Ich wünschte, du würdest mich ansehen, wie du es früher getan hast.« Durch sein Sweatshirt spürt er die Wärme ihrer Haut.

»Wie war das?« Alles in Danny ist sanft und ruhig – wie stehendes Wasser. Was für ein trauriger Sieg, denkt er. Jemanden zu berühren, ohne Angst zu haben.

»Ich weiß nicht … als wäre ich schön und unversehrt. Wahrscheinlich, weil ich mir wünsche, dass es wieder so ist.«

Er bringt es nicht über sich, ihr zu sagen, dass auch er nicht mehr der Gleiche ist. Er wird nie wieder so sein wie früher. Genau so, wie es die »Ellie«, die Danny kannte, nicht mehr gibt, ist auch der »Danny«, den Ellie kannte, nicht mehr da.

»Ich … ich vermisse einfach das Mädchen, das ich war.« Sie wischt sich über das Gesicht und sieht zu ihm auf, die Augen glänzend und feucht. »Danke, dass du gekommen bist.« Sie drückt seine Hand. »Ich wollte dich um einen Gefallen bitten. Könntest du mich wohin fahren?«

Es ist dunkel, die Sonne ist untergegangen. Die Straße ist holprig. Danny und Ellie hüpfen mit jeder Bewegung des Wagens auf und ab. Danny stellt das Radio an und zappt durch die Programme, zögert kurz bei einem christlichen Sender – der jüngste Tag wird kommen –, landet schließlich bei Bluesmusik und regelt die Lautstärke herunter.

»Bist du dir sicher, dass du den Weg kennst?«, fragt Ellie.

Danny nickt. Er umklammert das Lenkrad fester. Die Sache gefällt ihm nicht. *Ich will da hingehen, wo ich gefunden worden bin*, hat Ellie gesagt. Und wider besseres Wissen hat er zugestimmt, sie zu fahren. Ihr Telefon vibriert, und sie zieht es aus der Tasche. Mit einem Seitenblick erkennt Danny, dass der Anruf vom Polizeirevier Coldwell kommt, wahrscheinlich von Detective Calhoun. Ellie drückt auf »Anruf ablehnen«.

»Ich hab sie neulich gesehen. Sie kam ins Diner.« In seinem letzten Satz schwingen eine Million Fragezeichen mit – Was ist los mit den Ermittlungen? Warum will Calhoun, dass ich dich ausspioniere? Was ist dir passiert? Wo warst du? Doch Ellie bleibt stumm.

Danny lässt seinen Frust am Schalthebel aus. Er versteht nicht, warum Ellie das tun will, und warum er ihr dabei hilft. Der Wald ist dicht und zieht in einem grauen Nebel vorbei. Danny will noch etwas sagen, überlegt es sich aber anders und macht den Mund wieder zu.

Er fährt jetzt langsamer, sie sind da. Auf der anderen Straßenseite beginnt der Pfad, auf dem Ellie aufgetaucht ist, blutend und mitgenommen. Der Zugang ist mit Tatort-Absperrband versperrt. Teile davon haben sich gelöst und flattern im Wind, eine Erinnerung daran, dass irgendwann alles in Vergessenheit gerät.

»Ich hab eine Taschenlampe, glaub ich.« Danny stellt den Motor ab und fängt an, auf dem Rücksitz herumzukramen – Klamotten, Campingausrüstung, sogar ein großes Anglermesser kommen zum Vorschein. Er taucht mit einer schweren, starken Taschenlampe wieder auf und gibt sie Ellie.

Sie steigt aus, und er folgt ihr. Die Scheinwerfer und die Innenbeleuchtung gehen aus, und Danny und Ellie werden von der Dunkelheit verschluckt. Danny kann nicht mal mehr seine Schuhe sehen. Ellie knipst die Taschenlampe an und richtet sie auf den Boden, auf das schmutzige Weiß ihrer Turnschuhe.

»Ich möchte alleine gehen«, erklärt sie.

Danny flucht. »Nein, El.«

»Ich schicke dir alle paar Minuten eine Nachricht.« Als könnte sie ihn damit überzeugen, zieht sie ihr Handy aus der Tasche und schwenkt es.

Er reibt sich den Nacken, fühlt sich unsicher und elend. »Ich weiß nicht …«

»Das ist wichtig für mich«, beharrt sie.

Er betrachtet sie seufzend. Ist das ihre Art, mit allem fertig zu werden? Sich abzufinden mit dem, was passiert ist? Sie ist ein Rätsel. Er kann jetzt etwas von dem Mädchen erkennen, das sie vorher war, sie ist immer noch genauso dickköpfig. Wie sie da steht, mit geneigtem Kopf, die Arme vor der Brust verschränkt. Bereit, bis zum Äußersten zu gehen für das, was ihr wichtig ist. Er flucht erneut. »Du schreibst alle paar Minuten?«

»Ehrenwort.« Sie macht ein X über der Brust.

»Gib mir dein Handy, ich will nachsehen, ob du Empfang hast.« Sie verdreht die Augen, murmelt etwas, das er nicht versteht, und reicht es ihm.

Danny überprüft es, tippt darauf herum. »Hier.« Er legt es in ihre ausgestreckte Hand, das Display leuchtet unnatürlich hell in der Dunkelheit. »Der Empfang ist gut.«

Sie verspricht, gleich wieder da zu sein, und rennt über die Straße zu der Mündung des Pfades. Danny steht da und sieht ihr nach, dann geht er hin und her, mit gesenktem Kopf, und versucht, sich zurückzuhalten, aber dann denkt er »scheiß drauf« und folgt ihr.

Er rennt, als er das klaffende Maul des Waldes betritt, und wird langsamer, als er sich Ellie nähert. Er schleicht ein Stück hinter ihr her, hält gleichmäßig Abstand. Bei einer Kurve verlässt sie den Pfad. Sein Herzschlag beschleunigt sich, als er sie unter einer Tanne stehen sieht. Sie sieht sich um, dann duckt sie sich und verschwindet aus seinem Blickfeld. Die Luft ist frisch, und dennoch fällt es Danny schwer zu atmen, seine Lunge zieht sich vor Angst zusammen.

Der Lichtkegel der Taschenlampe erhellt ein Stück Waldboden. Ellie bückt sich, berührt einen Erdhügel, dann fängt sie an zu graben. Schon nach wenigen Sekunden hält sie ein kleines Päckchen in den Händen. Der Inhalt ist formbar, als sie es drückt und knetet. Sie stopft das Päckchen in ihren Hosenbund und zieht ihre Jacke darüber, damit man es nicht sieht.

Der Wind wird stärker und pfeift. Danny nutzt den Lärm, der seine Schritte übertönt, und rennt schnell zurück auf den Pfad. Er läuft noch ein Stück, dann legt er die Hände an den Mund und ruft Ellies Namen, damit sie glaubt, er wäre ihr gerade erst nachgekommen, um sie zu suchen.

Es fängt an zu regnen, und das sanfte Tröpfeln wird schnell zu einem heftigen Platzregen. Danny wartet. Dann ist Ellie da. Das Haar klebt an ihrem Kopf. Dannys spürt, wie schnell sein Puls geht, er hat Angst. Aber wovor? Vor der Dunkelheit? Dem Pfad? Er schüttelt das Gefühl ab.

»Du bist ganz dreckig«, sagt er, um zu sehen, wie sie reagiert.

»Ich bin hingefallen.«

Eine Lüge. Der Mond verschwindet hinter einer Wolke, und Ellies Gesicht ist kaum zu erkennen. »Hast du gefunden, wonach du gesucht hast?« Wasser tropft aus Dannys Haaren und rinnt ihm in die Augen. Das Bild von Ellie im Wald taucht vor ihm auf, gebückt, grabend.

»Noch nicht«, sagt sie.

Er hat keine Ahnung, was er tun, wie er damit umgehen soll. Es fühlt sich falsch an, Ellie irgendetwas vorzuwerfen. Also tut er das, was er immer tun will, wenn es um Ellie geht: auf sie aufpassen. Ein Held sein. Er zieht sein Sweatshirt aus und legt es ihr um die Schultern. »Komm«, sagt er. »Ich bring dich nach Hause.«

Die Luft im Auto ist feucht. »Wird dir langsam wärmer?«, fragt Danny, nachdem sie ein Stück gefahren sind, und dreht die Heizung runter. Ellie antwortet nicht. Sie weint leise. »Was ist los?« Dumme Frage, denkt er.

Ellie zittert. »Es ist nichts … Ich hab nur … solche Angst«, stammelt sie.

»Es ist okay«, versucht er sie zu trösten.

»Nein, ist es nicht.« Die Worte klingen, als würde sie dabei mit dem Fuß aufstampfen. Zackig. Scharf. »Es ist nicht okay, und es wird nie okay sein. Ich schlafe in einem Abstellraum. Ich trage eine solche Wut mit mir herum, dass ich am liebsten jemanden schlagen würde. Überall, wo ich hinkomme, schaue ich als Erstes nach den Ausgängen und achte darauf, dass man alle Fenster öffnen kann. Ich halte es nicht aus, berührt zu werden. Ich kann meine verdammten Haare nicht schneiden lassen. Und jedes Mal, wenn mich jemand Ellie nennt, will ich sagen, dass das nicht mein Name ist. Da, wo ich war … haben sie mich Destiny genannt.« Sie zögert. »Das hätte ich nicht verraten sollen. Vergiss es.«

Alles, was Ellie gesagt hat, ist unfassbar. Was sie durchgemacht hat, ist so schrecklich. Danny hat noch nie etwas so Hässliches wie das Überleben gesehen.

»Schon vergessen«, sagt er, aber er merkt sich den Namen. Destiny. Bedeutet das etwas? Ist es ein Hinweis darauf, was für Leute Ellie entführt haben? Eine Sekte? »Es ist okay, oder es wird irgendwann okay sein.« Er hält inne, umklammert das Steuer fester. »Wenn du in einer Abstellkammer schlafen willst, baue ich dir darin ein Bett. Wenn du jemanden schlagen willst, kannst du mich schlagen. Wenn du Ausgänge brauchst, mache ich die Fenster auf. Wenn du nicht berührt werden willst, sitze ich einfach neben dir. Wenn du Panik bekommst, finde ich eine Papiertüte, in die du atmen kannst«, verspricht er.

Ein Schluchzen bricht aus Ellies Kehle, ihr Schmerz ist zu

groß, um ihn zurückzuhalten. Der Druck lässt nach. »Ich habe Angst«, wiederholt sie.

»Ich auch«, gibt er zu. »Das ist unbekanntes Terrain. Aber ich gebe nicht auf, wenn du es nicht tust.«

Ellie sagt nichts, aber sie öffnet ihren Sicherheitsgurt, rutscht zu Danny und lehnt den Kopf an seine Schulter.

Zweiundzwanzig

Es ist fast Mitternacht, und Chelsey ist im Arbeitszimmer ihres Vaters. Sie hat die Tierköpfe, Fotos und Wandtafeln abgenommen. Stattdessen hängt dort jetzt eine riesige Karte von Washington, gespickt mit Stecknadeln, Haftnotizen und Fotos. Dreizehn Stück sind es, dank Gemma Kincaid von der landesweiten Einheit für ungelöste Kriminalfälle. Alle Fotos zeigen vermisste Personen, deren Verschwinden nie aufgeklärt wurde, Mädchen zwischen vierzehn und siebzehn. Alle sind arm. Weiß. Von den dreizehn Mädchen sind vier tot aufgefunden worden, in verschiedenen State Parks, darunter Gabby Barlowe – alle sind erwürgt worden. Eine von ihnen, Hannah Johnson, ein Pflegekind, ist als Letztes in der Nähe eines blauen Kombis gesehen worden. Genau wie Gabby und Ellie. Zwei ist Zufall, drei ein Muster.

Chelsey wendet sich Willa zu. Sie stellt eine Abweichung dar, passt nicht rein, deshalb hat sie ihr Foto an die Seite gepinnt, etwas entfernt von denen der anderen Mädchen. Warum hat er sie entführt? Irgendetwas muss passiert sein. Gabbys Leiche war die letzte, die gefunden wurde. Und Ellie ist auf wundersame Weise wieder aufgetaucht. Chelsey denkt an Ellies Hals, ihre weiße, unversehrte Haut. Ihre Fingernägel waren nicht abgebrochen, sondern sorgsam gefeilt. Keine Hautabschürfungen an Händen und Knien, die darauf hingedeutet hätten, dass sie von einem Fahrzeug gesprungen ist. Vielleicht ist sie gar nicht geflohen. Entkommen. Was bedeutet das? Es bedeutet, dass mit Ellie irgendwas nicht stimmt. Dass sie etwas verschweigt.

Chelsey reibt sich die Augen und sieht dann wieder die Wand an. Ist das verrückt? Zu denken, dass es zwischen all diesen Mädchen eine Verbindung gibt? Dass Chelsey, als Kleinstadtpolizistin, in einen so großen Fall hineingestolpert ist? Dass sie es mit einem Serientäter zu tun haben und dass Ellie irgendwie der Schlüssel zu allem ist?

Wenn diese Mädchen nur reden könnten! Was würden sie sagen? Von welchen Schrecken würden sie erzählen? Die vielen Energieriegel, die Chelsey gegessen hat, liegen ihr wie Steine im Magen. Sie spürt Lydias kalte Präsenz in diesem Raum. Plötzlich ist ihre Schwester ihr nur allzu nah. Ihr Lachen. Ihr Geruch. Ihre Worte: *Kleine-Finger-Schwur.* Und dann sind da noch mehr Schatten, wie in einem Fiebertraum. All die entführten Mädchen. Sie sprechen nicht von dem, was passiert ist, sie geben keine Antworten, sondern sie flüstern: *Finde uns. Bitte.* Die Worte werden zu einem Singsang, dann zu einem Befehl. Chelsey legt den Kopf schief und betrachtet die Karte, und dann sagt sie stumm: *Das werde ich. Versprochen. Ganz großes Ehrenwort.* Als ob es so einfach wäre, Kindheitsschwüre zu erfüllen, von kleinen Mädchen, die in Himmelbetten mit Lichterketten geschlafen haben, nach Einbruch der Dunkelheit mit ihren Fahrrädern herumgefahren sind und es nicht gefährlich fanden, sich von ihrem Zuhause zu entfernen.

Sie nimmt ihr Handy und wählt eine Nummer.

»Chelsey, es ist nach Mitternacht«, sagt Kat, als sie ans Telefon geht.

»Entschuldigen Sie den späten Anruf«, sagt Chelsey, obwohl es ihr gar nicht leid tut. Sie hat das Gefühl von einem Wettlauf gegen die Zeit, die doppelt so schnell verrinnt wie sonst. »Aber Sie müssen Ellie morgen früh aufs Polizeirevier bringen«, sagt sie in bestimmtem Tonfall und sieht dabei Willas Foto an. Chelseys Entschluss steht fest. Ellie ist nicht mehr die Einzige, an die sie denken muss. Sie war nicht die Einzige seit Gabby Barlowe. Bisher hat Chelsey gedacht, sie hätte Zeit, weil Gabby längst begraben ist. Aber jetzt weiß sie, dass Willa noch irgendwo da draußen sein könnte. Jetzt weiß sie, dass Ellie abblockt und sie anlügt. Jetzt sind sie Kontrahentinnen auf den entgegengesetzten Seiten eines Spielfelds.

»Was? Warum?« Kat ist verärgert und ein bisschen beunruhigt.

Chelsey hat das Gefühl, als würde sie einen Krieg führen, in dem es keine Gewinner gibt. Aber was hat sie für eine Wahl? Sie wird tun, was nötig ist, um Willa zu finden, auch wenn sie Ellie dann wie eine Zeugin des Gegners behandeln muss. »Ich habe ein paar …« Sie zögert und überlegt sich die richtigen Worte. »… abschließende Fragen zu dem Fall.«

»Und dazu muss sie aufs Polizeirevier kommen?«, fragt Kat.

In Chelseys Ohren schrillen Alarmglocken. »Klar, das ist eine formelle Angelegenheit. Ein Teil der Unterlagen muss notariell beglaubigt werden.« Sie wandelt auf einem schmalen Grat direkt am Abgrund. Wie weit kann sie gehen? Sie gesteht es sich selbst nicht ein, aber sie wird alles tun, um … ein Leben zu retten. Schön wär's. Sie erschrickt ein bisschen, als sie realisiert, wie viel sie aufs Spiel setzen würde, um diesen Kerl zu schnappen.

»Ah, okay, sicher«, sagt Kat. »Ich bringe sie morgen zu Ihnen.«

»Großartig«, sagt Chelsey. Sie machen eine Uhrzeit aus, 8:00 Uhr morgens, gleich, wenn die Polizeidienststelle öffnet.

Chelsey verlässt das Arbeitszimmer ihres Vaters und geht durch den Flur. Sie öffnet die Tür zu Lydias Zimmer. Es riecht immer noch wie früher, nach Babypuder und Sonnenblumenparfum. Nach Lydia. Chelsey knipst das Licht an und setzt sich auf das Bett mit der weißen Steppdecke. Über der Tür hängen acht dicke, runde Buchstaben, jeder auf einem eigenen Blatt Papier, die zusammen das Wort *Freiheit* bilden. Lydia hat die Buchstaben selbst gemalt. Chelsey hat zugesehen, als ihre Schwester die Umrisse vorzeichnete, hat den Geruch des Filzstifts wahrgenommen, als Lydia die Buchstaben mit Punkten, Streifen oder Gänseblümchen verzierte.

Sie fragt sich, was aus Lydia geworden wäre, wenn Oscar sie nicht getötet hätte. Sie wäre viel gereist, davon ist Chelsey überzeugt. Hätte Musikfestivals besucht, vielleicht das Burning Man Festival. Aber sie wäre immer wieder nach Hause gekommen, müde und erschöpft von der Reise und dankbar für ihren sturen Vater, ihre anspruchsvolle Mutter, ihre anhängliche Schwester. Sie hätte sich mit Chelsey an den Acrylglastisch gesetzt und sie mit Geschichten aus der Ferne unterhalten, während ihre Mutter, immer noch verheiratet mit ihrem Vater, das Abendessen zubereitet hätte – Nudelauflauf mit Hähnchen. Auf ihren Reisen hätte Lydia leckere Dinge probiert, Pekannusskuchen in Alabama, Barbecue in Kansas City, Krebse in Louisiana, aber das Essen ihrer Mutter würde ihr immer noch am besten schmecken.

Ein Kloß bildet sich in Chelseys Kehle, und sie schluckt ihn herunter. Sie erlaubt sich keine Tränen mehr. All diese Mädchen. Diese klugen, starken, schönen Mädchen. So viel verschwendetes Potenzial. All diese ungenutzten Möglichkeiten. Was hätte alles sein können – diese Frage zieht sich ins Unendliche. Sie nimmt einen von Lydias Beatrix-Potter-Plüschhasen vom Bett und schreit ihre flammende, hilflose Wut in ihn hinein.

ix

Grace war ein Geschenk. Eine Erinnerung daran, dass es auf der Welt auch Gutes gab. In den meisten Nächten, in denen ich nicht an der Reihe war, ließ David sie bei mir schlafen. Ich zog sie in die Beuge meines Körpers und hielt sie während des harten Winters warm, klemmte ihre blaugefrorenen Finger zwischen meine Beine und drückte ihren Kopf an meine Brust. Die Kälte ließ nach, es wurde Frühling, wir jagten Schlangen durch das hohe Gras und fanden ein Kaninchennest. Einmal beobachteten wir sogar einen Fuchs, der durch die Heidelbeersträucher strich.

Ich brachte ihr bei, zweistellige Zahlen zu addieren, indem ich die Ziffern mit einem Zweig in die Erde ritzte. Wir untersuchten auch Eulen-Pellets. Ich zeigte ihr Mäuseknochen, so wie ich sie selbst in der Grundschule gezeigt bekommen hatte. Der Sommer kam, und auf dem Waldstück stank es nach Verwesung, aber wir genossen die Wärme. An den Abenden wuschen wir uns im Bach, um uns abzukühlen. Dann beugte sie sich vornüber, und ich schöpfte mit beiden Händen Wasser über ihren Rücken, sodass es an ihrem Po hinunterrann, was ich »Drachenschwanz« nannte. Wir sangen »Ringel, Ringel, Reihen« und machten Fadenspiele.

Und ich weiß noch, dass ich dabei glücklich war.

Ist das falsch? Ist es schlecht? Dass ich einen winzigen Keim der Freude gefunden und gepflegt habe? Sie gehörte mir, und ich wollte alles für sie sein, Schwester, Mutter, Lehrerin, Retterin. Wie auch immer, die Tage waren lang, aber die Monate kurz, oder wie lautet noch mal dieses Sprichwort? So war es jedenfalls für mich. Die Zeit hatte immer weniger Bedeutung, und dem hatte ich mich schließlich gefügt. Letztlich verlor ich mich in dem Prisma von Davids Welt, war für immer gefangen zwischen wachenden Bäumen, Betonblocks und Plastikplanen. Ließ lächelnd zu, dass die Dunkelheit mich verschlang.

Der Herbst lag schon in der Luft. Der Himmel war dunkel und grau. Ich hatte den ganzen Tag die Wolken beobachtet, die sich über den Bergen zusammenballten und immer schwerer wurden. Lachse laichten im Bach, das Wasser war voll von Fischen mit bläulichen Rücken und rosa Bäuchen. Wir griffen einfach hinein und zogen einen heraus. Ein Weibchen voller Eier, das wir über dem Feuer grillten.

Grace pickte auf ihrem Teller herum. »Ich wünschte, es gäbe Chicken Nuggets«, flüsterte sie.

»Stell dir einfach vor, es wären welche«, drängte ich. Die Hunde lagen hechelnd auf dem Grundstück herum. Stern lag neben mir, sie hatte auch an Grace einen Narren gefressen. Immer war sie bei uns, folgte uns dicht auf den Fersen, rannte mit uns durch den Wald.

Ich spürte, dass mich jemand ansah. David.

»Nimm einen Bissen«, sagte ich leise zu Grace.

»Ich hab keinen Hunger«, sagte Grace laut. Zu laut.

David stand auf. »Grace«, rief er, und seine Stimme donnerte über das Grundstück wie ein schlechtes Omen. »Komm zu mir.«

Ein Flattern. Angst, die mit den Flügeln schlug.

»Nein.« Grace schlang die Arme um meine Taille, drückte ihre Nase in meinen Bauch. »Nein.«

Als ich fünf war und Sam fünfzehn, ist ihr einmal ein Hustenbonbon im Hals stecken geblieben. Sie kam von draußen in die Küche gestürmt, das Gesicht rot und verschwitzt, und atmete pfeifend, als könnte die Luft nur durch ein winziges Loch dringen. Mom wählte den Notruf, während sie die ganze Zeit Sams Arm streichelte und ihr sagte, wie tapfer sie sei. Meine Mutter hatte diese einzigartige Fähigkeit - sie konnte vor einem herannahenden Zug stehen und sagen, dass alles gut werden würde. Alles gut. Keine Sorge. Wie auch immer, sie konnte kein Heimlich-Manöver durchführen, weil Sam, technisch gesehen, nicht am Ersticken war. Tränen strömten über mein Gesicht, *ich liebe dich, Sam,* stammelte ich. Irgendwann löste das Hustenbonbon sich auf, und Sam konnte wieder frei atmen. Aber in diesen wenigen Minuten, als sie um das kleinste bisschen Luft kämpfen musste, hätte ich am liebsten mit ihr getauscht. Genauso war es mit Grace.

»Es ist meine Schuld«, log ich. »Ich habe von Chicken Nuggets geredet.«

Im nächsten Moment war David bei uns, die Hände in den Hosentaschen. Seine Lippen zuckten. Er war in letzter Zeit immer schlecht gelaunt. Verbrachte mehr Zeit als sonst in seinem Zimmer und sah fern; dann kam er plötzlich herausgestürmt, mit Ringen unter den Augen, loderndem Blick und zusammengepressten Lippen, raufte sich die Haare und redete wirres Zeug. Davon, dass die Regierung einen gefährlichen und dramatischen Wandel durchmache, nach autoritärer Kontrolle strebe, einer völlig neuen Weltordnung, und er bliebe auf der Strecke.

»In manchen Kulturen steht auf Lügen die Todesstrafe.« Er blieb dicht vor uns stehen.

Ich öffnete den Mund.

»Nicht«, flüsterte Charity.

»Ohne Disziplin herrscht Unordnung«, erklärte David und kam noch näher. »Fehler müssen bestraft werden.«

Ich streichelte Graces Rücken, die Stelle zwischen ihren knochigen Schultern, und nickte. »Du hast recht«, sagte ich und versuchte, Graces Arme von meinem Körper zu lösen. Ihr Griff lockerte sich, und ich stand auf, die Schultern gestrafft, bereit, ihren Platz einzunehmen. Davids Augen blitzten kaum merklich, aber ich registrierte es und schauderte.

Der Himmel öffnete sein graues Maul, und dicke Regentropfen prasselten herab. Grace wurde von mir weggerissen, Michael hatte sie um die Taille gepackt. Sie strampelte und schrie meinen neuen Namen, Destiny. Irgendwie war sie schön in ihrer Wut. Was für ein Trotz, und welchen Mut sie hatte. Ich würde sie davon abbringen müssen.

Ein Stoß mit dem Ellbogen, ein gut platziertes Knie, und Grace hatte sich befreit und klammerte sich erneut an mir fest. »Lass mich nicht los«, sagte sie, und ihre Arme waren wie Ketten, die mich hinunterzogen. In diesem Moment wurde mir klar, dass ich inzwischen Angst davor hatte, wütend zu werden.

David stand daneben. Geduldig. Ruhig. Er wartete ab, ob ich den Test bestand. Wenn ich sie jetzt in die Arme nahm, würde ihre Strafe noch schlimmer ausfallen. Einen nach dem anderen löste ich ihre Finger von meinen Hüften. Sie hatte einen starken Willen, aber meiner war stärker. Ich beugte mich hinunter. »Mach weiter«, flüsterte ich ihr ins Ohr. Ich musste die Tränen zurückhalten, wollte nicht, dass sie mich weinen sah und selbst anfing zu weinen. »Tu so, als wärst du eine Walküre. Eine mutige Kämpferin, die ihre Kraft aus Blitzen schöpft.«

Charity nickte mir zu, und ich wusste, was ich zu tun hatte. Ich stieß Grace von mir. »Neeein«, heulte sie. Michael hob sie hoch. Er trug sie zu den Betonbunkern, und die ganze Zeit rief Grace nach mir, mit ausgetreckten Armen. Ich wandte mich ab und setzte mich hin, während der Regeln auf meinen Rücken prasselte.

»Du verwöhnst sie zu sehr«, flüsterte Charity, den Löffel dicht an ihren Lippen, und blickte dabei über meine Schulter, ohne Zweifel auf David.

»Das tue ich nicht«, flüsterte ich halbherzig zurück. Vielleicht hatte sie recht. Stern schnüffelte an mir. Sie hatte vor ein paar Monaten ein paar Zähne verloren, und ich hatte daraus, zusammen mit ein paar Zweigen, ein kleines Mobile gebastelt.

Charity brachte ein schwaches Lächeln zustande. »Doch, das tust du. Es ist besser, sich nicht so nahe zu kommen.« Wegen des Regens war ihre Stimme kaum hörbar. Wir sprachen nie über Hope. Oder darüber, was wir mit den Samen gemacht hatten und warum wir das getan hatten, und dass wir jetzt schwanger werden konnten. Ich hatte schreckliche Angst davor, malte mir verschiedene Szenarien aus. Was würde ich in diesem Fall tun? Würde ich versuchen, es loszuwerden, oder würde ich das Baby bekommen? Was, wenn David es Serendipity gab und mich dann tötete, weil er bekommen hatte, was er wollte? Ich wünschte, ich hätte mit Charity darüber reden können, aber die hatte sich in sich selbst zurückgezogen. Sprach kaum und wirkte immer ein bisschen gehetzt, wie von Geistern gequält.

»Du schaust Grace manchmal an, als würdest du sie hassen«, sagte ich.

Charity antwortete nicht. Sie stritt es nicht ab. »Du hast das Richtige getan«, sagte sie schließlich. »David hätte alles noch schlimmer gemacht.«

Ich murmelte zustimmend. Meine Liebe zu Grace stand in direktem Zusammenhang mit Angst. Ich war unruhig, in ständiger Sorge. Die Kleine wurde immer dünner, schien so zerbrechlich. In den meisten Nächten legte ich, wenn sie schlief, meine Hand auf ihren Körper, nur um zu spüren, wie sich ihre Brust hob und senkte. Nur, wenn ich ihre Atemzüge zählen konnte, wusste ich, dass sie wirklich sicher war. Ich wagte einen Blick über die Schulter, auf den Bunker, in dem Grace jetzt eingesperrt war. Mein Blick blieb an David hängen. Er lächelte ein kleines, raubtierhaftes Lächeln, und noch ein anderer Ausdruck lag in seinem Gesicht. Und dann aß ich, obwohl mir übel war, den Lachs bis zum letzten Bissen auf. Alles. Sogar die harte, verbrannte Haut.

Dreiundzwanzig

Am nächsten Morgen sieht Chelsey zu, wie Noah einen gefüllten Frühstücksteller vor ihr auf den Tisch stellt. Ihr Haar ist noch nass, als sie ihren zweiten Becher Kaffee hinunterstürzt. Noah setzt sich neben sie und beugt sich zu ihr. »Alles okay? Müde? Es war spät gestern Abend.«

Chelsey muss an das Arbeitszimmer ihres Vaters denken. An die kleinen Löcher in der Tapete, wo sie die Fotos der vermissten Mädchen angepinnt hat. An ihren Anruf bei Kat mitten in der Nacht und daran, wie sie die Wahrheit verdreht hat. In vierzig Minuten soll Ellie auf dem Revier sein.

»Ellie kommt heute. Da will ich vollständig koffeiniert sein«, sagt sie.

»Wow. Hast du sie doch noch zu einer Befragung überredet? Wie hast du das geschafft?«

Chelseys starrt auf den Teller, auf die Reste Rührei, die am Rand kleben. »Mit meiner schillernden Persönlichkeit natürlich«, behauptet sie trocken. Sie atmet aus und lässt sich auf ihrem Stuhl zurücksinken. »Ich bin nervös«, gibt sie zu. »Dies könnte meine letzte Chance bei ihr sein, und …« Willa taucht vor ihrem geistigen Auge auf. Chelsey wehrt sich gegen den Gedanken, dass sie tot sein könnte. Stattdessen stellt sie sich ein neunjähriges Mädchen vor, das irgendwo gefangen gehalten wird, unter einem lauernden Schatten, der immer größer wird. Sie zögert, das alles Noah zu erzählen. Was würde er von Chelseys Theorie halten, dass zusammen mit Ellie noch andere Mädchen festgehalten wurden? Dass Ellie etwas verschweigt? Was würde er zu Chelseys Methoden sagen, dazu, dass sie Ellie unter falschen Vorgaben aufs Polizeirevier lockt? Aber Ellie behindert vorsätzlich die Ermittlungen … Was bedeutet das? Ein Wort kommt ihr in den Sinn: mitschuldig. Bald wird sie Noah alles erklären können. Wenn sie alle Fakten zusammen hat. »Es muss einfach gut laufen, das ist alles.«

Er lächelt leicht. »Du hast schon Dutzende von Opferbefragungen durchgeführt.«

Aber nicht so eine, denkt sie.

Er rückt näher und legt eine Hand auf ihre. »Du schaffst das.« Er ist so ruhig und sicher. Wie die schroffen Felsen, die am Strand von Coldwell aus dem Meer ragen und an denen sich die Wellen brechen. Sie dreht die Handfläche nach oben, und sie verschränken die Finger ineinander.

»Du hast recht«, sagt sie und drückt seine Hand fester. Wünscht, sie könnte ihm alles geben, was er sich von ihr wünscht. Eines Tages wird sie dazu in der Lage sein, denkt sie. Wenn sie Ellies Fall gelöst hat. Wenn sie die Wahrheit herausgefunden hat, wird Chelsey frei sein.

»Danke, dass du heute gekommen bist«, sagt Chelsey und führt Ellie durch das Polizeirevier. Kat und Ellie haben schon auf sie gewartet, als sie ankam. Kat wollte bei ihrer Tochter bleiben, aber die hat sie weggeschickt. Darauf bestanden, dass sie Erledigungen macht, *irgendwas*.

Sie erreichen den Besprechungsraum, und Chelsey macht die Tür weit auf, lässt Ellie den Vortritt. Es gibt hier nicht viel zu sehen, nur einen alten Fernseher in der Ecke und ein Whiteboard, darüber eine analoge Uhr. Die Kaffeemaschine ist noch nie gereinigt worden, seit Chelsey hier arbeitet.

Ellie schlurft hinein und lässt sich auf einen Stuhl fallen. Sie trägt dieselbe übergroße Jacke, die sie anhatte, als sie mit ihrem Vater am Hafen war.

Die Hand am Türgriff, hebt Chelsey eine Augenbraue. »Macht es dir was aus …?«

»Nein.« Ellie richtet sich auf. »Ist okay.«

Chelsey schließt die Tür, die mit einem leisen Klicken ins Schloss fällt und die Stimmen von draußen, das Klingeln der Telefone, aussperrt. »Wie gesagt, ich weiß es zu schätzen, dass du heute hierhergekommen bist.« Sie zieht gegenüber von Ellie einen Stuhl heraus und setzt sich, einen Stapel Unterlagen in der Hand.

»Meine Mom hat gesagt, ich muss«, antwortet Ellie mürrisch. »Sie meinte, es gibt Papierkram zu unterschreiben.«

Chelsey seufzt. »Ehrlich gesagt … habe ich nicht ganz die Wahrheit gesagt, als ich dich hierherbestellt habe.«

Ellie zuckt zusammen wie vom Blitz getroffen, dann springt sie auf. »Ich gehe.«

»Nein, warte.« Chelsey erhebt sich ebenfalls. »Ich muss mit dir reden.«

Ellie bleibt stehen und schüttelt den Kopf. »Ich kann Ihnen nicht helfen.«

»Warum nicht?« Chelsey beobachtet Ellie genau. Die Art, wie sie die Lippen zusammenpresst. Wie sie die Schultern hängen lässt und die Fäuste ballt. Sie verbirgt etwas. Ellies Blick huscht zur Tür. »Fünf Minuten, mehr brauche ich nicht«, sagt Chelsey hastig. »Du musst nichts sagen, hör mir nur einfach zu.«

Ellie lässt sich wieder auf den Stuhl sinken. »Fünf Minuten.«

»Danke«, sagt Chelsey und lässt ein paar Sekunden verstreichen. »Tut mir leid, wenn ich nicht ganz auf der Höhe bin, ich hatte zu viel Kaffee heute Morgen, und ich lag die ganze Nacht wach. Und gestern war ich in Lacey, wegen einer familiären Übereinstimmung mit dem Blut auf deinem Sweatshirt. Gabbys Sweatshirt, meine ich.« Sie merkt, dass Ellie zusammenzuckt, als sie das Foto von Lewis Salt auf den Tisch legt. »Das ist Lewis Salt. Er wohnt in Lacey. Auf einem großen Grundstück mit einer unterkellerten Scheune. Er fährt einen blauen Kombi.« Wieder zuckt Ellie zusammen. Chelsey senkt den Blick. »Ich dachte, er wäre derjenige, der dich entführt hat.«

»Nein«, stößt Ellie heiser hervor. »Er war es nicht.«

Chelsey lächelt leicht. »Ich weiß. Er hat eine Tochter.« Sie zieht ein anderes Foto aus dem Stapel und legt es vor Ellie. »Willa Adams. Ihr Blut war an dem Sweatshirt, das du getragen hast.« Das Ergebnis ist gerade erst eingetroffen. Auf dem Weg zum Revier hat sie eine Textnachricht von Montoya erhalten: *Willas DNA passt zu der auf dem Sweatshirt.* Ellie klammert sich an der Tischkante fest. Chelsey fährt fort. »Es ist seltsam, dass der, der dich entführt hat, auch ihr Entführer ist.«

Chelsey hält inne und wartet darauf, dass Ellie abstreitet. Aber Ellies Blick ist ruhig, was Chelsey als Bestätigung nimmt. »In der Vergangenheit hat er Teenager entführt. Mädchen in deinem Alter.« Eins nach dem anderen legt Chelsey die anderen Fotos auf den Tisch – das alles ist reine Spekulation, aber langsam glaubt sie wirklich, dass sie hier an etwas Großem dran ist, dass die Sache eine solche Tragweite hat.

Chelsey endet mit den Vermisstenanzeigen von Gabby Barlowe und Hannah Johnson. Die beiden Mädchen sind im selben Jahr verschwunden. Sie lehnt sich zurück und verschränkt die Beine. »Das ist Hannah Johnson. Jemand hat beobachtet, wie sie in einen blauen Kombi gestiegen ist, bevor sie verschwand.«

Ellie schließt die Augen, Tränen laufen über ihr Gesicht. Eine ganze Minute vergeht, in der sie nicht antwortet. Aber sie bleibt sitzen, starr und gequält, ein magerer Schatten.

Chelsey fährt fort. »Ich habe dir noch nicht viel von mir selbst erzählt. Was mich antreibt, was meinen Gerechtigkeitssinn ausmacht. Meine Schwester ist verschwunden und wurde ermordet, als ich auf der Highschool war. Ich denke, das ist der Grund, warum ich Polizistin geworden bin.« Ellie öffnet die Augen wieder, und Chelsey versucht ein Lächeln. »Zwei Tage lang wussten wir nicht, was passiert war. Wo sie war. Ob es ihr gut ging, oder ob sie verletzt war. Ich denke viel darüber nach, über dieses Nicht-Wissen. Und auch darüber, was ich hätte anders machen können. Ich war die Letzte, die sie lebend gesehen hat«, gibt sie leise zu.

Die Erinnerung an jene Nacht ist wieder da. Sie sieht Lydia die Treppen hinunterlaufen und für immer aus ihrem Leben verschwinden. Manchmal spielt sie die Szene innerlich durch und verändert sie. Anstatt wieder in ihr Bett zu gehen, hätte sie ihre Eltern wachrütteln, alle Lichter anknipsen, Lydia nachlaufen sollen. Auf gewisse Weise tut sie das jetzt, indem sie den vermissten Mädchen nachjagt. Nicht zulässt, dass ein weiteres wegen ihrer Tatenlosigkeit verlorengeht. »Ich bereue so viel, was in dieser Nacht passiert ist. Ich wünschte, ich hätte meine Schwester zurückgehalten.«

»Klingt, als würden Sie alles tun für Ihre Schwester«, sagt Ellie mit erstickter Stimme.

Chelsey nickt. »Das stimmt. Ich hätte alles für sie getan.«

»Das verstehe ich«, sagt Ellie.

Chelsey denkt an Sam und Ellie. Kat hat gesagt, die beiden stünden sich nicht besonders nahe.

»Ich habe mal diese Anekdote gehört, in der es darum ging, dass Schwestern sich erbittert um ein Glas Wasser streiten können, aber trotzdem sofort bereit sind, der anderen eine Niere zu spenden«, sagt Chelsey. Ellie lächelt schwach, Wiedererkennen im Blick.

Chelsey beugt sich vor, die Ellbogen auf den Tisch gestützt. »Lass nicht zu, dass du später etwas bereust, so wie ich, Ellie.« Ihre Stimme ist sanft, flehend. »Erzähl mir etwas. Alles.«

Ellie zögert. Sie wendet den Kopf ab, kaut auf ihrer Unterlippe. Dann wendet sie sich wieder Chelsey zu, fährt mit der Hand über die Fotos der ersten zehn Mädchen. »Die kenne ich nicht.«

»Okay.« Chelsey dreht die Fotos um und lässt die von Gabby, Hannah und Willa offen liegen. »Und was ist mit Gabby und Hannah? Kanntest du die?« Ellie senkt leicht den Kopf, deutet ein Nicken an. »Lebt Hannah noch?«

Die Lippen zusammengepresst, schüttelt Ellie den Kopf.

»Hannah ist tot?«, fragt Chelsey.

»Ja.« Ellie fängt an zu weinen und presst sich die Handballen auf die Augen.

»Weißt du, wo ich sie finden könnte? Ich würde sie gerne ordentlich bestatten lassen.«

Ellie umklammert ihre Knie, bis die Finger weiß werden, dann rot, dann violett. »Ich weiß nicht ... Ich weiß nicht, was er mit der Leiche gemacht hat.«

»Das ist okay«, sagt Chelsey. »Absolut in Ordnung. Du hast mir schon so viel Information gegeben, Ellie. Du machst das gut. Vergiss Hannah einen Augenblick. Da war eine Menge Blut an deinem Sweatshirt. Ich mache mir große Sorgen um Willa. Lebt sie?«

Rotz und Tränen laufen über Ellies Gesicht. »Sie lebt.«

Endlich strömt wieder Luft in Chelseys Lunge. Endlich, sie kommt der Wahrheit langsam näher. Aber sie muss ruhig bleiben. Wenn sie zu schnell vorgeht, schreckt sie Ellie vielleicht ab. »Das ist gut, Ellie. Es tut wirklich gut, das zu hören.«

Ellie verschränkt die Arme. »Ich habe sie beschützt.«

»Das glaube ich«, stimmt Chelsey ihr zu, und ein Bild entsteht in ihrem Kopf. Ein kleines Mädchen allein im Wald. Ellie hält sie an der Hand. Die beiden treten einer schattenhaften Gestalt entgegen, die ihnen den Weg nach Hause versperrt. »Du musst das jetzt nicht mehr alleine machen. Ich bin jetzt da. Ich kann Willa helfen. Kannst du mir helfen, Willa zu helfen?«, drängt Chelsey sanft.

Ellies Kinn zittert.

Chelsey wühlt in ihren Unterlagen und zieht eine Karte des Staates Washington hervor. Sie faltet sie auseinander und legt sie vor Ellie. »Sag mir, wo sie ist, Ellie. Du musst nur darauf zeigen.«

Ellie schiebt die Karte weg. »Können wir eine Pause machen?«

Chelsey lässt die Schultern sinken. Sie lächelt, aber das Lächeln erreicht ihre Augen nicht. »Natürlich. Möchtest du etwas trinken? Oder essen?«

Ellie starrt an die Wand. »Ich will nach Hause. Ich habe Bauchschmerzen.«

»Was ist mit Willa, Ellie?« *Ich bin mir sicher, sie will auch nach Hause*, hätte sie beinahe hinzugefügt, beißt sich aber noch rechtzeitig auf die Zunge. Sie hat solche Fortschritte gemacht, jetzt will sie nicht einen Schritt zu weit gehen.

Ellie starrt auf die Tischplatte. »Ich will das hier nicht. Lassen Sie mich einfach gehen.« Ihr Blick wandert durch den Besprechungsraum und landet bei dem kleinen Fenster in der Tür, als hätte sie Sorge, dass jemand sie beobachtet. »Kommen Sie morgen vorbei, dann erzähle ich Ihnen alles. Versprochen.«

Chelsey sieht Ellie misstrauisch an, versucht zu ergründen, was in ihr vorgeht. »Klar«, sagt sie. »Morgen. Habe ich dein Wort?«

»Ja«, sagt Ellie und steht auf. »Ich verspreche es.« Sie bleibt an der Tür stehen, die Hand an der Klinke, und einen Augenblick sieht sie unglaublich traurig aus. Aber der Moment ist schnell vorbei. »Der Mann, der Ihre Schwester getötet hat, wurde er je geschnappt?«, fragt sie mit loderndem Blick.

»Oh.« Chelsey erstarrt. »Er … er ist mit ihr gestorben. Sein Name war Oscar Swann. Er war ihr Freund. Niemand hätte gedacht, dass er zu so etwas fähig wäre. Er war sehr charmant. Er hat sie getötet und dann sich selbst.«

Ellie blickt zu Boden. »Das tut mir leid.«

»Wir kriegen diesen Kerl«, sagt Chelsey entschlossen.

»Danke«, sagt Ellie nur.

»Danke *dir*«, erwidert Chelsey, und die Tür fällt hinter ihnen ins Schloss. *Wir kriegen diesen Kerl.* Das Ziel ist greifbar. Sie schluckt gegen diesen drängenden Wunsch an. Sie ist so nah dran. So nah. Er ist beinahe in Reichweite. Und in weniger als vierundzwanzig Stunden wird sie ihn in der Hand haben.

Vierundzwanzig

Kat hat sich gerade eine Zigarette angezündet, als sie hört, wie die Hintertür aufgeht.

»Hey«, sagt sie, als Ellie auftaucht.

»Hey.« Ellie setzt sich neben ihre Mutter auf einen alten Aluminiumstuhl.

Kat schnippt die Asche von ihrer Zigarette. Nach ihrem ersten Zug fühlt sie sich immer ein kleines bisschen berauscht. Es lässt schon wieder nach. »Soll ich sie ausmachen?«

Ellie hat nicht viel geredet, seit Kat sie von der Polizeistation abgeholt hat. Aber Kat ist aufgefallen, wie still und starr sie neben ihr im Auto saß, wie sie ihre Hände geknetet hat. Auf die Frage, wie es gelaufen sei, hat Ellie nur »gut« geantwortet, danach ist sie in ihrem Zimmer verschwunden. Verschwunden – Kat denkt über das Wort nach. An all seine unterschiedlichen Bedeutungen. Daran, wie jemand direkt vor dir sitzen und trotzdem weit weg sein kann.

Kat hat den ganzen Tag immer wieder nach Ellie gesehen, an ihrer Tür gelauscht. Die Geräusche dahinter waren merkwürdig, manchmal ein Aufschrei, dann ein dumpfer Schlag. War Ellie wieder wütend? Kat ist schon mehrmals früh aufgewacht, weil Ellie irgendetwas in ihrem Zimmer kaputtgemacht hat – Fotos zerrissen, die Matratze umgedreht, einmal sogar ein Glas zerbrochen hat. Aber jetzt wirkt sie ruhig.

Ellie schüttelt den Kopf. »Nein, ist okay. Irgendwie mag ich es.« Eine Pause tritt ein. »Es erinnert mich an den Vierten Juli.«

Die Grillparty, damals, als Ellie noch klein war. Kat hatte ihre Kolleginnen aus dem Schönheitssalon eingeladen, Jimmy stand am Grill. Früher einmal ist dieses Haus ein geselliger Ort gewesen. So viel Leben fand hier statt, so viel wurde zusammen gelacht. Kat lächelt bei der Erinnerung. »Vielleicht machen wir dieses Jahr ein Fest.« Der Sommer steht vor der Tür, auch wenn man es bei dem Regenwetter nicht merkt. Ein leichter Ozongeruch liegt in der Luft, als ob sich ein Sturm zusammenbraut.

Ellie zuckt mit den Schultern und spielt mit dem Reißverschluss an ihrer Jacke. »Das wäre schön.«

Kat beobachtet sie. Diese zugeknöpfte Version ihrer Tochter. Früher hat sie gedacht, Ellie sei ein bisschen dramatisch. Weil sie laut heulte, wenn sie sich das Knie aufschlug. Schrie, wenn sie sich die Zunge an ihren Käsemakkaroni verbrannte. Tat, als würde die Welt untergehen. Ellie erlebte alles so intensiv. Warum wollte sie ihr das eigentlich abgewöhnen? Warum hat sie sie immer beschwichtigt und ihr gesagt, sie solle leise sein? Erst jetzt versteht sie: Das Lachen, die Streitereien, das Weinen – das alles war ein Geschenk. Alles.

Kat zieht noch einmal an der Zigarette. »Als Sam schwanger war, wollte sie sich nicht auf einen dieser Stühle setzen, aus Angst, er würde unter ihrem Gewicht zusammenbrechen. Dein Dad fand, dass sie übertreibt. ›Diese Stühle sind lange vor deiner Geburt gebaut worden und werden noch lange hier sein, wenn du nicht mehr da bist‹, hat er gesagt.« Sie atmet aus. Der Rauch steigt auf, schraubt sich wie eine Spirale hoch in die Nacht. »Jedenfalls hat er sich ein paar Wochen später selbst auf einen gesetzt, und da haben die Stuhlbeine nachgegeben.«

Ellie kichert. Kat auch, aber dann wird sie wieder ernst. »Das war das erste Mal, dass ich gelacht habe, wirklich gelacht, nachdem du …« Sie schüttelt den Kopf. Ihre Augenlider fühlen sich heiß an von vertrauten Tränen. »Ich habe mich so schuldig gefühlt.«

»Es ist okay, wenn du glücklich bist.« Ellie flüstert diese Worte, und es klingt wie ein letzter Wunsch.

Kat nickt abwesend, den Blick auf das braune Gras gerichtet. »Ich wollte immer Töchter haben. Nur Mädchen.« Das hat sie schon oft gesagt. Unzählige Male. »Die verlassen dich nicht. Jungs werden groß, erleben Abenteuer, heiraten, und dann gehören sie nicht mehr zu dir. Mädchen tun das alles auch, aber sie kommen immer wieder nach Hause.«

Eine dicke Träne löst sich aus Ellies Augenwinkel. »Es tut mir leid.«

Kats Gesicht wird weich. »Ich wünschte, es gäbe etwas, das ich tun kann. Ich will die Dinge für dich in Ordnung bringen. Als du ein kleines Mädchen warst, brauchte es nicht mehr als einen Kuss auf ein aufgeschürftes Knie.« Sie drückt die Zigarette aus.

»Mom …«, beginnt Ellie, dann scheint sie es sich anders zu überlegen. »Meinst du, du könntest mir morgen dein Auto leihen?«

»Oh.« Kat runzelt die Stirn, als sie darüber nachdenkt. Darüber, Ellie loszulassen. Früher hätte Kat sich wahrscheinlich gefragt, was schadet es? Was ist das Schlimmste, was passieren kann? Jetzt überlegt sie, wie sie mit all dieser Unsicherheit leben soll. Wie sie ihrer Tochter helfen kann, sich aus allem freizuschaufeln, ohne sich zugleich selbst wieder zu begraben. »Ich kann dich auch fahren.« Heute Morgen hat sie vorgegeben, Erledigungen machen zu müssen, nachdem sie Ellie beim Polizeirevier abgesetzt hatte, aber in Wirklichkeit ist sie nur einen Block weitergefahren und hat dort im Auto gewartet.

»Ich dachte, ich besuche Sam.« Ellie sieht Kat an.

Kat ist überrascht und wird sofort weich. »Ja, klar, okay«, sagt sie. »Das ist in Ordnung, denke ich.« Das hat sie immer gewollt. Dass Sam und Ellie Freundinnen sind. Je älter sie wird, desto mehr Sorgen macht sie sich um das, was sie einmal zurücklassen wird. Sie wünscht sich, dass Ellie und Sam sich nahestehen, damit sie einander haben, wenn sie selbst nicht mehr da ist.

»Danke. Ich gehe hoch ins Bett.« Der Aluminiumstuhl kratzt über den Betonboden, als Ellie ihn zurückschiebt und aufsteht. »Gute Nacht.«

»Nacht.«

An der Tür zögert Ellie. »Bis dann«, sagt sie leise, und dann, noch leiser: »Ich liebe dich.«

»Ich liebe dich auch«, erwidert Kat, aber die Tür ist bereits zugefallen. Ellie ist schon weg.

Jimmy macht im Schlaf ein pfeifendes Geräusch. Er träumt vom Meer und seinen Mädchen – Kat, Sam, Ellie, Valerie und Mia. Sie sind auf der *Turmoil*. Der Tag ist klar, hell und kalt. Wangen und Nasen sind vom Wind gerötet, alle strahlen. Werfen Angeln aus und lachen. Sie hören Motown-Musik. Die Beatles. Dann wechselt der Traum, es ist der gleiche Ort, aber Ellie ist jünger, und nur sie beide sind da. Er bringt ihr bei, wie man einen Fisch ausnimmt. Noch ein Wechsel, und es ist Abend, und er döst auf dem Schiffsdeck ein, von der Sonne verwöhnt und glücklich. Ellie ist noch da. Immer noch bei ihm. Er spürt ihre Lippen auf seiner Wange und öffnet die Augen.

Jetzt ist er wach. Und zu Hause. In seinem Lieblingssessel, und Ellie ist ein Teenager. Nein, kein Teenager. Sie ist beinahe zwanzig. Er muss sich immer wieder daran erinnern, dass Zeit vergangen ist. Er muss die Höhle verlassen, in der er gelebt hat. »Ich wollte dich nicht wecken«, sagt sie. »Ich wollte dir nur gute Nacht sagen.«

»Gute Nacht.« Seine Stimme klingt rau. »Wo ist deine Mom?«

Ellie zeigt mit dem Kopf in Richtung Tür. »Immer dem Rauch nach.«

Jimmy könnte jetzt eine Bemerkung darüber machen, dass diese Zigaretten Kat noch eines Tages umbringen werden, aber er hält lieber den Mund. Er macht keine Witze mehr über den Tod. Ellie schaltet den Fernseher aus, faltet eine Decke zusammen, schüttelt ein Kissen auf. »Willst du morgen Nachmittag mit dem Boot rausfahren?«, fragt er.

Sie runzelt die Stirn, und ein Schatten gleitet über ihr Gesicht. »Ja, gerne. Das wäre schön.«

Er nickt. »Abgemacht«, sagt er und steht auf. »Ich gehe mal zu deiner Mutter und schimpfe mit ihr. Bleib nicht so lange auf.«

Kat ist im Garten und zündet sich gerade eine neue Zigarette an. Die Brüste unter ihrem dünnen Sweatshirt sind schlaff. Ihre Finger sind krumm und knorrig, die Haare drahtig und grau. Aber für Jimmy sieht sie wie ein Traum aus. So schön wie eh und je.

Er setzt sich, schüttelt eine Zigarette aus Kats Päckchen, steckt sie sich zwischen die Lippen und zündet sie an.

»Hast du Ellie gesehen?«, fragt sie.

»Sie geht gerade ins Bett.«

Stille. Sie rauchen zusammen. »Du hast es mir nie erzählt«, sagt Kat. »Dass du zu Detective Calhoun gegangen bist, als Ellie weg war. Ich wäre mitgekommen. Warum hast du mir nichts davon gesagt?«

Aus irgendeinem Grund muss er an den Schulhof früher denken, an die Jungs, die sich über sein Lispeln lustig machten, den beginnenden Terror, den er mit Stoizismus zurückgedrängt hat. Dann überlegt Jimmy, was einen guten Ehemann ausmacht. Einen guten Vater. Einen guten Menschen. Manchmal ist er sich nicht sicher, ob er sich selbst kennt. Aber er kennt Kat.

»Ich wollte es dir ersparen«, sagt er. Er denkt daran, wie sehr er Kat liebt. Dass er sie immer lieben wird. Mehr als das Meer. Mehr als die *Turmoil.* Deshalb trifft er eine Entscheidung. »Ich habe ein bisschen nachgedacht.« Er ballt die Fäuste. »Vielleicht ist es Zeit, das Boot und die Lizenz zu verkaufen.«

»Ja?«, fragt Kat beiläufig, aber da ist ein Schimmer in ihren Augen – Hoffnung.

»Ja«, antwortet er. »Es tut mir leid, Kat. Ich habe mich immer scheiße gefühlt, weil ich nicht genug verdiente und du arbeiten musstest.« Wieder empfindet er Unzulänglichkeit und Wut. Manchmal hat er das Gefühl, als wäre er zu kurz gekommen, als wäre die Welt ihm etwas schuldig.

»Das hat mir nie etwas ausgemacht«, sagt Kat.

Er sieht seine Frau an. »Wirklich nicht?«

»Nein, Jim. Wir sind ein Team. Vielleicht habe ich mich damals ein bisschen geschämt, aber jetzt nicht mehr. Erinnerst du dich an dieses Weihnachtsfest mit Sam? Als wir uns nur eine Schachtel Buntstifte und einen Malblock aus dem Ein-Dollar-Shop als Geschenk für sie leisten konnten? Ich war traurig, aber wenn ich jetzt daran denke … bin ich stolz. Wir haben es hinbekommen. Verstehst du?«

Das tut er. Wenn er ehrlich zu sich selbst ist, hat er Kat nicht geliebt, als sie geheiratet haben. Und er weiß, dass es umgekehrt genauso war. Sie waren erst ein paar Monate zusammen, als Kat schwanger wurde. Jimmy war neunzehn, Kat achtzehn. Es war einfach praktischer so, zwei gegen den Rest der Welt hörte sich besser an als einer. Aber im Lauf der Jahre hat er sich in sie verliebt, vor allem, als sie Kinder hatten. Ja, sie waren ein Team. Kamen mit wenig Geld und noch weniger Schlaf zurecht. Sie haben sich die Liebe des anderen verdient.

Er blickt zu den Sternen auf. Sogar in einer kleinen Stadt wie

Coldwell gibt es Lichtverschmutzung. Draußen auf dem Meer würde man den Himmel klarer sehen. Ein Teil von ihm wird sich immer nach dem Wasser sehnen, aber er wird das Boot verkaufen. Er würde alles verkaufen, was er besitzt, für Kat, für Ellie, für Sam. Für seine Familie.

Fünfundzwanzig

Es ist Morgen und viel zu früh für Musik. Vor allem für diese Art Musik. Jedes Mal, wenn Sams Ehefrau Jimmy Buffett hört, zweifelt Sam an ihrer Entscheidung für das weibliche Geschlecht. Dennoch sieht sie mit einem halben Lächeln zu, wie Valerie durch den Raum tanzt und ihrer Tochter Mia etwas von einem Cheeseburger im Paradies vorsingt. Sie kann sie verstehen. Es ist ein klarer Tag, keine Wolke am Himmel, die Sonne eine große hellgelbe Scheibe. In der Nacht ist ein Sturm durchgefegt, kurz und heftig, am Morgen war alles vorbei.

Ganz Coldwell liebt diese Art von Tagen, auch Valerie. Sie kommt aus Florida und ist hier immer am Frieren. Aber heute strahlt sie und hört Jimmy Buffett, hat den dicken Wollpullover gegen ein dünneres Shirt eingetauscht, natürlich immer noch mit langen Ärmeln. Sam lehnt sich an den Küchentresen und gähnt. Mia wacht in letzter Zeit immer um 5:00 Uhr auf und hält dann lieber um neun noch mal ein Nickerchen. Sam macht das nichts aus, sie war schon immer eine Frühaufsteherin – seit sie als Kind herausgefunden hatte, dass bei Sonnenaufgang Seerobbenbabys am Strand waren. Sie weckte die ganze Familie vor Tagesanbruch, schlug Krach, bis alle wach waren. Ihre Mutter schnallte sich Ellie auf den Rücken, ihr Vater kochte Kaffee. Dann saßen sie auf einer Düne im hohen Gras und sahen zu, wie die Robbenbabys durch die Gegend rollten und ihre runden Körper mit Sand panierten. Es war eine schöne Zeit.

Es klopft an der Tür. »Ich mach auf«, sagt Sam, läuft durchs

Wohnzimmer und dreht im Vorbeigehen die Stereoanlage leiser.

»Ellie«, sagt Sam. Mia tapst herbei und greift nach ihrem Hosenbein.

»Hey.« Ellie schiebt die Hände in die Hosentaschen.

»Komm rein.« Sam lächelt herzlich, aber ein bisschen angespannt. Sie begegnet Valeries Blick, die auf der anderen Seite des Raumes steht. Ihre Frau nickt aufmunternd. Sie haben Stunden mit Gesprächen über Ellie verbracht. Worüber sie mit ihr reden sollen und was sie lieber nicht ansprechen. Wie man ihr am besten mit Liebe begegnet. Ellie schlurft ins Zimmer und bleibt in der Mitte stehen. »Ich hoffe, es macht euch nichts aus, dass ich nicht angerufen habe.«

»Natürlich nicht«, sagt Sam. »Willst du dich setzen?«

»Ähm, klar. Vielleicht kurz.« Ellie setzt sich auf den Rand der Couch. Sam hat ein ganzes Jahr gebraucht, um sich für das richtige Möbelstück zu entscheiden, hat befürchtet, Valerie würde sich scheiden lassen, wenn sie mit der Wahl nicht einverstanden wäre. Sam denkt immer sehr lange über Entscheidungen nach, von denen eine immer die nächste nach sich zieht, wie Dominosteine. Seit Mia auf der Welt ist, ist ihre Ängstlichkeit noch größer geworden. Anfangs konnte sie nachts nicht schlafen, weil sie fürchtete, ihre Tochter könnte aufhören zu atmen. Verbrachte Stunden damit, sich auf Blogs über die beste Babynahrung und die besten Windeln zu informieren.

»Na, was gibt's?« Sam setzt sich auf den Boden zu Mia, wie alle Mütter es tun, und greift nach irgendwelchen Spielsachen, um ihr Kind zu beschäftigen, während sie ihre Aufmerksamkeit den Erwachsenen im Raum widmet.

»Nichts. Ich wollte nur Hallo sagen«, erwidert Ellie.

»Hallo«, sagt Sam. Alle haben immer gewitzelt, Sam sei Ellies zweite Mutter. Immer wuselte sie um ihre kleine Schwester herum, gab ihr die Flasche, pustete auf ihr Essen, wenn es zu heiß war, hielt sie an der Hand, als sie ihre ersten Schritte machte. Sie wusste immer, wann Ellie Hunger hatte oder müde wurde. Später erkannte sie an einem Blick in Ellies Augen, wenn Ellie einen schlechten Tag in der Schule gehabt hatte. Sie hat es gemerkt, als Ellie im ersten Highschool-Jahr ihre Jungfräulichkeit an einen Typen namens Will verlor. Oder als sie Sams Ausweis geklaut hatte. Sie spürte immer, wenn sich bei Ellie etwas veränderte. Ob es hell wird oder ein Sturm heraufzieht; eine Schwester weiß immer Bescheid. Deshalb weiß sie jetzt, dass Ellie lügt, aber auch, dass sie traurig ist. Sie beschließt, sie nicht unter Druck zu setzen.

Ellie lässt den Blick durch das Haus wandern. »Schön hier.«

Das stimmt. Ellie hat das Haus noch nie gesehen. Valerie und Sam haben es nach Ellies Verschwinden gekauft. An dem Tag, als sie die Verträge unterzeichneten, hat Sam geweint, weil Ellie es nicht miterleben konnte. Sams Leben ging weiter, und ihr Schuldgefühl drohte sie zu verschlingen.

Mia wird unruhig. »Hungrig«, stellt Valerie fest und nimmt ihre Tochter hoch. »Ich mache ihr besser gleich was, bevor die Stimmung kippt.«

»Wisst ihr was?«, sagt Sam und reibt sich über die Knie. »Lasst uns frühstücken gehen. Was meinst du dazu?«, fragt sie Ellie und steht auf. Ihre Knie knacken. Seit sie ein Kind hat, fühlt Sam sich alt, und wenn ihre Gelenke ächzen, ist das die Bestätigung.

»Ähm, nein danke. Ich treffe mich gleich noch mit Danny«, sagt Ellie. Valerie hängt sich eine Wickeltasche über die Schulter, und Mia windet sich in ihren Armen. Ellies Blick wandert zu ihrer Nichte. »Darf ich sie mal halten?«

Ein Augenblick vergeht, und Sam wirft Valerie einen bedeutungsvollen Blick zu. »Natürlich«, sagt sie dann.

Valerie gibt Ellie das Baby, und Ellie geht unter dem Gewicht ein wenig in die Knie. Sams Augen werden feucht. »Sie ist schwerer, als ich dachte«, sagt Ellie, lässt ihre Nase über Mias Kopf gleiten und atmet tief ein. Sams Tochter riecht nach altem Getreide, und Sam hat sie heute Morgen mit einer Lotion eingecremt, um den Geruch zu überdecken.

Sie gehen hintereinander nach draußen. Valerie öffnet die Autotüren, und Ellie setzt Mia in ihren Sitz, schnallt sie aber nicht an.

»Ich mach das«, sagt Sam. »Man muss praktisch ein Ingenieursdiplom haben, um mit diesem Ding zurechtzukommen.«

»Okay.« Ellie bleibt einen Moment gebückt an der Autotür stehen und sieht Mia an. Dann gibt sie ihr ein Küsschen auf die Wange und berührt eine ihrer weichen Locken. »Hab einen tollen Tag.«

Schließlich ist Mia angeschnallt, und Valerie sitzt am Steuer. Sam steht noch mit Ellie vor dem Auto. »Bist du dir sicher, dass du Danny nicht absagen und mitkommen willst?« Sie setzt ihre Sonnenbrille auf. »Oder Val geht allein mit Mia, und ich bleibe hier.«

»Nein, es ist gut so. Danny wartet auf mich.« Sie steckt wieder die Hände in die Hosentaschen.

Sam lehnt sich an das Auto. Der Motor läuft bereits. »Wir können bald mal zusammen abhängen, einen Mädelsabend machen. Reden.«

»Ja, das wäre schön.« Sam fällt auf, dass Ellie nichts verspricht. Aber das ist okay. Die Zeit wird kommen, denkt sie. All diese Verletzungen können nicht für immer bleiben. Ellie lächelt leicht. »Hey, weißt du noch, wie du deinen Ausweis nicht finden konntest?«

Sam hebt hinter ihrer Sonnenbrille die Augenbrauen. »Ja? Hat mich zwanzig Mäuse gekostet, mir einen neuen ausstellen zu lassen.«

»Du hast behauptet, ich hätte ihn genommen.«

»Stimmt«, sagt Sam mit einem leisen Lächeln – manchmal verwandeln sich schlimme Erinnerungen in gute.

»Du hattest recht«, gibt Ellie zu.

Sam verzieht das Gesicht. »He!« Im Auto hat Valerie eine Playlist mit Kinderreimen aufgerufen, die durch die Fenster nach draußen dringen. *Peter, Peter, kein Gezeter, ohne seine Frau, da geht er!*

»Es tut mir leid.« Ellie blinzelt gegen die Sonne.

»Es spielt keine Rolle.«

Sie schweigen. Sam ist noch nicht bereit, sich zu verabschieden. Das Licht verändert sich. Ein anderer Kinderreim beginnt. Mia schreit. »Ich muss gehen«, sagt Sam schließlich. »Danke, dass du vorbeigekommen bist. Fährst du jetzt zu Danny?«

»Ja«, sagt Ellie.

Das Auto ihrer Mutter steht an der Straße. Durch die Heckscheibe sieht Sam einen vollgepackten Rucksack. Unruhe überkommt sie. Auf einmal hat sie ein seltsames Déjà-Vu. Als würde sich etwas wiederholen, die Zeit sich im Kreis drehen. Sie schüttelt das Gefühl ab und lächelt Ellie an. Dann wird ihre Sorge abgelenkt von der quengelnden Mia. »In Ordnung, bis bald.«

Sechsundzwanzig

Die Vögel zwitschern noch, als Chelsey vor dem Haus der Blacks hält. Kats Auto steht nicht in der Einfahrt, aber das von Jimmy ist da. Sie klopft an die Tür, und Kat macht die Tür auf. »Detective Calhoun«, sagt sie erstaunt.

»Hey, Kat«, sagt Chelsey mit einem liebenswürdigen Lächeln, obwohl ihr aufgefallen ist, dass Kat sie mit ihrem Titel angeredet hat, nicht mit ihrem Vornamen, so wie sonst meistens. »Ich möchte zu Ellie.«

Kat runzelt die Stirn. »Sie ist nicht da.«

»Sie ist weg? Wir wollten uns hier treffen. Heute Morgen.«

Kat wiegt den Kopf. »Sie hat mich darum gebeten, ihr mein Auto zu leihen. Sie wollte Sam besuchen.«

»Was ist los?« Jimmy taucht hinter Kat auf.

»Detective Calhoun ist hier, um Ellie zu sehen.« Kat lächelt knapp.

»Wir hatten uns für heute Morgen hier verabredet, um unser Gespräch von gestern fortzusetzen«, erklärt Chelsey. Sorge überfällt sie.

Kat tritt von der Tür zurück. »Ich rufe Ellie an.«

»Kommen Sie rein.« Jimmy öffnet die Tür weiter, und Chelsey folgt ihm ins Wohnzimmer. Die Fenster stehen offen. Ein vergilbter Vorhang flattert im Wind. Die Luft ist mild, aber es riecht ein bisschen staubig.

Kat kommt schon nach einer Minute zurück, das Telefon in der Hand. Ihr Blick ist besorgt. »Ellie antwortet nicht.«

Jimmy räuspert sich. »Versuch es bei Sam.«

Kat nickt und wählt. »Hey, Schatz«, sagt sie. »Ist Ellie bei dir? Detective Calhoun ist hier und muss sie sprechen.« Kats Augenbrauen ziehen sich zusammen. »Nein?« Chelsey schluckt und lässt Kat nicht aus den Augen. »Sie hat gesagt, sie trifft sich mit Danny?«

»Fragen Sie, wie lange das her ist«, drängt Chelsey.

Kat tut es. »Eine Stunde?« Eine Pause tritt ein. »Nein, kein Grund zur Sorge. Es ist sicher nur ein Missverständnis. Ich ruf dich wieder an, ja? Gib Mia einen Kuss von mir.« Kat legt auf. »Sie ist vor einer Stunde bei Sam vorbeigekommen, sagte aber, sie sei auf dem Weg zu Danny.« Kat schüttelt den Kopf. »Ich verstehe das nicht. Von Danny hat sie gar nichts erzählt.«

»Versuchen Sie es bei ihm«, sagt Chelsey.

Kat ruft Danny an, und Chelsey hört, wie sie ihn fragt, ob er Ellie gesehen hat. Erkennt die Enttäuschung in Kats Stimme, nachdem er verneint hat, hört, wie sie zitternd einatmet, als sie den Anruf beendet. »Er hat sie nicht gesehen. Sagt, sie hatten für heute keine gemeinsamen Pläne.« Kat tastet nach Jimmys Hand, und Chelsey entgeht nicht, wie sie einander festhalten.

Sie möchte gerade etwas sagen, als das Telefon klingelt, laut und schrill. Kat blickt auf das Display. »Das ist Sam.« Sie nimmt den Anruf an. »Hi.« Sams Stimme ist nur ein Murmeln am anderen Ende der Leitung, Chelsey kann sie nicht verstehen. Aber Kats Gesicht wird vor Entsetzen kreidebleich. Die Luft im Haus der Blacks scheint dicker zu werden, schwerer.

»Was sagt sie?«, fragt Jimmy.

Kat beachtet ihn nicht. »Ich bin mir sicher, das ist kein Grund zur Sorge«, versichert sie Sam. »Lass mich mit Detective Calhoun sprechen, dann ruf ich dich zurück, okay?«

Kat trennt die Verbindung und sieht aus, als hätte sie einen

Geist gesehen. »Sam sagt, dass Ellie einen Rucksack im Auto hatte.«

Furcht macht sich in Chelseys Brust breit. Einen Rucksack? Warum? Um abzuhauen?

»Ich verstehe das nicht«, sagt Kat. Sie sieht erschöpft aus. Jimmy auch. Beide wirken völlig schockiert.

»Sind Sie sich sicher, dass sie nicht noch irgendeinen anderen Ort erwähnt hat, wo sie hinwollte?«, fragt Chelsey.

»Nein«, sagt Kat. »Nein.« Sie reibt sich die Augen. »Ich verstehe das nicht. Was geht hier vor? Wo ist Ellie?«

Chelsey muss an die Nacht denken, in der Lydia verschwunden ist. Sie krümmt die Zehen in ihren Schuhen, spürt wieder den Teppich unter ihren Fußsohlen. Den Drang, hinter Lydia herzurennen. Hätte sie es nur getan. Es ist still, und Chelsey merkt, dass Kat und Jimmy sie ansehen und auf eine Antwort warten.

»Irgendetwas stimmt hier nicht«, denkt Chelsey laut. Ellie wird vermisst. Schon wieder. Wo könnte sie diesmal sein? Sie sieht Jimmy und Kat an. Kat hat mit Sam gesprochen. Mit Danny. Beide hatten keine Ahnung. Wo hat Ellie die meiste Zeit verbracht, seit sie zurückgekommen ist? Chelsey sieht sich im Haus der Blacks um, betrachtet die dunkle Treppe. »Darf ich ihr Zimmer durchsuchen?«

In Ellies Zimmer zieht sich Chelsey ein paar Gummihandschuhe über. Kat und Jimmy warten im Flur. O Gott, wie es hier aussieht. Chelsey ist schon einmal hier drin gewesen, vor zwei Jahren. Sie sieht sich selbst, wie sie Ellies Sachen durchsucht – aromatisierte Lippenstifte, Fotos von Freundinnen, eine halbleere Flasche Wodka im obersten Fach des Kleiderschranks. Damals war es ein anderes Zimmer. Unordentlich, aber noch sauber. Jetzt ist es ein Chaos. Ein Wesen mit ausgerissenen Haaren, zerkratztem Gesicht, wundgeschriener Kehle. Ein öder, verwüsteter Ort.

Chelsey beginnt langsam, geht zunächst die Kleiderhaufen durch. Hebt ein Laken an und blickt aus dem Fenster. Öffnet die Schubladen von Ellies Kommode, zieht sie ganz heraus, um die Hinterseiten zu überprüfen. Alles in Ordnung. Als Nächstes kommt der Kleiderschrank; sie benutzt eine Taschenlampe, um ihn zu durchsuchen. Nichts. Sie stemmt die Hände in die Seiten, ist ratlos. »Gibt es sonst noch einen Ort in diesem Haus, an dem Ellie sich oft aufhält?«

Kat und Jimmy wechseln einen Blick. »Ich habe sie ein paarmal dabei ertappt, als sie im Abstellraum unter der Dachschräge geschlafen hat. In Sams altem Zimmer.«

»Zeigen Sie es mir«, sagt Chelsey.

Kurz darauf bückt sie sich und kriecht in den Abstellraum. Er ist eng und beklemmend, bietet gerade genug Platz, um zusammengerollt darin zu liegen. Angestrengt starrt sie in die Dunkelheit. Sie kniet auf einer zusammengeknüllten Decke, die Hand auf ein klumpiges Kissen gestützt, der Stoff fühlt sich kühl an zwischen ihren Fingern. Chelsey weiß, dass Ellie nicht hier ist, aber sie kann sie in diesem muffigen Raum vor sich sehen, in jedem Staubpartikel. Sie knipst die Taschenlampe an.

Da. Etwas hinter dem Holzbalken erregt ihre Aufmerksamkeit. Sie streckt die Hand danach aus, und ihre Finger schließen sich um ein braunes Päckchen. Auch ein Stück Rohr liegt da und zwei zusammengeknüllte Papierstücke. Chelsey nimmt die Sachen und kriecht wieder hinaus, legt alles auf den grauen Teppich. Sie setzt sich hin und faltet die Papierstücke auseinander. Es sind Postkarten, beide mit demselben Foto einer Reihe von Birken.

Jimmy gibt einen erstickten Laut von sich. »So eine habe

ich schon mal gesehen.« Er ist blass. »Am Hafen, als Sie zu uns gekommen sind, hatte Ellie so eine Postkarte in der Hand. Ich dachte, es wäre ein Flyer oder so was, den jemand zufällig an meine Windschutzscheibe gesteckt hat …« Er verstummt.

Chelsey erinnert sich an diesen Tag. An Ellie, die neben dem Auto stand, ein Stück Papier in der Hand, das zu Boden segelte. »Was haben Sie mit der Postkarte gemacht?« Vor Aufregung läuft ihr ein Schauder über den Rücken.

»Ich habe sie aufgehoben und auf die Rückbank geworfen. Ich hole sie.« Er dreht sich um und verschwindet.

Während Jimmy fort ist, öffnet Chelsey das Päckchen. Es ist leer, aber in den Ecken und Falten sind irgendwelche Rückstände. Sie fischt ein paar Krümel heraus. Es riecht nicht, aber sie erkennt, was es ist. Schießpulver.

»Haben Sie irgendwelche Schusswaffen hier im Haus?«, fragt sie Kat über ihre Schulter hinweg. Chelseys Vater hat seine Munition immer selbst hergestellt. Sie erinnert sich noch daran, wie sie das Pulver mit dem Zeigefinger zusammenschob, um konzentrische Kreise zu bilden, wie einen Zen-Garten.

»Nein.« Kat, die in der Tür steht, sinkt in sich zusammen.

Chelsey wendet sich ab. Sie untersucht das Plastikrohr. Reibt das Pulver zwischen ihren Fingern. Vor ihr liegen die beiden Hauptbestandteile einer Bombe.

Dunkle Gedanken gehen ihr durch den Kopf, Dinge, die sie gar nicht denken und glauben will. Könnte Ellie planen, sich selbst etwas anzutun? Oder anderen? Angst überfällt sie.

Jimmy kommt zurück, er ist außer Atem. »Hier.« Er gibt Chelsey eine Postkarte, und sie faltet sie auf. Das gleiche Bild mit Birken. Sie legt die drei Postkarten nebeneinander, dann dreht sie eine nach der anderen um. Auf den Rückseiten sind Ziffern. Mit dem Zeigefinger zieht sie die Karten in die richtige Reihenfolge.

Drei, zwei, eins.

Sie blickt hoch zu Kat und Jimmy, hat das Gefühl, sich aufzulösen, ins Nichts zu gleiten.

»Was ist?«, fragt Kat.

Chelsey schüttelt den Kopf, lässt sich von der Stille des Raumes überschwemmen. »Ich bin mir nicht sicher.« Ihre Stimme klingt rau in ihren Ohren, wie weit entfernt. Ihr Blick verschwimmt. »Aber ich glaube, es ist ein Countdown.«

x

Sie fragen sich wahrscheinlich, warum ich das getan habe. Nur deshalb lesen Sie das alles überhaupt, oder? Ich kann mir vorstellen, dass die ganze Sache Ihnen vorkommt wie eine verhedderte Halskette. Kaum hat man einen Knoten entwirrt, taucht schon der nächste auf, so lange, bis alles unlösbar ist. Wann die Dinge so durcheinandergeraten sind, spielt keine Rolle. Nur der letzte Knoten ist wichtig. Wenn Sie allzu kräftig daran ziehen, kann die Kette reißen.

Wenn Sie so sind wie ich, werden Sie nach einer Möglichkeit suchen, das ganze Ding zu retten.

Ich habe meine Seele an den Teufel verkauft, und ich bereue es nicht.

Die Luft war eiskalt, der Himmel silbern und violett, so, wie er manchmal aussieht, bevor es schneit. Wenn der Landschaft alles Licht entzogen wurde. In der Nacht zuvor hatte Grace einen Zahn verloren.

»Meinst du, die Zahnfee findet mich hier?«, fragte sie und steckte den Finger in ihren Mund, um die neue Zahnlücke zu betasten.

Wir saßen um das Feuer und Charity stocherte in der Holzkohle.

Ich strich Grace das Haar zurück. Es wurde immer länger, und ich musste mir überlegen, wie sie es sich aus dem Gesicht halten konnte, denn David ließ nicht zu, dass wir es abschnitten. »Natürlich«, versprach ich.

Grace blickte zu mir hoch. »Warum findet mich meine Mom dann nicht?«

»Kannst du sie nicht dazu bringen, still zu sein?«, stieß Charity hervor.

Ich warf ihr einen finsteren Blick zu und tätschelte Graces Knie. »Du weißt doch, dass wir nicht über sie sprechen dürfen.«

Ich dachte darüber nach, ein Stück Schnur aufzutreiben und es gegen den Zahn auszutauschen, hatte mir schon genau überlegt, wie ich es gegenüber Grace darstellen würde. Oh, wow, die Zahnfee hat dir ein Stück Schnur gebracht? Das ist toll. Du musst wirklich etwas ganz Besonderes sein. Man muss nur genug Begeisterung an den Tag legen, um Menschen zu überzeugen.

Eine eisige Windböe fegte von hinten über uns hinweg und löschte beinahe das Feuer. Eine Tür schlug zu. »O Gott«, sagte Charity und starrte über das Gelände. Ich folgte ihrem Blick. Die Tür des Waffenlagers schwang hin und her. »Es ist offen.« Sie stand auf wie in Trance.

»Charity, nein.«

»Das ist unsere Chance.« Charity blickte zu mir herunter, die Augen starr und leer. Dann eilte sie davon, als stünde sie unter einem Bann.

»Bleib hier«, befahl ich Grace und rannte hinter Charity her ins Waffenlager. Blasses Sonnenlicht fiel durch die winzige Öffnung ganz oben im Dach. Charitys Lächeln war ein bisschen wild, ein bisschen verloren. »Ich werde ihn töten.« Sie nahm einen Revolver und sah mir in die Augen.

Wir könnten frei sein. Die unausgesprochenen Worte schwebten zwischen uns in der kalten Luft. Es war ein schwindelerregendes Gefühl, so, wie mitten im Sommer in einen warmen, reifen Pfirsich zu beißen.

Ein Schatten fiel über uns. »Leg die Waffe weg, Charity«, erklang Davids Stimme. Ich konnte seine Körperwärme spüren. Er ging langsam um mich herum. »Sei vorsichtig. Du willst doch niemanden verletzen«, fügte er hinzu, die Hände erhoben. Ruhig. Zu ruhig? Etwas kam mir seltsam vor. Die Sicherheit, mit der er sich bewegte. Als wäre er überzeugt, dass ihm nichts passieren konnte.

Charity umfasste den Revolver mit beiden Händen und hob ihn hoch, nahm David ins Visier. Draußen fing es an zu schneien, die Flocken tanzten schläfrig. Davids Brust hob und senkte sich langsam und gleichmäßig.

Er sah mich an. »Destiny, nimm Charity die Waffe ab.«

Die Zeit lief so langsam wie Harz, das an einem Baum herabrinnt. Charity schwenkte die Waffe zwischen David und mir hin und her.

Wieder sagte David meinen neuen Namen. »Destiny, nimm Charity die Waffe ab«, wiederholte er. »Tu es für Grace.«

Ich wandte den Kopf, um durch die offene Tür zurück zum Feuer zu blicken. Michaels Hände lagen auf Graces Schultern. Ein paar Zentimeter höher und sie wären an ihrem Hals. Er könnte zudrücken. Das Licht auslöschen. Ihr Leben.

Alles geschah wie in einem trüben Nebel. Ich lief auf Charity zu, rammte meine Schulter in ihren Bauch und stieß sie um. Die Waffe fiel scheppernd zu Boden. Charity lag unter mir und strampelte und kreischte. David schlug mit der Faust zu. Einmal, zweimal. Blut war an seinen Händen, und kleine Tropfen spritzten auf den Betonboden, sogar bis nach draußen. Wenn ich die Augen schließe, kann ich es immer noch sehen, das Blut und den Schnee. Er stand auf, schwer atmend. Charity lag zusammengekrümmt da, ihr Gesicht begann bereits anzuschwellen, violett verfärbt.

»Du hast es getan.« Er trat zu Charity und lächelte seltsam heiter, ein bisschen atemlos. »Ich habe geahnt, dass du das tun würdest, nach dem Abendessen neulich.« Als ich mich selbst gegen Grace eintauschen wollte. »Aber ich musste sichergehen.«

»Was?«, fragte ich, verstört, fassungslos.

»Was, was? Das alles war ein Test.« David hob den Revolver auf, richtete ihn auf mich und drückte den Abzug. *Klick.* Ich zuckte zusammen, wartete auf den Schmerz. Nichts. Kein Schlag gegen die Brust, kein Blut. Davids Grinsen wurde noch breiter. »Leer. Er war nicht geladen«, verkündete er. »Du liebst Grace wirklich, oder? Ich wollte sehen, wie weit du gehen würdest, um sie zu retten.« Ich schluckte und sah mich nach Grace um. Sie war jetzt bei den Zwingern, kniete davor und streckte eine Hand durch das Gitter, um Stern zu streicheln. Mein Kinn zitterte. Alles nur ein Test? Ich hatte Charity verletzt wegen eines Tests? Die Luft brannte in meiner Lunge. Ein Nebel senkte sich herab, ich hyperventilierte und lachte gleichzeitig. War ich jetzt genauso verrückt wie David? Ich krallte meine Finger in meine Hüften.

»Hör auf«, stieß David hervor. Ich sah seine Hand nicht kommen, die auf mein Gesicht prallte. *Patsch.* Ich wurde sofort nüchtern, tastete nach meiner rechten Wange. »Sei still«, befahl er. »Bring Grace in ihr Zimmer«, rief er dann Serendipity zu. Ich sah, wie Grace weggeführt wurde. Das hatte ich ihr beigebracht: zu tun, was ihr gesagt wurde, still zu sein, nicht zu kämpfen. So überlebten wir, aber so konnte man nicht leben.

»Es tut mir leid. Bitte, es tut …« Ich fiel auf die Knie, beugte mich über seine Füße. Manchmal liebte ich ihn. Manchmal wollte ich seine Zuneigung, sehnte mich nach seiner Freundlichkeit, danach, dass er mich ansah, als wäre ich ein Schatz, den er bewahren wollte.

David seufzte und zog mich an den Ellbogen hoch. Meine Wange brannte vor Schmerz, genauso wie jeder andere Teil meines Körpers. »Armes Mädchen«, murmelte er und nahm mich in die Arme. So standen wir einen Augenblick da. Schwankend. Ein Schrei stieg in mir auf und blieb in meiner Kehle stecken.

Dann hielt er inne und trat zurück, sodass wir uns Auge in Auge gegenüberstanden. »Destiny.« Er lächelte merkwürdig und spielte mit einer meiner Haarsträhnen. »Oder soll ich dich Gilgamesch nennen?« Über uns kreisten zwei Adler. Einen von ihnen hatte ich beobachtet, seit er ein Jungvogel war. Jetzt hatte er sich gepaart, sein Nest war ganz in der Nähe. David küsste mich auf die Lippen. »Ich liebe dich«, sagte er.

In meinem Inneren war alles durcheinander. Ohne jede Form. Wirbelte und flog umher wie auf einer unendlichen Zeitachse. Wie eine explodierende Sonne, ein schwarzes, alles verschlingendes Loch. »Ich liebe dich auch«, sagte ich. Gibt es ein Wort für das, was du am meisten liebst und zugleich fürchtest? Er küsste mich auf die Stirn. Seine Berührung breitete sich in mir aus wie ein Virus.

Siebenundzwanzig

Chelsey verlässt das Haus der Blacks und läuft durch den Garten, trampelt das Gras nieder. Panik breitet sich in ihr aus. Sie zieht ihr Handy aus der Tasche und wählt.

»Detective Calhoun«, meldet sich Dr. Fischer nach dem ersten Klingeln.

»Cerise, Ellie wird vermisst«, sagt Chelsey mit tonloser Stimme.

»Nein«, ruft Dr. Fischer aus. »Aber … Wie? Wie geht es den Eltern?«

Chelsey blickt zum Haus. »Nicht gut.« Durch das Fenster sieht sie Kat, die wie erstarrt dasteht, mit verschränkten Armen, als müsste sie sich selbst zusammenhalten. Chelsey wendet sich wieder der Straße zu.

Dr. Fischer seufzt. »Verständlich.«

Chelsey schaut auf die Uhr. Es ist jetzt 10:15 Uhr. Sie hat eine neue Zeitleiste begonnen, seit Ellie weg ist, es sind jetzt zwei Stunden und dreißig Minuten. Ellie hat einen Rucksack bei sich und die Bestandteile einer Rohrbombe. Chelsey kann ihre Telefondaten bekommen, aber das dauert Stunden, und sie zu beantragen bedeutet zuzugeben, dass Ellie eine Gefahr für sich selbst und für andere darstellt. Chelsey muss zuerst wissen, warum Ellie das tut.

Sie hat eine Theorie.

Vor ihrem inneren Auge sieht sie die drei Birkenpostkarten. Die dicken, mit Filzstift gemalten Ziffern auf den Rückseiten. Beweise dafür, dass Ellie seit dem Tag, an dem sie nach Hause gekommen ist, beobachtet wurde. Durch diese Erkenntnis setzen sich mehrere Puzzleteile zusammen. Ellie hat sich immer vorsichtig und wachsam verhalten – weil sie es musste. Sie hat gewusst, dass jemand ein Auge auf sie hatte. Kein Wunder, dass sie nicht mit Chelsey reden und die Ermittlungen unterstützen wollte.

Andere Einzelheiten ergeben jetzt Sinn. Chelsey dachte, Ellie wäre geflüchtet oder zum Sterben zurückgelassen worden. Aber für diese Theorie gab es keinerlei physische Anzeichen. Keine neuen Hämatome. Gepflegte Fingernägel. Was, wenn Ellie sich gar nicht freigekämpft hat? Sondern … zurückgeschickt worden ist? Es ist lächerlich. Es ist verrückt, dieses Szenario auch nur in Betracht zu ziehen. Aber die Idee schlägt in ihr Funken und lodert schließlich auf wie ein Waldbrand.

»Ich hoffe, Sie können mir noch mehr Informationen geben. Worüber Sie miteinander gesprochen haben«, sagt Chelsey zu Dr. Fischer. Ein Engegefühl breitet sich in ihrer Brust aus – ein Knoten aus Verzweiflung und Angst. »Ich glaube, Ellies Leben ist in Gefahr. Jemand ist ihr die ganze Zeit gefolgt, und er kann ihr auch jetzt auf den Fersen sein.« Und … wenn Chelsey erst mit Sergeant Abbott darüber gesprochen hat, ist die Büchse der Pandora geöffnet. Sobald sie eine Rohrbombe erwähnt, wird die Anti-Terror-Einheit involviert. Dann gibt es einen Fahndungsaufruf. Polizisten aus allen angrenzenden Countys werden dann nach Ellie suchen, bereit, ein Höllenfeuer zu entfachen. »Jedes noch so kleine Detail kann von Bedeutung sein.«

Am anderen Ende der Leitung herrscht eine Weile gedrücktes Schweigen. Dann: »Ellie leidet unter einer posttraumatischen Belastungsstörung. Unsere Gespräche waren eine erste Annäherung. Wir hatten bisher nur wenige Sitzungen. Sie sagte, sie würde sich fühlen, als ob sie eine andere Person wäre. Das ist typisch für Opfer von sexuellem Missbrauch«, betont Dr. Fischer.

»Während unserer letzten Sitzung haben wir einen kunsttherapeutischen Ansatz ausprobiert, und Ellie hat zwei Zeichnungen gemacht. Die habe ich Ihnen gezeigt.« Dr. Fischer hält inne. »Habe ich Ihnen erzählt, dass sie die Mädchen als ihre Schwestern bezeichnet hat?«

Es kostet Chelsey enorme Anstrengung, aufrecht stehenzubleiben. Sie denkt an gestern. *Klingt, als würden Sie alles tun für Ihre Schwester*, hat Ellie gesagt. *Das stimmt. Ich hätte alles für sie getan*, hat Chelsey geantwortet. *Das verstehe ich*, hat Ellie gesagt, und es hat inbrünstig geklungen.

Alles? Auch ihr eigenes Leben opfern? Versucht Ellie, jemanden zu retten? Willa vielleicht. *Ich habe sie beschützt*, hat Ellie gesagt. Versucht Ellie immer noch, Willa zu beschützen?

»Ihre Schwestern. Sind Sie sich sicher?«

»Ja«, antwortet Dr. Fischer mit fester Stimme.

Chelsey dankt ihr und legt auf. Ellie war zusammen mit anderen Mädchen in Gefangenschaft und hat sie als Schwestern bezeichnet … Chelseys Gedanken rasen. Drinnen warten die Blacks, und sie werden noch länger warten müssen. *Tick, tick, tick*. Chelsey spürt die Sekunden verrinnen. Sie ballt die Fäuste und sammelt sich, dann geht sie wieder ins Haus und teilt Jimmy und Kat mit, dass sie später wiederkommt. Dass sie aufs Revier muss. Dass sie Ellie jetzt anzeigt. Einen Fahndungsaufruf auf Kats Auto rausgibt. Die Fahrerin ist bewaffnet. Aber gefährlich? Chelsey weiß es nicht. Es würde sie umbringen, Ellie anderen zu überlassen. Ihre einzige Hoffnung ist jetzt, das Mädchen zuerst zu finden.

Bitte, Ellie, denkt sie. Tu nichts, das wir alle bereuen werden.

xi

Ein kleiner Gummireifen, ein zersprungener Scheinwerfer, eine Plastiktür – das war noch übrig von dem ferngesteuerten grünen Lastwagen, der in Einzelteilen um mich verstreut lag.

Ich saß auf dem Boden in der Mitte des Raumes mit den Plastikplanen. Das Wetter war mild, der Frühling kam, und hier drinnen war es schwül. David trug kurze Ärmel, seine haarlosen Arme waren sichtbar von Adern durchzogen. Schweiß glänzte auf seiner Oberlippe. Er hatte diesen bestimmten Blick, ein animalisches Glitzern, der mich beunruhigte. Ich hielt zwei Kabel in den Händen – ein weißes und ein rotes –, die beide aus dem Inneren des Lastwagens stammten.

David kauerte sich neben mich. »Das ist es, Destiny«, sagte er. Aus seinem Mund klang mein Name glatt wie Öl. »Jetzt steck die Kabel ins Rohr.« Er leckte sich den Schweiß von der Oberlippe. Ich tat, was er mir sagte, mit zitternden Händen.

Das Rohr war präpariert, ein Loch war hineingebohrt worden. Dann hatten wir es mit Schwarzpulver und Glasscherben gefüllt und verschlossen. Vaseline klebte an einem Ende, und meine Finger waren glitschig davon, als ich die Drähte anbringen wollte.

»Ganz ruhig«, sagte David und tätschelte meine Hand. Seine Finger waren feucht. »Ich will keine Pannen.«

Ich legte das Rohr und die Kabel vor mir ab, sodass sie weit voneinander entfernt waren. Dann streckte ich meine Finger, versuchte, die Hände ruhig zu halten. Ich starrte auf das weiße und das rote Kabel, bis die Farben ineinander verschwammen.

David zog eine große Uhr aus seiner Gesäßtasche. »Stell die Zeit ein und verbinde sie.« Ich nahm die Uhr entgegen und öffnete sie vorsichtig. Es war ein schönes altes Stück, wahrscheinlich eine Antiquität. Schade drum. Ich stellte die Zeit ein und brachte dann das rote und das weiße Kabel an, so wie David es mir gezeigt hatte. In zwei Stunden würden sie sich berühren, und dann ... *Bumm.*

Achtundzwanzig

Chelsey braucht nur halb so lange wie sonst zum Polizeirevier. Sie geht hinein, hört das übliche Stimmengewirr, Telefonklingeln, Papierrascheln. Suzette am Empfangstisch lächelt ihr zu, und Chelsey versucht zurückzulächeln, verzieht aber nur grimmig die Lippen. Verzweiflung nagt an ihr. Die Nachrichten, die über den Flachbildschirm oben an der Wand des Großraumbüros flackern, erregen ihre Aufmerksamkeit. *Bombenfund vor Villa der Gouverneurin von Washington* lautet die Unterzeile.

Bombe. Das Wort hallt in ihr nach wie eine schrille Glocke. Bombe, Bombe, Bombe. Sie geht näher an den Fernseher heran. Liegt es an ihr, oder ist der Ton plötzlich schlechter? Das Bild? Ihr Gesichtsfeld wird am Rand dunkler, als wäre sie in einem Tunnel. Ihre Kehle ist eng. Sie findet die Fernbedienung auf Dougs Schreibtisch und dreht die Lautstärke auf. Die Unterhaltungen verstummen, stattdessen erklingt die Stimme des Nachrichtensprechers.

»Bisher ist nichts Genaueres bekannt, aber gegen 11:00 Uhr an diesem Vormittag hat ein Sicherheitsbeamter ein potenzielles Selbstmordattentat verhindert. Das Ungewöhnliche ist, dass es sich um eine weibliche Täterin handelt, wie hier auf diesem Überwachungsvideo zu sehen ist«, sagt Fox London.

Das Bild wechselt. Eine Frau mit Baseballkappe und übergroßer Jacke rennt, eine Hand gegen ihren Bauch gepresst, über eine grüne Rasenfläche. Chelsey erkennt diese verdammte Jacke. Es ist die von Jimmy, die Ellie immer getragen hat. Chelsey spürt, wie ihr Mund trocken wird. *Ellie. Nein.*

»Die Täterin wartete am Tor auf die Autokolonne der Gouverneurin, und es ist nur ein glücklicher Zufall, dass sie ihre Pläne nicht umsetzen konnte: Die Gouverneurin war von einer Reifenpanne aufgehalten worden. Das Ministerium für Innere Sicherheit wollte die Identität der Frau nicht bestätigen«, kommentiert Fox London die unscharfe Videoaufzeichnung. »Aber eine Angestellte hat die Frau erkannt.«

Eine grauhaarige Frau in einer Vliesweste kommt ins Bild. »Sie heißt Elizabeth Black. Ich habe sie in den Nachrichten gesehen. Sie ist das vermisste Mädchen, oder?« Es folgen Helikopteraufnahmen von der Gouverneursvilla. Draußen steht eine Armada von Polizeifahrzeugen, außerdem ein Heer von Männern in Kampfausrüstung. Auf einmal fangen alle Telefone an zu klingeln – hoch und schrill.

Chelsey taumelt zurück. *Ellie, was hast du getan?*

Sergeant Abbotts Bürotür öffnet sich. »Chelsey«, bellt er. »In mein Büro, sofort.«

Chelseys Herz klopft, und ihr ist ein bisschen schwindelig, als sie im Büro ihres Chefs steht.

Eine Weile herrscht fassungsloses Schweigen. Abbott ballt die Fäuste, ein Muskel in seinem Kiefer zuckt.

»Hattest du davon irgendeinen Schimmer?« Abbott sitzt kerzengerade auf seinem Stuhl und taxiert Chelsey wie ein Habicht.

Sie schüttelt den Kopf, bringt kein Wort heraus. »Nein«, krächzt sie schließlich. »Das heißt, das stimmt nicht ganz. Als ich bei den Blacks war, um Ellie zu befragen, habe ich dort Hinweise darauf gefunden, dass sie möglicherweise beabsichtigt, sich selbst oder anderen zu schaden. Ich war auf dem Weg hierher, um es zu melden. Aber ich hatte keine Ahnung, wo Ellie hingefahren war. Was sie plante.« Ellie hat vor der Villa der Gouverneurin eine Bombe gezündet. Oder hatte es vor. Solche sprachlichen Feinheiten sind jetzt unwichtig. Wie konnte das passieren? Es ist Chelseys Schuld. Sie hat es nicht kommen sehen. Hat einen riesigen Fehler gemacht.

Ihre Umgebung scheint wegzudriften, und Chelsey liegt auf dem Bauch, das Gewehr angelegt, einen Elch im Visier. Schweiß steht auf ihrer Stirn, und sie macht eine Handbewegung, um ihn wegzuwischen. Die Ohren des Elchs zucken. *Schieß*, flüstert ihr Vater. Sie betätigt den Abzug, und eine Kugel streift den Elch an der Flanke. Der Elch ist fort. *Verdammt, Chelsey*, schimpft ihr Vater. *Das ist deine Schuld.*

»Es tut mir leid, Sir«, sagt Chelsey, und es hört sich an wie an jenem Tag im Wald, als sie ihren Vater um Verzeihung anflehte. Sie zweifelt an sich selbst, an ihren Fähigkeiten in diesem Job.

»Das alles ist ein verdammtes Chaos«, erklärt Abbott.

Suzette klopft an und steckt den Kopf zur Tür herein. »Sir, bitte entschuldigen Sie den ungünstigen Zeitpunkt, aber die Homeland Security ist am Telefon. Ich habe den Sachverhalt erklärt, aber sie bestehen darauf, mit Ihnen zu sprechen.«

»Stellen Sie sie durch«, sagt Abbott, und Suzette eilt davon in das unhörbare Chaos des Großraumbüros. Chelsey senkt den Kopf. Wie konnte ihr das alles entgehen? Ellie hat sich seltsam benommen, ausweichend. Chelsey hat es dem Trauma zugeschrieben. Aber kann sie wirklich traumatisiert gewesen sein … und dann eine solche Wendung gemacht haben?

Abbott drückt auf einen Knopf an seinem Telefon, und Stimmen dringen aus dem Lautsprecher. Sie stellen sich kurz vor, Chelsey kennt die Namen nicht, Direktor und Spezialagent soundso. Ihr Magen krampft sich zusammen.

»Wir brauchen Ihre Fallakte zu Elizabeth Black«, sagt die

Stimme am anderen Ende der Leitung. »Wir schicken jemanden, um sie abzuholen.«

In Chelseys Hand vibriert es. Sie hat ihr Handy ganz vergessen. Ellies Eltern rufen an.

»Meine Mitarbeiterin wird dafür sorgen, dass alles vorbereitet ist, wenn Ihr Kollege kommt«, verspricht Sergeant Abbott. Er steht auf und stützt sich auf die Schreibtischplatte, während er in den Hörer spricht. In Abbotts Angewohnheiten erkennt Chelsey oft ihren Vater wieder. Er hat sich ähnlich verhalten, als Lydia ermordet wurde, ist in einen roboterhaften Zustand verfallen. Sie fragt sich, was Abbott empfindet, nachdem seine Ex-Frau beinahe ermordet worden wäre. Er hat gesagt, sie sei die Liebe seines Lebens. »Gibt es sonst noch was?«

Sie haben noch Fragen zu Ellie. Wen sie besucht hat, wer bei ihr war. Chelsey geht ihre Begegnungen mit Ellie durch, ruft sich alles in Erinnerung. Ellies Blick, als würde sie in einen bodenlosen Abgrund stürzen. Ja, Ellie hat etwas verheimlicht. Aber ist sie eine Terroristin? Eine Mörderin? Chelsey kann es nicht glauben.

Ihr wird mitgeteilt, dass sie Ellies Eltern nicht mehr besuchen darf. Ein Bundesbeamter wird das übernehmen. Nach und nach wird sie von dem Fall abgezogen. Aus Ellies Netz gelöst.

»Haben Sie irgendeine Ahnung, wo sie sein könnte?«, fragen sie.

Kurz durchströmt Chelsey ein Gefühl der Erleichterung: Diese Frage bedeutet, dass Ellie davongekommen ist. Sie haben keine Ahnung, wo sie ist. Aber dann überwiegt wieder die Sorge. Ellie ist auf der Flucht. Allein. Verwirrt. Verängstigt. Dr. Fischer sagt, dass Ellie nicht mehr weiß, wer sie ist. Vielleicht kann Chelsey sie finden und sie an das Mädchen erinnern, das sie einmal war. Du bist nicht verloren. Du bist nicht weg. Es gibt immer noch so viel, was du in dieser Welt tun kannst. Es tut mir so leid, dass du leidest, aber das ist noch nicht das Ende deiner Geschichte. Das lässt Chelsey nicht zu.

»Detective?«, bellt Abbott.

Chelsey strafft die Schultern. »Nein, habe ich nicht. Sie hat bei den Ermittlungen alles abgeblockt.«

»Logisch, nach allem, was wir jetzt wissen«, sagt Abbott.

»Das ist richtig«, stimmt der Direktor zu.

»Sonst noch was?« Sergeant Abbot mustert Chelsey prüfend.

Chelsey wischt ihre feuchten Handflächen an den Hosenbeinen ab. Sie kann immer noch nicht glauben, was hier passiert. Schließlich schüttelt sie ihre Erstarrung ab. Sie hat nur noch eine Karte, die sie ausspielen kann, eine Möglichkeit, die anderen zum Zuhören zu bewegen, zur Zurückhaltung. »Ich glaube, dass Ellie versucht, jemanden zu retten. Ein anderes Mädchen, das vermisst wird. Ihr Name ist Willa Adams.« Sie spricht hastig, ihre Worte schießen hervor wie kleine Pfeile. »Willa ist noch klein, erst neun Jahre alt. Sie ist vor ungefähr anderthalb Jahren entführt worden, also als Ellie schon verschwunden war. Ich glaube, die beiden waren zusammen in Gefangenschaft. Und ich glaube, dass Willa als Druckmittel benutzt und Ellie von ihren Entführern genötigt wird. Ich weiß, dass es schlecht für sie aussieht, aber …« Sie holt tief Luft, hofft, dass ihre Stimme ihre Verzweiflung nicht verrät. Es ist wichtig, dass sie jetzt ernstgenommen wird. »Sie kann nichts dafür. Es ist nicht ihre Schuld, dass sie das getan hat. Sie dürfen sie nicht wie eine normale Verdächtige behandeln«, sagt sie flehend. »Sie ist hier auch ein Opfer.«

»Wir werden das überprüfen«, sagt einer der Sonderermittler, aber es ist offensichtlich, dass er das nicht tun wird. Es kümmert ihn nicht. Wie oft hat Chelsey selbst schon etwas versprochen, das praktisch unmöglich war, und zwar in genau diesem für Verfahrensfragen typischen monotonen Tonfall? »Aber fürs Erste gilt Elizabeth Black als bewaffnet und gefährlich«, endet er.

Chelsey weiß, was das bedeutet. Erst schießen, dann Fragen stellen. Sie presst die Lippen zusammen. »Ich möchte mit einbezogen werden. Lassen Sie mich bei der Suche helfen. Ich kann innerhalb einer Stunde in Olympia sein, höchstens anderthalb.«

»Wir wissen das Angebot zu schätzen«, sagt ein anderer Agent in einem Tonfall, als würde er ihr den Kopf tätscheln – du hast dein Bestes versucht, jetzt lass die Männer mal machen. »Aber das ist jetzt Sache der Homeland Security.« Pause. »Und angesichts der persönlichen Beziehungen Ihrer Dienststelle zur Gouverneurin ist es das Beste, wenn Sie alles uns überlassen.«

Chelsey fühlt sich schwach, als Sergeant Abbott den Spezialagenten dankt und ihnen seine volle Unterstützung zusagt. Das Telefonat ist beendet.

»Ich möchte nach Olympia.« Chelsey steht auf.

Abbott schüttelt den Kopf, ohne sie anzusehen. »Nein, Chelsey.«

»Aber …«

»Du bist raus aus dem Fall, Chelsey. *Wir* sind raus aus dem Fall«, macht er unmissverständlich klar und sieht sie warnend an. »Dräng mich nicht, sondern mach diese Akte fertig und geh nach Hause.«

Sie steht auf, will aber Abbotts Büro noch nicht verlassen. »Sir …«

»Das ist ein Befehl, Chelsey. Geh«, donnert er. Dann wird sein Ton weicher. »Ich … kann mich jetzt nicht weiter darum kümmern, muss ein paar Anrufe machen. Meine Kinder …« Er reibt sich die Stirn. »Akte fertig und ab nach Hause, Chelsey.«

Chelsey legt eine Hand an die Tür. »Die Akten sind in meinem Auto. Ich hole sie.« Sie will noch etwas sagen, aber Abbott hat sich schon abgewendet und tippt etwas in sein Handy.

Als Chelsey das Polizeirevier verlassen hat, macht sie einen Anruf. Es klingelt drei Mal, dann meldet sich Montoya. »Detective Calhoun«, sagt er. »Gut, dass Sie sich melden.«

Chelsey nagt an ihrem Daumennagel, während sie versucht, sich zu sammeln. »Haben Sie die Nachrichten gesehen?« Auf der anderen Straßenseite stehen ein paar Teenager, die lachen und sich gegenseitig anstoßen, bevor sie in einem Diner verschwinden.

»Jaa«, sagt er gedehnt.

»Haben Sie irgendetwas über ihren möglichen Aufenthaltsort gehört, gibt es Vermutungen, wohin sie geflohen sein könnte?«, fragt Chelsey, weil sie sich daran erinnert, dass Montoya ein paar Jahre in der Antiterroreinheit gearbeitet hat. Vielleicht hat er ein paar Informationen, die ihr nützlich sein können.

»Nein, nichts. Sie ist spurlos verschwunden. Aber bald werden sie mit Helikoptern unterwegs sein, es gibt eine landesweite Suche, und sie bekommen auch eine Genehmigung für die Auswertung der Telefondaten. Sie kennen ja das Prozedere … Man wird Funkmasten anpingen und Ellies Standort einkreisen. Dann kann sie sich nirgends verstecken.«

Wie viel Zeit hat Ellie, bis man sie findet? Chelsey geht alle Fälle durch, an denen sie gearbeitet hat oder die sie kennt, bei denen es um Bomben ging. Gibt es Parallelen zu Ellies Fall? Da war dieser Mann, ein verärgerter Bauunternehmer, der bei einem Konzert Bomben legte und es in einen anderen Bundesstaat schaffte, bevor er gefasst wurde. Wie lang hat das gedauert? Fünfzehn, sechzehn Stunden? Er hatte sich auf einem Schrottplatz versteckt. Sie schossen auf ihn und trafen ihn an der Wirbelsäule, jetzt ist er vom Hals abwärts gelähmt.

»Was machen sie mit ihr, wenn sie sie finden?«, fragt Chelsey, obwohl sie es ahnt. Sie läuft nervös auf dem Gehweg auf und ab.

»Ehrlich gesagt, ich weiß es nicht. Die Taktik ändert sich oft, und ich bin seit zehn Jahren nicht mehr dabei. Zu meiner Zeit zielte man darauf ab, immer zuerst zu verhandeln. Nach dem Blutbad in Waco hatte das FBI angeordnet, Tragödien in der Zivilbevölkerung zu vermeiden. Aber … das hier ist Sache der Homeland Security, und das ist ein Riesenunterschied. Wenn die glauben, dass Ellie eine Gefahr darstellt … Ich meine, sie könnte noch mehr Bomben haben.«

Chelsey erstarrt, verarbeitet die Information. »Danke«, sagt sie. »Das hilft mir. Lassen Sie es mich wissen, wenn Sie etwas hören?«

Montoya verspricht es.

An ihrem Auto nimmt Chelsey die Akte vom Beifahrersitz. Ihre Hände zittern. Fotos von den vermissten Mädchen segeln auf den Asphalt. Da ist Gabrielle, die für die Kamera einen Kussmund macht, eine Reihe von Freundschaftsarmbändern am Arm. Hannah, halb im Profil, den Blick in die Ferne gerichtet. Willa, die an einer Reckstange hängt. Und Ellie am Strand, die sich mit ausgebreiteten Armen gegen den Wind stemmt.

Chelsey steckt die Fotos wieder in die Akte. Sie wartet einen Moment, den Blick auf das Polizeirevier gerichtet, das von außen ruhig aussieht. Ihr Vater würde ihr sagen, dass sie nicht aufhören soll. Er hat sie einen Elch durch den ganzen Wald jagen lassen. *Los, ihm nach,* befahl er.

Daddy, zwing mich nicht, hat sie gesagt und ihn angesehen. *Bitte.*

Er war streng und doch liebevoll. *Es ist nicht richtig, ihn einfach so zurückzulassen. Kein Wesen sollte leiden müssen.* Sie ist der

Blutspur des Tiers sechs Stunden lang gefolgt, mit Tränen in den Augen, den Vater hinter sich, bis sie den Elch fand, der zwischen ein paar Farnen zusammengebrochen war. Ihr Vater nickte ihr zu. *Los.* Sie legte ihr Gewehr an und schoss dem Elch direkt zwischen die Augen.

Chelsey trifft eine Entscheidung. Wirft die Selbstzweifel ab. Weiß, was sie zu tun hat. Sie steigt mit der Akte ins Auto und fährt los. Nein, sie hört jetzt nicht auf.

Neunundzwanzig

Chelsey hält mit quietschenden Bremsen vor dem Haus ihres Vaters. Sie stürmt durch die Haustür, geht schnurstracks ins Arbeitszimmer und wirft den Inhalt der Akte auf den Boden. Mit zitternden Händen pinnt sie die Karte von Washington wieder an die Wand.

Finde Ellie. Finde Ellie. Finde Ellie, dröhnt es in ihrem Kopf. Sie denkt darüber nach, dass Ellie eine Mission hatte. Dass Ellie zurückgeschickt wurde.

Die Landschaft setzt sich neu zusammen, Felsen verschieben sich, Berge schmelzen, Seen entstehen, als Chelsey im Geist die Topografie des Falles korrigiert. Sie hat immer angenommen, dass Ellie entkommen ist – zu Fuß. Aber was, wenn das nicht stimmt? Was, wenn ihr Entführer an ihrer Rückkehr beteiligt war? Wenn er sie irgendwohin gebracht und dort abgesetzt hat? Ja, diese Puzzleteile scheinen zusammenzupassen. Ellie ist zurückgebracht worden, weil sie für ihren Entführer eine Mission erfüllen sollte. Dann hat sie den Bombenanschlag vermasselt …

Also, was macht Ellie jetzt? Wohin geht sie? Nach Hause kann sie nicht.

Aber vielleicht … vielleicht doch. Vielleicht nicht zu dem Zuhause, das Chelsey kennt, bei Jimmy und Kat, sondern dorthin, wo sie in den letzten zwei Jahren gewohnt hat. Dort ist Willa. Ellie hat angedeutet, dass Willa noch lebt. Kann es sein, dass sie ihretwegen zurückgeht? Um bei ihr zu sein?

Chelsey starrt auf die Karte, weicht einen Schritt zurück, tritt dabei auf eine der Vermisstenanzeigen und hebt sie auf. Zehn Minuten später hat sie die Fotos aller Mädchen an die Karte gepinnt. Auf dem Tisch liegt ein roter Marker, und Chelsey nimmt ihn und öffnet ihn mit den Zähnen. Die Polizei kann eine Person lokalisieren, indem sie ihr Handy anpingt. Die Signale werden von Funkmasten reflektiert, und durch die Technik der Triangulation wird ein ungefährer Standort eingegrenzt. Dasselbe Konzept benutzt Chelsey jetzt, indem sie Verbindungslinien zwischen den Mädchen zieht.

Es ergibt sich ein Spinnennetz mit einem deutlichen Zentrum – dem Olympic National Forest. Jedes Mädchen, von dem sie glaubt, dass es ebenfalls Opfer von Ellies Entführer geworden ist, wurde in einem Radius von drei Fahrtstunden von dort entführt.

Chelsey holt so tief Luft, dass ihr beinahe schwindelig wird. Der Wald. Mehr als ein Wald, ein Nationalpark mit einer Fläche von beinahe 4000 Quadratkilometern, die sich über Küste, Berge und undurchdringlichen Wald erstreckt. Noahs Familie besitzt eine Hütte in der Gegend, und Chelsey war früher oft mit ihrem Vater dort auf der Jagd. Einmal haben sie an einem Oktoberwochenende in der Wildnis campiert, auf der Jagd nach Schwarzbären, und als sie durch den Wald liefen, war ihr Vater, eben noch vor ihr, plötzlich verschwunden. Sie wusste nicht, dass sie besser an Ort und Stelle stehenbleiben sollte, und wanderte weiter. Sie verlief sich, vergaß die Notfallpfeife um ihren Hals, erinnerte sich erst nach ein paar Stunden wieder daran. Als sie pfiff, ertönte sofort die Antwort ihres Vaters. Schließlich fand er sie zitternd und schluchzend, voller Angst vor den Bäumen, die wie Soldaten um sie herumstanden, zum Schießen bereit. Er kniete sich vor sie. *Hör jetzt auf zu weinen, es gibt keinen Grund traurig zu sein. Das hast du gut gemacht, dass du die Pfeife benutzt hast*, sagte er, das Gewehr über der Schulter. *Hier kann man verloren gehen und nie gefunden werden.*

Das alles ergibt Sinn. Ellie ist an einem weit abgelegenen Ort gefangen gehalten worden. Ohne Elektrizität. Sie hat nach Holzfeuer gerochen, als sie auftauchte. Jemand hat sich in der Wildnis einen eigenen Wohnraum geschaffen. Ein Farmer. Ein Überlebenskünstler. Einer, der Mädchen entführt.

Es ist ein erhebendes Gefühl, wenn eine Erklärung Gestalt annimmt. Die Gewissheit ist beinahe berauschend, lockt mit der Aussicht auf einen Fang. Darauf, den Fall zu lösen und erlöst zu sein. Aber Chelseys Freude verfliegt, als sie eine Gestalt in der Tür sieht.

Noah.

Er steht eine Weile da und nimmt alles in sich auf. Das Haus, das noch nicht ausgeräumt ist. Den Schreibtisch, der mit Aktenordnern übersät ist. Die Karte voller bunter Zettel und roter Linien. »Was soll das?«

»Noah. Was machst du hier?«, ist alles, was ihr einfällt. Sie kann nichts tun, nur dastehen wie erstarrt.

»Ernsthaft?« Er verzieht das Gesicht. »Ich hab dich angerufen, nachdem ich die Nachrichten gesehen hatte. Ich hab meinen Unterricht abgebrochen, um zu dir zu kommen. Ich war auf dem Revier, und Suzette hat gesagt, dass Abbott dich nach Hause geschickt hat. Dass du von dem Fall abgezogen wurdest. Aber du bist nicht nach Hause gegangen. Du bist hier.« Sein Gesicht wird rot vor Wut. »Und warum bist du hier? Ganz offensichtlich räumst du nicht das Haus aus.« Mit einer ausholenden Geste zeigt er auf das Büro, auf den ganzen Wahnsinn, der hier abläuft. »Was ist das?«

»Ich arbeite«, sagt Chelsey schlicht und richtet sich auf.

Er presst die Lippen zusammen. »Anscheinend haben wir unterschiedliche Auffassungen von ›vom Fall abgezogen‹.«

»Du verstehst das nicht. Wenn ich Ellie nicht finde, wird sie vielleicht getötet. Ich muss schneller sein.«

Noah reibt sich die Stirn, anscheinend hat er Kopfschmerzen. Manchmal fürchtet sie, dass sie zu viel für ihn ist. Ihr Vater hat immer gesagt, Frauen und Mädchen seien zu kompliziert. Überemotional.

»Ellies Entführer treibt schon seit Jahren sein Unwesen. Sieh dir all diese vermissten Mädchen an.« Jetzt tritt Chelsey in Aktion. Sie nimmt die angepinnten Fotos ab und hält Noah den Stapel hin. »Ich glaube, dass Ellie zurückgebracht wurde – zu einem bestimmten Zweck.« Sie bemüht sich um einen ruhigeren Tonfall, schafft es aber nicht ganz, ihre Emotionen zu unterdrücken, die schon fast an Besessenheit grenzen. Sie wird nicht ruhen, bevor das letzte Puzzleteil an seinem Platz ist. »Schau«, setzt sie noch einmal an und wedelt mit den Fotos in ihrer Hand. Sie kann nur noch an Mädchen denken, Mädchen, die Sweatshirts der University of Washington tragen, Mädchen, die David Bowie hören, Mädchen, die *Into the Wild* lieben. Daran, dass die Welt sie fallengelassen, zu wenig geliebt hat. »Sieh sie dir an. Sie alle passen in ein bestimmtes Schema, außer Willa Adams, aber ich glaube … Ich weiß nicht, warum er sie entführt hat, aber ich glaube, dass Ellie gezwungen wurde, vor dem Haus der Gouverneurin eine Bombe zu zünden. Und dass sie jetzt wegen Willa zurückgeht …«

»Chelsey.« Das Mitleid in Noahs Stimme lässt sie zusammenzucken. »Das trifft für jedes vermisste Kind, für jedes Mordopfer zu: Wenn du nur genug von ihnen zusammen betrachtest, findest du immer Gemeinsamkeiten. So funktioniert Statistik. Ellie Black tut mir leid, weil sie so Schreckliches durchgemacht hat, aber was ist das für eine Idee, dass sie irgendwie verändert wurde? Das ist …«

»Hältst du mich jetzt für verrückt?« Chelsey sieht ihn stirnrunzelnd an. Er sagt nichts. Sie spürt, wie sie sich in sich selbst zurückzieht, von Noah entfernt, und sieht ihn voller Erbitterung an. »Du glaubst mir nicht.«

Er seufzt und denkt über ihre Worte nach. »Es geht nicht darum, ob ich dir glaube.«

Da bin ich anderer Meinung, denkt Chelsey. Es geht um nichts anderes.

Noah stemmt die Hände in die Seiten und senkt den Kopf. »Lass uns einfach nach Hause gehen, Chelsey.« Er zieht seine Schlüssel aus der Tasche und will losgehen, erwartet, dass Chelsey ihm folgt.

»Nein«, sagt sie leise, aber bestimmt.

»Nein?« Er dreht sich um und hebt eine Augenbraue. »Willst du hierbleiben?«

»Ich bleibe nicht hier.« Sie sieht Noah fest an. »Ich suche Ellie Black.«

»Nein, das tust du nicht.« Er presst die Kiefer zusammen. In seinen Augen liegt ein merkwürdiger Schimmer, der Chelsey nicht gefällt. Eine Wut, die sie noch nie bei ihm erlebt hat.

»Doch.« Sie verschränkt die Arme vor der Brust.

»Chelsey. Hör auf damit. Komm nach Hause.« Er streckt die Hand nach ihr aus, aber Chelsey weicht zurück.

Sein Gesichtsausdruck wird sanfter. »Dieser Fall ist zu Ende. Du musst ihn loslassen. All das loslassen.« Er spricht leise. »Was mit dir passiert, hat nichts mit deiner Arbeit zu tun. Es ist in dir, Chelsey. Die Sache mit deinem Vater …«

»Das hier hat nichts mit meinem Vater zu tun.«

»Doch, es geht hier nur um deinen Vater.« Er lacht halbherzig.

»Du verstehst es wirklich nicht, oder?« Er tritt einen Schritt vor, und sie würde am liebsten weglaufen vor Enttäuschung. »Dein Dad war ein selbstherrliches Arschloch, das dich mit auf die Jagd genommen hat, anstatt dich trauern zu lassen.«

Chelseys Magen krampft sich zusammen. Unverzeihliche Tränen steigen ihr in die Augen. Sie starrt auf die karierte Tapete, dann wandert ihr Blick zu der Steckdose und der Stelle darüber, wo ein Stück der Tapete abgelöst ist. Lydia hatte dort einen Sticker aufgeklebt, als sie fünf war, einen neonfarbenen Tiger. Ihr Vater war so wütend … Sie schiebt die Erinnerung fort. »Das stimmt nicht.«

»Doch. Du hast so viel Angst, dass du sonst nichts fühlen kannst. Vor lauter Panik kannst du nicht nach vorne schauen. Du musst dich entscheiden – zwischen Ellie Black, diesem Fall, diesem Haus, und mir. Sag es mir jetzt, Chelsey.«

Sie senkt den Kopf, ihr ganzer Körper brennt vor Überzeugung. »Ich muss das zu Ende bringen.«

»Gut. Vielleicht solltest du dann eine Weile hier wohnen. Ich bin mir nicht sicher, ob ich mit einer Frau verheiratet sein kann, der ich nicht genauso wichtig bin wie sie mir.«

Seine Worte verunsichern sie. Eigentlich sind sie nicht überraschend, Noah will in ihrem Leben die erste Priorität haben. Aber sie kann ihm nicht ihre ganze Aufmerksamkeit schenken. *Es ist, wie auf einem anderen Planeten zu leben*, hat ihre Mutter nach Lydias Tod einmal gesagt. Das stimmt. »Okay.«

»Okay?« Er blinzelt erstaunt, und Chelsey kämpft gegen den Drang an, einen Rückzieher zu machen. Aber es ist zu spät. Sie ist jetzt weit von Noah entfernt. Schon seit langer Zeit. Schwebt frei im Raum. »Dann war's das. Ruf mich an, falls du deine Meinung änderst. Aber ich kann nicht länger zusehen, wie du dich selbst kaputtmachst.«

Er geht, und sie sieht ihm nicht nach. Sie denkt nicht über das Ende ihrer Ehe nach und darüber, wie nahe sie daran war, alles zu bekommen.

Chelseys Kinn zittert, aber sie will nicht weinen. Draußen schlägt eine Autotür. Ein Motor springt an. Noah fährt weg. Sie geht im Arbeitszimmer auf und ab, anstatt ihm nachzulaufen. Als ihre Mutter gegangen ist, hat ihr Vater sich hier verkrochen. *Lass sie gehen*, hat er zu Chelsey gesagt. Und Chelsey saß auf seinem Sofa, genauso stumm und angespannt wie er, während ihre Mutter ihre Sachen packte. Als sie fort war, hat ihr Vater beide Hände auf die Schreibtischplatte gestützt und ist aufgestanden. *Zeit zum Abendessen. Wir gehen aus.*

Ihr Telefon klingelt, das Geräusch ist wie eine Rettungsleine, etwas, woran sie sich festhalten kann. Sie wischt sich über die Nase und atmet tief durch, lässt die muffige Luft durch ihre Lunge strömen. Sie kennt die Nummer auf dem Display nicht, aber sie ist aus Coldwell. »Detective Calhoun«, meldet sie sich.

»Ellie hat das nicht getan«, dringt Dannys Stimme zu ihr.

Chelsey starrt an die Wand. Auf die Fotos. »Das denke ich auch«, sagt sie. Sie geht zu der Karte, bis die grüne Fläche des Nationalparks vor ihren Augen verschwimmt. »Ich glaube, dass Ellie beobachtet wurde – kontrolliert.« Sie folgt den Linien, die sie gezogen hat. »Ich werde sie finden, bevor die Homeland Security sie aufspürt. Es ist nicht leicht. Ich glaube, sie will dorthin zurück, wo sie festgehalten wurde, aber das Gebiet … ist groß.«

»Ich komme mit Ihnen«, sagt er.

»Nein«, antwortet Chelsey reflexartig. Es ist zu riskant. Viel zu gefährlich.

»Doch, ich komme mit«, beharrt er. »Neulich hat sie mich abends gefragt, ob ich sie zu dem Pfad fahre, auf dem sie gefunden wurde. Es war merkwürdig. Ich wusste, dass irgendetwas nicht stimmte, deshalb hab ich so getan, als würde ich ihren Empfang prüfen, und hab die Find-my-Friends-App auf ihrem Telefon aktiviert. Ich weiß genau, wo sie ist.«

Aufregung durchzuckt Chelsey, als sie das hört. Die Homeland Security wird Ellies Telefon orten, aber dafür braucht sie eine richterliche Anordnung. Dass Danny weiß, wo Ellie ist, verschafft ihnen ein paar Stunden Vorsprung.

»Sie ist hinter Olympia und auf der Interstate 5 in Richtung Norden unterwegs.«

xii

Wir haben einmal über Reue gesprochen, erinnern Sie sich? Wissen Sie noch, wie Sie mich angefleht haben, Detective Calhoun? *Lass nicht zu, dass du später etwas bereust, so wie ich, Ellie.* Ich wünschte, ich könnte behaupten, keine Reue zu haben. Aber ich bereue so viel. Es gibt so viele Widerhaken im Gewebe meiner Existenz.

Also, Reue. Ja, die habe ich. Ich würde gerne zurückgehen und viele Dinge anders machen. Ich finde, es war nett von David, mich ein paar Tage früher nach Hause zu lassen, um Lebwohl zu sagen. Er hat mir diese zweite Chance gegeben. Sind Abschiede nicht etwas Merkwürdiges? Ist es nicht seltsam, dass man sich sein ganzes Leben lang darauf vorbereitet, aber wenn es dann so weit ist, ist es einem beinahe unmöglich?

Meine Hand krallte sich in den hellroten Rucksack, der an meiner Seite hing. Ich konnte den Wecker darin ticken hören. David und ich waren schon eine Weile unterwegs, nach meiner Schätzung blieben uns nur noch fünf Minuten. Ich blickte über die Schulter zu ihm zurück; er stand auf der anderen Seite der Wiese und sah mich an.

Ich betrachtete die Birken, die in den Himmel ragten, und zupfte an der Rinde des Baumes, der mir am nächsten stand. Ich liebte Birken – ihre weißen Stämme mit den langen Ästen, die sich sehnsuchtsvoll in den Himmel streckten, ihre spitz zulaufenden Blätter. Dieser Baum war alt. Der Stamm war dünn, aber hoch, ein sicheres

Anzeichen für ein langes Leben. Er war fast vollständig belaubt, die Blätter waren im Frühling zurückgekehrt. Die Bäume ringsum hatten die gleiche Höhe.

Ich legte den Rucksack neben dem Baum ab, dann wich ich zurück, ohne ihn aus den Augen zu lassen. Als ich mehrere Meter entfernt war, drehte ich mich um und fing an zu rennen. Mit gesenktem Kopf lief ich blind in Davids Richtung. Als ich bei ihm angelangt war, schlang er einen Arm um meine Taille und hielt mich an. »Langsam«, sagte er in mein Ohr, »wir sind in sicherer Entfernung.«

Mein Körper entspannte sich. Er ließ mich los, und ich blieb stehen und starrte zu der Baumgruppe hinüber. Der rote Rucksack sah in der grünen Landschaft aus wie eine böse Wunde. Wir schwiegen.

Er kam ohne Vorwarnung – der laute Knall. Ich konnte geradezu sehen, wie er die Luft kräuselte. Und dann spürte ich den Druck wie in einem brodelnden Teekessel. Ich presste die Hände auf die Ohren, aber es half nichts, sie fühlten sich an, als würden sie bluten, als wären meine Trommelfelle geplatzt. Orangefarbene Flammen stiegen auf, und dichter schwarzer Rauch brannte in meinen Augen. Ich sank zusammen.

In wenigen Sekunden war alles vorbei. Unheimliche Stille trat ein. Etwas prasselte auf meinen Rücken. Regen? Ich nahm die Arme herunter und sah mich vorsichtig um. Holz, Blätter und Staub rieselten um mich herum zu Boden.

Meine Birke drüben bei der Baumgruppe war zusammengebrochen bis auf einen kniehohen Stumpf. Die anderen Birken waren ebenfalls verstümmelt und schwarz. Die versengte Erde im Bereich der Explosion schwelte. David neben mir sagte etwas, aber ich konnte ihn nicht verstehen. Die Stille war wunderbar. Ich wandte mich von ihm ab und stand auf. Wir sahen zu, wie der Wald brannte, bis das Feuer erlosch, der Himmel aufklarte und ich mich auflöste.

»Das hast du gut gemacht«, sagte David. Wir waren in seinem Zimmer. Er schaltete den Generator ein, Wärme erfüllte den Raum, und ich ballte die Fäuste. »Setz dich, setz dich.« David zeigte auf sein Bett.

Es dröhnte immer noch in meinen Ohren, meine Schritte waren langsam. Die Bäume waren tot. Gabby war tot. Hannah war tot. Ich konnte den mir vorgezeichneten Weg deutlich sehen, wie eine Furche in der dunklen Erde – ich würde wie Serendipity werden, eine von Davids Handlangerinnen, unfähig, ohne ihn zu leben. Ich schaute auf meine Hände, Hände, die für so viel Zerstörung verantwortlich waren. Wenn du ein Leben nimmst, verlierst du auch ein bisschen von deinem eigenen. Ich hätte nie gedacht, dass es möglich war, lebendig und tot zugleich zu sein.

Steif setzte ich mich auf die Bettkante. Das Sprechen tat weh, ich hatte Rauch eingeatmet, meine Kehle fühlte sich an wie verätzt. Ich fing automatisch an, mein Sweatshirt auszuziehen. David hatte mich noch nie in dieses Zimmer geholt, aber ich wusste, was er wollte.

»Das ist nicht der Grund, warum wir hier sind.« Er zog mein Sweatshirt wieder herunter.

Durch das Fenster konnte ich Serendipity sehen, die Wäsche aufhängte und immer wieder verstohlen über ihre Schulter blickte.

»Ich sehe so viel Potenzial in dir.« David lief durch das Zimmer und nahm eine Zeitung von einem Stapel. »Du bist ein Mensch, der überlebt und kämpft, genau wie ich. Du empfindest tief für andere, deshalb bist du stark.«

»Nein, das bin ich nicht«, sagte ich.

»Doch, das bist du«, beharrte er. »Oder du wirst es sein.« Er legte die Zeitung auf meinen Schoß, ein Lokalblatt. Die Worte setzten sich langsam vor meinen Augen zusammen. Ich hatte seit Jahren nichts mehr gelesen. *Gouverneurin Pikes Pläne für Washington.* »Mein größter Wunsch ist, dass sie nicht länger auf dieser Welt herumläuft.« Seine Stimme klang gepresst. »Das tust du für mich, oder? Du wirst dich dafür opfern.«

Ich kniff die Augen zusammen, um die Tränen zurückzuhalten. »Ich glaube nicht, dass ich das kann.« Ich war nicht wie er. So wollte ich nicht sein – so gesichtslos und leer, jemand, der die Welt auseinanderreißen will.

Seine Finger gruben sich in meine Haut, und er schüttelte mich so, dass meine Zähne aufeinanderschlugen. »Du wirst es tun.«

Angst ergriff mich. »Ich kann nicht.« Lieber wollte ich hier an diesem Ort sterben. Dass die Hunde meine Knochen abnagten. »Es ist unmöglich.«

»Nichts ist unmöglich, wenn man es will. Du kannst das.« Er hörte auf, mich zu schütteln, und strich über meine Arme, auf und ab, auf und ab. »Das Wetter wird immer schöner. Die kleine Grace liebt es, am Wasser zu spielen. Ich mache mir ein bisschen Sorgen um sie, wenn sie dort am Bach ist. Sie ist so klein. Wahrscheinlich könnte ich sie mit nur einer Hand unter Wasser halten. Aber andererseits würde ich sie nur sehr ungern verlieren. Nur noch ein paar Jahre, dann ist sie vierzehn. Dann ist sie reif.«

Angst überfiel mich. »Nein«, sagte ich. »Tu ihr nichts. Bitte.«

»Liebst du Grace?« Er legte den Kopf schief.

»Ja«, gab ich zu, und mein Magen fühlte sich schwer an wie Blei.

Seine Augen schienen einen anderen Farbton anzunehmen, ein dunkleres Blau, und glitzerten triumphierend. »Sag mir, was würdest du für jemanden tun, den du liebst?«

»Alles«, sagte ich. »Ich würde alles tun.«

Dann beugte er sich vor und flüsterte mir ein süßes Versprechen ins Ohr. »Ich werde Grace gehen lassen. Dein Leben gegen ihres.« Mein Wert existierte nur in der Beziehung zu David. In dem, was ich für ihn tun konnte.

Ich taumelte und dachte darüber nach. Ich war diesen Schmerz in meiner Brust so leid, diese Taubheit, den anhaltenden Kummer. Ich hatte Grace meine Kleidung gegeben, meinen Schlafsack, mein Essen mit ihr geteilt. Das Einzige, was ich ihr noch nicht gegeben hatte, war mein Blut. Grace hatte noch Träume. Ihr stand die Welt noch offen. Und mein Leben? War ein Fehler. Ein Faden im Gewebe, der herausgezogen werden musste. Wertlos. Mein Leben war nicht wichtig, aber das von Grace schon.

»Okay«, sagte ich, und es war eine einfache Entscheidung. »Ich mache es. Ich bin bereit.« Genau in diesem Moment habe ich Grace meine ganze Zukunft geschenkt.

Was kostete Absolution? Vergebung?

Die Antwort war einfach: das eine Leben für das andere.

Dreißig

»Hier geht es links«, sagt Danny, und Chelsey setzt den Blinker, um auf die 101 abzubiegen. Auf einem Schild steht *Besucherzentrum Olympic-Nationalpark, 68 Meilen.*

Sie hat den Polizeifunk an, ununterbrochen sind Meldungen zu hören. Ein Fahndungsaufruf für einen 1996er Corolla, das Auto von Ellies Mutter, eine Anweisung, nicht einzugreifen, sondern auf die Homeland Security zu warten. Es wird angenommen, dass die Verdächtige bewaffnet und gefährlich ist. Chelsey stellt sich erneut Ellie vor, von einem Polizisten in die Enge getrieben, der seinen schwitzigen Zeigefinger schon am Abzug hat.

Danny hält sein Handy in der Hand, auf dem Display ist eine Karte, auf der ein blauer blinkender Punkt Ellies Position anzeigt. Sie fährt schnell. Sie sind eine Stunde und siebenundvierzig Minuten hinter ihr. Danny presst nervös die Lippen zusammen.

»Du musst nicht mitkommen«, versucht Chelsey es wieder. Bisher haben sie nicht viel gesprochen auf der Fahrt, jeder war in seine eigenen Gedanken versunken. Aber alle paar Minuten durchfährt Chelsey ein heißes Gefühl der Reue. Sie hätte ihn nicht einsteigen lassen dürfen. »Du kannst mir dein Handy geben, und ich setze dich irgendwo ab und funke eine Polizeieinheit in der Nähe an, dass sie dich abholen soll.«

Er schüttelt den Kopf. »Ich kann nicht …« Er kneift die Augen zusammen, in denen Tränen stehen. Chelsey wird unruhig, irgendwie kann sie seine Verletzlichkeit schwer ertragen. »Ich bin ihr schon einmal nicht zur Hilfe gekommen.«

Sie hört seine Entschlossenheit, seine Schuldgefühle, und denkt daran, wie sie ihn auf dem Polizeirevier verhört und wie sie ihn in der Bar besucht hat. Mit beiden Situationen hätte sie anders umgehen können. Besser. Sie gehört selbst zu dem dunklen Schatten, der über Danny schwebt. »Hör mal, das neulich in der Bar tut mir leid. Ich hätte dich nicht bitten dürfen, Ellie nachzuspionieren. So arbeiten wir normalerweise nicht …«

»Tja, sieht aus, als hätten Sie recht damit gehabt, sie im Augen behalten zu wollen. Das alles ist eine verfluchte Scheiße.« Danny starrt aus dem Fenster. Die Gegend ist jetzt ziemlich ländlich, wenige Häuser und viele Hektar Land mit Pferden und Kühen und sogar ein paar Lamas. Ab und zu eine Tankstelle. Keine Hotels. »Sehen Sie, ich … Ich hätte das über Ihre Schwester nicht sagen sollen. So bin ich nicht erzogen worden, dass ich jemandem seine persönliche Tragödie ins Gesicht schleudere.«

Seine Worte schweben in der muffigen Luft, und Chelsey hat einen Kloß im Hals.

Auf dem Armaturenbrett blinkt ein rotes Licht auf. »Scheiße, wir müssen tanken«, sagt sie.

Eine Meile weiter fährt sie auf eine Tankstelle. Danny bleibt im Auto. An der Zapfsäule scrollt sie durch ihr Telefon und ruft ein paar Nachrichtenseiten auf.

Sie benutzen immer noch die Videoaufnahme von heute Morgen. Screenshots von der Gouverneursvilla, eine Spezialeinheit mit Schutzschilden und Hunden. Chelsey hat den Ton nicht eingeschaltet, aber sie ist sich sicher, dass über Ellies Motive spekuliert wird, sie steht am Pranger der öffentlichen Meinung.

Auf dem Display erscheint eine Nachricht. Sie ist von Noah: *Ich mach mir Sorgen.*

Sie löscht die Nachricht. Die Beifahrertür schlägt zu, Danny ist ausgestiegen. »Wir haben ein Problem«, sagt er über das Autodach hinweg.

Chelsey nickt ihm zu. »Was?« Sie zieht die Zapfpistole heraus. »Was ist los?« Sie sieht in sein grimmiges Gesicht.

»Ich hab Ellie verloren. Sie hat keinen Empfang mehr.«

Chelsey fährt das Auto auf den Parkplatz neben der Tankstelle. Auf der Motorhaube breitet sie die Karte des Nationalparks aus. Danny hat auf seinem Smartphone ebenfalls eine Karte geöffnet. Chelsey hat Ellies zuletzt angezeigten Standort mit einem schwarzen Stift markiert, einen alten Forstweg, der sich in fünf Richtungen verzweigt und dann immer wieder gabelt.

»Es wird uns Stunden kosten, alle diese Pfade abzusuchen«, sagt Danny. »Das ist unmöglich.«

Chelsey nickt und blickt in den orange- und rosafarbenen Himmel. Sie wartet die ganze Zeit darauf, das Dröhnen eines Helikopters zu hören. Oder die Funkmeldung, dass Ellie gefunden worden ist. Sie stemmt die Hände in die Seiten und lässt den Kopf hängen. Was übersieht sie hier? Welche Frage hat sie noch nicht gestellt, was hat sie noch nicht versucht?

»Warum die Gouverneurin?«, sagt sie laut, während sie das Bild von Pike heraufbeschwört, das sie im Fernsehen gesehen hat. Perfekt gestylt und frisiert winkt sie von einem Podium lächelnd in die Kameras und spricht sich leidenschaftlich für Frauenrechte aus. Chelsey denkt an das Gartenfest auf dem Polizeirevier, das sie als Kind miterlebt hat, als die Gouverneurin noch nicht die Gouverneurin, sondern Abbotts Ehefrau war. Chelsey sieht sie vor sich, wie sie bei einem Baseballspiel auf der Tribüne sitzt, ein merkwürdig gequältes Lächeln auf den Lippen, angespannt bis zum Äußersten.

»Was?«, fragt Danny, als sie so lange schweigt.

»Nichts«, erwidert Chelsey. »Mein Chef war mal mit der Gouverneurin verheiratet. Vor langer Zeit.«

»Ihr Chef war mit Regina Pike verheiratet?«

Chelsey schüttelt den Kopf. »Sie hieß damals anders. Nach der Scheidung hat sie ihren Namen geändert.« Ihren ersten durch den zweiten Vornamen ersetzt, den Nachnamen gegen ihren Mädchennamen eingetauscht. »Als ich sie kannte, hieß sie Destiny Abbott.«

Dannys Gesicht wird aschfahl. »Ellie hat mir erzählt, dass sie Destiny hieß.«

»Was?« Chelsey läuft es eiskalt den Rücken hinunter.

»Wer auch immer sie entführt hat, hat sie Destiny genannt.«

Eine Erinnerung taucht auf. Destiny Abbott auf der Tribüne, die Finger in ihre Oberschenkel in Caprihosen gekrallt. Das Bild wird deutlicher. Abbott steht neben ihr und feuert, die Hände zu Fäusten geballt, eins seiner Kinder an. Stimmt das? Wie konnte Chelsey diesen Teil vergessen? Eines der Abbott-Kinder stolpert und vermasselt das Spiel. Abbott schießt nach vorne, rennt auf das Spielfeld und schreit sein Kind an, es ist Doug. Ja, Chelsey sieht ihn noch vor sich, die Haare hingen ihm ins Gesicht, verdeckten seine Augen. Destiny stand auf, marschierte direkt auf das Spielfeld und zog Doug von Abbott weg. Destiny und Abbott wechselten ein paar Worte, dann stolperte Abbott davon. Danach saß Destiny mit Doug in den unteren Rängen und strich ihm tröstend über den Rücken.

Chelsey spult vor und sieht sich selbst auf dem Polizeirevier in Abbotts Büro, als er erklärt, dass er seine Ex-Frau immer noch liebt. Hasst er das, was ihm zugleich das Liebste ist? Könnte Abbott diese Mädchen entführt haben? Nein, wird ihr im nächsten Moment klar, als sie den Zeitablauf der Verbrechen durchgeht, wann welches Mädchen verschwunden ist. Abbott kann es nicht gewesen sein. Sie war immer in seiner Nähe, es gibt keine Möglichkeit, wie er das hätte bewerkstelligen können. Aber … ein Zweifel bleibt. »Schau mal nach, was du über Patrick Abbott finden kannst. Er ist mein Sergeant und der Ex-Mann der Gouverneurin.«

»Glauben Sie, er hat etwas damit zu tun?«

»Ich weiß es nicht.« Chelsey Gedanken rasen. »Aber wer auch immer der Täter ist, hat einen persönlichen Grund. Sehr persönlich. Mit der Ehe von Abbott und seiner Frau ist es nicht gut ausgegangen.«

Dannys Daumen fliegen über das Smartphone. »Es gibt eine Menge über Abbott, das meiste hat mit seiner Karriere zu tun. Er hat drei Kinder. Zwei Söhne und eine Tochter …«

»West, Douglas und Annie«, ergänzt Chelsey. »Such nach den Kindern. Fang mit West Abbott an.« Sie spürt die Aufregung über sich hinwegspülen wie Wasser über einen Felsen. *Vielleicht Mutterkomplexe*, hat Noah gesagt, und Chelsey hat darüber gelacht. Aber jetzt denkt sie an ihre eigene Mutter, daran, wie wütend sie war, als ihre Mutter ging. Sie wollte sie bestrafen. Sie schiebt den Gedanken weg.

Stattdessen hilft sie Danny, Recherchen über Abbotts Kinder anzustellen. Die Informationen sind knapp, im Netz gibt es nicht viel. Chelsey loggt sich mit ihrem Polizeizugang in das Register der Kraftfahrzeugbehörde ein. Die letzte bekannte Adresse von West Abbott ist ein Apartmenthaus in Seattle, das vor langer Zeit abgerissen worden ist, an der Stelle steht jetzt ein exklusives Lebensmittelgeschäft. Annie wohnt in Coldwell, genau wie Doug. Seine Fahrzeuge sind registriert. Fahrzeuge? Mit dem Prius hat sie ihn schon zur Arbeit fahren sehen. Und ein weiteres Auto … es ist ein blauer 1995er Ford Kombi.

Chelsey erstarrt. »Doug besitzt ein Auto wie das, das an Ellies

Entführungsort und auch an dem eines anderen Mädchens gesehen wurde.« Sie sieht Doug nur selten auf dem Revier. Er könnte es getan haben, aber nicht allein. »West Abbott, wir müssen West Abbott finden«, stößt Chelsey hervor. Sie lässt zu, dass die Welle sie mitreißt, ist sich sicher, dass sie sie an den richtigen Ort tragen wird, zu Ellie, Doug und West.

»Ein Unternehmen namens Sunshine LLC ist auf seinen Namen registriert.« Danny sieht Chelsey mit fiebrig glänzenden Augen an. »Ellie ... Neulich haben wir abends zusammen Musik gehört. Ich hab das Lied ›You Are My Sunshine‹ aufgelegt, und sie war kurz davor, die Platte in Stücke zu schlagen.« Er sieht Chelsey aufgeregt an.

Chelsey holt tief Luft, dann sucht sie nach Sunshine LLC. Zwei Unternehmen sind unter diesem Namen aufgeführt: eine landwirtschaftliche Genossenschaft und eine Hundezucht. Chelsey hält inne. Die Hundehaare, die auf Ellies Kleidung gefunden wurden. Die Beißspuren an Gabbys Knochen. »Sunshine LLC betreibt eine Hundezucht. Hier. Es ist ein Grundstück im Olympic Nationalpark – ein alter Bunker aus dem Zweiten Weltkrieg, den die Regierung versteigert hat.« Sie gibt die Adresse ein, es ist dreiundvierzig Meilen von hier entfernt.

»Wie haben sie gefunden«, sagt Danny.

Chelsey kann nur nicken. Die Entdeckung wirft sie fast um. West und Doug Abbott, zwei Männer, die sie kennt. Das ist brutal, aber die Gewissheit fühlt sich gut an. Endlich.

»Das könnte wirklich gefährlich werden«, sagt sie, als sie wieder im Auto sitzen. »Wir wissen nicht, was für Waffen diese Kerle haben.« Sie zögert. »Es besteht die Gefahr, dass wir nicht zurückkehren.«

»Ich komme mit«, sagt Danny. Die Angst steht ihm ins Gesicht geschrieben, aber da ist noch etwas anderes, das in seinen

Augen glänzt – die Liebe, die er für Ellie empfindet. Er ist entschlossen, sich selbst zu opfern.

Chelsey fährt rückwärts vom Parkplatz und biegt dann rechts ab, in die Richtung von Doug und West Abbott. Zu Ellie. Was auch immer sie dort erwartet.

»Warum geht sie dorthin zurück?«, fragt Danny, als sie die Straße erreicht haben. Er trommelt mit den Daumen auf seine Jeans. Er lässt sich von seiner Angst nicht unterkriegen.

Chelsey nickt, nimmt seine Frage zur Kenntnis und erinnert sich daran, dass Danny über Willa und die anderen Mädchen nichts weiß. Sie denkt an sich selbst und an ihn und daran, was sie riskieren und warum. Sie sieht Ellie vor sich, als sie Willas Foto berührt hat, mit der Zärtlichkeit einer Mutter, die ihrem Baby über die Wange streicht. Liebe kann einen dazu bringen, das ultimative Opfer zu bringen. »Ich denke, sie tut es für jemanden, der ihr sehr wichtig ist.«

Chelsey denkt an ihren Chef und seine Söhne. Dass sie sie die ganze Zeit vor der Nase gehabt hatte. Wie schlau sie sich gefühlt haben müssen. Als ob sie bei ihrem Versteckspiel gewonnen hätten. Aber bisher hat Chelsey nicht wirklich mitgespielt. Jetzt tut sie es. Jetzt wendet sich das Blatt. Kommt raus, wo immer ihr seid!

Einunddreißig

Willas Arme sind müde, ihre Lider schwer. Obwohl Destiny ihr immer sagt, dass sie das lassen soll, kann sie nicht anders und lutscht am Daumen, während sie einen Zipfel des Schlafsacks zwischen ihren Fingern reibt. Der Stoff ist kühl und weich. Jetzt fühlt sie sich etwas besser.

Seit Destiny weg ist, ist Willa traurig – sogar noch trauriger als sonst – und einsam. Sie kuschelt sich tiefer in ihren Schlafsack. Ihre Füße sind kalt. Wenn Destiny hier wäre, würde sie sie warmreiben. Sie mag es, wenn sie mit dem Daumen über ihren großen Zeh und ihr Fußgewölbe fährt. Destiny glaubt, das hilft gegen Albträume. *Es ist eine Art Zauber*, hat sie einmal gesagt.

Die Tür knarzt, das Schloss rastet ein, und Willa kneift die Augen zu. Vielleicht ist er es, er heißt David, aber in ihren Gedanken nennt sie ihn den Butzemann.

Seit Destiny weg ist, ist sie ihm nicht oft begegnet, aber er kommt immer, um nach ihr zu sehen. Sie hasst es, wenn er sie betrachtet, es macht sie innerlich ganz unruhig.

Jetzt fährt eine Hand über ihren Schlafsack und umfasst ihre Schulter. »Hey, Dornröschen.« Willa taucht aus ihrem sicheren, warmen Nest auf. Es ist Destiny! Sie ist zurück!

Willa springt auf und schlingt die Arme um Destinys Taille. Destiny wirft den Kopf zurück und lacht, und Willa reibt ihre Wange an Destinys Bauch. Sie ist echt. Sie ist wirklich da. Dann spürt Willa, dass Destinys Körper zittert, spürt, wie sie einen Kuss auf ihr Haar drückt und Tränen darauf fallen. Destiny weicht ein

Stück zurück und umfasst mit beiden Händen Willas Wangen, und ihre Berührung ist warm und beruhigend. »Destiny«, sagt Willa glücklich. Sie ist so froh. Jetzt wird alles gut.

»Ich heiße nicht Destiny, ich bin Ellie, und du heißt nicht Grace, sondern Willa.«

Willa fühlt sich leicht, und sie lächelt. »Meine Mom hat mich immer Willy genannt. Das fand sie lustig.« Sie erstarrt, denn sie darf nicht über ihre Mom reden, erwartet, dass sie gleich ermahnt wird.

Aber Destiny – Ellie, korrigiert sie sich selbst – lächelt und küsst sie auf die Stirn. »Das passt zu dir.« Sie beugt sich dicht zu ihr, sodass sie beinahe mit den Nasen aneinanderstoßen. »Hör zu«, sagt sie, und jetzt klingt sie ernst. So ernst, wie wenn Willa dem Feuer zu nahekommt. »Wir haben nicht viel Zeit. Wir müssen dich hier rausbringen. Du musst dicht bei mir bleiben und alles tun, was ich dir sage. Verstanden?«

Willa nickt ein bisschen ängstlich. »Wohin gehen wir?«

»Ich … Ich bringe dich nach Hause.«

Nach Hause. »Ja«, sagt Willa. »Das will ich. Kann ich meine Steinesammlung mitnehmen?« Heute Morgen hat sie im Bach einen weißen Kiesel gefunden. Er ist glatt und hat schwarze Streifen, wie mit einem Band durchwoben. Es ist ihr neuer Lieblingsstein. Sie spielt, er wäre ein Zebra.

»Nein, dazu haben wir keine Zeit«, sagt Ellie. »Wir müssen jetzt gehen.« Schon schiebt sie Willas Füße in ihre Schuhe, streift ihr ein Sweatshirt über den Kopf. »Los.« Sie fassen sich an den Händen, und Ellie zieht Willa in den dunklen Flur, der wie eine Höhle ist. Willa mag den Geruch hier nicht, nach verdorbenem Essen.

»Ich bin so froh, dass du zurückgekommen bist«, sagt Willa.

»Schsch«, macht Ellie. »Still jetzt.«

»Ich bin so froh, dass du zurück bist«, wiederholt Willa flüsternd. »Charity spielt nie mit mir, und sie gibt mir auch nichts von ihrem Essen ab.«

Ellie bleibt abrupt stehen, und Willa prallt beinahe auf sie. Sie sind jetzt nahe beim Ausgang, bei den Stufen, die auf das Grundstück führen. Ellie fasst Willa bei den Schultern. »Charity ist hier? Ich dachte, sie wäre tot.«

Willa zeigt mit einem Kopfnicken zurück zu dem Zimmer am anderen Ende des Ganges. Es ist so dunkel, dass man die Tür nicht sehen kann. Willa hasst es, dass in dem Bunker immer Nacht ist. »Sie weint viel. Manchmal kann ich nicht schlafen.«

Ellie macht kehrt und läuft so schnell, dass Willa rennen muss, um mitzuhalten. »Wohin willst du? Ich dachte, wir gehen?« Sie sieht zu Ellie auf.

Willa hört nicht, was Ellie zuerst sagt, versteht aber das Ende: »Nicht ohne sie.«

Die Stunde nach Sonnenuntergang war schon immer Hannahs liebste Tageszeit. Sie ist der Prolog der Nacht, der Beginn endloser Möglichkeiten. Früher hat sie getanzt. Sie ist in Clubs für Teenager gegangen und hat genossen, wie sich all die Körper gegen ihren drängten, wie sich alle zusammen bewegten – ein heißes, stickiges Chaos. Dann hat sie sich weniger einsam gefühlt. Sogar hier ist die Dämmerung ihre Lieblingszeit. Sie tanzt nicht mehr, aber sie hat eine ruhige Stunde, während David sich in sein Zimmer zurückzieht, um fernzusehen. Das sind ihre sechzig Minuten ohne Angst. Für die lebt sie jetzt. Und sie lebt. Gerade noch.

Mit Hannah ist es so: Sie ist im Sozialsystem aufgewachsen. Eine ihrer Pflegemütter hat sie einmal »kleiner Wolf« genannt, weil sie vor den Mahlzeiten immer in der Küche und um den Tisch herumschlich. Hannah ist daran gewöhnt, Dinge nicht zu haben. Sie ist schon ohne Essen ausgekommen, ohne Kleidung, ohne Bett. Sie ist eine Überlebenskünstlerin.

Nachdem sie eine Waffe auf David gerichtet hatte, hat Michael sie in den Wald gezerrt und dort festgehalten, bis David dazukam. Er gab irgendwelchen Unsinn von sich, dass er sie liebte. Sie hinkte, irgendetwas stimmte mit ihrem linken Bein nicht – es tat weh, wenn sie auftrat. Sie spuckte ihm vor die Füße. Sein Gesicht färbte sich rot, und er würgte sie wieder. Sie wollte etwas sagen, aber er schüttelte sie und würgte sie fester, drückte ihr die Luftröhre zusammen. *Du willst betteln*, sagte David und ließ sie los. Sie fiel hin und rang nach Luft. *Flehe mich an*, sagte er mit unverhohlenem Entzücken – Frauen, die ihm zu Füßen lagen, waren das, was er am liebsten mochte. *Ich bin …* begann sie, unsicher, was sie sagen sollte. Wie sie ihr Leben retten konnte. Dann drängten sich drei Worte aus ihrem Unterbewusstsein an die Oberfläche. *Ich bin schwanger*. Das war es, was David sich mehr als alles andere wünschte. Ein Kind.

Er hatte sie wieder in den Bus gesteckt, ihr aber diesmal Essen gebracht. Hannah nimmt an, dass Ellie tot ist. Bald wird auch Hannah tot sein. Weil sie nicht wirklich schwanger ist. Sie hat dem Teufel einen Streich gespielt, und wenn er davon erfährt, wird er es ihr doppelt heimzahlen. David wird nicht hinnehmen, dass jemand ihn zum Narren gehalten hat.

Jetzt ist da irgendwas draußen vor ihrem Zimmer, und Hannah drückt sich gegen die Steinwand. Kälte dringt durch ihre Kleider, als die Stahltür aufgeht. Und weil sie gerade daran gedacht hat, stellt sie sich vor, dass David die Wahrheit erfahren hat. Dass er sich etwas noch viel Schlimmeres ausgedacht hat, als sie zu erwürgen. Die Angst lässt ihre Sicht verschwimmen, und sie ist sich nicht sicher, was sie da vor sich hat. Zwei Gestalten, eine klein, die andere gebückt … Grace? Destiny?

»Hannah.« Destinys Stimme reißt Hannah aus ihrem Trancezustand.

Hannah krabbelt an die Bettkante. »Destiny? Bist du es wirklich? Wie …«

»Ellie. Mein Name ist Ellie.« Destiny – nein, *Ellie* kommt zu ihr. »Ich könnte dich dasselbe fragen.« Sie schüttelt den Kopf. »Aber wir haben keine Zeit. Kannst du laufen?« Sie hat Hannahs steife Bewegungen bemerkt, die Art, wie sie das Bein hinter sich herzieht.

Hannah nickt eifrig. »Ich kann. Ich meine, ich werde es. David …«

»Ich weiß nicht, wo er ist.« Ellie legt sich Hannahs Arm um die Schultern. Sie sehen einander an, und Ellies Augen sind weit aufgerissen wie die eines panischen Pferdes. Was erwartet sie da draußen? Michael. David. Serendipity. Der Wald ist genauso feindselig. Kalter Schweiß steht auf Hannahs Stirn, als sie auf den Gang schleichen. Sie lehnt sich gegen Ellie, und Grace kommt dazu und nimmt ihre Hand. »Ich heiße nicht Grace, ich heiße Willa«, sagt sie.

»Das ist gut, Kleine«, presst Hannah hervor. Sie gehen jetzt den Gang entlang. Wasser rinnt an den Wänden herab.

»Eine oder zwei Meilen von hier hab ich ein Auto«, flüstert Ellie, und die Anstrengung, die es sie kostet, Hannah zu stützen, ist deutlich hörbar. »Falls wir getrennt werden … folgt dem Bach Richtung Norden. Wisst ihr noch, wie ihr erkennt, wo Norden ist?«

»Polaris. Der Nordstern«, sagt Hannah und lehnt sich schwer gegen Ellie. Das hat Ellie ihnen als Erstes beigebracht, nachdem sie zu ihnen kam.

Als sie weitergehen, schießt ein scharfer Schmerz durch Hannahs Bein, und bittere Galle steigt in ihrer Kehle auf. Gleich wird ihr übel. O Gott, diese Schmerzen. Sie versucht, nicht daran zu denken, wie schlecht ihre Chancen sind. Was sie schaffen müssen. Eine Meile kann sich anfühlen wie zwanzig Meilen. Sie darf nicht daran denken. Einen Fuß vor den anderen setzen, nur darauf muss sie sich konzentrieren. In Bewegung bleiben, bis es nicht mehr geht. Denn sie ist eine Kämpferin. Sie lässt sich nicht unterkriegen.

»Das ist richtig«, sagt Ellie. »Folgt dem Polarstern und geht am Bach entlang. Ich habe die Schlüssel auf den Autoreifen gelegt. Kannst du fahren?«

Hannah nickt. Sie hat keinen Führerschein, David hat sie entführt, bevor sie ihn machen konnte. Aber sie wird es schon hinkriegen, das ist ihre geringste Sorge.

Sie gehen weiter und bleiben am Fuß der Treppe stehen. Hannahs Blick wandert nach oben. Es sind fünfzehn Stufen. David nimmt manchmal zwei auf einmal. Hannah zittert, und Ellie verstärkt ihren Griff. Sind ihre Erinnerungen dieselben? Sterne beobachten mit Hope. Wollsocken stopfen. Kaninchenfleisch. Ziegelsteine schleppen. Fäuste. Blut. Verrat. »Was ist mit den Hunden?«, fragt Hannah.

»Sie sind in ihren Zwingern. Aber … Einen hab ich rausgelassen. Stern«, flüstert Ellie. Hannah denkt daran, wie Ellie den Welpen gefüttert hat. »Bereit?«

»Bereit«, antwortet Hannah.

»Jetzt nicht mehr reden«, sagt Ellie zu Willa, und Willa macht eine Geste, als würde sie ihre Lippen mit einem Reißverschluss verschließen.

Hannah entzieht sich Ellies Griff und stützt sich an der Wand ab. Aber Ellie nimmt ihre Hand, und Willa ergreift Ellies andere Hand. Zusammen fangen sie an, die Treppe hinaufzusteigen. Mit jedem Schritt wird Hannahs Atem flacher – aus Angst und vor

Schmerz. Aber sie sind wieder zusammen, nur darauf kommt es an. Nach einem Leben in Bedeutungslosigkeit weiß Hannah, dass es die kleinen Dinge sind, die zählen. Oben angekommen, lächelt Ellie Hannah an, ermutigend und ein bisschen triumphierend. Hannah lauscht und sucht das verlassene Grundstück mit den Augen ab – der sirrende Generator, Michaels blauer Kombi … Aber dann sieht sie, dass Davids Fenster dunkel ist. Schläft er schon? Nein, es ist zu früh. Sie müssen sich beeilen. Schnell.

»Na, na, na«, ertönt eine Stimme.

Langsam dreht Hannah sich um, Ellie und Willa tun es ebenfalls. David steht da, die Hände zu Fäusten geballt. Die drei Mädchen drängen sich zusammen, schlingen die Arme umeinander.

David steckt die Finger in den Mund, und ein hoher Pfiff durchschneidet die Stille. Michael taucht hinter ihm auf, eine Waffe in der Hand, und seine Augen funkeln böse. Die zwei Männer stehen vor den drei zitternden Mädchen, ragen wie Riesen vor ihnen auf.

Wenn das ein Film wäre, würde Hannah vielleicht auf David einschlagen und Ellie und Willa zurufen, sie sollten wegrennen. Die Mädchen klammern sich noch fester aneinander, kauern sich nieder. Denn egal, was Hannah glaubt, was sie denkt … sie ist keine Kämpferin. Sie ist einfach nur ein Mädchen. Ein Wolf ohne Zähne.

Zweiunddreißig

Es ist stockdunkel, und die Forstwege sind kaum zu sehen und holprig. Im Auto herrscht Schweigen. Chelsey umklammert das Lenkrad, ist sich deutlich bewusst, wie hoch die Bäume um sie herum aufragen und wie klein sie dagegen ist. Endlich erfassen die Scheinwerfer ein vertrautes Fahrzeug.

»Kats Auto.« Chelsey zeigt mit dem Kinn auf die andere Seite des Weges, wo der Corolla nachlässig abgestellt ist.

»Ja«, sagt Danny, die Lippen zusammengepresst. Die Atmosphäre wird noch angespannter. Ellie ist irgendwo da draußen in diesem Wald. Ich komme, Ellie, denkt Chelsey die ganze Zeit. Warte. Halte durch. Ihr Herz ist voller Sehnsucht.

»Ich mache jetzt das Licht aus.«

Danny rutscht unbehaglich auf seinem Sitz hin und her. »Okay.«

Chelsey schaltet die Scheinwerfer aus, im Auto wird es dunkel, und Dannys Gesicht verschwindet in der tintenschwarzen Nacht. Sie fahren langsam. Handyempfang haben sie schon seit einer Weile nicht mehr. Aber sie haben sich eine Karte auf ein Stück Papier gezeichnet. Danny hat es in der Hand, es ist schon ganz weich geworden. Der Mond scheint auf einen weißen Pfosten – Meilenstein Nummer acht. Chelsey fährt an die Seite. Hier ist es. Sie erkennt ein altes, verrostetes Eingangstor. Von hier aus ist es ein Fußmarsch von ungefähr einer Meile. »Ich will, dass du im Auto wartest.«

Danny seufzt. »Nein …« Sein Widerspruch wird von einem Bellen unterbrochen. »Was ist das? Sind das Wölfe?«

»Hunde«, sagt Chelsey. Wölfe bellen nicht. Nicht so wie Hunde. Sie knurren oder heulen eher. Außerdem gibt es seit Anfang des zwanzigsten Jahrhunderts keine Wölfe mehr auf dieser Halbinsel, sie wurden von Farmern ausgerottet, die Angst um ihr Vieh hatten. »Ich kann dich nicht mitnehmen. Ich bin für dich verantwortlich. Und ich brauche jemanden am Funkgerät.« Sie schaltet es ein, erleichtert, dass der Empfänger noch funktioniert. »Wenn ich in einer Stunde nicht zurück bin, fährst du weg und rufst Hilfe.« Es ist nicht der beste Plan, aber es ist der einzige. Sie zeigt ihm, wie man das Funkgerät bedient.

Danny nimmt es und presst die Lippen zusammen. »Eine Stunde.« Er sieht sie an, eine Bitte im Blick. Bring Ellie zurück.

»Eine Stunde«, bestätigt Chelsey. Sie steigt aus und schließt die Tür mit einem kaum hörbaren Geräusch, dann öffnet sie den Kofferraum und holt Kabelbinder und ein Jagdgewehr heraus, befestigt beides an ihrem Körper, damit sie die Hände freihat. Sie geht noch einmal um das Auto herum und nickt Danny zu, bevor sie im Wald verschwindet.

Es riecht nach feuchter Erde, und sie spürt die kalte Luft an ihren heißen Wangen. Farne und Lachsbeerensträucher kitzeln an ihren Fußgelenken. Sie wartet einen kurzen Augenblick und blickt auf in den sternlosen Himmel. Es ist so vertraut hier. Wie ein zweites Zuhause. Sie versteht dieses Land, hat seine Felsen und Baumrinden berührt, seinen harten Untergrund. Sie geht auf alle viere und krabbelt vorwärts, hält sich rechts des Weges, verborgen von Büschen.

Sie atmet ein. Aus. Die Gerüche der Natur beginnen, sich mit den menschengemachten zu vermischen – Holzfeuer, Fäulnis, Verwesung. Vor ihr wird der Weg breiter und gabelt sich, wie ein Paar dunkler Flügel. Betongebäude, von Efeu überwuchert, erheben sich von dem schmutzigen Untergrund. Jeder Bau strahlt feindliche Energie aus – geschaffen für Angst, Zerstörung und Tod. Müllberge sind überall verteilt, sie stinken. Dort ist eine bröckelnde Mauer aus Betonblöcken. Ihr Magen krampft sich zusammen, und Adrenalin strömt durch ihre Adern. Sie vermutet, dass zumindest Doug und West auf dem Grundstück sind, vielleicht noch mehr Personen. Chelsey könnte in einen Hinterhalt geraten, Ellie längst tot sein. Sie schüttelt die Panik ab. Ignoriert die Kälte, die ihr über den Rücken kriecht.

Wie soll sie vorgehen? Chelsey überlegt, welches die beste Strecke ist. Die Blätter rascheln im Wind, es klingt wie ein Stöhnen. Das Wimmern einer Frau. Chelsey spannt sich an, sie ist bereit zu fliehen. Aber nein, ermahnt sie sich selbst. Hört die Stimme ihres Vaters, während sie durchs Gebüsch auf eine Hirschkuh und ihr Kitz zurobben. *Verzichte nicht auf den Überraschungseffekt. Warte auf eine Gelegenheit.* Da, noch ein Schrei. Aus östlicher Richtung, vermutet Chelsey.

Sie umrundet ein Gebäude, das halb in der Erde versunken ist, und folgt dem Geräusch. Die Fenster sind vergittert, und ein furchtbarer Gestank steigt von ihnen auf. Dahinter befindet sich eine Reihe von Zwingern. Sie erkennt die Umrisse von Hunden, die dort kauern, die Zähne fletschen, an den Eisenstäben ihrer Käfige nagen. Die Tür eines der Zwinger steht offen. Die Pfotenspuren davor sind frisch. Sie läuft schnell an den Hunden vorbei, bis sie ein freies Stück Betonwand erreicht hat, geht dort in Deckung und lugt um die Ecke.

Drei Mädchen sitzen dicht aneinandergedrängt auf der Erde, ein trauriger, zitternder Haufen, vom Mondlicht beschienen. Aber Chelsey verleiht der Anblick neuen Mut. Sie erkennt Ellie. Ihr strohiges Haar, die übergroße Jacke. Über ihnen stehen zwei Männer wie Riesen. Einer hat eine Pistole in der Hand, ein rotes Bandana bedeckt sein Gesicht. Sie erkennt die Waffe, sie ist aus

Polizeibeständen. Also Doug Abbott. Der andere ist West. Die Jahre machen sich an seinem Körper bemerkbar, er ist dicker, schlaffer geworden.

Sie legt ihr Gewehr an und tritt auf die Lichtung, Doug und West im Visier. »Polizei Coldwell. Runter auf den Boden!«, ruft sie über das Bellen der Hunde hinweg. Die Tiere sind jetzt außer Rand und Band, werfen sich mit dem ganzen Körper an die Gitterstäbe.

West hebt die Arme, Doug auch, die Waffe noch in der Hand. »Chelsey Calhoun«, sagt Doug. Seine Augen sind vor Schreck weit aufgerissen. »Wie hast du uns gefunden?«

Sie bewegt sich langsam vorwärts. »Das würde ich dir gern erzählen, Doug. Warum legst du nicht deine Waffe weg, damit wir darüber reden können?«

»Du hast gesagt, niemand würde es je herausfinden«, sagt Doug zu seinem Bruder. Seine Stimme zittert. »O Gott. O mein Gott. Du hast es versprochen.« Er reißt sich das Bandana herunter, muss offensichtlich würgen, dann stützt er seine Hände auf die Knie, die Waffe hängt lose in seiner Hand.

West schnaubt. »Reiß dich zusammen, Dougy.« Seine Arme sind immer noch erhoben, aber auf lässige, unbekümmerte Weise. »Sieh dich doch mal um, es ist sonst niemand hier. Sie ist allein. Töte sie.«

Doug richtet sich auf, scheint Hoffnung zu schöpfen. »Wirklich? Bist du ohne Verstärkung da?«

Die Mädchen rücken noch enger zusammen, die Augen geschlossen.

Chelseys Hände zittern schrecklich, aber sie bemüht sich, ihre Stimme fest klingen zu lassen. Ein Schweißtropfen rinnt ihr ins Auge, sie blinzelt ihn weg. »Machst du für deinen Bruder die Schmutzarbeit, Doug? Schon die ganze Zeit? Fängst Mädchen für ihn ein, wirst die Leichen los? Ich wette, du bist wie die Hunde in diesen Käfigen da, was? Kannst nicht für dich selbst entscheiden?«

»Ich bin nicht wie er«, platzt Doug heraus. »Sagt es ihr«, wendet er sich an die Mädchen. »Ich habe euch im Bus Essen gebracht. Ich habe euch nie angerührt.«

Die Mädchen bewegen sich nicht, sind starr vor Angst.

»Ich glaube dir.« Chelsey geht noch einen winzigen Schritt weiter. »Gib mir die Waffe, dann reden wir darüber«, sagt sie leise. »Willst du deinen Dad sehen? Ich kann dafür sorgen, dass du das tust.«

»Töte sie«, befiehlt West. »Sie lügt. Alle Frauen lügen. Sie ist genau wie Mom. Verspricht etwas und tut das Gegenteil davon.«

Auf einmal geht alles ganz schnell, wie in einer einzigen Bewegung. West lässt die Arme sinken und stößt Doug nach vorne, der im selben Augenblick seine Waffe hebt.

Bumm.

Vögel flattern aus den Bäumen auf. Die Mädchen schreien. Die Hunde bellen. In Chelseys Ohren dröhnt es, und als sie wieder zu sich kommt, liegt Doug mit dem Gesicht nach unten auf der Erde, um ihn herum eine Blutlache – dunkelrot, dick, dampfend.

West verzieht das Gesicht. »Dafür wirst du bezahlen, du Schlampe!« Er stürmt auf Chelsey zu, und sie schießt erneut. Ihr Herz setzt einen Schlag aus, als sie ihn verfehlt. Die Kugel streift Wests Arm und schlägt in eine Betonwand. Sie zielt erneut, aber es ist zu spät.

West stürzt sich auf Chelsey und reißt sie mit sich. Ihr Gewehr fällt klappernd zu Boden, gerät außer Reichweite. Seine Hände liegen um ihren Hals, sie drücken zu. Chelsey umklammert seine Handgelenke, aber er ist zu stark.

Wie von weit weg hört sie die Stimme ihres Vaters aus der Vergangenheit. *Wie verteidigst du dich gegen jemanden, der größer und stärker ist, in einem Nahkampf?* Ihr Sichtfeld verengt sich. Es ist Zeit. Sie weiß, dass ihr nur ein paar Sekunden bleiben, bevor sie das Bewusstsein verliert.

Sie lässt seine Handgelenke los und drückt ihm ihre Daumen in die Augen. Für einen winzigen Augenblick lockert West seinen Griff, und Chelsey rammt ihm das Knie zwischen die Beine. Er krümmt sich, und Chelsey kämpft sich unter ihm hervor. Der Sauerstoff dringt in ihre Lunge wie durch ein Nadelöhr. Sie stößt einen merkwürdig pfeifenden Laut aus, als sie sich auf alle viere hochrappelt. Speichel sammelt sich in ihrem Mund. Ihre Augen und ihre Kehle brennen, als sie sich nach Ellie umsieht. »Lauft!«, stößt sie hervor.

»Du verdammte Fotze.« West hat sich auf einen Ellbogen hochgestemmt. *Klick*. Dougs Pistole ist auf Chelsey gerichtet.

»Los«, presst Chelsey hervor, an Ellie gerichtet. »Lauft.«

Aber Ellie schüttelt nur den Kopf. Die drei Mädchen sind immer noch wie gelähmt.

Ein tiefes Knurren ertönt, und ein Hund taucht hinter den Bäumen auf, die Nackenhaare gesträubt, die Zähne gebleckt. West lacht laut. »Das ist perfekt. Er kann dich gleich fressen.« Chelsey schätzt die Entfernung zu ihrem Gewehr ab. Drei Meter. Sie will sich gerade darauf stürzen, als West zwei Finger in den Mund steckt und pfeift. Der Pfiff ist schrill und laut, ein wilder Aufruf zum Kampf. Die Hunde in den Zwingern bellen und jaulen wütend, weil sie dem Befehl ihres Herrn folgen wollen.

Aber der freie Hund bleibt stehen. Chelsey ergreift ihr Gewehr. West hebt wieder die Pistole.

Ellie erschauert und umfasst Willa noch fester. Das Kinn auf Willas Schulter gestützt, sieht sie den Hund an. »Stern«, flüstert sie, dann pfeift sie leise, und es klingt so sanft wie die letzten Töne eines Wiegenlieds.

Blitzschnell springt der Hund auf und schnappt nach Wests Arm, der die Waffe hält. Reißt Fleisch von seinem Knochen. West schreit auf vor Schmerz und Wut, windet sich, und die Waffe fällt ihm aus der Hand, während er versucht, den Hund abzuschütteln.

Zitternd taumelt Chelsey zu ihm. Der Hund ist immer noch wie im Wahn und zerrt an West, der sich zu einer Kugel zusammengerollt hat. Chelsey hebt ihr Gewehr und zieht West den Schaft über den Kopf. Er bleibt reglos liegen.

Der Hund lässt von ihm ab, zieht sich zurück, winselt und verschwindet im Wald. Chelsey kickt die Waffe weit weg von West, dann sinkt sie neben ihm auf die Knie, tastet nach seinem Hals. Immer noch ein schwacher Puls. Keuchend zieht sie die Kabelbinder aus ihrer Gesäßtasche. Sie rattert die Rechtebelehrung herunter, obwohl er sie sicher überhaupt nicht hört. Sie fühlt sich, als stünde sie neben sich, schwebend. Aber ruhig. Sie bindet Wests Hände zusammen. Dann seine Füße. Auf einmal wirkt er so klein und schwach.

Das Gewehr immer noch in den Händen, sieht sie nach Doug. Nichts. Davongeweht wie ein Herbstblatt im Wind. Sie nimmt ihm das Bandana ab und wickelt es um Wests Arm, um die Blutung zu stoppen. Sie will ihn lebend.

Dann geht sie zu den Mädchen. Sie zittern und umklammern einander voller Angst.

»Hey«, sagt sie leise. Die plötzliche Stille ist zermürbend. »Ich bringe euch von hier weg.« Zittern und Stöhnen. Alle drei sind immer noch verängstigt, gefangen in ihren Erinnerungen, verloren in dieser Hölle. »Kommt.« Chelseys Ton ist jetzt noch sanfter. Es tut weh zu sprechen, und noch mehr, das alles anzusehen, dieses Blutbad. Was Menschen einander antun können. Vage wird Chelsey klar, dass sie darüber nie hinwegkommen wird. Es wird sie immer verfolgen. Solange diese Mädchen von Dämonen heimgesucht werden, wird es auch bei ihr so sein. Ellie rappelt sich hoch, ihr Körper ist steif. Dann ein anderes Mädchen, Chelsey erkennt sie: Hannah Johnson. Mitgenommen und blutend, aber am Leben. Und schließlich Willa, die Ellies Hand umklammert. Beim Anblick der drei Mädchen würde Chelsey am liebsten auf die Knie sinken und weinen. Sie hat sie gefunden.

Eine Tür schlägt, und das Geräusch hallt von den Bäumen wider. Chelsey fährt herum und sieht, wie eine zarte, schlanke Gestalt in den Wald läuft. »Wer ist das? Noch ein Mädchen?«, fragt sie.

»Sie gehört nicht zu uns«, sagt Hannah, und Hass schwingt in ihrer Stimme mit. »Das ist Serendipity. Sie gehört zu ihnen.«

Chelsey holt tief Luft. Könnte es Annie sein, das dritte der Abbott-Kinder? Sie wischt sich etwas Feuchtes von der Unterlippe, es ist Blut. Ihr Gesicht fühlt sich taub an, vielleicht ist ihre Nase gebrochen. »Verstanden.« Chelsey greift nach ihrem Gewehr. »Wartet hier«, weist sie die Mädchen an. Ihr ganzer Körper schmerzt, jeder Muskel protestiert, als sie losläuft, angetrieben von reiner Willenskraft.

Die Frau hinterlässt eine deutliche Spur im niedergetrampelten Gestrüpp, der Chelsey folgt. In der Nähe eines Bachs holt sie sie ein. »Stopp!«, ruft sie über das Rauschen des Wassers hinweg. »Stopp!« Adrenalin strömt durch ihre Adern. Eine letzte Anstrengung. Die muss Chelsey noch schaffen, bevor sie zerbricht. Sie spürt schon, wie sie auseinanderfällt, sich in Nichts auflöst.

Die Frau rennt weiter. Noch dreißig Sekunden, dann wird sie die Bäume erreicht haben und nicht mehr zu sehen sein. Chelsey hat keine Wahl, sie legt ihr Gewehr an. Drückt den Abzug. Ein dritter Schuss zerschneidet die Stille. Die Frau knickt mit dem linken Bein ein und sinkt dann mit einem Schmerzenslaut zu Boden.

Chelsey watet durch den Bach, das kalte Wasser reicht ihr bis zu den Knien, macht sie wach. Das Taubheitsgefühl ist verschwunden, sie spürt den Schmerz in ihrem Körper, ihre Glieder fühlen sich an wie in einem Schraubstock. »Hände auf den Boden«, befiehlt sie. Sie kann das Gesicht der Frau nicht sehen, es ist von strähnigem blondem Haar bedeckt. Die Frau legt die Hände auf den Boden, krallt die Finger in die Erde. Chelsey beginnt mit der Rechtebelehrung. »Sie haben das Recht zu schweigen.« Die Frau fängt an zu zittern. Chelsey zieht Kabelbinder aus ihrer Gesäßtasche. »Alles, was Sie sagen, kann vor Gericht gegen Sie verwendet werden. Sie haben das Recht, einen Verteidiger …« Über ihnen ist das Dröhnen eines Helikopters zu hören. Danny muss die Polizei verständigt haben.

Chelsey kniet sich hin. Die Frau hebt den Kopf, und Chelsey sinkt in sich zusammen – dunkelbraune Augen, gerade Brauen, eine schmale Nase. Helles Haar, milchweiße Haut.

Überraschung huscht über das Gesicht der Frau. »Fuchsgesicht«, sagt sie zu Chelsey, und die ganze Wahrheit nimmt plötzlich Gestalt an.

Es ist nicht Annie, es ist Lydia. Um fünfzehn Jahre gealtert. Wiederauferstanden. Ihre lange verlorene Schwester. Kein Opfer, sondern eine Täterin. Am Leben.

xiii

Der Tag, an dem ich zurückgebracht wurde, begann wie jeder andere.

Ich erwachte im Morgengrauen, als das Licht durch das vergitterte Fenster auf den Boden fiel. Willa neben mir schlief noch fest, in süßer Ahnungslosigkeit. Ich genoss es einen Augenblick - ihren feuchten Atem, ihr zerzaustes Haar zwischen meinen Fingern, das fadenscheinige Kätzchen-T-Shirt, das sie immer noch unbedingt tragen wollte.

David öffnete meine Tür und bedeutete mir, ihm zu folgen. Ich strich Willa über die Stirn und zog ihr den modrigen Schlafsack über die Schultern. Dann zögerte ich. Wie konnte ich sie verlassen?

Sie öffnete verschlafen die Augen, setzte sich auf, rieb sich über das Gesicht. »Was ist los?«

Ich rutschte vom Bett herunter und zog Hopes Sweatshirt an, auf dem immer noch Spuren von Willas Blut waren. »Ich muss weg«, sagte ich.

»Kann ich mitkommen?« Manchmal höre ich in meinen Träumen noch ihre zarte Stimme. Das leise Lispeln, die Art, wie sie die Rs verschluckte.

»Nein.« Ich ging zur Tür.

»Wann kommst du zurück?«, fragte sie.

Ich konnte Willa nicht ansehen. Ich öffnete den Mund, hatte aber keine Worte. Ich komme nicht zurück. Sie krabbelte aus dem Bett und klammerte sich an mich. »Komm bald wieder. Versprochen?« Sie blickte zu mir auf, das Kinn an meiner Brust.

Ich nickte ernst. Dann nahm ich eine Windjacke aus der Ecke und wickelte sie darin ein. »Es wird kalt heute. In der Tasche ist eine Überraschung.« Ein brauner Achat, den ich am Bach gefunden hatte.

»Denk dran, du hast es versprochen«, sagte sie, als ich über die Schwelle trat. Ich antwortete nicht.

David führte mich durch den schmalen Gang, vorbei an Hopes Tür, dann an der von Charity – beide Räume waren leer, die Mädchen fort.

Als wir ans Licht traten, kniff ich die Augen zusammen, obwohl es nicht besonders hell war. Ich schätzte die Position der Sonne ein. Der Kombi stand bei der Lücke zwischen den Bäumen. Stern winselte in ihrem Zwinger, wollte mir folgen.

David öffnete die hintere Tür, packte mich bei den Schultern und sah mir in die Augen. »Habe ich dir je die Geschichte von dem Boot erzählt?«

Ich schüttelte den Kopf.

»Meine Eltern haben sich scheiden lassen, als ich ein Kind war. Meine Mutter hatte keinen Mutterinstinkt. Anders als du.« Er lächelte. »Danach war ich wütend. Wie konnte sie uns verlassen? Nach all dem, was wir ihr gegeben hatten. Mein Vater trank damals immer mehr. Er hatte ein Boot, und das nahm ich ohne seine Erlaubnis. Das Meer war rau, wütend, und ich wusste nicht, was ich tat. Ich war erst eine halbe Stunde unterwegs, nicht weit von der Küste entfernt, als das Boot sich mit Wasser füllte. Ich wusste nicht, was ich tun sollte. Das Steuern war unmöglich, deshalb verkroch ich mich in der Toilette.«

David atmete aus und lehnte sich an das Auto. »Darin war ein kleines Licht, und ich weiß noch, wie ich es betrachtete, während das Wasser bis über meine Knie stieg. Schließlich ist das verdammte Boot gekentert. Das Licht ging aus, es wurde dunkel. Aber ich schaffte es, mich aufzurichten. Das Boot war umgekippt, und ich schwamm in dem winzigen Toilettenraum, konnte gerade den Kopf über Wasser halten und atmen. Ich flehte um mein Leben. Rief nach meiner Mutter, hatte solche Angst. Ich steckte die ganze Nacht dort fest, meine Haut wurde weich und fing an, sich abzuschälen. Als ich kurz davor war, die Hoffnung aufzugeben, sind Taucher gekommen, die mich gerettet haben. Mein Vater wartete am Hafen, und ich rannte in seine Arme.« Seine Hände zitterten, und er ballte die Fäuste.

»Ich wurde im Krankenhaus versorgt und war nach einem Tag wieder zu Hause. Als ich mich ausruhte, kam mein Vater in mein Zimmer. Er habe gewusst, dass ich das Boot genommen hatte, erzählte er mir, und vom Hafen aus zugesehen, wie es kenterte. Er hatte meine Schreie gehört und gewusst, dass ich da drinnen war, aber er hatte gewartet, bis er Hilfe holte. Er fragte mich, ob ich das Boot noch einmal ohne seine Erlaubnis nehmen würde, und ich sagte Nein, natürlich nicht. Ich hatte meine Lektion gelernt.« Er hielt inne. In der Ferne krächzte eine Krähe.

»Das tut mir leid«, war alles, was ich hervorbrachte. Ich wusste nicht, warum er mir diese kranke Geschichte erzählt hatte. Sie machte mich wütend. Ich stellte mir David auf diesem Boot vor, welche Angst er gehabt haben musste. Wie sich diese Angst in Wut verwandelt hatte, in wilden Zorn. Schmerz. Hass. Qual. Irgendwie tat er mir leid.

»Es war nicht die Schuld meines Vaters«, fuhr David fort. »Er war völlig außer sich, weil er meine Mutter verloren hatte. Sie hätte da sein sollen. Hätte bleiben müssen.« Eine Pause trat ein. Manchmal wirkte David so zerbrechlich. Ängstlich. Als wüsste er, dass er dazu bestimmt war, immer zu kurz zu kommen, vergessen zu werden. David kam näher zu mir und verband mir die Augen. »Mach mich stolz.« Serendipity band mir die Handgelenke im Rücken zusammen. Der Motor des Wagens heulte auf. Michael saß hinter dem Steuer. Ich lauschte auf den Wind in den Bäumen und auf das Plätschern des Baches.

David wiederholte die Bedingungen unseres Deals. »Ich werde

dich beobachten und dir Nachrichten schicken. Du wirst nicht wissen, wo ich bin, aber ich weiß, wo du bist. Ich werde es dich wissen lassen, wenn es Zeit ist. Ich will es in den Nachrichten sehen. Ich will sehen, dass sie tot ist. Dann lasse ich Grace gehen.« Er hielt inne. »Wenn du der Polizei auch nur ein Wort von alldem flüsterst, bringe ich Grace um. Hast du verstanden?«

Ich nickte heftig.

»Dir würde sowieso niemand glauben«, fügte er hinzu, während er mich auf den Rücksitz schob.

»Warte«, rief ich und krallte meine Finger hinter mir in den Autositz. Panik überkam mich. »Bitte kümmere dich um Grace. Bitte.« Keine Antwort. *Peng.* Die Tür fiel zu.

Der Kombi fuhr los. Ich drückte mich in die Ecke, zählte bis fünf, bis zehn, bis zwanzig. Atmete aus. Dann schob ich die Arme unter meinem Po und meinen Beinen durch, bis meine gefesselten Hände vor mir waren. Ich erwartete, dass das Auto anhielt, dass Michael mir eine Ohrfeige gab, aber wir fuhren weiter. Schließlich schaffte ich es, meine Hände zu heben und die Daumen unter die Augenbinde zu schieben, sodass ich darunter hindurchspähen konnte, wenn ich den Kopf in einem bestimmten Winkel zurücklehnte. Danach fädelte ich die Beine wieder zwischen meinen Armen durch, sodass meine Hände wieder hinter mir waren. Wir fuhren schnell, rasten über einen Kiesweg. Ich hatte Zeit verloren - ein paar Minuten nur. Die Uhr zeigte 10:21 Uhr an. Ich las die Geschwindigkeitsanzeige: etwas über vierzig Meilen pro Stunde.

Michael saß auf dem Fahrersitz, das Bandana über dem Gesicht. Er griff nach dem Rückspiegel und stellte ihn so ein, dass er auf die Rückbank blicken konnte. Ich beugte mich vornüber, zählte aber die Rechts- und Linkskurven und blickte gelegentlich hoch, um die Uhrzeit zu sehen. David wollte verborgen bleiben, aber ich wollte wissen, wo er mich gefangen gehalten hatte.

Gegen 13:00 Uhr waren wir auf einer Hauptstraße. Autos sausten vorbei. Ich dachte kurz daran, die Seitentür aufzumachen und mich hinausfallen zu lassen, aber dann krallte ich lieber die Finger in meinen Rücken.

Nach zwei Stunden fuhren wir in einen anderen Park. Michael schrie mich an, ich solle mich hinlegen, aber vorher sah ich noch eine Familie, die um ein Wohnmobil versammelt war. Sechsundvierzig Minuten später fuhr Michael schlingernd auf einen verlassenen, unbetonierten Parkplatz - Bear Canyon Trail 888, geschlossen wegen Bauarbeiten. Der Kombi blieb so abrupt stehen, dass ich nach hinten geschleudert wurde.

»Endstation für dich«, sagte Michael, öffnete die Tür und riss mir die Augenbinde herunter. Mit seiner schwieligen Hand löste er meine Handfesseln. Dann nahm er ein in festes braunes Papier gewickeltes Päckchen vom Beifahrersitz. »Alles, was du brauchst, ist da drin. Vergrab es im Wald und merk dir die Stelle. Komm in ein paar Tagen wieder, wenn die Aufregung sich gelegt hat. Dieser Pfad wird nicht allzu oft benutzt, aber irgendjemand wird schon vorbeikommen und dich finden. Warte mindestens eine Stunde. Alles klar?«

Ich nickte und nahm ihm das Päckchen ab.

Er umfasste mein Kinn. »Was machst du damit?«

»Es im Wald vergraben.« Ich überlegte, wie es sein würde, zu sterben. Tat es weh? Wahrscheinlich. Aber vielleicht war es schnell vorbei. Ich hoffte, dass es ein sanfter Tod werden würde, und beschloss, an meine Mutter zu denken, wenn ich es tat. Und an Willa.

»Wie lange wartest du, bevor du jemanden um Hilfe bittest?«

»Mindestens eine Stunde.«

Er hob mein Kinn an und zwang mich, ihn anzusehen. »Bis dahin versteckst du dich. Klar?«, fragte er noch einmal.

»Ja.«

Michael sah mir nach, als ich in den Wald ging. Mit dem Päckchen in der Hand verließ ich den Pfad und verschwand zwischen den Bäumen. Während ich wartete, wiederholte ich eine Stunde lang die Informationen, die ich gesammelt hatte. Wir waren ungefähr vierzig Meilen pro Stunde gefahren, waren um 10:35 Uhr links abgebogen, um 11:55 Uhr rechts. Und so weiter.

Die Augen geschlossen, dachte ich an Willa. Die Liebe, die ich für sie empfand, würde die körperlichen Grenzen überwinden. Und eines Tages würde sie frei über eine Wiese laufen, einer strahlenden Zukunft entgegen. Dann würde ich nur noch eine ferne Erinnerung für sie sein und die Tage auf dem Grundstück im Wald wären wie ein böser Traum.

Dies war die einzige Möglichkeit, uns beide zu befreien.

Dreiunddreißig

Coldwell brennt im Osten. Die Waldbrandsaison hat den Pazifischen Nordwesten erreicht. Ein rot-orangefarbenes Opferfeuer. Rauch hängt über dem Frauengefängnis von Washington. Chelsey sitzt in ihrem Auto auf dem Parkplatz, umklammert das Lenkrad und wird von einem Schluchzen geschüttelt.

Während der letzten zweiundsiebzig Stunden hat sich der gesamte Webteppich ihres Lebens aufgelöst. Sie war im Krankenhaus, nicht als Detective, sondern als Patientin. Die Ärzte wollten sie über Nacht dabehalten, aber sie hat behauptet, es ginge ihr gut, und ist mit dem Taxi zum Haus ihres Vaters gefahren. Dann hat sie geschlafen. Vierzehn Stunden ohne Träume, nur um dann mit rasenden Kopfschmerzen und brennender Kehle aufzuwachen. Sie hat in den Spiegel gesehen, auf die schwarzen und blauen Flecken, und ihren ersten Flashback gehabt, davon, wie sie Lydia mit Kabelbinder fesselt und im Wald liegenlässt, unfähig, ihre Schwester anzusehen.

Sie wird nicht damit fertig. Zu wissen, dass Lydia die ganze Zeit am Leben war, erschüttert sie – ihr Herz, ihre Lunge, ihren Bauch, ihre Leber – wie ein hässlicher Trommelschlag. Wie ferngesteuert hat sie das Grundstück verlassen. Hat die Räume durchsucht – ein Loft mit einem Fernseher und einem Generator und einer großen Matratze auf dem Fußboden, ein Gebäude voller Waffen und Munition und dann den Bunker. Die unterirdischen Räume mit Stahltüren und Schlössern und zerknitterten Schlafsäcken. In einem waren Sterne in die Wand gekratzt, und ein Mobile aus Zweigen und Hundezähnen, mit Anglerschnur zusammengebunden, hing dort. Dann, nachdem die Polizei und die Homeland Security eingetroffen und Ellie und die anderen Mädchen in Rettungsdecken gehüllt in Hubschrauber gebracht worden waren, ist Chelsey auf einem markierten Pfad in den Wald gegangen. Dort hat sie den Bus gefunden. Hat die Notfallklappe geöffnet. O Gott. Der Gestank, der daraus aufstieg – nach menschlichen Ausscheidungen –, hat ihr die Schleimhäute verätzt. Noch Tage später hing er ihr in der Nase, und einmal musste sie sich ins Spülbecken übergeben.

Dann kamen die Anrufe von der Homeland Security, von Noah – die sie ignorierte. Weil sie sich so außer Kontrolle fühlte. Die Traurigkeit kam in Wellen, riesigen Wellen, die sie umwarfen, wenn sie gerade duschte oder versuchte zu schlafen oder zu essen. Sie war verletzlich, verwirrt, so nackt und schutzlos wie ein neugeborenes Baby. Sie hatte Panik davor, so gesehen zu werden.

Sergeant Abbott ist zurückgetreten und ruft sie immer wieder an. Sie geht dann nicht ans Telefon, aber sie hört seine langen Nachrichten, die er ihr mit schleppender Stimme hinterlässt – Abbott hat wieder angefangen zu trinken. *Ich hatte keine Ahnung, Chelsey. Das musst du mir glauben. Ich verstehe nicht, wie das passieren konnte. Meine Jungs, meine Jungs …* Weinen, Schluchzen. *Bitte ruf mich zurück. Es gibt noch einiges, worüber wir reden müssen, Dinge, die du nicht weißt …*

Aber Chelsey weiß genug. Sie sieht jetzt klar, was Abbott angeht. Er ist ein Mann, der mit seinen Ängsten nicht klarkam und sie deshalb auf seine Frau, seine Kinder projizierte. Im Arbeitszimmer ihres Vaters hat Chelsey eine Zeitachse erstellt. Man kann die karierte Tapete nicht mehr sehen, die Stelle, wo einmal der Sticker geklebt hat. Sie hat am Ende angefangen und die Daten rückwärts aneinandergereiht.

Regina Pike gewinnt die Volksabstimmung und wird Kandidatin für die Gouverneurswahl. Willa Adams wird entführt, als sie auf ihrem Fahrrad unterwegs ist. Regina Pike wird Spitzenkandidatin. Ellie Black wird von einem Schotterparkplatz entführt. Und so geht es weiter. Jedes Mal, wenn Regina einen Erfolg hat, hat West ein Mädchen entführt. Am auffallendsten ist Doug Abbotts Eintritt in den Polizeidienst, als seine Mutter eine neue Ehe einging. Chelsey hat sich zusammengereimt, dass Doug dabei geholfen hat, die Mädchen zu entführen, und die Ermittlungen dann im Auftrag seines Bruders beobachtet hat. Es zeigt, wie genau West alles geplant hat. Wie skrupellos er war. Aber Chelsey hat immer noch viele unbeantwortete Fragen. Deshalb ist sie heute hier. Um ihre Schwester zu sehen, das Unbekannte zu erforschen.

Sie klappt die Sonnenblende mit dem Spiegel herunter, massiert die Haut unter ihren Augen mit einem leichten Fingerklopfen und tut ihr Bestes, um ihr Gesicht in Ordnung zu bringen. Sie steigt aus. Übertragungswagen parken am Straßenrand, und Chelsey fühlt sich zurückversetzt an den Abend, als Ellie gefunden wurde und sie zu ihr ins Krankenhaus gefahren ist. Damals hat niemand Chelsey gekannt, aber jetzt scharen sich die Journalisten um sie. Sie hält den Kopf gesenkt, weicht Mikrofonen und Fragen aus. »Sind Sie hier, um Ihre Schwester zu besuchen? Wir würden Sie gerne für ein Exklusivinterview gewinnen.« Die Medien waren schon auf dem Polizeirevier und vor den Toren von Paradise Glen. Chelsey hat sogar einen Anruf von einem Dokumentarfilm-Team bekommen.

Ein scharfer Wind kommt von Osten, und die Presseleute lassen von ihr ab, als Chelsey den Besucherbereich betritt. »Wen möchten Sie sehen?«, fragt eine Polizistin am Empfang.

»Lydia Calhoun«, antwortet Chelsey. Sie ist das Sprechen nicht mehr gewöhnt, und ihre Stimme klingt leise.

»Keine Presse«, sagt sie.

»Ich bin nicht von der Presse. Ich bin … ein Familienmitglied. Ihre Schwester.«

Die Polizistin mustert Chelsey, der jetzt erst einfällt, dass sie Lydia nicht ähnlich sieht, und ihr ihren Ausweis reicht.

Chelsey wird eingecheckt, durchsucht und gebeten, persönliche Gegenstände in ein Schließfach zu legen. Im Warteraum ist nicht viel los. Ein Dad mit einem Kleinkind. Eine Frau mit müden Augen. Hinter zerkratztem Plexiglas läuft ein Fernseher, und Chelsey setzt sich auf den Stuhl, der am weitesten von den anderen Menschen entfernt ist. Fox London, der weißhaarige Moderator, sitzt am Tisch mit einer Expertenrunde – einer schwarzen Frau in marineblauem Kostüm und einem weißen Mann im Tweedjackett.

»So etwas vermutet man eigentlich nur in Romanen«, sagt Fox London. »Aber es ist allzu real. Wir berichten seit letztem Samstag, als ein Versuch verhindert wurde, vor der Gouverneursvilla eine Bombe zu zünden. Die Verdächtige? Elizabeth Black. Der Name klingt vertraut, denn Elizabeth Black wurde vor etwas mehr als zwei Jahren als vermisst gemeldet und ist erst vor Kurzem auf mysteriöse Weise wieder aufgetaucht. Nach Elizabeth Blacks mutmaßlichem Bombenattentat auf die Gouverneurin kam es zu einer landesweiten Suche nach ihr. Aber es war eine Kleinstadtpolizistin, Chelsey Calhoun, die Elizabeth mit ihren Entführern in Verbindung brachte – den entfremdeten Söhnen von Gouverneurin Pike, Douglas und West Abbott –, und die in einem atemberaubenden Showdown einen von ihnen getötet und den anderen verhaftet hat. Außerdem hat sie ihre eigene Schwester wiedergefunden und auf sie geschossen, Lydia Calhoun, die seit dem Jahr 2007 verschwunden war.« Fox London macht eine hingerissene Pause. »Mehrere Leichen verschwundener Mädchen, die in verschiedenen Nationalparks entdeckt wurden, konnten inzwischen mit den Brüdern in Verbindung gebracht werden.«

Chelsey senkt den Kopf, aber sie kann die Sendung immer noch hören.

»Ganz ehrlich, ich weiß nicht, wo ich anfangen soll«, sagt Fox.

»Sie haben Oscar Swann nicht erwähnt«, sagt der Mann im Tweedjackett.

»Stimmt«, sagt Fox. »Oscar Swanns Auto und seine Leiche wurden 2007, also vor fünfzehn Jahren, unterhalb einer Klippe an einem beliebten Aussichtspunkt gefunden. Es gab erdrückende Beweise dafür, dass Lydia bei ihm war. Kleidungsstücke von ihr und sogar Haare und ein Stück ihrer Kopfhaut wurden an der Stelle gefunden. Man nahm an, dass Oscar Lydia getötet hatte und dann sich selbst, und dass ihre Leiche von der Flut weggespült worden war. Aber jetzt stellt sich die Frage, ob das alles eine aufwändige Inszenierung von West Abbott war.« Chelsey weiß, dass im Internet schon alle möglichen Verschwörungstheorien im Umlauf sind. »Oscar Swann galt jahrelang als Verbrecher und Mörder. Seine Familie wünscht sich, dass sein Name posthum reingewaschen wird.«

»Wissen Sie, worüber ich gerne sprechen würde?«, wirft die Frau im marineblauen Kostüm ein. »Darüber, wie Gouverneurin Pike nun wohl mit Elizabeth Black verfahren will.«

»Es sind Gerüchte in Umlauf, dass die Gouverneurin darauf drängt, die Anklage gegen Elizabeth Black fallenzulassen. Was absolut sinnvoll wäre, in Anbetracht der Umstände«, sagt Tweedjackett.

»Ich glaube auch, das wäre das beste Vorgehen. Interessant ist außerdem, dass Gouverneurin Pike nicht zurücktreten will, trotz dieses Skandals. Im Gegensatz zu ihrem Ex-Mann, Patrick Abbott, dem Vater der Jungen, der umgehend auf seinen Posten als Polizeichef von Coldwell verzichtet hat«, sagt Fox.

»Warum sollte die Gouverneurin denn zurücktreten? Sie ist hier doch selbst ein Opfer.«

»Lydia Calhoun«, kündigt ein Polizist an und öffnet eine Metalltür. Chelsey springt auf. Als sie durch die Tür tritt, hört sie noch die Stimme von Fox London. »Heute Abend sehen Sie eine Sondersendung über die Abbott-Brüder. Aufgewachsen in einer Kleinstadt, gute Schulnoten, solides Familienleben. Was ist bei diesen Männern, die eine so vielversprechende Zukunft vor sich hatten, bloß schiefgelaufen?«

Natürlich wird versucht, Douglas und West zu entschuldigen, denkt Chelsey. Man wird ihren Alkoholiker-Vater für alles verantwortlich machen. Die Abwesenheit ihrer Mutter. Aber Chelsey sieht West auf seinem Grundstück im Wald vor sich. Er hatte die ganze Zeit die Kontrolle.

»Wir werden auch über Lydia Calhoun reden, die beinahe zwei Jahrzehnte lang mit den Brüdern zusammengelebt hat. War sie an dem Geschehen beteiligt? Quellen bestätigen, dass die Staatsanwaltschaft erwägt, Anklage zu erheben.«

Chelsey wird in einen größeren Raum geführt, der wie eine Cafeteria aussieht, mit Tischen und Stühlen. Niemand ist da, außer Lydia in der Ecke. Chelsey nickt ihrer Schwester zu und geht zu ihr. Der Polizist stellt sich vor eine Wand, unter ein Wandgemälde vom Meer.

»Wie geht es dir?«, fragt Chelsey und zieht einen Plastikstuhl heran. Es ist eine dumme Begrüßung und klingt sonderbar. Als ob sie nicht auf Lydia geschossen, sie zu Boden geworfen und festgenommen hätte.

»Das Essen hier ist nicht so gut.« Lydia rutscht nach vorne auf die Stuhlkante und hält sich mit beiden Händen daran fest.

»Aber meistens ist es warm, und ich kann ein schönes Stück Wald aus meinem Fenster sehen.« Endlich kann Chelsey ihre Schwester bei Licht betrachten. Die Zeit hat es nicht gut mit ihr gemeint, ihr Gesicht wirkt hart, die Weichheit der Jugend ist verschwunden. Ihre Hände sind knochig, mit schuppiger, rissiger Haut. Als Chelsey sie betrachtet, ballt Lydia die Fäuste.

»Was ist mit deinem Bein?« Chelsey blickt auf Lydias Oberschenkel. Der Schuss hat nur eine Fleischwunde verursacht. Acht Stiche, eine Nacht im Krankenhaus, dann ist Lydia hierher verlegt worden.

»Ich spüre es kaum«, sagt Lydia und lächelt. »Ich bin froh, dich zu sehen.«

Chelsey kann nicht anders, als ebenfalls zu lächeln. »Ja.« Sie denkt daran, wie sie sich als kleine Mädchen nachts kichernd aneinander kuschelten, einander Geheimnisse erzählten. Sie waren wie zwei Hälften eines Ganzen, haben einander ergänzt.

»Du siehst müde aus«, sagt Lydia.

»Ich habe nicht …«, beginnt Chelsey. »Ich schlafe nicht gut.«

»Ich auch nicht.« Lydia beugt sich vor. »Ich habe dich vermisst«, flüstert sie mit ehrlicher Leidenschaft.

Chelseys Hände zittern. Tränen steigen ihr in die Augen. In all diesen Jahren hat sie sich so einsam gefühlt ohne Lydia. Nichts ist ihr richtig erschienen. »Ich habe dich auch vermisst.«

Lydia lächelt stolz. »Meine Schwester, die Polizistin. Genau wie Dad. Er muss auch sehr stolz auf dich sein.« In ihren Worten liegt eine leichte Schärfe.

Bei der Erwähnung ihres Vaters verdüstert sich Chelseys Miene. »Du solltest wissen, dass Dad … vor anderthalb Jahren verstorben ist. Kehlkopfkrebs.« Ist es schlimm, dass Chelsey froh ist, dass ihr Vater nicht mehr lebt? Dass er nicht sehen muss, was aus seinen Kindern geworden ist?

»Oh.« Ein Schatten fällt über Lydias Gesicht, und sie wendet sich ab. Sie nickt. »Das passt. Zu viele Zigarren. Gab es eine Beerdigungsfeier?«

»Sie war sehr schön. Viele ehemalige Kollegen waren da. Er liegt auf einem Hügel begraben …« *Neben dir,* hätte Chelsey beinahe gesagt. Ein Bild taucht aus dem hintersten Winkel ihrer Erinnerung auf: Chelsey sieht zu, wie Lydias Sarg in der Erde versenkt wird. Ihr leerer Sarg. Sie hatten beschlossen, eine Begräbnisfeier zu veranstalten, obwohl es nichts zu begraben gab. Lydias Leiche war nie gefunden worden. Das ist der wahre Grund, warum Chelsey den Strand gehasst hat. Warum sie dort nicht mehr spazieren gehen wollte. Sie hatte immer Angst, dort die Überreste zu finden, von der Flut angespült. Eine andere Erinnerung taucht auf. Ihr Vater am Grab, wie er vor sich hinmurmelt, *so eine Verschwendung*. Eine Verschwendung von Leben. Geld. Zeit. Allem. »Aber Mom … ist immer noch da«, beeilt sich Chelsey zu sagen. »Sie lebt in Arizona. Ist auf dem Weg hierher, um dich zu sehen.« Chelsey hat ihr die Nachricht schnell übermittelt und dann aufgelegt. »Aber ich habe das Haus behalten. Nachdem Dad gestorben ist, meine ich. Alles ist noch so wie früher.«

Lydia hebt den Kopf. »Ich habe dieses Haus immer gehasst.«

»Was?« Sie waren so glücklich dort oben auf dem Hügel.

Lydia lacht auf. »Ich habe das Leben dort gehasst. Und Dad, er war so gemein zu Mom.« Chelsey blinzelt und spürt einen Lufthauch, wie von einem Schleier, der sich hebt. »Weißt du noch, wie er diesen Stift auf sie geworfen hat?«

Es ist ein natürlicher Reflex, dass Chelsey ihren Vater verteidigen will. Er war immer streng, das war seine Art. »Er hat gerade an einem Fall gearbeitet …«

»Sie hat ihm sein Abendessen gebracht.« Lydia schüttelt den Kopf.

»Das weiß ich nicht mehr.« Die Luft scheint sich noch heftiger zu bewegen, ein Windstoß bringt eine neue Erinnerung. Als Lydia den Sticker an die Wand in Dads Arbeitszimmer geklebt hatte. Ihr Vater hat sie angeschrien, und Lydia kauerte sich im Flur zusammen, wiegte sich hin und her. Er hat sie ohne Abendessen ins Bett geschickt.

»Du bist ja verheiratet!«, ruft Lydia aus und zeigt auf den goldenen Ring an Chelseys Finger.

Chelsey ist froh, dass sie von ihrer Erinnerung abgelenkt wird, die sie nicht richtig einordnen kann. Wo an der Wand mit den Erfolgen ihres Vaters lässt sie sich unterbringen? »Das stimmt.« Auf einmal scheint die Zeit langsamer zu vergehen. Das alles ist surreal. Mit Lydia zu reden, als ob nicht Jahre verstrichen wären. Als ob sie immer noch kleine Mädchen wären, die einander Geheimnisse anvertrauten. Nach Lydia hat sich Chelsey niemandem mehr anvertraut. Niemand kam an ihre Schwester heran.

»Er heißt Noah.«

»Vielleicht kannst du ihn mal mitbringen, und ich kann ihn kennenlernen?« Sie strahlt. »Ich bin auch verheiratet, weißt du?« Es klingt, als würde sie ihr ein Geheimnis verraten. Ein Gefühl von Abwehr überkommt Chelsey. »Mit West. Wir hatten eine Zeremonie im Wald. Douglas hat die Trauung abgehalten – ich habe darauf bestanden.« Sie senkt die Stimme. »Ich wollte … es nicht tun, bevor wir verheiratet waren. Hast du bei deiner Hochzeit ein weißes Kleid getragen? Ich nicht. Aber es war trotzdem romantisch.«

Chelsey betrachtet Lydia beunruhigt. »Wie habt ihr beiden euch kennengelernt?« Jetzt spricht die Polizistin in ihr. Sie stellt Fragen.

»Bei dem Gartenfest«, stößt Lydia hervor.

Chelsey spürt den Drang, sich zu übergeben. Bei dem Fest auf dem Polizeirevier. Dort ist so viel in Bewegung gesetzt worden.

»Ich bin froh, dass ich West gefunden habe«, fährt Lydia unbeirrt fort. »Er ist nie grob zu mir, außer, wenn er wirklich wütend ist. Beim ersten Mal war es am schlimmsten.« Sie hebt ihre Haare an und legt eine kahle Stelle frei.

Chelsey ballt die Fäuste. »Das hat West getan?«

Lydia summt. »Es war nicht seine Schuld«, sagt sie. »Es ist Jahre her. Ich bin mit Oscar ausgegangen, um West eifersüchtig zu machen.« Sie senkt die Stimme. »West teilt seine Mädchen nicht. Das hätte ich wissen müssen. West war wütend. Er hat Oscar den Schädel zertrümmert.« Chelsey wird blass, und Lydia verdreht die Augen. »Er hat nicht gelitten.«

»Und dann hat West dir die Haare ausgerissen?«, fragt Chelsey.

Lydia streicht sich mit der Hand über den Kopf. »Wir mussten es so aussehen lassen, als wäre ich mit Oscar gestorben. Sein Vater sagte ...«

»Sein Vater?« Patrick Abbott, Chelseys ehemaliger Chef?

Lydia nickt. »Wir müssten ein paar Spuren hinterlassen, hat er gesagt. Und dass es das letzte Mal wäre, dass er West deckt.«

Adrenalin strömt durch Chelseys Adern. Sergeant Abbott war in all das verwickelt. Ihr fällt ein, wie er ihr die Mittel verwehrt hat, den blauen Kombi aufzuspüren. Wusste er da schon Bescheid? Oder sogar vorher schon?

»Es war so schwer für West, seinen Vater nicht sehen zu können. So traurig.«

Bedeutet die Zuneigung in Lydias Stimme, dass sie alles für West tun würde? Sogar ihm dabei helfen, Mädchen zu entführen und gefangen zu halten? Wie konnte es so weit kommen? Warum hat nie jemand Lydia erklärt, dass das Gefährlichste auf der Welt nicht Naturkatastrophen, Kriege oder Waffen sind, sondern unauffällige Männer, die nett lächeln und große Versprechungen machen?

»Lydia«, sagt Chelsey ruhig, »weißt du, was passiert ist? Was West getan hat?«

Ein Schatten huscht über das Gesicht ihrer Schwester. »Er hat gesagt, es wäre meine Schuld. Ich konnte kein Baby bekommen.« Sie hebt die Hände. »Einmal war ich schwanger.« In ihren Augen schimmern Tränen. Jedes Wort ist unumstößlich und errichtet eine Mauer zwischen ihnen. »Er wollte eine Familie. Eine, die ihn nicht verlassen würde, so wie seine Mom es getan hat.«

Chelsey schüttelt den Kopf, als sie realisiert, dass Lydia nicht erwachsen geworden ist. Sie hat sich verformt. Verdreht. Aber irgendwie ist sie immer noch fünfzehn Jahre alt. »Ich kann das nicht hören«, sagt sie, aber dann denkt sie an Gabby. An Willa. West redet nicht, und Chelsey muss Bescheid wissen. »Warum hat er Willa entführt?«, zwingt sie sich zu fragen.

»Wen?« Lydia verzieht das Gesicht.

»Grace. Ihr habt sie Grace genannt.«

»Ach, die? Er wollte eine Jüngere. Ich glaube, er wollte sie formen. Die anderen Mädchen konnten sehr rebellisch sein. Er wollte eine, die ihm ergeben war. Und da ich kein Baby bekommen konnte ...« Sie verstummt, ihr Blick ist traurig, und sie wechselt das Thema, legt die Hand an den Mund, als würde sie Chelsey ein Geheimnis zuflüstern. »Aber dann hat er gesehen, wie sehr Destiny Grace liebte, und stattdessen beschlossen, das auszunutzen. Er kann manchmal so ungeduldig sein.« Sie grinst. »Willst du wissen, wie es mit den anderen war? Charity ist zu Doug ins Auto gestiegen, er musste ihr nur eine Mitfahrgelegenheit anbieten. Und Hope ... West hat sie geliebt und dann so sehr gehasst. Sie hat ihm das Herz gebrochen ...«

»Es reicht.« Chelsey verzieht das Gesicht vor Abscheu. Sie

fragt sich, wie es möglich ist, jemanden immer noch zu lieben, der so schlimme Dinge getan hat.

»Gut«, sagt Lydia. »Entschuldigung, das habe ich ganz vergessen. Der Prozess. Hey, meinst du, ich kann West sehen? Hast du ihn gesehen? Geht es ihm gut? Er schläft nicht gern allein. Außerdem brauche ich eine Nagelfeile. West hasst abgebrochene Fingernägel. Er mag unsere Nägel gern glatt und rund. So wie deine, nur ein bisschen länger.«

»Lydia«, sagt Chelsey zögernd, unsicher, wie sie damit umgehen soll. »Verstehst du das nicht? Was West getan hat? Mit diesen Mädchen? Mit dir?«

»Er liebt mich«, sagt Lydia. »Er liebt mich«, wiederholt sie dann, in harscherem Ton.

Einen kurzen Moment hasst Chelsey ihre Schwester, aber das Gefühl ist gleich wieder verschwunden und macht Mitleid Platz. Die Flut kommt zurück und droht Chelsey mitzureißen. Sie steht auf, der Stuhl schabt über den Boden und fällt beinahe um. »Ich muss gehen. Mom besucht dich morgen, und ich komme bald wieder.« Ohne ein weiteres Wort verlässt Chelsey den Raum.

Sie steigt ins Auto und lässt das Gefängnis hinter sich, fährt aber ein paar Minuten später rechts ran und hält schlingernd auf dem Seitenstreifen. Sie holt tief Luft, schreit, trommelt auf das Lenkrad, bricht dann in Schluchzen aus. Erinnerungen sind subjektiv, wird ihr klar.

Sie zieht ihr Handy heraus und wählt die Nummer ihres letzten verpassten Anrufs.

»Chelsey.« Noahs Stimme ist wie eine Hand, die nach ihrer greift.

»Es tut mir leid«, stößt sie hervor, verloren in einem Strudel von Zusichkommen und Erwachen. »Ich habe mich in so vielen Dingen getäuscht.«

Vierunddreißig

Ellie trommelt mit den Daumen auf das ledergebundene Notizbuch auf ihrem Schoß.

»Fertig?«, fragt Dr. Fischer und zeigt auf das Tagebuch.

»Ja«, antwortet sie und starrt aus dem Fenster. Die Aussicht aus der psychiatrischen Klinik ist nicht annähernd so schön wie die aus Dr. Fischers Praxis. Ein Parkplatz mit ein paar Ahornbäumen, die in gleichmäßigen Abständen am Rand entlang gepflanzt sind. Hohe Laternenpfähle. Ein Stacheldrahtzaun.

Ellie ist wieder eingesperrt. Dieses Mal als stationäre Patientin für drei Wochen. Bald kommt sie raus, in ein paar Stunden. Die Ärzte sagen, dass ihre Medikamente jetzt anschlagen. Die Staatsanwaltschaft verzichtet auf eine Anklage. Und Ellie hat ein volles schriftliches Geständnis abgelegt, das an Detective Calhoun geht. Die letzten Zeilen hat sie erst vor ein paar Stunden geschrieben. *Die Augen geschlossen, dachte ich an Willa. Die Liebe, die ich für sie empfand, würde die körperlichen Grenzen überwinden. Und eines Tages würde sie frei über eine Wiese laufen, einer strahlenden Zukunft entgegen. Dann würde ich nur noch eine ferne Erinnerung für sie sein, und die Tage auf dem Grundstück im Wald wären wie ein böser Traum.*

Dies war die einzige Möglichkeit, uns beide zu befreien.

Dr. Fischer ist beinahe jeden Tag gekommen. Manchmal für eine Therapiestunde, manchmal aber auch nur, um sie zu besuchen. Heute ist sie zu einer richtigen Therapiesitzung da. Das erkennt Ellie an dem gelben Notizblock.

In den ersten Tagen saß Ellie nur da. Stumm. Dr. Fischer sagte, das sei okay. In den Raum zu kommen, sei schon genug. Alles ist jetzt ihre eigene Entscheidung. Ob sie reden oder lieber schweigen will. Oder schreien. Manchmal hasst sie Dr. Fischers positive Affirmationen – Dr. Fischer sagt, auch das sei okay. Aber schließlich hat Ellie angefangen, ihre Geschichte zu erzählen. Von ihrer Entführung. Von ihren Freundinnen. Den Freundinnen, die sie verloren hat. Den Deal, den sie gemacht hat, um Willa zu retten. Sie hatte solche Angst, als sie zurückgebracht wurde. Es war, wie auf Glasscherben zu gehen. Michael brachte ihr auf Davids Geheiß die Postkarten. Sie war nie weit von ihm entfernt, und Willa war ihm sogar noch näher. Aber im entscheidenden Moment konnte Ellie nicht töten. Sie hat den Bombenanschlag vermasselt und ist geflohen. Weil sie wusste, dass David sie beobachtete, war ihre einzige Möglichkeit, zurück zu dem Waldstück zu gehen und zu versuchen, Willa selbst zu retten.

Jetzt ist Ellie ungewöhnlich müde und ein bisschen sauer.

Sie verschränkt die Arme vor der Brust. »Es ist jetzt Wochen her. Ich habe alles getan, was von mir verlangt wurde. Wann kann ich Willa sehen?«

»Ich weiß es nicht«, antwortet Dr. Fischer gelassen. »Sie hat auch einiges zu verarbeiten, genau wie du.«

Ellie presst die Lippen zusammen. »Ja, aber ich muss sie sehen.«

»Sie haben dich auf dem Laufenden gehalten«, sagt Dr. Fischer. Willas Mutter hat ihr Briefe geschrieben und Fotos geschickt.

»Das ist nicht dasselbe«, murrt Ellie. Es nicht dasselbe wie Willa zu berühren, sie zu spüren. Sich zu vergewissern, dass sie atmet. »Haben Sie daran gedacht, ihrer Mutter zu sagen, dass sie sich die Schuhe inzwischen selbst zubinden kann? Und dass ich ihr dazu diesen Reim mit den Hasenohren beigebracht habe? Oh, und einmal hatte sie einen entzündeten Zahn, den ich ihr gezogen habe. Wahrscheinlich muss sie zum Zahnarzt. Manchmal hat sie Albträume, und dann will sie, dass man ihr ein Schlaflied singt …«

»Ellie«, sagt Dr. Fischer ruhig. »Darüber haben wir schon gesprochen. Du musst sie nicht mehr beschützen. Sie ist in Sicherheit, und es ist jetzt an der Zeit, dass du an deine eigene Zukunft denkst.«

Ein Kopfschütteln. Ellie hebt die Hände. »Ich kann nicht … Ich weiß nicht, wie ich mit diesem … Vermissen leben soll.« Sie fühlt sich leer, als würde sie sich in nichts auflösen.

»Es ist schwer, wieder Hoffnung zu finden.«

Hoffnung, *Hope*. Bei dem Wort sinkt Ellie in sich zusammen. Gedanken, die sie nicht haben will, drängen sich in ihr Bewusstsein. Bittere Samen essen. Schreie in der Nacht. Unterdrücktes Weinen.

»Denkst du an sie?«

»Ich denke an nichts anderes.« Gabby. Willa. Hannah. »Ich konnte sie nicht retten.«

»Du wolltest dich selbst opfern. Bist zurück zu dem Waldstück gegangen, hast die Polizei dorthin geführt. Jetzt ist Douglas Abbott tot und West Abbott wartet auf seinen Prozess … Das ist nach meinem Verständnis alles sehr heldenhaft.«

Douglas Abbott. Michael. Ihr ist wieder eingefallen, dass er der Polizist vom Rauschgiftdezernat war. Als sie wegen Gras in ihrem Spind verhaftet wurde, war er in ihrer Schule. So hat er sie gefunden. Und auch die anderen Mädchen. Durch seinen Job. Durch die sozialen Medien. Gabby war ihm gefolgt, hatte seine dummen Videos gelikt. Wut steigt in Ellie auf. Was Dr. Fischer sagt, spielt keine Rolle. Auch wenn der Drachen besiegt wurde, der Schmerz bleibt. Dr. Fischer beugt sich vor. »Ich dachte« – sie schaut auf ihren Notizblock –, »dass wir vielleicht eine kleine Übung machen könnten.«

»Was für eine?«

»Ich möchte, dass wir in deinen Gedanken zusammen zurückgehen und Gabby, Hannah und Willa befreien. Tust du mir den Gefallen?«

Ellie lacht, aber sie hat inzwischen gelernt, Dr. Fischer zu vertrauen. Sie wird ihr folgen, wohin auch immer sie sie führt. Hier in diesem Raum überschreiten sie die Grenzen von Ellies Schmerz. »Ja, okay, sicher.«

»Also gut, fangen wir an«, sagt Dr. Fischer, dann wird ihre Stimme um eine Oktave tiefer. »Tu mir den Gefallen, und mach die Augen zu.«

Ellie tut es und kommt sich ein bisschen dumm dabei vor.

»Gut«, summt Dr. Fischer. »Also, lass uns zurückgehen zu dem Waldstück. Lass uns Gabby retten.«

Ellie fällt es nicht schwer, in ihren Erinnerungen zu versinken. Sich zu fühlen, als ob sie wieder dort wäre, zwischen den Betonbauten. Sie atmet ein, und alles ist da, das Lagerfeuer und die Hunde und der Wald nach dem Regen.

»Bist du dort?«, fragt Dr. Fischer, und Ellie nickt. »Okay, jetzt geh zu einem Tag, an dem ihr alle zusammen wart. Du, Hannah und Gabby. Siehst du sie?«

Es ist Herbst, beinahe Winter. Der Tag, an dem die Mädchen sich ihre richtigen Namen zugeflüstert haben. Ihre Wangen sind warm vom Feuer. Ihre Hände jucken, weil sie Samen geerntet haben. »Ich bin bei ihnen.«

»Siehst du auch dich selbst?«

Ein Kloß bildet sich in Ellies Kehle, und sie versucht, ihn herunterzuschlucken. »Ja.« Sie ist dort, sitzt auf einem Baumstamm neben Gabby. Ihre Knie berühren sich. So warm. So lebendig. »Okay. Jetzt bring Willa mit rein. Kannst du das?«

Willa kam nach Gabby, aber es ist leicht, auch sie ans Feuer zu setzen. Weil es das ist, was Ellie will; dass sie zusammen sind, in Sicherheit, dass sie einander haben.

»Nimm jede von ihnen an der Hand. Sag ihnen, dass sie nicht mehr dortbleiben müssen.«

Ellies Augen füllen sich mit Tränen. In ihrer Vorstellung streckt sie die Hand aus und zieht sie, eine nach der anderen – Hannah, Gabby und Willa – von den Baumstämmen hoch. *Kommt mit.*

»Sind sie bei dir?«

»Ja.«

»Was ist mit David? Ist er auch da?«

»Nein«, sagt Ellie. »Er ist oben in seinem Zimmer. Er kann uns nicht hören.«

»Willst du irgendwas mit ihm machen?«

»Was meinen Sie damit?«

»Ihn treten. Verletzen. Zur Hölle jagen. Was auch immer du willst.«

Ellie lacht. »Nein. Wir wollen einfach nur gehen.«

Dr. Fischer sagt okay. Sie sagt Ellie, dass sie Gabby, Hannah und Willa von dem Waldstück wegführen soll. »Niemand wird euch aufhalten.«

Und so macht sie es. Sie gehen lange durch den Wald im eiskalten Regen, der ihre Kleidung durchdringt, überqueren ein verbranntes Feld, auf dem einmal Wilde Möhre wuchs, steigen über das Dach eines verrosteten Busses. Sie kommen auf eine Lichtung, und es ist jetzt Tag. Und auch Sommer, und sie sehnen sich nicht mehr nach warmer Kleidung. Sie klappern nicht mehr mit den Zähnen, haben keine blauen Lippen mehr.

Langsam verschwindet die Angst. Sie sehen einander an und

wagen ein Grinsen. Dann fangen sie plötzlich laut an zu lachen. Ellie legt die Hände um den Mund und ruft ihren richtigen Namen. Gabby tut das Gleiche. Dann Hannah. Und Willa. Es fühlt sich gut an, so laut sein zu können. Sich keine Gedanken darum zu machen, dass sie lieber leise sein sollten, oder dass jemand sagen könnte, sie seien undankbar. Sie fürchten auch nicht, dass jemand sie schlägt. Sie strecken sich der Sonne, dem Himmel und den weiten, offenen Feldern entgegen, berauscht und glücklich.

»Bist du immer noch bei mir, Ellie?« Dr. Fischers Stimme bringt die Blase zum Platzen.

Ellie nickt. Sie schmeckt Salz auf der Zunge – die Tränen haben ihren Mund erreicht. »Ich bin noch nicht bereit zu gehen.« Sie will für immer an diesem goldenen Ort bleiben.

»Es ist Zeit, nach Hause zu gehen. Aber du kannst sie mitnehmen.«

»Wie?«

»Nimm sie mit in dein Elternhaus. Reiß eine Wand ein und richte Zimmer für sie ein.«

Mit einem dicken Kloß im Hals baut Ellie neben ihrem Zimmer eins für ihre Freundinnen. Einen Raum mit einem Bett und einem Fenster, das sich öffnen lässt. Die Luft stinkt nicht nach Müll und Tieren. Das hat sie die ganze Zeit gewollt. Dass sie frei sind. Zusammen. Sie ziehen ihre Sachen aus und schlüpfen in Kleidung aus Kaschmir. Dann legen sie sich hin, und die Bettlaken duften nach Lavendel. Und Ellie flüstert Versprechen, von denen sie weiß, dass sie sie halten kann. *Wir werden nie wieder Löwenzahn oder Heidelbeeren essen. Niemand fasst euch an, wenn ihr es nicht wollt. Es wird keine Pflanzen mehr geben, von denen wir bluten.* Hannah und Willa gleiten in den Schlaf. Und es ist nicht nötig, sie zu berühren, um ihre Atemzüge zu spüren. Ellie weiß, dass sie sich ausruhen können, und dass alles gut sein wird, wenn sie aufwachen. Gabby dreht sich zu Ellie, und sie reiben ihre Nasen aneinander, streicheln einander über die Haare, genießen das alles.

»Was möchtest du Gabby sagen?«, fragt Dr. Fischer.

»Es tut mir leid.« Ellie tut es leid, dass sie Gabby nicht retten konnte. Es tut ihr leid, dass Gabby nie Freud und Leid der Zukunft kennenlernen wird. Das Gefühl einer sanften Hand. Die Berührung eines Kindes. Einen warmen Wasserstrahl. Den ersten Bissen eines guten Essens.

»Was sagt Gabby?«, fragt Dr. Fischer.

»Ich möchte, dass sie sagt, dass es mir nicht leidtun muss.«

»Es ist nicht deine Schuld, Ellie«, sagt Dr. Fischer. »Glaubst du mir das?«

Ellie öffnet die Augen. Tränen strömen über ihre Wangen. Sie öffnet den Mund und schließt ihn wieder. »Ich versuche es.«

»Wir arbeiten weiter daran. Bis morgen.« Dr. Fischer steht auf.

Sie verabschieden sich. Am nächsten Tag werden sie sich zur selben Zeit wiedersehen, aber dann in Dr. Fischers Praxis. Weil Ellie nach Hause geht. Ihre Eltern warten in der Lobby.

»Hey«, sagt Dad und nimmt ihr die Tasche ab. »Bist du bereit?«

Mom lächelt. »Okay?«

Ellie nickt und steigt ins Auto. Sie fahren los, und das Schaukeln des Fahrzeugs beruhigt Ellie, die ihr Tagebuch umklammert. Schon bald erreichen sie das Polizeirevier von Coldwell und fragen nach Detective Calhoun.

Chelsey kommt um die Ecke. »Meine Lieblingsfamilie«, sagt sie, schüttelt Ellies Vater die Hand und umarmt ihre Mutter. »Ist das für mich?« Mit einem Kopfnicken zeigt sie auf das Tagebuch.

»Es steht alles drin.« Ellie reicht es ihr.

»Gut, das wird beim Prozess helfen«, sagt Chelsey. »Wir werden für das höchste Strafmaß plädieren, lebenslange Haft.«

West Abbott plädiert auf nicht schuldig und hat einen Strafbefehl abgelehnt. Ellie wünscht sich, dass er sich schuldig bekennt. Dass er verschwindet und nie wiederkommt. Aber er will noch einmal im Rampenlicht stehen. Chelsey hat Ellie versichert, dass es das letzte Mal sein wird. Ellie schüttelt Chelsey die Hand und verabschiedet sich. Dann steigt sie wieder mit ihren Eltern ins Auto.

Mom dreht sich auf dem Beifahrersitz zu ihr um. »Ich habe ganz vergessen dir zu sagen, dass Sam und ihre Familie heute zum Abendessen kommen.«

Ellie lächelt. »Klingt gut«, sagt sie. Ihre Mutter dreht sich wieder nach vorne, und Ellie schaut aus dem Fenster. Sie sieht ihr Spiegelbild im Glas und zieht die Umrisse mit dem Finger nach. Erinnert sich daran, dass sie hier ist. Sie ist hier. Sie *ist.*

Sie legt die Hand wieder in den Schoß, umfasst mit der anderen ihr Handgelenk. Manchmal denkt sie, dass sie es immer noch spüren kann, das Freundschaftsband, das Gabby ihr geschenkt hat, und fragt sich, wie lange das noch so sein wird. Ob sich ihr Leben für immer so anfühlen wird, als würde sie in den Lauf einer Waffe starren. Ihre Gedanken wandern zu Dr. Fischer, zu ihrem Gespräch vor einer Stunde. Es fällt Ellie immer noch schwer zu glauben, dass es nicht ihre Schuld ist. Das, was Gabby passiert ist. Und Hannah. Und ihr selbst. Sie denkt oft darüber nach, was sie hätte anders machen können. Ob sie dieses Schuldgefühl jemals ablegen kann? Sie weiß es nicht. Aber sie hofft, dass sie es eines Tages schafft. So, wie sie hofft, dass ihr von Holzfeuergeruch eines Tages nicht mehr schlecht wird. Dass das Bellen eines Hundes sie eines Tages nicht mehr erschüttern kann. Dass sie irgendwann keine Angst mehr hat.

Dass sie eines Tages die Türen nicht mehr verriegeln muss. Die Abstellkammer verlassen kann. In einem Bett schlafen. Sich die Haare schneiden. Eine alte Freundin anrufen. Eine alte Liebe küssen. Ihre Nichte festhalten. Mit ihrer Schwester lachen. Ihre Mutter und ihren Vater umarmen. Sich Hals über Kopf in die Zukunft stürzen, in der einen Hand Verlust, in der anderen Hoffnung.

Ja, denkt Ellie. Ich werde wieder leben. Ich werde ein Vogel sein, und ich werde singen.

Fünfunddreißig

Lydias hölzerne Haarbürste, ihr Kleid mit dem Paisley-Muster, ihre zottigen Beatrix-Potter-Hasen, ihr weißer iPod, ihr *Into-the-Wild*-Poster, ihre getrockneten Rosen, ihr Spielzeug-VW-Bus – Chelsey legt alles vorsichtig in einen Karton und macht ihn zu. Dann stellt sie sich auf einen Stuhl und nimmt die Buchstaben *Freiheit*, die über der Tür hängen, ab.

Noah taucht im Türrahmen auf, hebt eine Kiste hoch. »Bald fertig? Es ist schon fast 17:00 Uhr. Wir müssen los, wenn wir dem Makler die Schlüssel vorbeibringen wollen, bevor er zumacht.«

Chelsey schluckt und nickt. »Ich bin fertig.«

»Wir treffen uns draußen.« Er geht weiter durch den Flur. »Ich habe vorhin schon wieder einen Reporter am Eingang herumlungern sehen. Man sollte meinen, inzwischen würden sie es aufgeben«, ruft er noch über die Schulter zurück.

Chelsey antwortet nicht. Es sind drei Monate vergangen, seit sie Ellie im Wald gefunden hat. Seit sie Douglas Abbott getötet und West und Lydia festgenommen hat. Die Gerichtsverhandlungen werden im Lauf des Jahres beginnen. Aber das Medieninteresse hat nicht nachgelassen. Chelsey will sich immer noch nicht zu allem äußern. Obwohl sie genau weiß, was sie sagen würde. Sie würde nicht von West oder Doug sprechen, nicht einmal von Lydia, ihrer Schuld oder Unschuld – die Wahrheit liegt immer irgendwo in der Mitte. Sie würde nichts über die Gouverneurin oder Chelseys ehemaligen Chef sagen, der auch verhaftet worden ist und unter Anklage steht. Abbott hat gestanden, dass er einen Tatort manipuliert hat, und dass er Oscar den Mord an Lydia in die Schuhe geschoben hat.

Aber er schwört, dass er nicht gewusst hat, was seine Söhne im Wald taten. Die Geschworenen werden entscheiden, ob er die Wahrheit sagt. Von alldem möchte Chelsey nicht sprechen. Stattdessen würde sie von den Mädchen erzählen. Von allen. Sie würde ihre Namen nennen, Brittany, Theresa, Gabby, die es nicht aus dem Wald geschafft haben. Und Willa, Hannah, Elizabeth … die überlebt haben. Obwohl sie am Leben sind, obwohl Ellie nicht angeklagt wurde, ist etwas unwiederbringlich verloren. Wann ist es genug?, würde Chelsey die Medien, die Welt fragen. Wie kann die Gesellschaft hinnehmen, dass Frauen durch die Gewalt von Männern sterben? Chelsey trauert um ihre Kindheit.

Sie geht durchs Haus, knipst die Lichter aus, lässt sich Zeit. Das hier ist ihr endgültiger Abschied, eine Wunde, die sich schließt – manchmal heilt etwas von alleine, aber manchmal muss eine Wunde auch ausgebrannt werden. Letztendlich. Sie geht durch das Schlafzimmer ihrer Eltern. Es ist leer bis auf ein Bettgestell und eine Matratze, die an der Wand lehnt. Im Badezimmer setzt sie sich auf die Kante des rosafarbenen Whirlpools. Für einen Augenblick ist sie wieder fünf Jahre alt, Lydia ist sechs. Wasser strömt aus dem Hahn, das Wasser blubbert. Sie kichern. Die Erinnerung raubt ihr den Atem. Schmerz steigt in ihr auf, und Chelsey drängt ihn nicht zurück. Sie lässt ihn zu, lässt zu, dass er sich in ihr auftürmt wie Schaum. Denn was ist Schmerz anderes als die Kehrseite von Liebe?

Vom Badezimmer geht sie in das Arbeitszimmer ihres Vaters am anderen Ende des Flurs. Auch dieser Raum ist jetzt leer. Früher einmal hat sie hier Trost gefunden, und jetzt … ist sie sich dessen nicht mehr sicher. Manchmal ist sie wütend auf ihren Vater. In letzter Zeit haben die Erinnerungen sich verwandelt, gute in schlechte, schlechte in gute. Sie sieht ihn jetzt klar. Hauptkommissar Calhoun, ein Mann, der seine eigene Ehe zerstört hat, weil er seine Fehler nicht eingestehen konnte.

Sie schließt die Tür des Arbeitszimmers. Die Ähnlichkeiten zwischen ihrem Vater und Sergeant Abbott entgehen ihr nicht. Beide waren Kannibalen, die ihre Frauen, Kinder, sich selbst verschlangen. Sie erkennt auch die Parallelen ihrer eigenen Geschichte zu der von West und Doug: Sie haben ihre Väter vergöttert. Und ihre Mütter verteufelt. Aber West und Doug sind als Erwachsene schlimmer geworden als ihr Vater. Und Chelsey … besser, hofft sie. Sie denkt an die Entscheidungen, die Menschen treffen. An die Wege, die wir alle aus freiem Willen gehen. An den, den sie jetzt beschreiten will. Ein neues Zuhause in einer neuen Stadt. Sie ist bei der Polizeidienststelle Coldwell geblieben, bis Ellies Fall abgeschlossen war. Dann hat sie gekündigt. Chelsey und Noah ziehen nach Olympia. Sie hat noch keinen neuen Job, hat sich aber bei ein paar Polizeidienststellen beworben. Sie wird sehen. Die Vergangenheit lässt sich nicht ändern. Aber die Zukunft ist noch offen, und Chelsey ist bereit.

Sie steigt die Treppe hinunter und spürt den Geist der fünfzehnjährigen Lydia neben sich, die zur Tür hinausschlüpft, voll von mädchenhaften Träumen, sich von diesem Haus zu befreien, verliebt und verletzlich. Chelsey knipst die letzte Lampe aus. Sie macht die Haustür zu und schließt ab. Auf der Schwelle bleibt sie stehen und betrachtet einen Moment den Leuchtturm. Sieht sich und Lydia als Kinder. In der Vergangenheit geht gerade die Sonne unter, aber die Luft und der Asphalt sind noch warm. Die kleine Chelsey rennt durch die Straßen, die Wendeltreppe des Leuchtturms hinauf, lehnt sich aus dem Fenster, legt die Hände wie einen Trichter um den Mund und ruft: *Eckstein, Eckstein, alles muss versteckt sein …*

»Ist das Müll?«, unterbricht Noah ihre Gedanken und zeigt auf den Papierstapel in ihrer Hand, das bauchig gemalte F zuoberst.

Chelsey schüttelt den Kopf. Muss man ein altes Leben ganz ablegen, um ein neues zu beginnen? »Das nehmen wir mit.« Es ist das, was sie bei sich tragen wird. Was sie behalten will. Dieses einzelne Wort. Freiheit.

So endet es.

Danksagung

Ich weiß nicht, ob es möglich ist, allen zu danken, die dieses Buch mit auf den Weg gebracht haben, aber ich will es versuchen.

Zuerst möchte ich meiner Lektorin danken, Carina Guitermann, weil sie solches Vertrauen in mich und dieses Buch gesetzt hat – ich bin so froh, dich an meiner Seite zu haben. Außerdem danke ich Tim O'Connell und den anderen aus dem Team bei Simon & Schuster, die an diesem Buch mitgearbeitet haben, vom Schriftsatz bis zu dem Punkt, es in der Welt bekannt zu machen: Sirui Huang, Wendy Blum, Sophia Benz, Amanda Mulholland, Lauren Gomez, Zoe Kaplan, Morgan Hart, Beth Maglione, Hannah Bishop, Danielle Prielipp, Crystal Watanabe, Andrea Monagle, Helen Seachrist, Sara Kitchen.

Dank an Erin Harris, die beste Agentin in diesem Geschäft und eine wahre Leitfigur – auf ein Jahrzehnt der Zusammenarbeit und hoffentlich noch viele weitere in der Zukunft. Danke auch an Joelle, Josh und Sara – ihr drei seid Zauberer.

Danke an Yumi und Kenzo: Ihr macht mich glücklich.

Und danke an Craig für alles.

In der unerbittlichen Hitze des Outbacks jagt ein Serienkiller sein nächstes Opfer …

Sie wollte allein sein. Doch das ist sie nicht …